José Saramago est né en 1922 au Portugal. Issu d'une famille modeste, il doit interrompre ses études pour suivre une formation de serrurier. Passionné de littérature, d'histoire et d'écriture, il commence par publier des chroniques, articles et poèmes dans différents journaux. En 1947, paraît son premier roman, *Terra do pecado*. L'écrivain attendra 1966 pour publier son deuxième livre, un recueil de poèmes, *Les Poèmes possibles*. C'est avec *L'Aveuglement* qu'il s'impose comme l'un des auteurs majeurs de son pays. En 1998, il est le premier écrivain portugais à recevoir le prix Nobel de littérature. Auteur de grands romans polyphoniques revisitant l'histoire du Portugal, il est aujourd'hui traduit dans le monde entier.

José Saramago

PRIX NOBEL DE LITTÉRATURE

LE RADEAU
DE PIERRE

ROMAN

*Traduit du portugais
par Claude Fages*

*Ouvrage publié avec le concours du
Centre national des lettres*

Éditions du Seuil

Ce livre a été publié avec l'aide
de la fondation Calouste Gulbenkian (Lisbonne)

TEXTE INTÉGRAL

TITRE ORIGINAL
A jangada de pedra

ÉDITEUR ORIGINAL
Editorial Caminho, Lisbonne, 1986

© José Saramago et Editorial Caminho, 1986
ISBN original : 10700-85

ISBN 978-2-7578-1519-9
(ISBN 2-02-011541-7, 1ʳᵉ publication)

© Éditions du Seuil, février 1990, pour la traduction française

Tout futur est fabuleux.
Alejo Carpentier

Quand Joana Carda griffa le sol avec une branche d'orme, tous les chiens de Cerbère se mirent à aboyer, semant panique et terreur dans la population car une croyance datant des temps les plus reculés voulait que, si la gent canine, qui avait toujours été muette, se mettait soudain à aboyer, la fin du monde serait proche. Comment cette superstition tenace ou, pour employer une expression équivalente, cette ferme conviction s'était-elle formée, nul aujourd'hui ne s'en souvient, encore qu'en vertu du jeu bien connu qui consiste à écouter un conte et à le répéter en modifiant simplement une virgule, les grand-mères françaises aient eu pour coutume de distraire leurs petits-enfants en leur racontant qu'au temps des Grecs et des mythologies, en cette commune de Cerbère, département des Pyrénées-Orientales, un chien à trois têtes, qui répondait justement à ce nom quand l'appelait son maître, le nocher Charon, aboyait, lui. On ignore également les mutations organiques que dut subir le célèbre et tonitruant canidé avant d'atteindre la mutité historiquement avérée de ses descendants à une tête, des dégénérés. Cependant que, et rares sont ceux qui méconnaissent ce point de doctrine, surtout s'ils appartiennent à l'ancienne génération, ce même chien Cérbero, comme le portugais le prononce et l'écrit, gardait, féroce, l'entrée des enfers, terrorisant les âmes qui cherchaient à s'en échapper, les

9

dieux déjà moribonds, désireux sans doute de voir le silence effacer ce lieu des mémoires, avaient, par un dernier geste de miséricorde, fait taire les chiens à venir pour le reste de l'éternité. Mais les meilleures choses ayant une fin, comme nous l'ont explicitement enseigné les temps modernes, il aura suffi qu'au cours de l'une de ces journées, à des centaines de kilomètres de Cerbère, dans un coin du Portugal dont il sera plus tard question, il aura donc suffi qu'une femme nommée Joana Carda griffe le sol avec une branche d'orme pour que tous les chiens du pays se mettent soudain à envahir les rues en hurlant, eux qui, répétons-le, n'avaient jamais aboyé. Si quelqu'un avait demandé à Joana Carda ce qui lui était passé par la tête pour se mettre à griffer le sol avec un bâton, geste d'adolescente lunatique plutôt que de femme pondérée, ou comment elle avait pu ne point songer aux conséquences d'un acte en apparence si peu sensé, et chacun sait que ce sont les plus dangereux, elle aurait sans doute répondu, Je ne comprends pas ce qui s'est passé, le bâton était par terre, je l'ai ramassé et j'ai tracé une ligne, Il ne vous est pas venu à l'idée qu'il pouvait s'agir d'une baguette magique, Pour une baguette magique il était un peu grand, et puis j'ai toujours entendu dire que les baguettes magiques sont faites d'or et de cristal, qu'elles baignent dans un halo de lumière et portent une étoile à leur extrémité, Saviez-vous qu'il s'agissait d'une branche d'orme, Je ne connais pas grand-chose aux arbres, on m'a dit depuis qu'un orme est semblable à un ormeau, lui-même semblable à un ormier, mais même si l'on intervertit leurs noms aucun n'a de pouvoir surnaturel, d'ailleurs, dans cette affaire, je pense qu'un bout d'allumette aurait produit le même effet, Pourquoi dites-vous cela, Ce qui doit arriver arrive, et avec une force telle qu'on ne peut l'empêcher, j'ai entendu mille fois des gens plus âgés le dire, Vous croyez à la fatalité, Je crois à ce qui doit arriver.

À Paris, les supplications du maire, qui semblait téléphoner d'un chenil à l'heure où l'on sert la pâtée, déclenchèrent l'hilarité, et c'est seulement sur les instances d'un député de la majorité, né et élevé dans la commune il connaissait bien les contes et légendes du coin, qu'on finit par expédier dans le Sud deux vétérinaires qualifiés du Deuxième Bureau, ayant pour mission spéciale d'étudier ce phénomène insolite et de présenter un rapport suivi de propositions d'intervention. Entre-temps, désespérés, au bord de la surdité, les habitants avaient répandu dans les rues et sur les places de leur aimable station balnéaire devenue infernale des douzaines de boulettes de viande empoisonnée, méthode d'une simplicité extrême, dont l'efficacité s'est vue confirmée par l'expérience à toutes les époques et sous toutes les latitudes. Il ne mourut en tout et pour tout qu'un seul chien, mais la leçon fut aussitôt comprise par les survivants qui, aboyant, jappant, hurlant, disparurent en un instant dans les champs alentour où, sans motif apparent, presque aussitôt ils se turent. Quand les vétérinaires arrivèrent enfin, on leur présenta un pauvre Médor, froid, ballonné, n'ayant plus rien à voir avec le joyeux animal qui accompagnait sa maîtresse en courses, et qui, la vieillesse approchant, aimait somnoler paresseusement au soleil. La justice n'ayant pas encore complètement déserté ce monde, Dieu avait décidé, en poète, que Médor mourrait empoisonné par la boulette que sa maîtresse bien-aimée avait concoctée pour certaine chienne du voisinage qui ne quittait pas son jardin. Devant la dépouille funèbre, le plus âgé des vétérinaires déclara, Nous allons pratiquer l'autopsie. À vrai dire, ça n'en valait pas la peine, n'importe quel habitant de Cerbère aurait pu, s'il l'avait voulu, témoigner des causes de la mort, mais l'intention cachée de la Faculté était, selon l'expression des services secrets, de procéder discrètement à l'examen des cordes vocales de l'animal qui, entre le mutisme d'une mort désormais définitive et un silence qu'on aurait cru devoir durer toujours, avait, malgré tout, connu quelques heures d'expression faisant de lui un chien semblable aux autres. Peine perdue, Médor n'avait même pas de cordes. Les chirurgiens en restèrent cois, tandis que le maire donnait son opinion, administrative et sensée, Pas étonnant, les chiens de Cerbère sont restés tant de siècles sans aboyer que leur organe s'est atrophié, Mais alors, comment se fait-il que soudain, Ça je l'ignore, je ne suis pas vétérinaire, en tout cas nos ennuis sont terminés, les chiens ont disparu et là où ils sont, personne ne les entend. Médor, éventré et mal recousu, fut rendu à sa maîtresse éplorée tel un remords vivant, identique en cela à tous les remords, même une fois morts. Sur le chemin de l'aéroport, comme ils allaient prendre l'avion pour Paris, les vétérinaires décidèrent de passer sous silence, dans leur rapport, la curieuse histoire de ces cordes vocales disparues. Et définitivement, à ce qu'il semble, puisque cette nuit-là commença de rôder Cerbère, un énorme chien à trois têtes, haut comme un arbre mais muet.

Au cours de l'une de ces journées, avant ou peut-être après que Joana Carda eut griffé le sol de sa branche d'orme, un homme se promenait sur la plage au coucher du soleil, à l'instant où la rumeur des vagues se fait à peine perceptible, brève et contenue comme un soupir sans cause. L'homme, qui plus tard déclarera s'appeler Joaquim Sassa, suivait la ligne de partage entre sable humide et sable sec, se baissant de temps à autre pour ramasser un coquillage, une pince de crabe, le filament vert d'une algue. Promeneur solitaire, c'est bien souvent ainsi que nous passons nous-mêmes le temps. Comme il n'avait ni poche ni sac où mettre ses trouvailles, les mains une fois pleines il jetait les restes morts, à la mer ce qui revient à la mer, à la terre ce qui appartient à la terre. Mais toute règle a ses exceptions, ainsi, Joaquim Sassa vit, hors d'atteinte des vagues, une pierre lourde, large comme un disque, irrégulière, qu'il souleva. Si elle avait été semblable aux autres, à ces pierres maniables et lisses qui tiennent à l'aise entre le pouce et l'index, Joaquim Sassa l'aurait lancée au ras de l'eau pour la voir faire des ricochets, heureux de son adresse comme un enfant, puis, l'élan épuisé, il l'aurait regardée s'abîmer dans la mer, pierre au destin tout tracé, desséchée par le soleil, mouillée par les pluies, pierre qui disparaît dans les profondeurs obscures pour y attendre un million d'années que la mer s'évapore ou recule, la restituant à la terre pour un autre million d'années, donnant ainsi au temps le temps qu'un autre Joaquim Sassa descende à son tour sur la plage pour y réitérer sans le savoir le même geste, le même mouvement, nul ne doit dire, Je ne le ferai pas, aucune pierre n'est fiable ni ferme.

C'était l'heure douce où, sur les plages du Sud, certains prennent un dernier bain, nagent, jouent au ballon, plongent entre les vagues, dérivent lentement sur un matelas pneumatique ou, sentant sur leur peau la première brise du crépuscule, offrent leur corps à la dernière caresse du soleil qui va se poser là, sur la mer, une seconde, la plus longue de toutes, celle qu'on peut voir et qui se laisse contempler. Mais sur cette plage du Nord où Joaquim Sassa soulève une pierre, si lourde qu'il en a mal aux mains, le vent est froid, le soleil s'enfonce à demi, pas une mouette ne vole au-dessus de l'eau. Joaquim Sassa lança la pierre, il s'attendait à ce qu'elle retombât un peu plus loin, juste un peu au-delà de ses pieds, chacun se doit de connaître ses limites, et il n'y avait pas de témoin pour railler le discobole dépité, il s'apprêtait à se moquer de lui-même quand les choses tournèrent tout autrement, lourde et sombre, la pierre s'éleva dans les airs, retomba en frappant l'eau d'un coup sec, rebondit sous le choc, un grand vol, un grand saut, et tomba à nouveau pour remonter encore et s'abîmer enfin au large, à moins que la blancheur qu'on distingue au loin ne soit la frange d'écume née de la vague qui s'est brisée. Comment chose pareille a-t-elle pu se produire, songeait perplexe Joaquim Sassa, comment ai-je pu, moi qui ne suis guère costaud, lancer si loin une pierre aussi lourde, alors que la mer s'obscurcit déjà et qu'il n'y a personne pour me dire,

Bravo, Joaquim Sassa, un exploit pareil ne doit pas rester ignoré, je témoignerai pour toi dans le *Livre Guinness des records*, je n'ai pas de chance, si je raconte moi-même ce qui vient de se passer, on me traitera de menteur. Une vague énorme, écumante, déferlait, la pierre avait bien touché l'eau, depuis les rivières de l'enfance, pour ceux du moins qui dans leur enfance ont eu des rivières, on connaît cet effet, l'onde concentrique que produit la pierre lancée. Joaquim Sassa courut vers le haut de la plage, la vague se mourait, abandonnant sur le sable des coquillages, des pinces de crabe, des algues vertes, mais aussi des sargasses, des diatomées, des laminaires. Et une pierre minuscule, de celles qui tiennent entre le pouce et l'index, une pierre qui n'avait pas vu le soleil depuis des années.

Écrire est terriblement difficile, c'est une énorme responsabilité, il suffit de songer au travail exténuant qui consiste à ranger les événements selon l'ordre temporel, celui-ci d'abord, puis celui-là ou, si cela convient mieux à l'effet recherché, l'aventure d'aujourd'hui avant l'épisode d'hier et bien d'autres acrobaties non moins périlleuses, le passé comme s'il venait tout juste d'avoir lieu, le présent comme un continu sans début ni fin, de quelque manière qu'ils s'y prennent les auteurs ne réussiront jamais à mettre par écrit, en même temps, deux événements qui en même temps se sont produits. Certains croient la difficulté résolue lorsqu'ils ont divisé la page en deux colonnes égales, stratagème ingénu, car il a bien fallu remplir l'une d'abord et l'autre ensuite, sans oublier que le lecteur devra bien lire l'une d'abord et l'autre ensuite ou vice versa, seuls les chanteurs d'opéra ont la chance de tenir chacun leur partie concertante, à trois quatre cinq six, entre ténors, basses, sopranos et barytons, chacun son texte, celui du cynique moqueur, de l'ingénue suppliante ou encore du jeune premier qui tarde à accourir, quant au spectateur, ce qui l'intéresse c'est la musique, mais le lecteur, ce n'est pas la même chose, il faut tout lui expliquer, syllabe après syllabe, comme on vient de le constater. Voilà pourquoi, après avoir parlé de Joaquim Sassa, on va maintenant se tourner vers Pedro Orce, entre le moment où Joaquim Sassa a lancé sa pierre à la mer et celui où Pedro Orce s'est levé de sa chaise, il ne s'est écoulé qu'un instant, et si les horloges marquent une heure de différence, c'est que l'un vit en Espagne et l'autre au Portugal.

À chaque effet sa cause, tout le monde connaît cette vérité universelle. Il est néanmoins impossible d'éviter certaines erreurs de jugement ou d'identification, ainsi, un effet donné semble être le résultat d'une cause précise, quand en vérité c'est une cause toute différente qui l'a engendré, laquelle dépasse notre entendement et les connaissances que nous croyons avoir. On pensait avoir démontré que les chiens de Cerbère s'étaient mis à aboyer à l'instant précis où Joana Carda avait griffé le sol de sa branche d'orme, or seul un enfant particulièrement crédule, mais en trouve-t-on encore maintenant que le temps béni de la crédulité est passé, ou innocent, s'il est permis d'invoquer en vain le saint nom d'innocence, un enfant capable d'imaginer qu'en fermant le poing il peut capturer la lumière du soleil, accepterait de croire que des chiens qui jusque-là n'avaient jamais aboyé, pour des raisons d'ordre à la fois historique et physiologique, se soient soudain mis à le faire. Dans ces dizaines de milliers de hameaux, villages, bourgs et cités, les gens ne manquent pas qui jurent avoir été la cause de l'aboiement des chiens et du reste, parce qu'ils ont allumé une cigarette, arraché un fruit, écarté un rideau, parce qu'ils se sont cassé un ongle, cognés contre une porte, parce qu'ils sont morts ou, mais ce ne sont évidemment pas les mêmes, parce qu'ils viennent de naître, ces deux dernières hypothèses sont toutefois plus difficiles à admettre, dans la mesure où c'est à nous qu'il revient de les formuler, quand on sort du ventre de sa mère, on ne parle pas, quand on meurt et qu'on entre dans le ventre de la terre non plus. Inutile d'ajouter que chacun d'entre nous a de bonnes raisons de se croire la cause des effets cités et de beaucoup d'autres qui représentent notre contribution au fonctionnement du monde, j'aimerais bien savoir ce qu'il adviendra de ce dernier lorsque les hommes et les effets qu'eux seuls sont capables d'engendrer auront disparu, un vide pareil, ça donne le vertige. De toute façon, il survivra bien quelque chose, des petites bêtes, des insectes, l'univers de la fourmi continuera d'exister, celui de la cigale aussi, elles ne feront pas bouger les rideaux, ne se regarderont pas dans les miroirs, peu importe, la seule grande vérité en fin de compte c'est que le monde continue de tourner.

Pedro Orce dirait, s'il l'osait, que la terre s'est mise à trembler à l'instant précis où, se levant de sa chaise, il a posé les pieds sur le sol, présomption stupéfiante, mais quoi, si chacun d'entre nous laisse sa marque dans l'univers, il est permis d'imaginer que Pedro Orce ait choisi d'y laisser celle-là, voilà pourquoi il déclare, J'ai posé les pieds sur le sol et la terre a tremblé. Nul n'a ressenti l'extraordinaire secousse, et moins encore maintenant que deux minutes se sont écoulées, que la vague a eu le temps de se retirer et que Joaquim Sassa s'est dit, Si je raconte ça, on va me traiter de menteur. La terre vibre comme la corde qu'on a cessé d'entendre, Pedro Orce la sent sous la plante de ses pieds, sortant de sa pharmacie, il la sent encore dans la rue où personne ne se rend compte de rien, c'est comme fixer une étoile en s'exclamant, Quelle merveilleuse lumière, quel astre superbe, ignorant qu'elle s'est éteinte au milieu de la phrase, les enfants et les petits-enfants répéteront les mêmes mots, pauvres petits, ils parlent de ce qui est mort comme si c'était encore vivant, et de semblables erreurs ne se produisent pas uniquement en astronomie. Ici c'est tout le contraire, jureraient-ils tous que la terre est ferme, seul Pedro Orce continuerait d'affirmer qu'elle tremble, encore heureux qu'il n'ait rien dit ou que, saisi d'épouvante, il ne se soit pas mis à courir, car en fin de compte les murs n'oscillent pas, les lanternes pendent comme des fils à plomb, les oiseaux en cage, les premiers d'ordinaire à donner l'alarme, dorment tranquilles sur leurs perchoirs, la tête sous l'aile, l'aiguille du sismographe a tracé et trace toujours une ligne droite, horizontale, sur le papier millimétré.

Le lendemain matin, cheminant le long des sentiers, un homme traversait la plaine aride, broussailles et mauvaises herbes, entre des arbres aussi grands que le nom qu'ils portaient, frênes et peupliers, buissons de tamaris aux senteurs africaines, il n'aurait pu choisir solitude plus vaste, ciel plus clair, avec une nuée d'étourneaux volant au-dessus de lui en un tumulte inaudible et en si grand nombre qu'ils formaient comme un nuage de tempête énorme et sombre. Lorsqu'il s'arrêtait, les étourneaux voletaient en cercle ou, s'abattant bruyamment dans un arbre, disparaissaient parmi les branches, le feuillage se mettait à frémir, la cime vibrait de sons aigus, violents comme si se livrait là une féroce bataille. Puis José Anaiço, c'était son nom, se remettait en route et les étourneaux s'envolaient d'un coup, tous en même temps, vruuuuuu. Qui eût ignoré l'identité de cet homme et eût été pris par la fantaisie de la deviner, aurait pu dire qu'il était sans doute oiseleur de métier ou qu'à l'image du serpent il possédait un pouvoir d'envoûtement et des dons magnétiques, quand, à la vérité, José Anaiço était aussi perplexe que nous sur l'origine de ce festival ailé. Que me veulent ces créatures, se demande-t-il, le terme inusité ne doit pas nous surprendre, certains jours les mots ordinaires ne suffisent pas.

Le promeneur allait au hasard, du levant au ponant, puis, longeant la rive d'un grand terrain marécageux, il obliqua vers le sud. En fin de matinée la chaleur s'abattit soudain, mais il subsistait une brise fraîche et légère qu'on ne pouvait hélas pas garder en réserve dans sa poche en prévision de la canicule. José Anaiço, plongé dans des pensées tellement vagues et machinales qu'elles semblaient ne pas lui appartenir, s'aperçut tout à coup que les étourneaux étaient restés en arrière, ils voltigeaient au loin, là où la courbe du chemin épouse la lagune, singulier comportement mais, comme on dit, chacun fait ce qui lui plaît, Adieu étourneaux. Après une demi-heure de progression difficile entre halliers et rubaniers, José Anaiço avait bouclé le tour du marécage et repris sa direction initiale d'orient en occident comme le soleil, quand soudain, vruuuuuu, les étourneaux rappliquèrent, Où diable avaient-ils pu se fourrer. Inutile de chercher à comprendre quoi que ce soit à cette histoire, si quantité d'étourneaux accompagnent un homme dans sa promenade matinale, comme un chien fidèle son maître, attendant que celui-ci ait fait le tour de la lagune pour se remettre ensuite à le suivre, on ne va pas leur en demander raison, les oiseaux n'ont pas de motifs mais des instincts à la fois si vagues et si machinaux qu'ils semblent n'appartenir à personne, nous parlons des instincts bien sûr, mais aussi des raisons et des motifs. Il est tout aussi inutile de questionner José Anaiço pour savoir qui il est et ce qu'il fait dans la vie, d'où il vient et où il va, ce que l'on voudra savoir de lui, c'est lui qui nous le dira, et cela est également vrai pour Joana Carda et sa branche d'orme, Joaquim Sassa et la pierre qu'il a lancée à la mer, Pedro Orce et la chaise d'où il s'est levé, la vie ne commence pas à la naissance de l'individu, si tel était le cas chaque jour compterait, elle commence bien plus tard, trop tard souvent, sans parler de celle qui à peine commencée est déjà finie, voilà pourquoi quelqu'un a crié, Qui écrira l'histoire de ce qui aurait pu être.

Et maintenant cette femme, Maria Guavaira, c'est son nom, curieux nom, même s'il n'est pas dérivé d'un gérondif*, qui vient de monter au grenier de sa maison où elle a déniché un vieux bas de laine, l'un de ceux qui servaient autrefois à cacher, mieux qu'un coffre-fort, l'argent, le

---

* Allusion à un autre prénom de femme, Blimunda, héroïne d'un précédent roman de José Saramago, traduit en français sous le titre *Le Dieu manchot* (Paris, A.-M. Métailié, 1987).

pécule symbolique, les petites économies, le trouvant vide, elle se mit à défaire les mailles, désœuvrement caractéristique quand on ne sait que faire de ses dix doigts. Une heure passa puis une autre, une autre encore. Le long fil de laine bleue se dévidait toujours et le bas ne diminuait pas, les quatre énigmes déjà citées ne suffisaient pas, celle-ci démontre, une fois n'est pas coutume, que le contenu peut être plus important que le contenant. La rumeur des vagues ne parvient pas jusqu'à la maison silencieuse, aucune nuée d'oiseaux n'obscurcit la fenêtre, s'il y a des chiens, ils n'aboient pas, si la terre a tremblé, elle ne tremble plus. Aux pieds de la dévideuse la montagne de fil grandit. Maria Guavaira ne se prénomme pas Ariane, ce fil ne nous permettra pas de sortir du labyrinthe mais peut-être nous permettra-t-il de nous perdre. Encore faut-il en trouver le bout.

La première faille apparut sur une grande dalle naturelle polie comme la table des vents, quelque part dans les monts Albères qui, à l'extrémité orientale de la chaîne, descendent en pente douce vers la mer, et où errent en ce moment les malheureux chiens de Cerbère, allusion moins incongrue qu'il n'y paraît, car en dépit des apparences toutes ces choses sont liées entre elles. Chassé, comme on l'a vu, loin de sa pitance quotidienne, contraint de recourir à son subconscient pour retrouver les ruses de ses aïeux chasseurs et capturer quelque jeune lièvre égaré, l'un de ces chiens, Ardent de son prénom, a sans doute entendu éclater la pierre, l'espèce est dotée d'une ouïe excellente, et s'est approché, sans aboyer puisqu'il ne le peut plus, la truffe palpitante, le poil hérissé de peur et de curiosité. Aux yeux d'un observateur humain, la faille, ténue, ressemble davantage au trait d'un crayon bien taillé qu'à la griffure d'un bâton sur le sol dur, dans la poussière douce et légère ou dans la boue, et l'on pourrait continuer longtemps encore si l'on avait du temps à perdre en divagations. Tandis que le chien s'approchait, la faille s'élargit, se creusa et, gagnant rapidement du terrain, fendit la dalle d'un bout à l'autre. S'il s'était trouvé sur les lieux un homme suffisamment courageux pour se mesurer avec le phénomène, il aurait pu glisser sa main et même son bras tout entier dans la fente. Ardent, inquiet, tournait autour sans réussir à s'enfuir, fasciné par ce serpent dont on ne distinguait plus ni la tête ni la queue, déboussolé, ne sachant plus de quel côté aller, en France, il y était déjà, en Espagne, distante maintenant de trois paumes. Mais Dieu soit loué, comme il n'était pas du genre à s'accommoder des situations, le chien franchit l'abîme d'un bond, pardon pour l'abus de langage, et se retrouva de l'autre côté, il a préféré l'enfer, nous ne connaîtrons jamais les rêves, les nostalgies, les tentations qui peuplent l'âme d'un chien.

La seconde faille, la première aux yeux du monde, se produisit à des kilomètres de là, du côté du golfe de Biscaye, non loin d'un lieu nommé Roncevaux, tristement célèbre dans l'histoire de Charlemagne et de ses douze pairs puisque c'est là que mourut Roland soufflant dans son olifant, sans qu'Angélique ou Durandal soient accourues pour le secourir. À cet endroit précis, sur le versant nord-ouest de la chaîne d'Abodi, court une rivière, l'Irati. Née en France elle va se jeter dans l'Erro, affluent espagnol de l'Aragon, lui-même tributaire de l'Èbre, lequel charrie leurs eaux à tous avant de les précipiter dans la Méditerranée. Au fond de la vallée, sur les bords de l'Irati se dresse une ville, Orbaiceta, avec en amont un barrage, un *embalse* comme on dit là-bas.

Précisons que tout ce qui est dit ici, tout ce qui va l'être, est la vérité vraie, vérifiable sur n'importe quelle carte à condition toutefois qu'elle soit suffisamment précise pour contenir des informations aussi insignifiantes en apparence, mais n'est-ce pas précisément la vertu des cartes de montrer la vacance réductible de l'espace, signifiant ainsi que tout peut arriver. Et arrive. On a déjà parlé de la branche du destin, déjà prouvé qu'une pierre même éloignée de la marée haute peut s'abîmer en mer et regagner ensuite le rivage, c'est maintenant le tour d'Orbaiceta, ville de Navarre endormie entre ses montagnes, qui avait fini par retrouver sa tranquillité une fois retombée l'agitation salutaire provoquée, des années plus tôt, par la construction du barrage. Centre névralgique de l'Europe, sinon du monde, Orbaiceta vit, plusieurs jours durant, affluer des membres de divers gouvernements, des politiciens, des chefs civils et militaires, des géologues et des géographes, des journalistes et des minéralogistes, des photographes, des techniciens de la télévision et du cinéma, des ingénieurs de toutes sortes, des promeneurs et des curieux. La renommée de la ville ne devait durer guère plus longtemps que les roses de Malherbe, mais pouvait-il en être autrement avec cette mauvaise herbe, enfin, pour ce qui est de la célébrité d'Orbaiceta, elle dura le temps qu'un événement plus important se soit déclaré ailleurs, ainsi va toute gloire.

Jamais dans l'histoire des rivières on n'avait vu se produire pareille chose, l'eau qui coulait et coulait interminablement s'était soudain arrêtée comme si quelqu'un avait brusquement fermé le robinet du lavabo dans lequel il se lavait les mains et, ôtant le tampon, avait laissé fuir l'eau qui se serait alors mise à couler, à descendre, avant de disparaître brusquement, le résidu au fond de la cuvette émaillée s'évaporant aussitôt. En d'autres termes, l'eau de l'Irati, semblable au flux qui s'éloigne de la grève, s'était retirée, laissant le lit de la rivière à sec, avec les pierres, la boue, les algues, les poissons qui agonisent et meurent en plein saut, et le silence soudain.

Les ingénieurs n'étaient pas sur les lieux quand la chose incroyable se produisit, mais en regardant les cadrans du poste d'observation, ils constatèrent que la rivière avait cessé d'alimenter le grand bassin de rétention et ils comprirent que quelque chose d'anormal s'était produit. Désireux d'en avoir le cœur net, les trois techniciens sautèrent dans leur jeep, et tout en longeant le barrage, les cinq kilomètres du trajet leur en laissaient le temps, ils se mirent à examiner toutes les hypothèses possibles. Dans la première, il s'était produit un éboulement ou un glissement de terrain dans la montagne, qui avait dévié le cours de la rivière, dans la deuxième, on avait affaire à une intervention des Français, Gaulois perfides, qui ne respectaient pas l'accord bilatéral sur l'exploitation hydro-électrique des eaux fluviales, dans la dernière enfin, et la plus radicale, la source, la fontaine, la veine, avait fini par se tarir, on l'avait crue éternelle et elle ne l'était pas. Les opinions étaient partagées. L'un des ingénieurs, un homme tranquille appartenant à l'espèce contemplative et qui aimait vivre à Orbaiceta, craignait d'être envoyé au loin, les autres se frottaient les mains de plaisir, on allait peut-être enfin les transférer sur l'un des barrages du Tage, le plus près possible de Madrid et de la Gran Via. S'entretenant de leurs problèmes personnels, ils arrivèrent à l'extrémité du barrage près du déversoir. La rivière avait disparu, un pauvre filet d'eau suintait encore de la glaise molle, gargouillis boueux trop faible pour actionner ne serait-ce qu'un moulin d'enfant. Où est passée cette putain de rivière, s'exclama le chauffeur de la jeep, et l'expression ne pouvait être mieux choisie. Perplexes, stupéfaits, déconcertés, inquiets aussi, les ingénieurs passèrent une nouvelle fois en revue les hypothèses déjà formulées, puis, après avoir constaté qu'il était inutile de poursuivre le débat, ils regagnèrent leurs bureaux sur le barrage et filèrent tout droit à Orbaiceta où leurs supérieurs, informés déjà de la disparition magique de la rivière, les attendaient. Aux supputations succédèrent de violentes discussions et des appels téléphoniques pour Madrid et Pampelune, et le résultat final de cet épuisant ballet surgit sous la forme d'un ordre simple, en trois volets successifs et complémentaires, Remontez le cours de la rivière, découvrez ce qui s'est passé et ne dites rien aux Français.

Le lendemain, avant le lever du jour, l'expédition, sans jamais quitter ou perdre de vue la rivière à sec, prit le chemin de la frontière, et quand les inspecteurs fatigués touchèrent enfin au but, ils comprirent qu'il n'y aurait plus jamais d'Irati. Aussi rugissantes qu'un petit Niagara, les eaux de la rivière se précipitaient à l'intérieur de la terre par une faille qui ne mesurait pas plus de trois mètres de largeur. Un groupe de Français se tenait déjà de l'autre côté, il fallait avoir une bonne dose d'ingénuité pour croire que les voisins, cartésiens et malins, ne se rendraient compte de rien, cependant, fraternité de l'ignorance oblige, ils étaient aussi stupéfaits et désorientés que les Espagnols. Les deux camps finirent par s'adresser la parole, mais la conversation ne fut ni très longue ni très enrichissante, à peine les quelques interjections que justifiait l'étonnement et un certain nombre d'hypothèses nouvelles avancées d'un ton hésitant par les Espagnols, puis, comme on ne savait à qui s'en prendre, l'irritation gagna tout le monde, mais bientôt les Français se remettaient à sourire, finalement, jusqu'à la frontière, ils restaient toujours les maîtres de la rivière, on n'aurait pas besoin de modifier les cartes.

Au cours de l'après-midi, des hélicoptères des deux pays survolèrent l'endroit, on prit des photos, s'aidant de crics des observateurs descendirent, mais une fois arrivés au-dessus de la cataracte ils regardèrent et ne virent rien d'autre que le gouffre sombre et le dos courbe et luisant de l'eau. Souhaitant tirer profit de l'affaire, dans l'intérêt commun bien entendu, les autorités municipales d'Orbaiceta du côté espagnol et de Larrau du côté français, réunies au bord de la rivière sous la tente dressée pour l'occasion, au-dessus de laquelle flottaient les trois drapeaux, le bicolore, le tricolore et le drapeau de la Navarre, se mirent à évaluer les possibilités d'exploitation touristique de ce phénomène naturel sans nul doute unique au monde. Étant donné l'insuffisance des données et leur caractère indubitablement provisoire, la réunion resta sans effet, pas un document n'en sortit qui eût permis de fixer les droits et les obligations des parties, une commission mixte fut toutefois nommée avec mission de mettre au point le programme d'une rencontre formelle ultérieure. Cependant, l'intervention quasi simultanée, à Madrid et à Paris, des représentants des deux États à la commission permanente des limites frontalières, vint bousculer à la toute dernière minute le relatif consensus auquel on était parvenu. Ces messieurs soulevaient en effet un grave problème, savoir de quel côté, espagnol ou français, s'ouvrait le précipice. Il s'agissait là d'un détail apparemment insignifiant, mais, explication fournie, la complexité de la situation sautait aux yeux. Il était indéniable que l'Irati appartenait désormais entièrement à la France, département des Pyrénées-Atlantiques, toutefois, si la faille s'était produite du côté espagnol, en Navarre, les négociations étaient loin d'être terminées, chacun des pays se trouvant également concerné. Par contre, si cette même faille s'avérait française, alors l'affaire les concernait, et la rivière, ses composants et le vide leur appartenaient. Face à cette situation nouvelle et dans l'attente de la résolution de l'énigme, les autorités en présence, dissimulant leurs réticences, décidèrent de rester en contact. De leur côté, dans une déclaration commune laborieusement élaborée, les ministères des Affaires étrangères des deux pays annoncèrent leur intention de poursuivre les négociations au sein de la commission permanente des frontières, assistée comme il convient par des équipes de spécialistes en géodésie.

C'est alors qu'on vit apparaître quantité de géologues venus des coins les plus divers. Comme on a eu l'occasion de le signaler, entre Orbaiceta et Larrau on trouvait déjà un peu, pour ne pas dire beaucoup, de tout, or voici que les savants de la terre et de toutes les contrées, les spécialistes en mouvements et en accidents, en strates et en blocs erratiques, débarquaient en force, leur petit marteau à la main, frappant sur tout ce qui était pierre ou qui en avait l'air. À Miguel, un journaliste espagnol et grave, qui avait annoncé à Madrid que la faille était en-tiè-re-ment espagnole ou, pour être plus précis, géographie et nationalisme obligent, navarraise, son collègue français, Michel, un cynique, répondait avec insolence, Gardez-la donc puisque cela vous fait tant plaisir et que vous en avez apparemment si grand besoin. Au cirque de Gavarnie, pour ne citer que celle-là, notre cascade fait quatre cent vingt mètres de hauteur, quel besoin avons-nous d'un puits artésien qui coule à l'envers. Miguel oublia de lui rétorquer que du côté espagnol des Pyrénées les chutes d'eau ne manquaient pas non plus, et *das mui belas e altas*, mais qu'en l'occurrence la question n'était pas là, une cascade à ciel ouvert n'a rien de mystérieux, on en voit tous les jours, tandis que la faille de l'Irati c'est comme la vie, on en connaît le début, pas la fin. Ce fut toutefois un autre journaliste, un Galicien de passage, c'est souvent le cas chez les Galiciens, qui lança la bonne question, Où va cette eau. Quand, timidement posée, comme l'eût fait un enfant, cette question leur parvint, les géologues des deux camps discutaient, faisant assaut de science, et seul celui qui la relate aujourd'hui l'entendit. La précipitation gauloise et l'impétuosité castillane étouffèrent le timbre galicien, mesuré et discret, mais bientôt d'autres voix reprirent ce qui venait d'être dit, s'arrogeant l'honneur d'avoir été les premières à le formuler, personne n'écoute les petits peuples, ce n'est pas manie de la persécution mais évidence historique. La discussion des savants était devenue quasi impénétrable pour des profanes, néanmoins on comprenait que deux thèses restaient en présence, celle des monoglacialistes d'un côté et celle des polyglacialistes de l'autre, toutes deux irréductibles et dès lors inconciliables, comme deux religions antithétiques, l'une monothéiste et l'autre polythéiste. Certaines déclarations semblaient intéressantes, notamment celle supposant que les déformations, certaines déformations, pouvaient résulter soit d'une élévation tectonique, soit d'une compensation isostatique de l'érosion. Hypothèse d'autant plus vraisemblable, ajoutait-on, que l'examen des formes actuelles de la chaîne permet d'affirmer qu'elle n'est pas très ancienne, géologiquement parlant, bien sûr. Tous ces éléments avaient sans doute quelque chose à voir avec la faille. Si la montagne était sujette à de tels jeux de traction et de bras de fer, il n'y avait finalement rien d'étonnant à ce qu'elle finît un jour par céder, par s'écrouler, par se briser, ou, comme dans le cas qui nous occupe, par se fendre, rien de tel ne se produisit en ce qui concerne la grande dalle inerte sur les monts Albères, elle était loin, dans la solitude désolée, pas un géologue ne la vit, nul ne s'approcha d'elle, Ardent, le chien, prit un lièvre en chasse et ne revint pas.

Deux jours plus tard, les membres de la commission des limites frontalières travaillaient sur le terrain, mesurant avec les théodolites, vérifiant avec les tables, calculant avec les calculatrices et confrontant leurs résultats avec les photographies aériennes, les Français mécontents, car il ne faisait plus de doute que la faille était espagnole, comme Miguel le journaliste l'avait le premier révélé, quand on annonça soudain qu'une nouvelle fracture venait de se produire. On n'entendait plus parler d'Orbaiceta la paisible, ni d'Irati, la rivière sectionnée, *sic transit gloria mundi e de Navarra*. Prenant leur envol, les responsables de l'information dont certains étaient des femmes, essaimèrent vers la région critique située dans les Pyrénées-Orientales, pourvue par bonheur de nombreux et excellents moyens d'accès, ce qui fit qu'en quelques heures tout le pouvoir du monde se trouva concentré là-bas, certains venant même de Toulouse ou de Barcelone. Les autoroutes furent rapidement saturées et, lorsque les gendarmes voulurent dévier le flux des véhicules, il était trop tard, les voitures s'étiraient sur des kilomètres et des kilomètres, un vrai chaos mécanique, alors il fallut employer de grands moyens et, pour forcer les gens à revenir en arrière et à emprunter l'autre chaussée, on dut abattre les glissières de sécurité, combler les fossés, les Grecs avaient mille fois raison de situer l'enfer dans ce coin-là. Heureusement, il y avait les hélicoptères, artefacts volants, gros oiseaux capables de se poser n'importe où, qui, lorsqu'il n'y a pas moyen de faire autrement, imitent les colibris s'approchant de la fleur à la toucher, les passagers n'ont pas besoin d'échelle, un petit bond et les voilà dans la corolle entre étamines et pistil, humant les arômes, napalm et chair brûlée la plupart du temps. Après ils courent en baissant la tête, se précipitent sur les lieux de l'événement, certains arrivent directement de l'Irati, riches déjà d'une expérience tectonique, mais pas la même.

La faille traverse la route, l'immense aire de stationnement, puis, s'amincissant sur les bords, s'étire vers la vallée où elle se perd pour reparaître un peu plus loin, serpentant sur le versant de la colline, avant de disparaître enfin dans les broussailles. Nous sommes à l'emplacement même de la frontière, la vraie, la ligne de démarcation, limbes sans patrie entre les deux postes de police, la *duana* et la douane, la *bandeira* et le drapeau. À prudente distance, des éboulements sont toujours possibles des deux côtés de la déchirure terrestre, armés de haut-parleurs, autorités et techniciens, dans une rumeur de voix qu'on ne peut qualifier de dialogue, échangent des phrases dénuées de sens et sans aucune efficacité, tandis qu'à l'intérieur des tentes des individus plus compétents communiquent par téléphone soit entre eux, soit avec Madrid et Paris. À peine débarqués, les journalistes courent s'informer des circonstances de l'événement, recueillant tous la même histoire, agrémentée de variantes sophistiquées que leur imagination enrichira encore, disons, pour simplifier les choses, que c'est un automobiliste circulant à la nuit tombée qui a annoncé la nouvelle. Sa voiture ayant fait une embardée, les roues tombées dans une ornière transversale en étaient aussitôt ressorties, il était allé jeter un coup d'œil sur la route pensant qu'on avait peut-être omis de signaler les travaux de réfection de la chaussée. À cet instant précis, la fente mesurait quatre mètres de longueur environ pour une demi-paume de largeur. L'homme, un Portugais qui se nommait Sousa et qui voyageait avec sa femme et ses beaux-parents, était revenu vers la voiture en s'exclamant, Incroyable, j'ai jamais vu un fossé pareil, à croire qu'on est déjà au Portugal, j'aurais pu esquinter les jantes ou casser l'essieu. Ce n'était pas un fossé, il n'avait rien d'énorme, mais ce qu'il y a de bien avec les mots, n'est-ce pas nous qui les inventons, c'est qu'à peine prononcés, ils nous libèrent de nos craintes et de nos émotions, pourquoi, parce qu'ils les dramatisent. Sans prêter attention à ce qu'il disait, sa femme avait répondu, Va donc voir, et encore que la suggestion de la dame, expression toute faite plus proche de l'interjection que du conseil même lapidaire qui fait parfois office de réponse, ne l'y eût point poussé, il avait cru bon de suivre son avis et était sorti une seconde fois vérifier les jantes, lesquelles, par bonheur, ne présentaient aucun dégât apparent. D'ici quelques jours, après son retour en terre portugaise, on va le traiter en héros et il accordera des interviews à la télévision, à la radio et à la presse, Monsieur Sousa, vous qui avez été le premier à voir, donnez-nous vos impressions sur ce terrible instant. Il répétera son histoire quelque peu enjolivée un nombre incalculable de fois, concluant toujours sur la même question, rhétorique et angoissée, une question à flanquer la chair de poule et qui lui donne des frissons aussi voluptueux que ceux d'une extase, Vous rendez-vous compte que si le trou avait été aussi large qu'il l'est maintenant, nous aurions été précipités au fond et Dieu seul sait à quelle profondeur, c'était, souvenez-vous, à peu de chose près, ce qu'avait voulu dire le Galicien quand il avait demandé, Où va cette eau.

Jusqu'où, toute la question est là. La première mesure objective à prendre était de sonder la blessure, d'évaluer sa profondeur puis de tenter de définir et de mettre en œuvre les procédés visant à colmater la brèche, expression plus que toute autre judicieuse, mais n'est-elle pas française, il est permis de penser qu'elle a dû être inventée tout exprès pour le jour où la terre s'ouvrirait. Le sondage aussitôt pratiqué révéla une profondeur approximative de vingt mètres, une bagatelle pour les procédés modernes de l'ingénierie des travaux publics. De France et d'Espagne, de près comme de loin, on vit arriver des bétonnières et des mélangeuses, curieuses machines dont les mouvements simultanés, rotation et translation, évoquent ceux de la terre dans l'espace, qui une fois arrivées au but se mirent à déverser un torrent de béton, mélange de gravillons et de ciment à prise rapide. On était en pleine opération de remplissage quand un expert ingénieux proposa de poser des agrafes en acier, du type de celles qu'on utilisait autrefois pour les blessures humaines qui, en maintenant les deux bords de la déchirure, aideraient et accéléreraient la cicatrisation. L'idée fut approuvée par la commission bilatérale mise en place, et les sidérurgistes français et espagnols entreprirent immédiatement l'étude de l'alliage, de l'épaisseur, du profil du matériel, et le rapport entre la taille de l'ongle qui devait rester incrusté dans le sol et le vide couvert, tous détails techniques destinés aux spécialistes et qu'on énumère en passant. La faille engloutissait le torrent de pierre et de boue grise comme si l'Irati tout entière s'abîmait à l'intérieur de la terre, on entendait l'écho retentir au fond et l'on commençait à envisager l'hypothèse qu'il y avait peut-être en bas une caverne, un trou gigantesque, une sorte de gueule insatiable, Si c'est le cas, ça ne vaut pas la peine de continuer, il n'y a qu'à construire un passage au-dessus du trou, c'est la solution la plus simple et la plus économique, qu'on fasse appel aux Italiens, en matière de viaducs ils en connaissent un rayon. Finalement, après des tonnes et des tonnes de mètres cubes, la sonde signala le fond à dix-sept mètres, puis à quinze, à douze mètres, le niveau du béton montait, montait, on avait gagné la bataille. Les techniciens, les ingénieurs, les ouvriers, les policiers, tout le monde s'embrassait, agitait des drapeaux, les présentateurs de la télévision, nerveux, lisaient le dernier communiqué et, donnant libre cours à leurs sentiments, exaltaient le combat titanesque, la geste collective, la solidarité internationale. Même le Portugal, ce petit pays, avait envoyé un train de dix bétonnières, c'est vraiment magnifique, et quel voyage, mille cinq cents kilomètres de route, leur béton n'est plus nécessaire, mais l'histoire narrera leur geste symbolique.

Le trou une fois comblé, ce fut un délire collectif semblable à celui du Jour de l'an avec ses feux d'artifice et les courses de la Saint-Sylvestre. Les automobilistes qui n'avaient pas bougé, même après qu'on eut dégagé les routes, se mirent à déchirer l'air de leurs klaxons, les beuglements rauques des avertisseurs des camions retentirent et au-dessus de tout cela virevoltaient glorieusement les hélicoptères, séraphins dont la puissance n'était rien moins que céleste. Tandis que les appareils photo crépitaient sans discontinuer, les cameramen de la télévision, maîtrisant leurs nerfs, s'approchèrent du bord de la faille qui n'en était plus une et se mirent à examiner la surface irrégulière du béton, signe de la victoire de l'homme sur le caprice de la nature. Et c'est ainsi que loin de là, confortablement installés dans la sécurité de leurs maisons et alors qu'ils regardaient en direct les images prises à la frontière franco-espagnole du col du Perthus, les spectateurs qui riaient et applaudissaient déjà, fêtant l'événement comme s'il s'était agi d'une prouesse personnelle, les spectateurs donc, n'en croyant pas leurs yeux, virent soudain la surface encore molle du béton remuer puis s'enfoncer, comme si la masse énorme était lentement mais irrésistiblement aspirée vers le bas, jusqu'à ce que la faille béante apparût à nouveau. Elle n'était pas plus large, ce qui ne pouvait signifier qu'une chose, que la jonction des parois ne se faisait plus désormais à vingt mètres mais beaucoup plus bas et Dieu seul sait à quelle profondeur. Les cameramen, terrorisés, reculèrent, mais l'instinct ayant remplacé la conscience professionnelle, leurs caméras, saisies de tremblements, continuèrent de fonctionner, et tout le monde put voir les visages décomposés, la panique incontrôlable, entendre les exclamations, les cris, et assister au sauve-qui-peut général, la zone de stationnement se vida en un clin d'œil, il ne restait plus que les bétonnières abandonnées dont certaines marchaient encore et les mélangeuses pleines d'un béton qui trois minutes auparavant avait cessé d'être nécessaire et qui était désormais inutile.

Pour la première fois, un frisson de terreur parcourut la péninsule et l'Europe toute proche. À Cerbère, tout près de là, les gens qui couraient dans la rue aussi prémonitoirement que l'avaient fait leurs chiens, s'apostrophaient, C'était écrit, se disaient-ils, si les chiens aboient c'est que la fin du monde est proche. Ce n'était pas tout à fait vrai, rien de tel n'avait jamais été écrit, mais dans les grandes occasions on a besoin de grands mots, et allez savoir pourquoi, la phrase, C'était écrit, occupe une place de choix dans les promptuaires du style fataliste. Craignant à juste titre plus que les autres ce qui devait arriver, les habitants de Cerbère commencèrent de quitter la ville, émigrant massivement vers des terres plus fermes à l'abri peut-être de la fin du monde. Il ne resta plus âme qui vive à Banyuls-sur-Mer, Port-Vendres et Collioure, pour ne citer que les villages de la côte. Quant aux âmes mortes, elles restèrent sur place, avec cette inébranlable indifférence qui les distingue du reste de l'humanité, et si quelqu'un a un jour prétendu le contraire, que Fernando a rendu visite à Ricardo, alors que l'un était vivant et l'autre mort, il ne peut s'agir là que d'un délire extravagant, et rien de plus. Pourtant, à Collioure, l'un de ces morts a bougé très légèrement, comme s'il hésitait encore, J'y vais, j'y vais pas, en tout cas, jamais je ne retournerai vers l'intérieur de la France, lui seul sait où il ira, et peut-être le saurons-nous un jour nous aussi.

Parmi les milliers de commentaires, de tables rondes, d'informations et d'opinions qui occupèrent dès le lendemain les journaux, la télévision et la radio, la remarque laconique d'un sismologue orthodoxe passa presque inaperçue, J'aimerais comprendre, déclara-t-il, comment tout cela peut avoir lieu sans que la terre tremble, à quoi un autre sismologue habile et pragmatique, appartenant à l'école moderne, répondit, On vous expliquera cela le moment venu. Or, dans un village du Sud de l'Espagne, un homme entendant cette polémique, partit pour Grenade afin de dire aux gens de la télévision que depuis plus de huit jours il sentait la terre trembler, et que, s'il n'avait rien dit jusqu'à cet instant, c'était par crainte de n'être point cru, il avait pourtant tenu à se présenter en personne afin de prouver qu'un simple mortel peut être parfois plus sensible que tous les sismographes du monde réunis. Son destin voulut qu'un journaliste l'entende et, soit par sympathie, soit parce qu'il avait été séduit par l'aspect insolite de l'affaire, résume la nouvelle en quatre lignes, l'information passa au journal du soir, sans image, mais accompagnée d'une souriante réserve. Le lendemain, la télévision portugaise, manquant de pâture locale, reprit et développa la nouvelle, et l'on entendit même un spécialiste en phénomènes paranormaux déclarer, Dans ce cas précis, comme dans beaucoup d'autres, tout dépend en fait de la sensibilité, déclaration éminente qui n'ajouta rien à la compréhension du phénomène.

Il a été longuement question d'effets et de causes jusqu'ici et l'on a toujours pris soin de ne pas dépasser la mesure, de respecter la logique, d'écouter le bon sens et de différer le jugement, car il est évident pour tout le monde qu'un cul-de-sac ne peut mener à une grand-place. Acceptons donc pour naturelle et légitime, ainsi que nous l'insinuons depuis le début, l'hypothèse selon laquelle la griffure faite sur le sol par la branche d'orme de Joana Carda serait à l'origine de la faille des Pyrénées, mais ne négligeons pas cet autre fait, tout aussi véridique, à savoir que Joaquim Sassa est parti à la recherche de Pedro Orce après avoir entendu parler de lui au journal du soir.

Le sort de ses terres perdues au fin fond de l'Occident affligea l'Europe, mère aimante. Tout le long de la chaîne pyrénéenne les granites éclataient, les fissures se multipliaient, les routes étaient coupées, des rivières, des ruisseaux, des torrents sombraient dans l'invisible. Sur les sommets couverts de neige, vus du ciel, s'ouvrait une ligne noire aussi fulgurante qu'une traînée de poudre par où la neige s'écoulait et disparaissait avec une rumeur blanche de petite avalanche. Les hélicoptères allaient et venaient sans trêve, scrutant les pics et les vallées, avec leur cargaison de spécialistes en tous genres pouvant être d'une quelconque utilité, des géologues, dont c'était après tout la place, encore que le travail sur le terrain leur fût désormais interdit, des sismologues perplexes, le sol s'obstinait à ne pas trembler, pas le moindre frémissement, la plus petite vibration, et il y avait encore des vulcanologues nourrissant un secret espoir malgré le ciel clair, sans trace de fumée ou de feu, l'azur parfait du mois d'août, la traînée de poudre de tout à l'heure n'était qu'une comparaison, et il est dangereux de les prendre au pied de la lettre, celle-ci et toutes les autres, si l'on n'a pas au préalable appris à s'en méfier. La force humaine ne pouvait rien pour cette chaîne qui s'ouvrait comme une grenade, sans douleur apparente, et simplement, qui sommes-nous pour le savoir, parce qu'elle était mûre et que son temps était venu. Quarante-huit heures seulement après que Pedro Orce se fut rendu à la télévision pour conter ce que nous savons, de l'Atlantique à la Méditerranée, à pied ou en véhicules à roues, il n'était plus possible de traverser la frontière. Et dans les basses terres du littoral, les mers, chacune de leur côté, commençaient à pénétrer par les nouveaux canaux, les gorges mystérieuses et inconnues, toujours plus hautes, avec leurs parois à pic, dans la verticale exacte du pendule, leur coupe parfaite mettant en évidence la disposition des strates archaïques et récentes, les synclinaux, les couches argileuses, les conglomérats, les larges brèches de calcaire et d'arène meuble, les lits de schiste, les roches siliceuses et noires, les granites et le reste qu'il est impossible de citer, par manque de temps et de connaissances du narrateur. Maintenant on commence à connaître la réponse qu'il aurait fallu donner au Galicien qui a demandé, Où va cette eau, À la mer, répondrions-nous, en pluie fine, en poussière, en cascade, tout dépend de la hauteur d'où elle tombe et de sa forme, non, il n'est pas question de l'Irati, elle est loin, mais l'on peut parier que, dès que le soleil aura pénétré dans les sombres profondeurs, tout se passera conformément aux autres fois, avec jeux d'eau et arc-en-ciel.

Dans un rayon de cent kilomètres de chaque côté de la frontière, les populations ont abandonné leurs maisons pour se réfugier dans la sécurité relative de l'intérieur des terres, excepté les habitants d'Andorre, dont le cas est plus compliqué, et que nous allions impardonnablement oublier, voilà le sort des petits pays qui n'avaient qu'à être plus grands. Au début, il y eut bien des hésitations sur les conséquences finales de toutes ces fissures, et ce des deux côtés de la frontière, les habitants étant les uns espagnols les autres français, d'autres encore andorrans, chacun penchait pour ses propres aspirations, ou se déterminait d'après la raison ou l'intérêt du moment, avec le danger de voir se diviser les familles et autres associations. Finalement, la ligne de fracture s'établit d'un coup le long de la frontière avec la France, les quelques milliers de Français furent évacués par voie aérienne au cours d'une brillante opération de sauvetage qui reçut pour nom de code Mitre d'Évêque, appellation qui déplut fortement à l'évêque d'Urgel, son involontaire inspirateur, mais qui ne l'empêcha point de se féliciter d'être, pour la postérité, l'unique suzerain d'une principauté, qui, si elle ne finissait pas à la mer, se trouverait rattachée uniquement à l'Espagne. Dans le désert créé par l'évacuation générale, on ne voyait plus circuler, la prière aux lèvres, que quelques détachements militaires, continuellement survolés par des hélicoptères prêts à tous les recueillir au moindre indice d'instabilité géologique, et les inévitables pilleurs, en général isolés, que les catastrophes font sortir de leurs tanières ou de leurs œufs de serpent, et qui, dans ce cas précis, semblables aux militaires qui les fusillaient sans compassion ni pitié, avançaient eux aussi, la prière aux lèvres, chacun selon sa foi, tout être vivant a droit à l'amour et à la protection de son dieu, d'autant plus qu'à la décharge des voleurs on pourrait alléguer que celui qui a abandonné sa maison n'a plus le droit d'y vivre ni d'en profiter, car, comme le dit l'adage, Tous les oiseaux mangent du blé, seul le moineau règle la note, à chacun de vous de décider s'il voit une adéquation entre la leçon générale et le cas particulier.

On a déjà exprimé le regret que ce récit authentique ne soit pas un livret d'opéra, c'est le moment de le répéter ici car, si c'en était un, on ferait avancer sur le devant de la scène un concertant comme on n'en a jamais entendu, vingt chanteurs, lyriques et dramatiques, de la basse à la coloratur, rouladant leurs parties alternativement ou en chœur, à la suite les uns des autres ou simultanément, nous voulons parler de la réunion des gouvernements espagnol et portugais, de la rupture des lignes de courant électrique, de la déclaration de la Communauté économique européenne, de la prise de position de l'Organisation du traité de l'Atlantique Nord, de la débandade des touristes pris de panique, des avions pris d'assaut, des bouchons sur les routes, de la rencontre de Joaquim Sassa et de José Anaiço, de leur rencontre avec Pedro Orce, de l'inquiétude des taureaux en Espagne, de la nervosité des juments au Portugal, de l'épouvante sur les côtes méditerranéennes, de la perturbation des marées, de la fuite des abondants et puissants capitaux, on ne va pas tarder à manquer de chanteurs. Des esprits curieux, pour ne pas dire sceptiques, veulent connaître la cause de ces effets si nombreux, si divers et si graves, comme si le simple fait que la chaîne se soit fendue, que les rivières se soient transformées en cascades, et que les océans, qui depuis des millions d'années s'étaient retirés de la terre, l'aient pénétrée à nouveau sur plusieurs kilomètres ne leur suffisait pas. C'est que, et arrivé à cet instant fatal la main hésite, comment écrire et rendre plausibles les mots suivants, ceux qui vont tout compromettre, alors qu'il devient si difficile, mais en fut-il jamais autrement, de distinguer la vérité du mensonge. C'est que, concluons ce qui était resté en suspens, grâce au grand effort qui consiste à transformer par le verbe ce qui par le verbe seul peut être transformé, le moment est venu de dire, oui, maintenant, que la péninsule Ibérique s'est éloignée soudain, tout entière et d'un seul tenant, de dix mètres à la fois, qui va me croire, les Pyrénées se sont ouvertes de haut en bas comme si une hache invisible était descendue des hauteurs, s'introduisant dans les fentes profondes, fendant la pierre et la terre jusqu'à la mer, maintenant oui, nous pourrons voir l'Irati tomber de mille mètres, en chute libre, comme l'infini, s'ouvrir au vent et au soleil, éventail de cristal ou queue d'oiseau de paradis, c'est le premier arc-en-ciel suspendu au-dessus de l'abîme, le premier vertige de l'épervier qui s'immobilise, ses ailes aux sept couleurs toutes mouillées. Et l'on verrait encore le Visaurin, le mont Perdu, le pic Perdiguere, celui d'Estats, deux mille mètres, trois mille mètres d'escarpements dont la vue est insoutenable, on n'en peut distinguer le fond que l'eau et la distance embrument, puis, aussi sûr que le destin existe, l'espace s'élargira, de nouveaux nuages viendront.

Les jours passent, les souvenirs se confondent, on finit par ne plus pouvoir faire la différence entre la vérité et les vérités, autrefois si évidentes, si définies, alors, pour contrôler ce qu'ambitieusement l'on nomme la rigueur des faits, on va consulter les témoignages de l'époque, les documents divers, les journaux, les films, les vidéos, les chroniques, les journaux intimes, les parchemins, les palimpsestes plus particulièrement, on interroge les survivants, avec un peu de bonne volonté d'un côté et de l'autre, on arrive même à croire ce que raconte le vieillard sur ce qu'il a vu et entendu dans son enfance et l'on finira bien par tirer quelque chose de tout ça, à défaut de convictions on s'invente des certitudes, mais ce qui semble positivement confirmé, c'est que jusqu'à ce que les câbles électriques se soient rompus, et même si l'on a dit le contraire, la péninsule n'avait pas connu la peur, la panique oui, mais pas la peur qui est un sentiment d'un autre calibre. Bien des gens gardent en mémoire la scène dramatique du col du Perthus, quand le béton disparut à la vue de ceux qui criaient, Nous avons gagné, nous avons gagné, mais l'épisode n'impressionna que ceux qui se trouvaient là, les autres y assistèrent de loin, chez eux, devant le théâtre domestique qu'est la télévision, ce petit rectangle de verre, cour des miracles où une image chasse l'autre sans laisser de traces, où tout est livré à échelle réduite, même les émotions. Quant aux spectateurs sensibles, il y en a encore, ceux qui pour un rien se mettent à pleurer ou à déguiser leur voix, ils firent ce qu'on fait d'ordinaire quand on ne peut supporter plus longtemps la vue de la faim en Afrique et autres calamités, ils détournèrent les yeux. De plus, il ne faut pas oublier qu'en de nombreux endroits de la péninsule, dans ses recoins les plus profonds, là où les journaux n'arrivent pas et où la télévision est difficile à capter, il y avait des millions, oui, des millions de gens qui ne comprenaient rien à ce qui se passait, ou n'en avaient qu'une vague idée formée de quelques mots dont ils n'avaient saisi le sens qu'à demi, et encore, et ce de façon si douteuse qu'il n'y avait pas grande différence entre ce que l'un croyait savoir et ce que l'autre ignorait.

Mais quand toutes les lumières de la péninsule s'éteignirent en même temps, *apagon*, dirent-ils ensuite en Espagne, *negrum*, dans un village portugais où l'on inventait encore des mots, lorsque cinq cent quatre-vingt-un mille kilomètres carrés de terres s'effacèrent de la surface du monde, il n'y eut plus aucun doute, c'était la fin. L'extinction totale des lumières dura heureusement moins d'un quart d'heure, jusqu'à ce que l'on ait mis en marche les générateurs de secours, actionné les groupes électrogènes, guère puissants en cette période de l'année, en plein été, en plein mois d'août, sécheresse, lacs taris, faible rendement des centrales thermiques, quant aux nucléaires, elles sont maudites, et ce fut un véritable pandémonium péninsulaire, une apocalypse, la peur froide, un tremblement de terre n'aurait pu produire de pires effets. C'était le début de la nuit, quand la plupart des gens sont déjà rentrés chez eux, certains assis devant la télévision, les femmes, à la cuisine, préparent le dîner, un père, plus patient, mais pas très sûr de lui, explique un problème d'arithmétique, tout cela ne respire guère le bonheur, mais on a finalement vu ce qu'il valait, cette terreur, cette obscurité aussi sombre qu'un four, cette tache d'encre tombée sur l'Ibérie, Ne nous ôte pas la lumière, Seigneur, rends-la-nous, et je te promets que je ne te demanderai plus rien jusqu'à la fin de mes jours, disaient les pécheurs repentis qui exagèrent toujours. Celui qui vivait dans la plaine se croyait tout à coup au fond d'un puits bouché, celui qui vivait sur les hauteurs grimpait jusqu'au sommet et ne pouvait distinguer la moindre lueur à des lieues à la ronde, c'était comme si la terre avait changé d'orbite et voyageait à présent dans un espace sans soleil. Dans les maisons, mains tremblantes, on alluma les bougies, les lanternes, les lampes à pétrole conservées pour l'occasion, mais pas celle-ci, les chandeliers d'argent, ceux de bronze qui servaient d'ornement, les bougeoirs en laiton, les lampes à huile oubliées, pauvres lumières qui peuplaient d'ombres l'ombre même et laissaient deviner des visages terrifiés, décomposés, comme reflétés dans l'eau. Bien des femmes crièrent, bien des hommes tremblèrent, quant aux enfants on dira qu'ils ont tous pleuré. Quinze minutes plus tard, lesquelles semblèrent, comme on dit, durer quinze siècles, encore que personne n'ait jamais vécu suffisamment pour pouvoir établir la comparaison, le courant électrique revint lentement, en clignotant d'abord, chaque lampe, comme un œil somnolent lançant alentour un regard trouble, prête à retomber de nouveau dans le sommeil puis s'assumant telle qu'elle était, lumière, avant de se stabiliser tout à fait.

Une demi-heure plus tard, la télévision et la radio reprenant leurs programmes commentèrent l'événement, et c'est ainsi qu'on apprit que tous les câbles à haute tension entre la France et l'Espagne étaient rompus, que plusieurs pylônes s'étaient abattus, car, impardonnable oubli, aucun ingénieur n'avait songé à couper les lignes qu'on ne pouvait évidemment descendre à terre. Par bonheur le feu d'artifice des courts-circuits ne fit aucune victime, enfin c'est une façon de parler relativement égoïste, car, s'il est vrai qu'aucun humain ne fut touché, un loup, qui n'avait pu échapper à la fulmination, se trouva changé en charbon ardent. Toutefois la rupture des câbles n'expliquait qu'en partie l'absence de lumière, l'autre moitié, évoquée en termes délibérément confus, ne tarda pas à devenir intelligible, chaque voisin aidant son prochain, Ce qu'ils ne veulent pas confesser, c'est que ce n'est plus une simple histoire de fissures dans le sol, si ce n'était que ça, les câbles ne se seraient pas rompus, Mais alors, voisin, que croyez-vous que ce soit, Il n'y a pas d'œuf sans poule, mais cette fois ce n'est pas d'un œuf qu'il s'agit, les câbles se sont rompus parce qu'ils étaient trop tendus, et s'ils étaient trop tendus c'est que les terres s'étaient séparées, et si ce n'est pas comme ça que ça s'est passé, je veux bien perdre le nom que je porte, Ce n'est pas possible, Mais si, mais si, et vous allez voir qu'ils vont finir par en convenir. Et ainsi fut fait, mais le lendemain seulement, quand il courait déjà tant de rumeurs qu'une information supplémentaire, même véridique, ne pouvait augmenter la confusion, toutefois ils ne dirent pas les choses très clairement et ne révélèrent pas toute la vérité, juste ces quelques mots, une modification de la structure géologique de la chaîne des Pyrénées a provoqué une rupture en ligne continue, en solution de continuité physique, par conséquent, les communications par voie terrestre entre la France et la péninsule sont momentanément interrompues, les autorités suivent avec intérêt l'évolution de la situation, les liaisons aériennes sont maintenues, tous les aéroports sont ouverts et fonctionnent à plein régime, et dès demain on espère pouvoir doubler les vols.

Ça tombait bien. Quand il devint évident et irréfutable que la péninsule Ibérique s'était entièrement détachée de l'Europe, on disait déjà, Elle s'est détachée, des centaines de milliers de touristes, c'était la pleine saison touristique comme nous l'avons déjà dit, quittèrent précipitamment, et sans régler leurs notes, les hôtels, les auberges, les meublés, les motels, les pensions, les maisons et les chambres en location, les terrains de camping, les tentes, les caravanes, provoquant aussitôt de gigantesques embouteillages qui s'aggravèrent encore lorsqu'on commença d'abandonner les automobiles un peu partout, cela prit un certain temps mais ce fut ensuite comme une traînée de poudre, les gens mettent du temps en général avant de comprendre et d'accepter la gravité des situations, et par exemple le fait qu'une voiture ne sert à rien quand les routes vers la France sont coupées. Autour des aéroports, telle une inondation, s'étendait l'énorme masse des voitures de toutes les tailles, de tous les modèles, de toutes les marques et de toutes les couleurs qui engorgeaient les rues et les voies d'accès, désorganisant entièrement la vie des communautés locales. Les Espagnols et les Portugais, déjà remis de leur terreur de l'*apagon* et du *negrum*, assistaient à cette panique qu'ils jugeaient absurde, En fin de compte, pour le moment, personne n'est mort, ces étrangers, sortis de leur routine, ils perdent la tête, voilà où mène le progrès scientifique et technique, et, ce jugement condamnatoire une fois prononcé, ils allaient choisir, parmi les voitures abandonnées, celle qui leur plaisait le mieux et qui couronnait leurs rêves.

Dans les aéroports, les guichets des compagnies aériennes étaient assaillis par la foule excitée, une formidable Babel de gestes et de cris, on n'avait jamais vu pareilles tentatives et pratiques de corruption pour obtenir un billet, on vendait tout, on achetait tout, bijoux, appareils, vêtements, drogue négociée au grand jour, la voiture est là dehors, voici les clés et les papiers, si vous n'avez plus de place pour Bruxelles, j'irai n'importe où, à Istanbul, et même en enfer, ce touriste est un distrait, il était dans le village et il ne voyait pas les maisons. Surchargés, leurs mémoires pléthoriques saturées, les ordinateurs commirent des erreurs qui se multiplièrent jusqu'au blocage total. On ne vendait déjà plus de billets, les avions étaient pris d'assaut, une barbarie, les hommes d'abord, parce qu'ils étaient les plus forts, puis les femmes fragiles et enfin les enfants innocents, beaucoup parmi eux périrent, écrasés entre la porte du terminal et l'échelle d'accès, premières victimes aussitôt suivies des deuxièmes et des troisièmes quand, quelqu'un ayant eu la tragique idée de se frayer un chemin l'arme au poing, la police l'abattit. Ce fut une véritable fusillade car il y avait d'autres armes dans la foule et tout le monde se mit à tirer, inutile de préciser dans quel aéroport se déroula cette tragédie qui fit dix-huit morts et se répéta en deux ou trois autres endroits, encore qu'avec de moins terribles conséquences.

Soudain, quelqu'un s'étant souvenu qu'on pouvait aussi bien fuir par la mer, une autre course vers le salut commença. Les fugitifs refluèrent une fois de plus à la recherche de leurs voitures abandonnées, parfois ils les retrouvèrent et parfois non, mais quelle importance si l'on n'avait plus les clés ou qu'elles ne pouvaient servir, on mettait vite le contact, ceux qui ne savaient pas apprirent aussitôt à le faire, le Portugal et l'Espagne devinrent le paradis des voleurs de voitures. Quand ils arrivaient sur les quais, ils se mettaient en quête d'un batelet ou d'un canot qui pût les transporter ou, mieux encore, d'un sardinier, d'un chalutier, d'une barque, d'un voilier et, abandonnant leurs derniers biens sur la terre maudite, ils n'emportaient que les vêtements qu'ils avaient sur eux, guère plus, un mouchoir plus très net, un briquet sans gaz ni valeur, une cravate qui n'avait plu à personne, c'est vraiment mal d'avoir tiré profit du malheur d'autrui, on a agi comme ces pirates de la côte qui dépouillent les naufragés. Les pauvres gens débarquaient où ils pouvaient, où on les conduisait, certains furent lâchés à Ibiza, à Majorque et Minorque, à Formentera ou dans les îles Cabrera et Conejera, au petit bonheur la chance, les malheureux étaient pour ainsi dire en danger de mort, car si pour l'instant les îles n'avaient pas encore bougé, qui peut prévoir ce qui se passera demain, on croyait les Pyrénées dressées pour l'éternité, et finalement. Des milliers et des milliers de gens qui fuyaient soit de l'Algarve soit de la côte espagnole et qui se trouvaient au-dessous du cap de Palos partirent pour le Maroc, quant aux autres, qui étaient au-dessus du cap, ils préféraient, dans la mesure du possible, être directement convoyés vers l'Europe, ils demandaient, Combien voulez-vous pour m'emmener en Europe, et le second maître fronçait les sourcils, faisait la grimace, jaugeait les biens du fugitif, avant de répondre, Vous savez, l'Europe est loin comme tout, c'est le bout du monde, et il était inutile de répondre, Vous exagérez, il n'y a que dix mètres d'eau, une fois, un Hollandais s'étant risqué à faire cette remarque, qu'un Suisse confirma, il lui fut cruellement répondu, Ah, dix mètres seulement, eh bien, allez-y à la nage, ils durent s'excuser et payer le double. Les affaires étaient florissantes jusqu'au jour où, après concertation, les différents pays établirent des ponts aériens pour le rapatriement de leurs ressortissants, mais, une fois prise cette mesure humanitaire, il se trouva encore des marins et des pêcheurs pour se remplir les poches car il ne faut pas oublier que les gens du voyage ne sont pas tous en règle avec la loi, certains étaient prêts à réclamer n'importe quel prix, d'ailleurs ils n'avaient guère le choix, étant donné que les forces navales du Portugal et de l'Espagne patrouillaient continuellement sur les côtes, en état d'alerte, sous le contrôle, discret, des flottes des différentes puissances.

Il y eut toutefois des touristes qui préférèrent ne pas partir, acceptant comme une fatalité inéluctable la rupture géologique, qu'ils interprétaient comme un signe impérieux du destin, ils écrivirent à leurs familles, délicate attention de leur part, pour les prier de les oublier, ils avaient changé de monde, de vie aussi, ce n'était pas leur faute, c'était en général des individus sans volonté, de ceux qui ajournent leurs décisions et disent toujours demain, demain, ce qui ne veut pas dire qu'ils n'aient ni rêves ni désirs, leur drame, c'est qu'ils meurent avant de pouvoir ou de savoir vivre un peu de ces désirs et de ces rêves-là. D'autres, les désespérés, réagirent par le silence, ils disparurent tout simplement, ils oublièrent et se firent oublier, pourtant, n'importe laquelle de ces existences aurait pu faire un roman, une histoire, enfin quelque chose, ce qu'ils auraient pu, et même si ce quelque chose n'était rien, cela aurait été un rien différent, car il n'y en a pas deux semblables.

Certains portent sur leurs épaules de plus lourdes responsabilités, et l'on n'admettrait pas qu'ils les fuient, car, dès que les affaires de la patrie vont mal, la première question qui vient aux lèvres, c'est, Et eux alors, qu'est-ce qu'ils fabriquent, ils attendent quoi, cette irritation contient une bonne part d'injustice, car enfin, eux non plus, les pauvres, ne peuvent échapper au destin, le plus qu'ils peuvent faire c'est d'aller demander au président sa démission, mais dans une affaire comme celle-là c'est hors de question, ce serait une trop grande ignominie, et l'histoire jugerait sévèrement des hommes publics qui prendraient pareille décision à un moment où, c'est le cas de le dire, tout va à vau-l'eau. Au Portugal, en Espagne, chacun de leur côté, les gouvernements publièrent d'apaisants communiqués, garantissant formellement que la situation n'était pas trop préoccupante, curieux discours, et que tous les moyens avaient été pris pour sauvegarder les individus et leurs biens, puis les chefs de gouvernement se rendirent à la télévision, et après eux, mesure visant à apaiser les esprits inquiets, le président d'ici et le roi de là, *Friends, Romans, countrymen, lend me your ears*, dirent-ils, et les Portugais et les Espagnols réunis sur leurs forums répondirent d'une seule voix, Oui, bien sûr, oui, bien sûr, *words, words*, rien que des mots. Face au mécontentement de l'opinion publique, les Premiers ministres des deux pays se réunirent dans un lieu secret, seuls tout d'abord, puis avec les membres de leurs gouvernements respectifs, ensemble et séparément, ce furent deux journées de conversations ininterrompues, au terme desquelles il fut finalement décidé de constituer une commission paritaire de crise dont l'objectif principal serait de coordonner les actions de la défense civile des deux pays, afin d'augmenter l'efficacité mutuelle des moyens techniques et des ressources humaines pour affronter le défi géologique qui avait déjà éloigné la péninsule de l'Europe d'environ dix mètres, Si ça ne s'aggrave pas, murmurait-on dans les couloirs, ce ne sera pas trop terrible, disons même que ce serait une bonne farce faite aux Grecs, un canal plus large que le célèbre canal de Corinthe, On ne peut toutefois ignorer que nos problèmes de communication avec l'Europe, qui sont, historiquement parlant, déjà tellement compliqués, risquent de devenir explosifs, Eh bien, on construira des ponts, Moi, ce qui me préoccupe, c'est que le canal pourrait s'élargir de telle manière que des navires risquent d'y circuler, surtout des pétroliers, ce serait un rude coup pour les ports ibériques, sans parler des conséquences, *mutatis mutandis*, bien entendu, comme celles qui résultèrent de l'ouverture du canal de Suez, c'est-à-dire que le Nord de l'Europe et le Sud de l'Europe disposeraient d'une communication directe qui éliminerait en quelque sorte la route du Cap, Et nous on regarderait passer les bateaux, commenta un Portugais, les autres crurent comprendre que les navires dont il était question étaient ceux qui allaient passer dans le nouveau canal, nous seuls Portugais savons qu'il s'agit de navires bien différents, qui charrient leurs cargaisons d'ombres, d'ambitions, de frustrations, d'erreurs et de désillusions, comme en témoignent les fonds de cale, Un homme à la mer, a-t-on crié, et personne ne l'a secouru.

Au cours de la réunion, comme cela avait été préalablement convenu, la Communauté économique européenne rendit publique une déclaration solennelle, selon laquelle il était entendu que le mouvement des pays ibériques vers l'occident ne remettait pas en cause les accords en vigueur, d'autant moins qu'il s'agissait d'un éloignement négligeable, quelques mètres seulement, si on le compare avec la distance qui sépare l'Angleterre du continent, pour ne rien dire de l'Islande ou du Groenland, qui appartiennent si peu à l'Europe. Cette déclaration, tout à fait claire, fut le résultat d'un débat animé au sein de la Commission, au cours duquel quelques pays membres manifestèrent un certain détachement, le terme est bien choisi, allant jusqu'à insinuer que si la péninsule Ibérique voulait s'en aller, eh bien qu'elle parte, l'erreur avait été de la laisser entrer. C'était, bien entendu, une plaisanterie, *a joke*, au cours de ces difficiles réunions internationales, les gens ont aussi besoin de se distraire, on ne peut travailler tout le temps, mais les commissaires portugais et espagnol condamnèrent énergiquement cette attitude inélégante, provocatrice et indubitablement anticommunautaire, citant, chacun dans sa propre langue, le dicton ibérique bien connu, C'est dans la peine qu'on connaît ses amis. On avait également demandé à l'Organisation du traité de l'Atlantique Nord une déclaration de solidarité atlantiste, mais la réponse, tout en n'étant pas négative, se résuma à une phrase impubliable, *Wait and see*, ce qui d'ailleurs n'exprimait pas l'entière vérité, étant donné que, pour parer à toute éventualité, les bases de Beja, Rota, Gibraltar, El Ferrol, Torrejon de Ardoz, Cartagena, San Jurjo de Valenzuela, sans parler des installations de moindre importance, avaient été mises en état d'alerte.

Alors, la péninsule Ibérique se déplaça encore un peu, un mètre, deux mètres, pour éprouver ses forces. Les cordes qui servaient de témoins, jetées d'un bord à l'autre, comme font les pompiers sur les murs qui présentent des fissures et qui menacent de s'écrouler, cédèrent comme de simples cordelettes, certaines, plus solides, arrachèrent, avec leurs racines, les arbres et les poteaux auxquels elles étaient attachées. Il y eut une pause, on sentit passer dans l'air comme un grand souffle, la première et profonde respiration de celui qui se réveille, et la masse de pierre et de terre, couverte de villes, de villages, de rivières, de bois, d'usines, de forêts vierges, de champs cultivés, avec ses habitants et ses animaux, commença de bouger, barque qui s'éloigne du port et met le cap vers l'océan, une fois encore inconnu.

Cet olivier est *cordovil*, ou *cordovesa*, ou *cordovia*, peu importe, car on lui prête indifféremment ces trois noms en terre portugaise, quant à l'olive qu'il produit, sa taille et sa beauté lui attireraient chez nous le qualificatif d'olive reine, mais cordouane sûrement pas, encore qu'on soit plus près de Cordoue que de la frontière. Ces détails, ces superfluités, ces vocalisations méliques, artifices d'un chant plat qui rêverait d'avoir les ailes de la riche musique, paraissent superflus quand il importerait davantage de parler de ces trois hommes assis sous l'olivier, l'un étant Pedro Orce, l'autre Joaquim Sassa, et le troisième José Anaiço, réunis là par le plus prodigieux des hasards ou la plus délibérée des manipulations. Mais dire que cet olivier est *cordovil* nous permet au moins de faire remarquer à quel point les évangélistes furent négligents lorsqu'ils se bornèrent à écrire que Jésus avait maudit le figuier, il semble que l'information devrait nous suffire, et pourtant ce n'est pas le cas, non monsieur, car finalement, vingt siècles plus tard, nous ignorons encore si le malheureux arbre donnait des figues blanches ou violettes, des figues fleurs ou des figues d'automne, des sucrées ou de celles dont la peau éclate, non point que ce manque de précision nuise à la science chrétienne, mais la vérité historique, elle, en a certainement souffert. L'olivier est donc *cordovil*, et trois hommes sont assis dessous. Au-delà des coteaux, invisible de l'endroit où il se trouve, il y a un village où Pedro Orce a vécu, et le hasard, si c'en est bien un c'est le premier, a voulu qu'ils portent tous deux le même nom, ce qui n'enlève aucune vraisemblance à l'histoire et ne lui en ajoute pas non plus, un homme peut s'appeler Tête de Vache ou Mauvais Temps et n'être ni boucher ni météorologiste. On a déjà dit, en toute bonne foi, que tout n'était que hasards et manipulations.

Ils sont assis par terre, entre eux s'élève la voix nasillarde d'une radio dont les piles donnent des signes de fatigue, et le speaker est en train de déclarer, Selon les dernières estimations, la vitesse de déplacement de la péninsule s'est stabilisée aux alentours de sept cent cinquante mètres à l'heure, soit environ dix-huit kilomètres par jour, ça n'a l'air de rien, mais si l'on fait un calcul précis, cela signifie que, chaque minute, nous nous éloignons de douze mètres et demi de l'Europe, et tout en refusant de céder à un alarmisme débilitant, la situation est réellement préoccupante, Et elle le serait encore bien plus si tu disais qu'à chaque seconde ça fait deux centimètres et des poussières, commenta José Anaiço, habile en calcul mental, il ne put toutefois aller jusqu'aux dixièmes et aux centièmes, car Joaquim Sassa le fit taire pour écouter le speaker, et ça valait la peine, Selon des informations qui arrivent à l'instant même à notre rédaction, il se serait produit une grande faille entre La Linea et Gibraltar, ce qui fait que, compte tenu de l'effet jusqu'à présent irréversible des fractures, on peut déjà prévoir qu'El Penon va se trouver isolé au milieu de la mer, si cela se produit, il ne faudra pas accuser les Britanniques, car la faute n'incombe à nul autre que nous et à l'Espagne, qui n'a pas su récupérer à temps ce morceau sacré de la patrie, maintenant il est trop tard, il nous quitte de lui-même, Cet homme est un artiste du verbe, commenta Pedro Orce, mais le speaker avait déjà changé de ton et, dominant son émotion, il poursuivit, Le cabinet du Premier ministre de Grande-Bretagne a communiqué une note selon laquelle le gouvernement de Sa Majesté britannique réaffirme ce qu'il nomme ses droits, à présent confirmés, sur Gibraltar, je cite, par le fait indiscutable que le Rocher est en train de se séparer de l'Espagne, ce qui signifie que toutes les négociations ayant pour but un éventuel, encore que problématique, transfert de souveraineté sont unilatéralement et définitivement suspendues. Ce n'est pas encore cette fois qu'on verra la chute de l'Empire britannique, décréta José Anaiço, Dans une déclaration au Parlement, l'opposition a exigé que le futur côté nord de la nouvelle île soit rapidement fortifié de façon à ce que le périmètre du Rocher constitue un bastion inexpugnable, orgueilleusement isolé au milieu de l'Atlantique, à présent élargi, comme symbole du pouvoir immortel d'Albion, Ils sont fous, murmura Pedro Orce, en regardant les hauteurs de la chaîne de Sagra, devant lui, De son côté, le gouvernement, visant à réduire l'impact politique de cette revendication, a répondu que Gibraltar, vu ses nouvelles conditions géostratégiques, continuait d'être l'un des joyaux de la couronne de Sa Majesté britannique, formule qui, à l'image de la Magna Carta, a la vertu suprême de satisfaire tout le monde, cette conclusion ironique venait du speaker, qui ajouta pour terminer, Nous vous donnerons d'autres informations dans une heure, sauf imprévu. Une bande d'étourneaux passa comme un ouragan sur la colline aride, vruuuuuu, Ce sont les tiens, demanda Joaquim Sassa, et sans même lever les yeux, José Anaiço répondit, Oui, ce sont les miens, il est bien placé pour le savoir, car depuis qu'ils ont quitté les verts pâturages du Ribatejo ils ne se quittent plus, sauf pour manger et dormir, car l'homme ne se nourrit ni de vers ni de graines perdues, l'oiseau dort dans les arbres, sans drap. La nuée frémissante trace un grand cercle dans l'air, les ailes vibrent, les becs boivent l'air et le soleil et l'azur, de rares nuages, blancs et pommelés, naviguent dans l'espace comme des galions, les hommes, ceux-là et tous les autres, regardent ces choses et, comme de coutume, ils ne les comprennent pas.

Ce n'était pas pour écouter, tous ensemble, un transistor que Pedro Orce, Joaquim Sasse et José Anaiço, venus d'endroits si différents, s'étaient retrouvés là. Nous savons depuis trois minutes que Pedro Orce vit dans le village caché derrière les collines, nous avons su dès le début que Joaquim Sassa venait d'une plage au Nord du Portugal, quant à José Anaiço, nous le savons maintenant avec certitude, il se promenait dans les pâturages du Ribatejo lorsqu'il a rencontré les étourneaux, et nous aurions pu le savoir tout de suite, si nous avions prêté plus d'attention aux détails du paysage. Reste à savoir comment ils ont fait pour se rencontrer tous trois et pourquoi ils se trouvent clandestinement assis sous un olivier, seul de son espèce en ces parages, entre de rares arbres nains à peine visibles qui se cramponnent au sol blanc, le soleil brille de tous ses feux, l'air tremble, c'est la chaleur andalouse, bien que l'on soit au milieu d'un cirque de montagnes, nous voilà soudain conscients de ces matérialités, nous sommes entrés dans le monde réel, ou bien c'est lui qui a forcé notre porte.

Tout bien réfléchi, il n'y a pas de début, ni pour les choses ni pour les gens, tout ce qui a commencé un jour avait déjà commencé avant, l'histoire de cette feuille de papier, prenons l'exemple immédiatement à portée de nos mains, si on veut qu'elle soit authentique et complète, doit remonter jusqu'aux origines du monde, on a volontairement substitué le pluriel au singulier, et même dans ces conditions, on peut soupçonner ces premiers principes de n'avoir été que de simples lieux de passage, des rampes de lancement, pauvre tête que la nôtre, soumise à de telles pressions, admirable tête, malgré tout, capable de perdre la raison pour tous les motifs, excepté celui-là.

Il n'y a donc pas de commencement, mais il y eut ce moment où Joaquim Sassa quitta l'endroit où il se trouvait, une plage au Nord du Portugal, Afife peut-être, celle aux pierres énigmatiques, ou peut-être A-Ver-O-Mar*, qui serait encore bien mieux, car peut-on imaginer nom de plage plus parfait que celui-là, les poètes et les romanciers eux-mêmes n'y auraient point songé. C'est de là qu'est venu Joaquim Sassa, parce qu'il a entendu dire qu'un Pedro Orce d'Espagne sentait trembler la terre, alors que la terre ne tremblait pas, et cette curiosité est bien naturelle chez un homme qui, avec toute la force qu'il ne possédait pas, a lancé une pierre à la mer, séparant ainsi la péninsule de l'Europe, sans secousse ni douleur, comme un cheveu qui, de par la simple volonté de Dieu, dit-on, tombe silencieusement. Il a pris la route dans sa vieille Deux-Chevaux, sans prendre tristement congé de sa famille, car il n'en a point, et sans prévenir le patron du bureau où il travaille. C'est l'époque des vacances, il peut aller et venir sans demander d'autorisation, on n'exige même plus de passeport à la frontière, on montre simplement sa carte d'identité et la péninsule est à nous. Sur le siège à côté de lui, il y a le transistor, la musique le distrait, le bavardage du speaker, doux et apaisant comme un berceau acoustique, parfois irrite, enfin tout ça c'est en temps normal, car en ce moment l'éther est sillonné de mots fébriles, d'informations en provenance des Pyrénées, exode, traversée de la mer Rouge, retraite de Napoléon. Ici, sur les routes de l'intérieur, il y a peu de trafic, rien qui puisse se comparer à l'Algarve, cette confusion, cette convulsion, ou à Lisbonne, avec ses autoroutes du Sud et du Nord, son aéroport de Portela, qui ressemble à une place assiégée, assaillie par des fourmis, limaille de fer attirée par l'aimant. Joaquim Sassa avance tranquillement le long des chemins ombragés du littoral, son but, c'est un village nommé Orce, dans la province de Grenade, en Espagne, où vit l'homme dont on a parlé à la télévision, Je vais voir s'il existe un lien quelconque entre ce qui m'est arrivé et le fait qu'il sente la terre

* Littéralement : Regarder-la-Mer.

trembler sous ses pieds, les gens, quand ils se mettent à imaginer des choses, ils les relient les unes aux autres, bien souvent ils se trompent, mais il arrive qu'ils tombent juste, une pierre lancée à la mer, la terre qui tremble, une cordillère qui se fend. Joaquim Sassa avance lui aussi au milieu de montagnes qui n'ont rien à voir avec ces titans, et tout à coup le voilà qui s'inquiète, Et s'il arrivait la même chose ici, que l'Estrela se fende elle aussi, que le Mondego disparaisse dans les profondeurs, les peupliers automnaux n'auraient alors plus de miroir où se refléter, la pensée se fait poétique, le danger s'éloigne déjà.

À ce moment, la musique s'interrompit, le speaker se mit à lire les informations qui n'avaient guère changé, la seule nouveauté, encore que toute relative, venait de Londres, le Premier ministre s'était rendu à la Chambre des communes pour affirmer de façon catégorique que la souveraineté britannique sur Gibraltar n'admettait aucune discussion, quelle que soit la distance qui viendrait à séparer la péninsule Ibérique de l'Europe, ce à quoi le leader de l'opposition ajouta une garantie formelle, à savoir, La plus loyale collaboration de notre groupe et de notre parti, en ce grand moment historique, mais il mit dans ce solennel discours une ironie qui fit rire tous les députés, Monsieur le Premier ministre a commis une grave erreur de prévision quand il a qualifié de péninsule ce qui est d'ores et déjà sans le moindre doute une île, même si elle n'a pas la fermeté de la nôtre, *of course*. Les députés de la majorité applaudirent à cette conclusion et échangèrent des sourires complaisants avec leurs adversaires, rien de tel que l'intérêt de la patrie pour unir les politiciens, c'est une incontestable vérité. Joaquim Sassa sourit lui aussi, Quel cirque, mais il retint soudain sa respiration, le speaker venait de prononcer son nom, On demande à monsieur Joaquim Sassa en voyage dans le pays, nous répétons, on demande à monsieur Joaquim Sassa d'avoir l'obligeance, ils avaient dit l'obligeance, de se présenter de toute urgence au gouverneur civil le plus proche du lieu où il se trouve, afin de collaborer avec les autorités pour éclaircir les causes de la rupture géologique des Pyrénées, les entités compétentes sont en effet convaincues que monsieur Joaquim Sassa dispose d'informations d'intérêt national, nous allons répéter l'appel, On demande à monsieur Joaquim Sassa, mais monsieur Joaquim Sassa n'écoutait déjà plus, il avait dû arrêter la voiture pour récupérer son calme, son sang-froid, tant que ses mains trembleraient de la sorte, il ne pourrait conduire, ses oreilles bourdonnaient comme un buccin, C'est bien ma veine, comment sont-ils au courant pour la pierre, il n'y avait personne sur la plage, du moins, je n'ai rien vu, et je n'ai parlé de cette histoire à personne, on m'aurait pris pour un menteur, finalement, il devait y avoir quelqu'un caché et qui m'observait, en général, personne ne prête attention à un individu qui jette des pierres dans l'eau, mais moi, on m'a tout de suite repéré, quelle malchance, après, on sait comment les choses se passent, il y en a toujours un pour raconter l'affaire en ajoutant des détails de son cru et des choses qu'il n'a pu voir, quand cette histoire est arrivée aux oreilles des autorités, la pierre devait au moins avoir ma taille, et maintenant, qu'est-ce que je vais faire. Il ne répondrait pas à l'appel, ne se présenterait à aucun gouverneur civil ou militaire, vous imaginez un peu l'absurde conversation, le cabinet, toutes portes fermées, le magnétophone branché, Monsieur Joaquim Sassa, vous avez lancé une pierre à la mer, Oui, Quel était son poids selon vous, Je l'ignore, deux ou trois kilos, peut-être, Ou davantage, Oui, c'est possible, Voici plusieurs pierres, pesez-les et dites-nous laquelle se rapproche le plus de celle que vous avez lancée, Celle-ci, Nous allons la peser, voyons, eh bien, voulez-vous, s'il vous plaît, vérifier vous-même, Je n'aurais jamais cru qu'elle pesait autant, cinq kilos six cents, Maintenant, dites-moi, une aventure comme celle-ci vous est-elle déjà arrivée, Jamais, Vous en êtes sûr, Absolument, Vous ne souffrez d'aucun désordre psychique ou nerveux, épilepsie, somnambulisme, transes de quelque ordre que ce soit, Non monsieur, Et y a-t-il déjà eu des cas semblables dans votre famille, Non monsieur, Nous ferons tout à l'heure un électroencéphalogramme, mais pour le moment veuillez actionner cet appareil, Qu'est-ce que c'est, Un dynamomètre, usez de toute la force dont vous êtes capable, Je ne peux pas plus, C'est tout, Je n'ai jamais été très musclé, Monsieur Joaquim Sassa, vous n'avez pas pu lancer cette pierre, Je suis bien de votre avis et pourtant je l'ai fait, Nous savons que vous l'avez lancée, il y a des témoins, des gens dignes de confiance, c'est pourquoi vous devez nous dire comment vous avez fait, Je l'ai déjà dit, je me promenais sur la plage, j'ai vu la pierre, je l'ai prise et je l'ai lancée, C'est impossible, Les témoignages le confirment, C'est vrai, mais les témoins ne peuvent savoir d'où vous vient cette force, vous, vous devez le savoir, Je vous ai déjà dit que je l'ignorais, La situation est très grave, monsieur Sassa, je dirai même plus, elle est gravissime, aucune cause naturelle ne peut expliquer la rupture des Pyrénées, ou alors c'est que nous sommes plongés dans une catastrophe planétaire, c'est en partant de cette évidence que nous avons commencé à analyser les cas insolites survenus au cours de ces derniers jours, et votre aventure en est un, Je doute fort que le fait de lancer une pierre à la mer puisse être à l'origine de la rupture d'un continent, Je ne voudrais pas entrer en de vaines philosophies, mais dites-moi si vous voyez un lien entre le fait qu'un singe soit descendu d'un arbre, il y a vingt millions d'années, et la fabrication d'une bombe nucléaire, Le lien ce sont précisément ces vingt millions d'années, Bien répondu, mais imaginons maintenant qu'il soit possible de réduire à quelques heures le temps entre une cause, dans ce cas précis, le lancer de votre pierre, et son effet, à savoir la séparation d'avec l'Europe, en d'autres termes, imaginons que, dans des conditions normales, cette pierre lancée à la mer ne produise son effet que dans vingt millions d'années, mais que dans d'autres conditions, et précisément celles, anormales, que nous analysons présentement, l'effet puisse se vérifier au bout de quelques heures, ou de quelques jours, Pure spéculation, la cause peut être toute différente, Il peut aussi s'agir d'un ensemble concomitant de causes, Alors il va vous falloir étudier d'autres cas insolites, C'est ce que nous faisons, et les Espagnols également, avec cet homme qui sent la terre trembler, En procédant de la sorte, après les cas insolites il va vous falloir examiner les cas solites, Les cas comment, Solites, Que voulez-vous dire, Solite est le contraire d'insolite, son antonyme, Nous passerons des insolites aux solites si besoin est, nous devons découvrir la cause, Vous allez avoir du travail, Commençons donc, dites-moi où vous êtes allé chercher votre force. Joaquim Sassa ne répondit pas, il fit taire son imagination, car le dialogue menaçait de tourner en rond, il allait devoir répéter, Je ne sais pas, et ainsi de suite, avec quelques légères variantes, d'ordre formel, en prenant malgré tout le maximum de précautions car, on le sait, la forme mène au fond, le contenant au contenu, le son d'un mot à son sens.

Il mit Deux-Chevaux en marche, au pas, si l'on peut parler ainsi d'une automobile, il voulait réfléchir, il avait besoin de penser sérieusement. Il avait cessé d'être un simple voyageur en route vers la frontière, un homme banal, sans qualité ni importance, c'était fini, on était probablement en train de tirer des affiches avec son portrait et son signalement, *Wanted*, en grosses lettres rouges, la chasse à l'homme. Il regarda dans le rétroviseur et vit une voiture de la police de la route, elle fonçait si vite qu'elle semblait vouloir entrer par la vitre arrière, Je suis fait, se dit-il, il accéléra mais se reprit aussitôt, sans freiner, et tout cela pour rien, car la voiture de police passa en trombe, elle devait sans doute être très pressée d'arriver car les gendarmes ne l'avaient même pas regardé, s'ils avaient su qui il était, c'est que des Deux-Chevaux il y en a beaucoup, on dirait une contradiction mathématique et pourtant, ce n'est pas le cas. Joaquim Sassa jeta un nouveau coup d'œil dans le rétroviseur, pour se regarder lui-même cette fois, constater le soulagement dans ses yeux, reconnaître un petit bout de visage, le miroir ne permettait guère d'en voir davantage, difficile, dans ces conditions, de savoir à qui appartient ce visage, à Joaquim Sassa, bien entendu, mais qui est Joaquim Sassa, un homme jeune encore, trente et quelques années, plus près des quarante que des trente, un jour vient où on ne peut plus l'éviter, les sourcils sont noirs, les yeux marron, bien portugais, l'arête du nez est droite, traits tout à fait communs, on en saura davantage quand il se tournera vers nous. Pour le moment, il songe, il s'agit juste d'un appel radio, le plus difficile ça va être à la frontière, et par-dessus le marché, avec ce nom, Sassa, aujourd'hui j'aimerais bien être un quelconque Sousa, comme celui du col du Perthus, un jour, j'ai regardé dans un dictionnaire pour voir si ce mot existait, Sassa, pas Sousa, et j'ai appris qu'il s'agissait d'un arbre imposant de Nubie, un beau nom, un nom de femme, Nubie, du côté du Soudan, Afrique orientale, page quatre-vingt-treize de l'atlas, Et cette nuit, où vais-je dormir, à l'hôtel, inutile d'y songer, avec leur radio toujours allumée, à cette heure, toute l'hôtellerie portugaise doit avoir les yeux braqués sur les candidats à une chambre, ce refuge des persécutés, vous imaginez la scène, Mais bien entendu monsieur, nous avons une excellente chambre libre, au second étage, c'est le deux cent un, Pimenta, accompagne monsieur Sassa, et tandis qu'il reposerait, tout habillé, le gérant tout excité, nerveux, au téléphone, Le type est là, venez vite.

Il gara Deux-Chevaux sur le bord de la route, sortit pour se dégourdir les jambes et se rafraîchir le cerveau, qui ne fut pas de bon conseil car il lui proposa de commettre une irrégularité, Trouve-toi une ville plus populeuse qui propose ce genre de confort, cherche un hôtel de passe pour y passer la nuit avec une fille, sois tranquille, elle ne te demandera pas ta carte d'identité, tu paies, et si ça ne te dit rien de te divertir un peu, avec tous les soucis que tu as, tu pourras au moins dormir, et ça te coûtera peut-être encore moins cher que l'hôtel, Absurde, répondit Joaquim Sassa, la solution c'était de dormir dans la voiture, sur un petit chemin retiré, Et si des vauriens arrivent, des vagabonds, des Tziganes, s'ils t'attaquent et te dévalisent, s'ils te tuent, Le coin est tranquille, Et si un incendiaire se pointe, un de ceux qui ont la manie de mettre le feu aux pinèdes, c'est la saison, tu te retrouveras entouré de flammes, et tu mourras brûlé, ce qui doit être la pire des morts, d'après ce que j'ai entendu dire, souviens-toi des martyrs de l'Inqui-sition, Absurde, répéta Joaquim Sassa, c'est décidé, je dors dans la voiture, et la pensée se tut, elle se tait toujours quand la volonté est ferme. Il était encore tôt, il pouvait parcourir quarante ou cinquante kilomètres, en empruntant des chemins détournés, il camperait près de Tomar, ou de Santarém, dans l'une de ces pistes de terre qui donnent sur les champs, avec leurs profondes ornières, tracées autrefois par la charrue et aujourd'hui par les tracteurs, personne n'y passe durant la nuit, on peut cacher Deux-Chevaux n'importe où, Je peux même dormir à la belle étoile, avec cette chaleur, à cette idée, la pensée n'a rien rétorqué, mais elle désapprouve, c'est sûr.

Il ne s'arrêta pas à Tomar, n'alla pas jusqu'à Santarém, mais dîna incognito dans un bourg au bord du Tage, les paysans sont curieux de nature, mais pas au point de ques-tionner à brûle-pourpoint le voyageur, Dites voir, quel est votre nom, s'il s'éternisait ici, alors oui, bien vite ils en viendraient à l'interroger sur sa vie passée et sur son avenir. La télévision marchait tandis qu'il dînait, c'est ainsi que Joaquim Sassa put regarder la fin d'un film sur la vie sous-marine avec de nombreux bancs de petits poissons, des raies ondulantes et des murènes ondoyantes, une vieille ancre, puis ce furent les publicités, certaines montées de façon percutante, rapide, d'autres sagement lentes comme un plaisir fait d'expérience, voix d'enfants qui criaient beaucoup, voix d'adolescents au ton incertain, voix de femmes un peu rauques, voix viriles de baryton, sur l'arrière de la maison, le porc, nourri d'eau de vaisselle et de restes de plats, ronfle. Enfin ce furent les informations, et Joaquim Sassa se mit à trembler, si l'on montrait une photo de lui, il était fait. On lut l'appel, mais il n'y eut aucune photographie, on ne recherchait pas un criminel, en fin de compte, on lui demandait simplement, en insistant beaucoup et en y mettant les formes, de se faire connaître, car il y allait de l'intérêt suprême de la nation et aucun patriote digne de ce nom ne saurait se dérober à l'accomplissement d'un devoir aussi élémentaire qui consistait à se présenter aux autorités pour témoigner. Trois autres personnes dînaient avec lui, un vieux couple et, à une autre table, le fameux homme seul dont on dit, à chaque fois, Ce doit être un commis voyageur.

Les conversations s'interrompirent aux premières images des Pyrénées, le porc continuait de ronfler mais personne n'y prêtait attention, et ce fut l'affaire d'un instant, le patron du restaurant grimpa sur une chaise pour monter le son, la jeune fille qui servait s'arrêta net, les yeux écarquillés, les clients posèrent délicatement leurs couverts sur le bord de leur assiette, c'était la moindre des choses, car sur l'écran venait d'apparaître un hélicoptère qui en filmait un autre, et tous deux pénétraient dans le terrible canal dont ils montraient les gigantesques parois, tellement élevées qu'on distinguait à peine le ciel, juste un petit filet d'azur, Mon Dieu, ça fait tourner la tête, s'exclama la jeune fille, Tais-toi, répliqua son patron, maintenant de puissants projecteurs éclairaient la gorge béante, l'entrée de l'enfer grec devait sûrement ressembler à ça, mais là où aboyait Cerbère un porc grogne, les mythologies ne sont plus ce qu'elles étaient. Ces dramatiques images, récitait le speaker, prises au péril de leur vie, la voix devint pâteuse, irrégulière, de deux hélicoptères on passa à quatre, fantômes de fantômes, Maudite antenne, marmonna le patron. Quand le son et l'image se rétablirent et redevinrent intelligibles, les hélicoptères avaient disparu, et le speaker lisait l'appel que nous connaissons déjà, mais qui s'adressait maintenant à tout le monde, On demande également à toutes les personnes qui connaîtraient des cas bizarres, des phénomènes inexplicables, des signes ambigus, de se mettre immédiatement en rapport avec les autorités les plus proches. Se voyant aussi directement interpellée, la jeune fille se souvint tout à coup du fameux chevreau qui était né avec cinq pattes, quatre noires et une blanche, mais le patron rétorqua, C'était il y a plusieurs mois, idiote, des chevreaux à cinq pattes et des poussins à deux têtes, il en naît tous les jours, non, une histoire pas banale, c'est celle des étourneaux du professeur, Quels étourneaux, quel professeur, demanda Joaquim Sassa, Le professeur du village, son nom c'est José Anaiço, ça fait plusieurs jours que partout où il va une bande d'étourneaux le suit, il y en a au moins deux cents, Ou davantage, corrigea le commis voyageur, ce matin encore, en arrivant, je les ai vus, ils volaient au-dessus de l'école en faisant un vacarme de tous les diables. À cet instant, le monsieur âgé prit la parole pour dire, À mon avis, nous devrions informer le président de l'Assemblée de cette histoire d'étourneaux, Il est déjà au courant, fit remarquer le patron du restaurant, Il sait peut-être mais il ne fait pas le rapprochement entre les fesses et le pantalon, si je puis m'exprimer ainsi, Alors, que devons-nous faire, Nous irons le trouver demain matin, de toute façon, il est bon qu'on parle de notre région à la télévision, c'est excellent pour le commerce et l'industrie, Mais le secret doit rester entre nous, on ne doit en parler à personne, Et ce professeur, où habite-t-il, demanda Joaquim Sassa, faisant comme si la réponse lui importait peu, le patron, distrait, n'eut pas le temps d'empêcher la jeune fille de lâcher le morceau, Il habite dans la maison à côté de l'école, c'est la maison des professeurs, la nuit, très tard, il y a encore de la lumière, et il semblait y avoir une certaine mélancolie dans sa voix. Fâché, le patron s'en prit à la pauvre servante, Tais-toi, idiote, va donc plutôt voir si le porc n'a pas faim, ordre particulièrement absurde, car, à cette heure, les porcs ne mangent pas, ils dorment en général, et si celui-ci proteste si fort c'est peut-être qu'il est inquiet, anxieux, car dans les écuries et les enclos les juments hennissent et secouent leurs naseaux, troublées elles aussi, et si impatientes qu'elles frappent de leurs fers les pierres qui roulent sur le sol, et déchiquettent la paille, C'est à cause de la lune, tel est le diagnostic de la majorité.

Joaquim Sassa régla l'addition, salua, laissa un généreux pourboire en remerciant pour l'information donnée par la jeune fille, si ça se trouve, le patron va se le mettre dans la poche, par dépit, non que ce soit une habitude, la bonté des individus n'est pas meilleure qu'eux, elle est, elle aussi, rarement constante, sujette aux éclipses et aux contradictions, exactement comme celle de la gamine qui, ne pouvant donner à manger à un porc qui n'a pas faim, lui caresse le front entre les yeux. La soirée est belle, Deux-Chevaux repose sous les platanes, rafraîchissant ses roues dans l'eau qui coule en pure perte de la fontaine, Joaquim Sassa la laisse là et se met en quête de l'école et de la fenêtre illuminée, les gens ne peuvent dissimuler leurs secrets, quand bien même ils tentent de le faire à l'aide des mots, une stridence soudaine, l'effacement subit d'une voyelle les dénonce, n'importe quel observateur ayant l'expérience de la voix et de la vie aurait tout de suite compris que la jeune fille de l'auberge était amoureuse. Le bourg n'est qu'un gros village, en moins d'une demi-heure on le parcourt de bout en bout, mais Joaquim Sassa n'aura pas besoin de marcher autant, il a demandé à un gamin qui passait où se trouvait l'école, il n'aurait pu trouver meilleur guide, Vous prenez cette rue, arrivé sur la place de l'église, vous tournez à gauche, après c'est toujours tout droit, vous ne pouvez pas vous tromper, on voit tout de suite l'école, Et le professeur habite là, Oui, monsieur, il y a de la lumière à la fenêtre, mais il n'y avait aucun signe de passion dans ces mots-là, le garçon est mauvais élève, probablement, et l'école est son premier purgatoire de pécheur, mais sa voix se fit soudain joyeuse, les enfants n'ont pas de rancune et c'est ce qui les sauve, Et les étourneaux sont là, ils ne sont jamais silencieux, s'il n'abandonne pas trop tôt ses études, il pourra apprendre à composer les phrases de façon à ne pas répéter deux fois de suite les mêmes formes verbales.

Une moitié du ciel est encore claire, l'autre pas tout à fait sombre, l'air bleu comme si le jour allait se lever. Mais à l'intérieur des maisons, on a déjà allumé les lumières, on entend des voix calmes, des voix de gens fatigués, un pleur discret dans un berceau, les peuples sont inconscients en vérité, nous voici lancés en pleine mer sur un radeau, et eux ils continuent de vaquer à leurs petites occupations comme s'ils étaient sur la terre ferme pour l'éternité, babillant comme Moïse qui joue avec les papillons et descend le Nil dans son couffin d'osier, si chanceux que les crocodiles ne l'ont même pas aperçu. Au fond de la rue étroite, entourée de murs, se trouve l'école, si Joaquim Sassa n'avait pas été prévenu, il aurait pu la prendre pour une maison quelconque, la nuit elles sont toutes grises, certaines le sont de jour aussi, entre-temps la nuit est tombée, on allumera les réverbères un peu plus tard.

Pour ne pas démentir la jeune fille amoureuse et le gamin aux sentiments plus réservés, il y a de la lumière à la fenêtre, c'est là que Joaquim Sassa est allé frapper, finalement, les étourneaux ne font pas beaucoup de bruit, ils se préparent pour la nuit, avec les disputes habituelles, les querelles de voisinage, mais bientôt ils s'apaisent, sous les larges feuilles du figuier où ils se sont installés, invisibles et noirs au milieu de l'obscurité, plus tard, la lune va se lever, alors certains d'entre eux se réveilleront, effleurés par les doigts blancs puis se rendormiront bien vite, sans se douter qu'ils vont devoir voyager loin. À l'intérieur de la maison, une voix d'homme a demandé, Qui est là, et Joaquim Sassa a répondu, S'il vous plaît, mots magiques qui dispensent de s'identifier plus formellement, le langage est plein d'énigmes comme celle-ci, et d'autres encore, plus compliquées. La fenêtre s'est ouverte, il n'est pas facile, ainsi placé à contre-jour, de distinguer celui qui habite là, mais le visage de Joaquim Sassa, par contre, apparaît en entier, nous connaissons déjà certains de ses traits, le reste, il fallait s'y attendre, cheveux châtain foncé, lisses, joues maigres, nez banal, lèvres qui semblent pleines lorsqu'il parle, Excusez-moi de vous déranger à cette heure, Il n'est pas tard, dit le professeur, mais il dut élever la voix car les étourneaux, réveillés en sursaut, entamèrent un chœur de protestation ou de frayeur, C'est justement à leur sujet que j'aimerais vous parler, Au sujet de quoi, Des étourneaux, Ah, Et au sujet d'une pierre que j'ai lancée à la mer, et qui était beaucoup trop lourde pour moi, Comment vous appelez-vous, Joaquim Sassa, Vous êtes l'homme dont on parle à la télévision et à la radio, Oui c'est moi, Entrez.

Après avoir parlé de pierres et d'étourneaux, les voilà qui commentent les décisions prises. Ils sont dans le potager derrière la maison, José Anaiço assis sur le pas de la porte, Joaquim Sassa, en tant qu'invité, a eu droit à une chaise, et comme José Anaiço tourne le dos à la cuisine, d'où vient la lumière, nous ignorons toujours ses traits, on dirait que cet homme se cache, et ce n'est pourtant pas le cas, combien de fois nous montrons-nous tels que nous sommes sans que ça en vaille la peine car il n'y a personne pour nous voir. José Anaiço versa encore un peu de vin blanc dans les verres, vin qu'ils boivent chambré, comme le recommandent les connaisseurs, sans les artifices modernes de la réfrigération, enfin, dans le cas qui nous occupe, c'est uniquement parce qu'il n'y a pas de frigidaire dans la maison du professeur, Pour moi ça suffit, dit Joaquim Sassa, avec le vin rouge du dîner, j'ai déjà dépassé ma dose, Celui-ci est pour fêter le voyage, répondit José Anaiço, et il souriait, on voyait, fait notable, ses dents très blanches, Que moi j'aille à la recherche de Pedro Orce, ça se comprend, je suis en vacances, sans obligations professionnelles, Moi aussi, et pour plus longtemps encore, jusqu'à la rentrée des classes, début octobre, Je suis seul, Moi aussi, Il n'entrait pas dans mes intentions de venir ici pour vous demander de m'accompagner, je ne vous connaissais même pas, C'est moi qui vous le demande, à condition que vous vouliez bien m'offrir une place dans votre voiture, de toute manière, c'est déjà fait, maintenant c'est trop tard, on ne peut pas revenir en arrière, Imaginez un peu l'émeute quand on va s'apercevoir de votre disparition, ils sont capables d'avertir la police dans l'heure qui suit, ils vont vous croire mort et enterré, pendu à une branche ou noyé dans la rivière, et bien sûr, ils vont me soupçonner, moi l'inconnu à la force mystérieuse, venu de nulle part, celui qui a posé des tas de questions avant de disparaître, tout est dans les livres, Je vais laisser un mot sur la porte de la salle paroissiale pour dire que j'ai dû partir inopinément pour Lisbonne, j'espère que nul n'aura l'idée d'aller à la gare pour demander si l'on m'a vu acheter un billet.

Ils se turent quelques instants, puis José Anaiço se leva, fit quelques pas en direction du figuier tout en buvant le reste du vin, les étourneaux ne cessaient de piailler et de s'agiter, la conversation des deux hommes en avait réveillé plus d'un, d'autres rêvaient peut-être tout haut, cet épouvantable cauchemar de leur espèce qui consiste à se sentir voler dans une atmosphère soudain liquide comme de l'eau qui semble freiner le battement d'ailes de l'oiseau perdu, séparé du reste de la bande, la même chose arrive aux hommes quand, dans leurs rêves, ils veulent courir et ne le peuvent pas. Nous partirons une heure avant le lever du jour, dit José Anaiço, pour le moment, allons dormir, Joaquim Sassa se leva de sa chaise, Je m'installe dans la voiture, à l'aube, je viendrai vous chercher, Pourquoi ne dormez-vous pas ici, il n'y a qu'un lit mais il est large, on peut y dormir à deux sans problème. Le ciel était haut, tout moucheté d'astres qui paraissaient proches, comme suspendus, poussière de verre, voile de lait neigeux, et les grandes constellations brillaient, de dramatique façon, le Bouvier, les deux Ourses, les Pléiades, sur les visages levés des deux hommes une pluie fine, faite de petits cristaux de lumière qui s'accrochaient à la peau et se mêlaient aux cheveux, tombait, ce n'était pas la première fois qu'un tel phénomène se produisait, mais soudain, au même instant, tous les murmures de la nuit cessèrent, la première lueur de la lune surgit au-dessus des arbres, maintenant les étoiles vont s'effacer. Joaquim Sassa dit alors, Par une nuit pareille, si vous me prêtez une couverture, je pourrais dormir sous le figuier, Je vais vous tenir compagnie. Ils empilèrent puis arrangèrent ensuite une grande quantité de paille pour les lits, comme on le fait pour le bétail, étendirent dessus une couverture sur laquelle ils s'allongèrent, rabattant l'autre côté sur eux. À travers les feuillages, les étourneaux observaient les deux formes, Qui c'est celui-là, sous l'arbre, et, dans les branches, tous étaient réveillés, avec un pareil clair de lune le sommeil va être long à venir. La lune monte, monte très vite, la cime basse et ronde du figuier s'est transformée en un labyrinthe de noir et de blanc, et José Anaiço dit, Ces ombres ne sont déjà plus ce qu'elles étaient, La péninsule a à peine bougé, juste quelques mètres, l'effet n'a pu être bien grand, observa Joaquim Sassa, heureux d'avoir saisi l'allusion, Elle a bougé et suffisamment pour que les ombres soient différentes, il y a des branches que la lumière de la lune vient de toucher pour la première fois à pareille heure. Quelques minutes passèrent, les étourneaux commençaient à se calmer quand José Anaiço, d'une voix que le sommeil brisait, chaque mot attendant ou cherchant le suivant, murmura, Un jour, il y a bien longtemps, don João Secundo, notre roi surnommé le Parfait, et parfait humoriste à mes yeux, fit présent à certain noble d'une île imaginaire, dites-moi si vous connaissez un autre pays où une pareille chose aurait pu se produire, Et le noble, qu'a fait le noble, Il a pris la mer à la recherche de son île, J'aimerais que l'on me dise comment trouver une île imaginaire, Ma science ne va pas jusque-là, mais cette autre île, l'Ibérique, qui était une péninsule et a cessé de l'être, je la vois comme si, pour rester dans le même ton, elle avait décidé elle aussi de prendre la mer pour partir à la recherche d'hommes imaginaires, La phrase est belle, poétique, Eh bien, sachez que je n'ai pas écrit le moindre vers de ma vie, Peu importe, quand les hommes seront tous poètes, ils cesseront de faire des vers, Cette phrase n'est pas mal non plus, Nous avons trop bu, C'est aussi mon avis. Silence, quiétude, douceur infinie, alors, comme s'il rêvait déjà, Joaquim Sassa murmura, Que feront les étourneaux demain, vont-ils rester ou venir avec nous, Nous le saurons quand nous partirons, c'est toujours la même chose, dit José Anaiço, la lune s'est perdue entre les branches du figuier, il lui faudra toute la nuit pour trouver son chemin.

Il ne faisait pas encore jour quand Joaquim Sassa quitta sa paillasse pour aller chercher Deux-Chevaux qui reposait sous les platanes de la place, au pied de la fontaine. Pour n'être point aperçus par un lève-tôt plus matinal que les autres, il n'en manque pas dans les campagnes, ils combinèrent de se retrouver à la sortie du village, loin des dernières maisons. José Anaiço, cousu à son ombre, emprunterait des chemins détournés, raccourcis et ravins, quant à Joaquim Sassa, il irait, encore que discrètement, par la route de tout le monde, il fait partie de ces voyageurs qui ne reculent devant rien, il est parti tôt pour jouir de la fraîcheur de l'aube et profiter de sa journée, les touristes matinaux sont tous les mêmes, problématiques et inquiets, ils souffrent de l'irrémédiable brièveté de l'existence, se couchent tard et se lèvent tôt, ce qui n'améliore en rien leur santé mais prolonge leur vie. Le moteur de Deux-Chevaux est discret, l'embrayage est de soie, seuls quelques rares insomniaques ont pu l'entendre et ont cru avoir rêvé, on ne perçoit bientôt plus dans l'aube tranquille que le bruit régulier d'une pompe à eau. Joaquim Sassa est sorti du village, il a dépassé le premier virage, le deuxième, puis il a arrêté Deux-Chevaux et s'est mis à attendre.

Dans l'épaisseur argentée de l'oliveraie, on commençait à distinguer les troncs, il y avait déjà dans l'air un halo humide et imprécis comme si le matin sortait d'un puits d'eau nébuleuse, puis un oiseau chanta, ou bien ce fut une illusion auditive car les alouettes elles-mêmes ne chantent pas si tôt. Le temps passait et Joaquim Sassa se surprit à murmurer, Si ça se trouve, il a changé d'avis et il ne viendra pas, pourtant ça n'a pas l'air d'être son genre, peut-être qu'il a été forcé de faire un détour plus grand que prévu, c'est sûrement ça, et puis il y a la valise, ça pèse lourd une valise, quel étourdi, j'aurais pu la charger dans la voiture. Alors José Anaiço, entouré d'étourneaux, surgit parmi les oliviers, c'était une frénésie d'ailes, de cris stridents, un roulement continu, qui a parlé de deux cents oiseaux est piètre arithméticien, on dirait plutôt un essaim d'abeilles grosses et noires, et Joaquim Sassa se remémora soudain *Les Oiseaux*, ces vils assassins du film d'Hitchcock, un classique. José Anaiço s'approcha de la voiture avec sa couronne de créatures ailées, il arrivait en riant, c'est peut-être pour cette raison qu'il semble plus jeune que Joaquim Sassa, il est bien connu que la gravité vieillit, ses dents sont très blanches, comme nous le savons depuis la nuit dernière, aucun trait particulier à signaler, cependant il y a une certaine harmonie dans ce visage maigre, nul n'est obligé d'être beau. Il mit sa valise dans la voiture, s'assit à côté de Joaquim Sassa et, avant de fermer la portière, jeta un coup d'œil dehors pour regarder les étourneaux, Allons-y, vous vouliez savoir ce qu'ils allaient faire, eh bien voilà, Si on avait un fusil, on aurait pu les chasser, deux cartouches de petit plomb, ça aurait fait du vilain, Vous êtes chasseur, Non, j'en parle par ouï-dire, Nous n'avons pas de fusil, Il y a peut-être une autre solution, je vais mettre toute la gomme et ils ne pourront pas nous suivre, leurs ailes sont petites, leur souffle court, Essayez. Deux-Chevaux changea de régime, prit de la vitesse dans une ligne droite puis, profitant du terrain plat, laissa rapidement derrière elle les étourneaux. L'aurore commençait à se teindre de rose pâle, puis de rose vif, couleurs tombées du ciel, l'air devint bleu, nous disons bien l'air, pas le ciel, comme on a pu encore l'observer hier, au crépuscule, ces heures se ressemblent toutes, l'une commence, l'autre finit. Joaquim Sassa éteignit les phares, diminua la vitesse, il sait que Deux-Chevaux n'est pas née pour la haute cavalerie, il lui manque le pedigree, et par-dessus le marché elle n'est plus toute jeune, cette mansuétude du moteur n'est plus qu'un philosophique renoncement, rien de plus, Et voilà, fini les étourneaux, s'exclama José Anaiço, mais il y avait de la tristesse dans sa voix.

Deux heures plus tard, en Alentejo, ils s'arrêtèrent pour prendre un léger déjeuner, du café au lait, des biscuits à la cannelle, puis ils revinrent vers la voiture, discutant toujours des mêmes problèmes, Le pire ce ne serait pas qu'ils m'interdisent d'entrer en Espagne, mais qu'ils m'arrêtent, Tu n'es accusé d'aucun crime, Ils inventeront un prétexte, m'arrêteront pour des vérifications, Ne t'inquiète pas, d'ici la frontière, nous trouverons bien un moyen de passer, voilà leur dialogue qui n'ajoute rien à l'intelligence de l'histoire, mais qu'on a sans doute relaté ici, pour nous apprendre que désormais Joaquim Sassa et José Anaiço se tutoient, ils ont dû décider ça en chemin, Et si l'on se tutoyait, a dit l'un d'eux, et l'autre a répliqué, J'étais justement en train d'y songer. Joaquim Sassa ouvrait la portière de la voiture quand les étourneaux surgirent à nouveau, le même grand nuage qui ressemblait plus que jamais à un essaim tourbillonnant, et ils faisaient un bruissement assourdissant, ils étaient irrités, c'était évident, les gens, en bas, s'arrêtaient, nez en l'air pour regarder le ciel, quelqu'un affirma, Je n'ai de ma vie vu autant d'oiseaux réunis, et d'après l'âge que l'individu semblait avoir, cette expérience et bien d'autres encore n'avaient pourtant pas dû lui manquer, Il y en a plus de mille, ajouta-t-il, et c'était vrai, ils étaient au moins mille deux cent cinquante convoqués pour l'occasion. Ils nous ont finalement rejoints, dit Joaquim Sassa, on va leur donner une autre secousse et en finir une bonne fois pour toutes avec eux. José Anaiço regardait les étourneaux triomphants qui volaient en larges cercles, il les observait avec une expression attentive, concentrée, Allons lentement, à partir de maintenant nous irons lentement, Pourquoi, Je ne sais pas, un pressentiment, pour une raison quelconque ces étourneaux ne veulent pas nous lâcher, C'est toi qu'ils ne veulent pas lâcher, Peu importe, puis-je te demander d'aller lentement, qui sait ce qui va arriver.

Traverser l'Alentejo transformé en brasier sous un ciel plus blanc que bleu au milieu du chaume qui étincelle, avec, çà et là, quelques chênes verts s'élevant sur la terre nue, et des bottes de paille prêtes pour le ramassage, dans l'incessante stridulation des cigales, cela peut déjà faire une histoire complète, plus rigoureuse peut-être que celle autrefois contée. Il est vrai que, sur des kilomètres et des kilomètres de route, on ne distingue pas ombre humaine, mais le blé a été fauché, le grain battu, tous travaux qui requièrent des hommes et des femmes, pourtant cette fois nous ne saurons rien ni des uns ni des autres, le nouvel adage qui dit que Qui a conté une histoire est dispensé d'en conter une autre a raison. La canicule est forte, étouffante, mais Deux-Chevaux ne se presse pas, s'octroie le plaisir de s'arrêter dans les coins d'ombre, José Anaiço et Joaquim Sassa sortent et scrutent l'horizon, ils attendent le temps qu'il faut, enfin, le voilà qui arrive, unique nuage du ciel, ces arrêts ne seraient pas nécessaires si les oiseaux pou-vaient voler en ligne droite, mais ils sont si nombreux et si nombreuses les volontés, même grégairement réunies, qu'on ne peut éviter les dispersions et les distractions, les uns ont voulu se poser, d'autres boire de l'eau ou goûter un fruit, tant qu'un même désir ne prévaut pas, l'ensemble est perturbé et l'itinéraire hasardeux. En chemin, en plus des milans, chasseurs solitaires, et autres oiseaux appartenant à des congrégations mineures, on a pu en apercevoir certains qui appartenaient à l'espèce qui nous intéresse mais qui n'ont pas voulu se joindre à la compagnie, peut-être parce qu'ils n'étaient pas noirs mais mouchetés, ou que leur destinée dans la vie était autre. José Anaiço et Joaquim Sassa entraient dans la voiture, Deux-Chevaux reprenait la route, et c'est ainsi, roulant et s'arrêtant, s'arrêtant et roulant, qu'ils arrivèrent à la frontière. Joaquim Sassa dit alors, Et maintenant, s'ils ne me laissent pas passer, Avance, il se peut que les étourneaux.

Tout comme dans ces histoires de fées, de sorcelleries et de chevaliers errants ou dans ces non moins admirables aventures homériques au cours desquelles, grâce à la prodigalité de l'arbre fabuleux ou à la folie des dieux et autres puissances accessoires, tout peut arriver à l'inverse de ce qui se passe habituellement de façon non naturelle, on vit Joaquim Sassa et José Anaiço s'arrêter devant la guérite du policier, au poste frontière dirons-nous pour employer le vocabulaire technique, et Dieu sait avec quelle angoisse ils présentaient leurs cartes d'identité, quand, soudain, comme une violente trombe d'eau, un ouragan irrésistible, les étourneaux s'abattirent, sombre météore, leurs corps comme des éclairs sifflant et glapissant et, une fois arrivés à la hauteur des premiers toits, se répandirent dans toutes les directions, semblables à un tourbillon devenu fou, les policiers effrayés, agitant les bras, coururent s'abriter, résultat, Joaquim Sassa sortit de la voiture pour récupérer ses documents que les autorités avaient laissé tomber, nul ne s'aperçut de cette irrégularité douanière, et voilà, on a souvent traversé clandestinement les frontières, mais jamais de cette façon, Hitchcock, à l'orchestre, applaudit, et ce sont les applaudissements d'un maître en la matière. L'excellence du procédé fut aussitôt confirmée, ce qui prouve que la police espagnole, tout comme la portugaise, apprécie ce genre d'ornithologie générale et d'étourneau noir. Les voyageurs passèrent sans aucune difficulté, mais plusieurs dizaines d'oiseaux restèrent sur le carreau, car, au moment de passer la douane des voisins, il y eut un tir groupé, même un aveugle aurait été capable de faire mouche, il suffisait de tirer dans le tas, inutile tuerie car, en Espagne, comme chacun le sait, personne ne recherche Joaquim Sassa. Et ces gardes andalous ont vraiment mal agi, les étourneaux étaient portugais, nés et élevés dans le Ribatejo, et ils sont venus mourir au loin, qu'au moins ces gardes sans pitié aient la délicatesse d'inviter leurs collègues d'Alentejo à partager leur friture, dans une atmosphère de saine convivialité et de fraternité d'armes.

Les voyageurs sont déjà de l'autre côté, en route vers Grenade et ses environs, avec leur dais d'oiseaux compagnons, et ils doivent demander leur chemin aux carrefours, car, sur la carte qui les oriente, le bourg d'Orce n'est pas indiqué, c'est un grand manque de sensibilité de la part des dessinateurs topographes, on peut parier qu'ils n'ont pas oublié de signaler leur propre village, qu'ils sachent, à l'avenir, combien il est vexant de regarder une carte et, cherchant l'endroit où l'on est né, de trouver un espace en blanc, un vide, c'est ainsi que l'on provoque de graves problèmes d'identité personnelle et nationale. Sur la route passent les Fiat, les Pegase, on les reconnaît tout de suite à leur bruit et à leur matricule, et les bourgs que traverse Deux-Chevaux ont cet air endormi qui est, dit-on, propre aux terres du Sud, Des indolents, disent les tribus du Nord, mépris facile, arrogance d'une caste qui n'a jamais eu à travailler avec un pareil soleil sur l'échine. Mais il est vrai qu'il y a des différences d'un monde à l'autre, chacun sait que sur Mars les hommes sont verts, alors que sur la terre on en trouve de toutes les couleurs, sauf précisément celle-là.

D'un habitant du Nord, on n'entendrait certainement pas ce que l'on va entendre maintenant, si l'on arrêtait la voiture pour demander à cet homme qui avance à califourchon sur un âne ce qu'il pense de l'incroyable séparation de la péninsule Ibérique et de l'Europe, il tirerait sur la bride du baudet, Ho, et répondrait sans mâcher ses mots que Tout ça c'est de la couillonnade. Roque Lozano juge d'après les apparences, à partir desquelles il se fabrique une raison qui lui appartient en propre et qu'il est bon de connaître, contempler la sérénité bucolique des champs, la paix du ciel, la stabilité des pierres, les chaînes Morena et Aracena, identiques depuis leur naissance, ou du moins depuis la nôtre, Mais la télévision a montré au monde entier les Pyrénées fendues comme une pastèque, argumentons-nous, usant d'une métaphore à la portée de sa rustique intelligence, Je ne me fie pas à la télévision, tant que je ne le verrai pas de mes propres yeux, ceux que la terre mangera un jour, je n'y croirai pas, répond Roque Lozano sans se démonter, Alors, qu'allez-vous faire, J'ai laissé ma famille vaquer à ses occupations, et je vais voir si c'est vrai, Avec vos yeux que la terre mangera, Avec mes yeux que la terre n'a pas encore mangés, Et vous comptez y arriver juché sur cet âne, Quand il ne pourra plus me porter nous irons tous les deux à pied, Comment s'appelle votre âne, Un âne ne s'appelle pas, on l'appelle, Alors, comment l'appelez-vous, Platero, Et vous voyagez, *Platero y yo*, Savez-vous où se trouve Orce, Non monsieur, je ne sais pas, Il paraît que c'est un peu au-delà de Grenade, Ah, alors vous avez encore du chemin à faire, et maintenant au revoir messieurs les Portugais, mon voyage est bien plus long et je n'ai qu'un âne, Quand vous arriverez là-bas, vous ne verrez probablement plus l'Europe, Si je ne la vois pas, c'est qu'elle n'a jamais existé, finalement Roque Lozano a parfaitement raison, pour que les choses existent il faut que deux conditions soient remplies, que l'homme les voie et qu'il leur donne un nom.

Joaquim Sassa et José Anaiço dormirent à Aracena, répétant le geste de don Afonso o Terceiro, notre roi, lorsqu'il la prit aux Maures, mais ce fut un déjeuner de soleil, c'était alors la nuit des temps. Les étourneaux se dispersèrent dans les arbres, ils étaient trop nombreux pour rester groupés, en bande, comme ils aiment le faire. À l'hôtel, couché chacun dans son lit, Joaquim Sassa et José Anaiço commentent les discours et les images menaçantes qu'ils ont vues et entendus à la télévision, Venise est en danger, et c'est évident, à voir la place Saint-Marc inondée alors qu'on n'est pas en période de crue, une nappe liquide et lisse où se reflètent jusqu'au plus infime détail, le campanile et la façade de la basilique, Au fur et à mesure que la péninsule Ibérique s'éloigne, disait le speaker de sa voix grave et posée, l'effet destructeur des marées s'intensifie, on prévoit des dégâts considérables dans tout le bassin méditerranéen, berceau de civilisations, il faut sauver Venise, c'est un appel à l'humanité que je lance, construisez une bombe atomique, un sous-marin nucléaire de moins, s'il en est encore temps. Joaquim Sassa, comme Roque Lozano, n'avait jamais vu la perle de l'Adriatique, mais José Anaiço pouvait garantir son existence, il ne lui avait certes pas donné son nom ni son surnom, mais il l'avait vue de ses yeux vivants, l'avait touchée de ses mains vivantes, Quel grand malheur si l'on perd Venise, dit-il, et ces mots inquiets impressionnèrent davantage Joaquim Sassa que l'agitation des eaux dans les canaux, le tumulte des flots, la marée montant au pied des palais, les quais inondés, cette sensation irrémédiable de voir une cité entière s'engloutir, incomparable Atlantide, cathédrale submergée, les *memento mori*, yeux aveugles de l'eau, frappant la cloche de leurs marteaux de bronze, en attendant que les algues et les escargots de mer paralysent les engrenages, échos liquides, le Christ Pantocrator de la basilique en conversation théologique avec les dieux marins subalternes de Yahvé, le Neptune romain, le Poséidon grec et, volontairement revenues aux eaux d'où elles sont sorties, Vénus et Amphitrite, seul le dieu des chrétiens n'a pas de femme. Qui sait si ce n'est pas ma faute, murmura Joaquim Sassa, Ne te surestimes pas au point de te croire coupable de tout, Je parle de Venise, du fait qu'on va peut-être perdre Venise, Si l'on perd Venise, tout le monde est coupable, et la faute est ancienne, la négligence et le goût du lucre l'ont déjà perdue, Je ne parle pas de ces causes-là, qui perdent tout le monde, je veux parler de ce que j'ai fait, j'ai lancé une pierre à la mer et certains pensent que c'est pour cette raison que la péninsule s'est détachée de l'Europe, Si un jour tu as un fils, il mourra parce que tu seras né et personne ne t'absoudra de ce crime, les mains qui font et tissent sont les mêmes qui défont et détissent, le vrai engendre le faux, le faux engendre le vrai, Maigre consolation pour un affligé, Il n'y a pas de consolation, mon pauvre ami, l'homme est un animal inconsolable.

José Anaiço qui vient de prononcer cette sentence a peut-être raison, il se peut que l'homme soit cet animal qui ne peut ou ne sait ou ne veut pas être consolé, mais certains de ses actes, qui n'ont pas d'autre sens que de paraître n'en pas avoir, permettent d'entretenir l'espoir qu'un homme viendra un jour pleurer sur l'épaule d'un autre homme, trop tard, probablement, quand il n'y aura plus rien à faire. C'est précisément l'un de ces actes qui fut évoqué au journal télévisé, et demain, les journaux décriront avec force détails et des témoignages d'historiens, de critiques et de poètes, le débarquement secret, sur une plage française proche de Collioure, d'un commando civil et littéraire d'Espagnols qui, au plein cœur de la nuit, sans craindre ni le cri de la chouette ni les ectoplasmes, a donné l'assaut au cimetière où, il y a des années de cela, Antonio Machado a été enterré. Les gendarmes, avertis par quelque noctivague, accoururent pour poursuivre les voleurs qu'ils ne réussirent pas à attraper. Le sac contenant les restes fut jeté dans la barque qui attendait sur la plage, moteur ronronnant, et, en cinq minutes, le navire pirate prenait le large, tandis que sur le sable les gendarmes tiraient en l'air, non que les poétiques os leur fassent défaut, mais ils avaient besoin de calmer leur mauvaise humeur. Tentant de discréditer cette prouesse, le maire de Collioure, dans une déclaration à France-Presse, alla même jusqu'à insinuer qu'au bout de tant d'années, et il valait mieux ne pas vérifier combien étaient passées, nul ne pouvait garantir que les restes mortels étaient bien ceux d'Antonio Machado, et que seul un improbable oubli de l'administration pouvait expliquer que ces os fussent encore là, et ce malgré la particulière bienveillance avec laquelle sont habituellement traités les os des poètes.

Le journaliste, un homme très brillant et si peu sceptique qu'il n'avait pas l'air français, opina, ajoutant qu'à son avis le culte des reliques a seulement besoin de trouver un objet adéquat, l'authenticité n'important guère, quant à la vraisemblance, on n'exige guère plus qu'une gentille ressemblance, il suffit de songer à la cathédrale de Valence où l'on exaltait naguère la foi grâce à ce riche reliquaire qui se composait du Calice dont se servit Notre-Seigneur lors de la dernière Cène, de la chemise qu'il portait enfant, de quelques gouttes de lait de Notre-Dame, de quelques cheveux blonds lui appartenant, du peigne dont elle se servait, des morceaux de la Vraie Croix, d'un tronçon indéfinissable de l'un des Saints Innocents, de deux des fameux trente deniers, d'argent en définitive, avec lesquels Judas s'était laissé acheter sans qu'il fût coupable, et pour clore le tout, d'une dent de saint Christophe de quatre doigts de long et trois de large, dimensions indubitablement excessives qui ne surprendront que ceux qui ignoraient la nature gigantesque de ce saint. Où donc les Espagnols vont-ils maintenant enterrer le poète Machado, demanda Joaquim Sassa qui ne l'avait jamais lu, et José Anaiço répondit, Si, malgré tous les désordres du monde et les infortunes du sort, chaque chose a une place et chaque place réclame la chose qui lui appartient, la chose qu'est aujourd'hui Antonio Machado sera enterrée quelque part dans les champs de Soria, sous un chêne vert, un *encina* comme disent les Castillans, sans croix ni pierre tombale, juste un monticule de terre qui s'abaissera jusqu'à terre pour finir par se confondre avec elle, Et nous, Portugais, quel poète devrions-nous aller chercher en

France, si tant est qu'il y soit resté quelqu'un, À ma connaissance, je ne vois que Mario de Sá Carneiro, mais celui-ci, inutile d'essayer, d'abord parce qu'il n'aurait sûrement pas voulu revenir, ensuite parce que les cimetières de Paris sont bien gardés, enfin parce qu'il est mort depuis très longtemps et que l'administration d'une capitale ne commettrait pas les erreurs d'une commune de province qui a de plus l'excuse d'être méditerranéenne, Et puis, à quoi servirait de l'ôter d'un cimetière pour le remettre dans un autre, étant donné qu'au Portugal on n'a pas le droit d'enterrer les morts où l'on veut, à l'air libre, Ses os ne seraient-ils pas plus tranquilles si on les enterrait à l'ombre d'un olivier dans le parc Eduardo VII, Y a-t-il encore des oliviers dans le parc Eduardo VII, Excellente question, mais je ne saurais te répondre, et maintenant allons dormir, demain nous devons partir à la recherche de Pedro Orce, l'homme de la terre qui tremble. Ils éteignirent la lumière, yeux ouverts ils attendaient le sommeil, mais avant qu'il n'arrive Joaquim Sassa demanda encore, Et Venise, que va-t-il lui arriver, Sache que la plus facile des choses difficiles serait de sauver Venise, il suffirait de boucher la lagune, de lier entre elles toutes les îles de façon à empêcher la mer d'entrer, si les Italiens ne sont pas capables de suivre tout seuls le conseil, qu'ils fassent appel aux Hollandais, le temps que le diable se frotte l'œil ils auront asséché Venise, Nous devrions les aider, nous avons des responsabilités, Nous ne sommes déjà plus européens, or cela n'est pas tout à fait exact, Pour le moment vous êtes encore dans les eaux territoriales, a dit la voix inconnue.

Le matin, alors qu'ils réglaient leur note, le gérant vint leur confier ses ennuis, L'hôtel presque vide en pleine saison, quelle pitié, Joaquim Sassa et José Anaiço, tout à leurs propres soucis, n'avaient pas remarqué l'absence de clients, Et les grottes, personne ne vient voir les grottes, répétait l'hôtelier consterné, qu'il n'y ait personne pour venir voir les grottes était à ses yeux la pire des catastrophes. Une grande agitation régnait dans la rue, la jeunesse d'Aracena n'avait jamais vu tant d'étourneaux rassemblés, pas même lors de leurs balades instructives dans la campagne, mais la saveur de la nouveauté s'épuisa vite, à peine la Deux-Chevaux portugaise s'était-elle mise en mouvement vers Séville que les étourneaux, comme un seul oiseau, prirent leur vol, faisant deux tours d'adieu ou de reconnaissance avant de disparaître derrière le château des Templiers. La matinée est si lumineuse qu'on pourrait la toucher du doigt, la journée promet d'être moins chaude que celle d'hier, mais le voyage est long, D'ici à Grenade, il y a plus de trois cents kilomètres et nous devrons encore chercher Pedro Orce, pourvu que tout cela ne soit pas vain et que nous trouvions notre homme, dit José Anaiço, ne pas trouver l'homme était une éventualité à laquelle ils n'avaient pas encore songé. Et si nous le trouvons, que lui dirons-nous, c'était au tour de Joaquim Sassa de s'interroger. Soudain, illumination du jour nouveau ou effet de la nuit mauvaise conseillère, tous ces épisodes leur semblaient absurdes, qu'un continent se soit coupé en deux parce que quelqu'un avait lancé une pierre à la mer, pierre dont le poids excédait les forces qui l'avaient projetée, ne pouvait être vrai, et pourtant c'était une vérité indiscutée, on avait lancé la pierre et le continent s'était coupé en deux, un Espagnol affirme qu'il sent la terre trembler, une bande d'oiseaux fous suit partout un professeur portugais, et allez savoir ce qui a encore pu se passer ou ce qui se passera à travers cette péninsule, Nous lui parlerons de ta pierre et de mes étourneaux, et il nous parlera de la terre qui a tremblé, ou qui tremble encore, Et après, Après, s'il n'y a plus rien à voir, à sentir et à savoir, nous retournerons chez nous, toi à ton travail et moi à mon école, on fera comme si tout cela n'avait été qu'un rêve, et à propos, tu ne m'as pas encore dit quel était ton métier, Je travaille dans un bureau, Moi aussi je travaille dans un bureau, je suis professeur. Ils rirent tous deux et Deux-Chevaux, prévenante, annonça par cadran interposé qu'elle allait être à court d'essence. Ils firent le plein à la première station qu'ils rencontrèrent, mais ils durent attendre une demi-heure, la file de voitures s'étendait tout au long de la route et tout le monde voulait remplir son réservoir. Ils reprirent la route, Joaquim Sassa maintenant inquiet, C'est la course à l'essence, d'ici peu, ils vont commencer à fermer les pompes et après, Il fallait s'y attendre, l'essence est un produit sensible, volatile, en période de crise c'est la première à manquer, ici, il y a quelques années, il y a eu un embargo sur l'approvisionnement, je ne sais si tu t'en souviens ou si tu en as entendu parler, c'était le chaos, Je suis en train de me rendre compte que nous n'arriverons même pas à Orce, Ne sois pas pessimiste, Je suis né ainsi.

Ils traversèrent Séville sans s'arrêter, les étourneaux s'attardèrent quelques minutes pour fêter la Giralda qu'ils n'avaient jamais vue. S'ils n'avaient été qu'une demi-douzaine, ils auraient pu composer une couronne d'anges noirs pour la statue de la Foi, mais quand par milliers, véritable avalanche, ils fondirent sur elle, ils la changèrent en quelque chose d'indéfinissable, elle-même peut-être encore ou son contraire tout aussi bien, l'emblème de l'Incroyance. La métamorphose dura peu, José Anaiço court déjà dans le dédale des rues, suivons-le, nation ailée. En chemin, Deux-Chevaux a bu où elle a pu, certaines stations avaient des écriteaux, Épuisé, mais les pompistes disaient, Demain, ils font partie de l'espèce des optimistes ou bien ils ont appris la règle du savoir-vivre. Les étourneaux, quant à eux, ne manquaient pas d'eau, grâce à Dieu qui se soucie davantage des oiseaux que des humains, il y a les affluents du Guadalquivir, les étangs, les barrages, c'est plus que n'en pourront boire de si petits becs au cours de toute l'histoire du monde. L'après-midi est déjà bien avancé lorsqu'ils arrivent à Grenade, Deux-Chevaux reprend son souffle, tremblante du grand effort, tandis que

Joaquim Sassa et José Anaiço vont aux renseignements, c'est comme s'ils portaient une lettre de cachet et qu'il soit l'heure de l'ouvrir, nous saurons maintenant où le destin nous attend.

Dans le bureau de tourisme une employée leur demanda s'ils étaient des archéologues ou des anthropologues portugais, qu'ils étaient portugais, ça se voyait tout de suite, mais anthropologues ou archéologues, pourquoi donc, Parce que, généralement, il n'y a qu'eux qui se rendent à Orce, il y a plusieurs années on a découvert tout près de là, à Venta Micena, l'Européen le plus ancien, Un Européen entier, demanda José Anaiço, Juste un crâne, mais très vieux, il doit se situer entre un million trois cent mille et un million quatre cent mille ans, Et on est sûr qu'il s'agit d'un homme, s'informa, subtilement, Joaquim Sassa, ce à quoi Maria Dolores répondit, avec un sourire entendu, Quand on trouve des vestiges humains aussi anciens, ce sont toujours des hommes, l'Homme de Cro-Magnon, l'Homme de Néanderthal, l'Homme de Steinheim, l'Homme de Swanscombe, l'Homme de Pékin, l'Homme de Heidelberg, l'Homme de Java, en ce temps-là il n'y avait pas de femme, Ève n'avait pas encore été créée, elle n'est venue qu'après, Vous êtes ironique, Non, je suis anthropologue de formation et féministe par irritation, Eh bien, nous sommes journalistes, nous voulons interviewer un certain Pedro Orce, celui qui a senti la terre trembler, Comment pareille nouvelle a-t-elle pu parvenir jusqu'au Portugal, Tout arrive au Portugal et nous nous allons partout, cette partie du dialogue appartient tout entière à José Anaiço plus prompt à répondre, la nécessité de communiquer avec les élèves sans doute. Joaquim Sassa s'était éloigné pour regarder les affiches avec des photographies de la cour des Lions, des jardins du Generalife, des statues de gisants des Rois Catholiques, tout en les regardant il se demandait si cela valait maintenant la peine de voir les choses réelles, puisqu'il venait de voir leurs représentations. Ces philosophailleries sur les perceptions du réel lui firent perdre le fil de la conversation, qu'avait bien pu dire José Anaiço à Maria Dolores pour que celle-ci se mette à rire de si bon cœur, si les Dolores n'avaient pas troqué leurs prénoms pour Lola, il y aurait là motif à un beau scandale. On ne percevait déjà plus chez elle la moindre trace d'irritation féministe, sans doute parce que cet Homme du Ribatejo avait quelque chose de plus que des mandibules, des molaires et une boîte crânienne, et parce qu'au jour d'aujourd'hui la preuve abondante est faite et parfaite de l'existence des femmes. Maria Dolores, qui travaille dans le tourisme parce qu'elle n'a pas trouvé d'emploi comme anthropologue, trace sur la carte de José Anaiço la route qui manque, signale d'un point noir le bourg d'Orce, celui de Venta Micena, tout à côté, maintenant messieurs les voyageurs vous pouvez poursuivre votre chemin, la sibylle du carrefour vous a indiqué la route, C'est comme un désert lunaire, mais dans ses yeux on lit son regret de ne pouvoir les accompagner pour exercer sa science avec ces journalistes portugais, le plus discret des deux, surtout, celui qui s'est éloigné pour regarder les affiches, combien de fois l'expérience nous a-t-elle enseigné qu'il ne faut pas juger selon les apparences, comme le fait présentement Joaquim Sassa lui-même, erreur, modestie de sa part, Si nous étions restés ici, tu aurais dragué l'anthropologue, qu'on lui pardonne la vulgarité de l'expression, quand les hommes sont ensemble ils ont des conversations grossières, et José Anaiço, présomptueux, dans l'erreur lui aussi, répondit, Qui sait.

Ce monde, nous ne nous lasserons pas de le répéter, est une comédie de dupes. Une preuve supplémentaire de cette vérité est d'avoir attribué le nom d'Orce à un os trouvé, non exactement à Orce mais à Venta Micena, ce qui aurait fait un très beau titre pour la paléontologie, n'était ce nom, Venta, qui fait immanquablement songer à un commerce pauvre et grossier. Étrange destin que celui des mots. Si

Micena, qui ne pouvait être un nom d'homme, n'était pas celui d'une femme semblable à la célèbre Galicienne qui a donné son nom à la petite ville portugaise de Golegã, les Grecs de Mycènes, fuyant la folie des Atrides, seraient peut-être parvenus jusque dans ces lointains parages, puisqu'ils devaient replanter quelque part le toponyme de leur patrie, pourquoi pas ici, bien plus loin que Cerbère, au cœur de l'enfer, mais moins éloignés cependant que nous ne le sommes à présent que nous naviguons. Même s'il vous en coûte beaucoup de le croire.

C'est dans ces parages que le diable établit sa première demeure, ses pieds fourchus brûlèrent le sol et calcinèrent les cendres, au milieu des montagnes qui se hérissèrent de terreur et qui restèrent ainsi, dernier désert où le Christ lui-même aurait pu se laisser tenter si, comme nous l'a enseigné le texte biblique, il n'avait déjà connu les ruses du diable. Joaquim Sassa et José Anaiço regardent, quoi, le paysage, doux mot qui appartient à d'autres mondes, à d'autres langages, car on ne peut nommer paysage ce que les yeux voient ici, qu'on a déjà qualifié de demeure de l'enfer et dont il est permis de douter, puisqu'en ces lieux damnés, entre imprécations et rochers, on est encore à peu près sûr de trouver des hommes et des femmes, avec les animaux qui leur tiennent compagnie et qu'ils n'ont pas encore tués pour se nourrir, c'est certainement dans ce désert qu'a écrit le poète qui n'est jamais allé à Grenade. Voilà les terres d'Orce qui ont dû boire le sang des Maures et des chrétiens, mais c'était alors la nuit des temps, à quoi bon évoquer ceux qui sont morts depuis tant d'années puisque c'est la terre qui est morte, par elle-même ensevelie.

À Orce, les voyageurs trouvèrent Pedro Orce, pharmacien de son état, plus âgé qu'ils ne se l'étaient imaginé, si tant est qu'ils aient songé à cela, pas aussi vieux pourtant que son aïeul millionnaire, nous supposons qu'il n'est pas incorrect d'utiliser des mesures généralement réservées à l'argent pour évaluer le temps étant donné que l'un n'achète pas l'autre et que celui-ci altère la valeur de celui-là. Pedro Orce n'est pas passé à la télévision, nous ignorions donc qu'il a plus de soixante ans, qu'il est maigre de visage et de corps, que ses cheveux sont presque blancs, et si son goût pour l'austérité ne l'obligeait à rejeter tout artifice, il aurait pu, dans le secret de son laboratoire, en parfait connaisseur des manipulations chimiques, se concocter une teinture noire ou blonde, au choix. Quand Joaquim Sassa et José Anaiço franchirent son seuil, il était en train de remplir des capsules avec du sulfate de quinine, médecine archaïque qui méprise les fortes concentrations des pharmacopées modernes, mais qui, par un sage instinct, et tout en conservant sa magique efficacité, a supprimé l'effet psychologique d'une digestion difficile. À Orce, lieu de passage inévitable quand on se rend à Venta Micena, maintenant qu'est passé l'enthousiasme des excavations et des découvertes, les voyageurs sont rares, on ne sait même pas où le crâne du vieil aïeul a fini sa course, dans un musée sans doute, où il attend son étiquette et la vitrine, le plus souvent le client en transit achète de l'aspirine, des médicaments qui combattent la diarrhée ou des pastilles pour digérer, ceux du pays meurent sans doute dès leur première maladie, pas de quoi enrichir un pharmacien. Pedro Orce finit de fermer les capsules, on dirait de la prestidigitation, une fois les parties qui serviront d'enveloppes humidifiées, on comprime les deux plaques de laiton, percées, et l'ordonnance est prête, une capsule de quinine, plus onze, une fois terminé il demanda aux messieurs ce qu'ils désiraient, Nous sommes portugais, déclaration inutile car il suffit de les entendre parler pour s'en rendre compte aussitôt, mais enfin, les humains sont ainsi faits qu'ils déclarent toujours qui ils sont avant de dire dans quel but ils viennent, surtout lorsque l'affaire est aussi importante que celle-ci, des centaines de kilomètres pour demander, encore qu'en des termes bien différents, moins dramatiques, Pedro Orce, jure sur ton honneur et sur l'os trouvé que tu as senti trembler la terre alors que tous les sismographes de Séville et de Grenade traçaient d'une aiguille ferme la ligne la plus droite qui se puisse imaginer, et Pedro Orce leva la main et dit, avec la simplicité des justes et des intègres, Je le jure. Nous aimerions vous parler en particulier, ajouta Joaquim Sassa à sa déclaration de nationalité, et comme il n'y avait personne d'autre dans la pharmacie, ils se mirent à lui raconter les événements personnels et communs, la pierre, les étourneaux, le passage de la frontière, en ce qui concerne la pierre, ils n'ont pas de preuves, mais pour ce qui est des oiseaux il suffit de sortir sur le pas de la porte et de regarder dehors, là sur la place, ou sur l'autre à côté, voici l'immanquable groupement, tous les habitants, tête levée, étonnés par l'insolite spectacle, tandis que les volatiles disparaissent rapidement pour fondre sur le château aux sept tours, un château arabe. Il vaut mieux que nous ne parlions pas ici, dit Pedro Orce, prenez la voiture et sortez du bourg, De quel côté, Toujours tout droit, vers Maria, avancez de trois kilomètres après les dernières maisons, là vous verrez un petit pont, et tout près un olivier, attendez-moi là, j'y serai dans un moment, Joaquim Sassa avait l'impression de revivre sa propre vie, quand il attendait José Anaiço après les dernières maisons, deux jours plus tôt, à l'aube.

Ils sont assis par terre, sous un olivier *cordovil*, celui qui selon le quatrain populaire fait l'huile jaune, comme si toutes les autres ne l'étaient pas, à peine un peu plus verdettes peut-être, et José Anaiço ne put réprimer ce premier mot, Cet endroit me fait peur, ce à quoi Pedro Orce répondit, À Venta Micena c'est bien pire, c'est là que je suis né, ambiguïté formelle qui peut signifier ce qu'elle paraît mais aussi son contraire, cela dépend davantage du lecteur que de la lecture encore que celle-ci dépende entièrement de celui-là, c'est pourquoi il nous est si difficile de savoir qui a lu ce qui a été lu et comment celui qui a lu a interprété ce qu'il a lu, pourvu que dans le cas qui nous occupe Pedro Orce ne veuille pas dire que la malignité de cette terre vient du fait qu'il y soit né. Puis, entrant dans le vif du sujet, ils comparèrent longuement leurs expériences de discobole, d'oiseleur et de sismologue, et décidèrent pour conclure que leurs mésaventures étaient et continuaient d'être liées entre elles, d'autant plus que Pedro Orce continue d'affirmer que la terre ne cesse de trembler, Maintenant encore je la sens, et il étendit la main dans un geste de démonstration. Mus par la curiosité, José Anaiço et Joaquim Sassa touchèrent la main qui ne bougeait pas et sentirent, il n'y a pas le moindre doute, ils sentirent le tremblement, la vibration, le bourdonnement, peu importe qu'un sceptique insinue qu'il s'agit du tremblement naturel de l'âge, Pedro Orce n'est pas si vieux et il est impossible de confondre tremblement et agitation quand bien même les dictionnaires affirment le contraire.

Un observateur qui les regarderait de loin pourrait s'imaginer que les trois hommes viennent de sceller un pacte, il est vrai que durant quelques instants leurs mains se sont unies mais c'est tout. Les pierres tout autour décuplent la chaleur, la terre blanche éblouit, le ciel est la bouche d'un four qui souffle même à l'ombre sous l'olivier *cordovil*. Les olives ne sont encore qu'une promesse pour l'instant à l'abri de la voracité des étourneaux, mais que vienne décembre et vous verrez la razzia, toutefois, comme il n'y a qu'un olivier, les étourneaux ne doivent guère fréquenter ces parages. Joaquim Sassa alluma la radio, soudain ils ne savaient plus que se dire, pas étonnant, ils se connaissent depuis si peu de temps, on entend la voix nasillarde du speaker, fatigue professionnelle ou fatigue des piles, D'après les dernières estimations, la vitesse de déplacement de la péninsule s'est stabilisée aux environs de sept cent cinquante mètres à l'heure, les trois hommes écoutent plus attentivement, D'après les informations qui parviennent à l'instant même à notre rédaction, on vient de constater une grande faille entre La Linea et Gibraltar, il parla, parla, nous vous redonnerons d'autres nouvelles, sauf imprévu, d'ici une heure, à cet instant précis, les étourneaux passèrent en rafale vruuuuuu et Joaquim Sassa demanda, Ce sont les tiens, José Anaiço ne prit même pas la peine de regarder avant de répondre, Oui, ce sont les miens, pour lui c'est facile, il les connaît, Sherlock Holmes dirait même, Élémentaire, mon cher Watson, il n'y a pas une seule bande identique à des lieues à la ronde et il a raison car les oiseaux sont rares en enfer, sauf les oiseaux nocturnes, bien entendu, comme le veut la tradition.

Pedro Orce suit leur vol du regard, sans manifester d'abord d'autre intérêt qu'une curiosité polie, puis ses yeux s'illuminent de ciel bleu et de nuages blancs, et ne pouvant retenir plus longtemps ses mots, il propose, Et si nous allions sur la côte pour voir passer le Rocher. Cela semble une absurdité, un contresens, et pourtant non, quand nous voyageons en train, nous croyons aussi voir défiler les arbres qui sont retenus au sol par leurs racines, maintenant nous ne sommes pas dans un train mais sur un radeau de pierre qui navigue lentement en pleine mer, sans attaches, la seule différence c'est celle qui distingue le solide du liquide. Combien de fois avons-nous besoin de toute une vie pour changer la nôtre, nous pensons, pensons, pesons le pour et le contre, hésitons, puis revenons à notre point de départ et recommençons à penser, penser, nous nous déplaçons sur les rails du temps dans un mouvement circulaire, comme ces petits tourbillons de vent qui traversent la campagne en soulevant la poussière, les feuilles mortes, toutes sortes de petites bricoles, car leurs forces sont mesurées, mieux vaudrait vivre au pays des typhons. D'autres fois, un seul mot suffit, Allons voir passer le Rocher, et les voilà debout, prêts pour l'aventure, ils ne sentent même pas la brûlure de l'air, comme des enfants lâchés en liberté, ils descendent la colline en courant, et ils rient. Deux-Chevaux est une étuve, en un instant les trois hommes sont en nage mais ils ne s'en aperçoivent pas, c'est de ces terres du Sud que partirent les hommes qui ont découvert l'autre monde, et ils étaient durs et féroces eux aussi, dans leurs cuirasses de fer, avec sur la tête leurs heaumes de fer, leurs épées de fer à la main, suant comme des chevaux ils se sont avancés contre la nudité des Indiens vêtus de plumes d'oiseaux et de peintures, idyllique image.

Ils ne retraversèrent pas le village, un second passage de la voiture avec Pedro Orce et les deux étrangers à l'intérieur eût paru trop suspect, ou ils l'ont kidnappé, ou ces trois-là conspirent, mieux vaut appeler la police, mais un vieux de la vieille aurait répliqué, Pas de gendarme à Orce. Ils prirent d'autres routes, des chemins que la carte ignorait, celle qui manque ici, maintenant, pour tracer la route de ces nouvelles découvertes, c'est la sphinge du tourisme, en fin de compte c'était une sphinge pas une sibylle, car on n'a jamais rencontré cette dernière aux carrefours, bien qu'elles soient toutes deux péninsulaires. Pedro Orce dit, Je vais d'abord vous montrer Venta Micena, ma terre natale, la phrase jaillit ainsi, comme s'il avait voulu se moquer de lui-même ou appuyer volontairement là où ça lui faisait mal. Ils traversèrent un village en ruines nommé Fuente Nueva, s'il y avait jamais eu jadis une fontaine elle avait vieilli et s'était tarie, puis, dans une large courbe du chemin, Nous y voici.

Les yeux regardent et, comme ils voient bien peu, ils cherchent ce qui doit certainement manquer et qu'ils ne trouvent pas. Là, a demandé José Anaiço et on comprend qu'il doute, car les maisons sont rares et dispersées, elles se confondent avec la couleur du sol, une tour d'église en bas, au bord de la route, une croix et des murs blancs, impossible de se tromper, c'est un cimetière. Sous le soleil volcanique, les terres ondulent comme une mer pétrifiée couverte de poussière, s'il en était déjà ainsi, un million quatre cent mille ans plus tôt, il n'est pas nécessaire d'être paléontologue pour jurer que l'Homme d'Orce a dû mourir de soif, c'était alors la jeunesse du monde, le ruisseau qui court au loin devait être un large et généreux fleuve, il y avait certainement de grands arbres, des herbes plus hautes qu'un homme, c'était avant qu'on installe l'enfer dans cette région. Lorsque arrive la saison des pluies, il doit y avoir un peu de verdure dans ces champs couleur de cendre, mais en ce moment les berges sont cultivées à grand-peine, les plantes se dessèchent et meurent, puis elles renaissent et revivent, seul l'homme n'a pas encore réussi à apprendre à répéter le cycle, avec lui, c'est à jamais une fois. Pedro Orce fit un geste qui embrassait le misérable bourg, La maison où je suis né n'existe plus, puis, montrant à gauche la direction des collines à la cime rase, C'est la Cova dos Rosais, c'est là qu'on a trouvé les os de l'Homme d'Orce, Joaquim Sassa et José Anaiço regardaient le paysage livide, un million quatre cent mille ans plus tôt des hommes et des femmes vécurent ici et firent des hommes et des femmes qui firent des hommes et des femmes, destin, fatalité, et ce jusqu'à aujourd'hui, d'ici un million quatre cent mille ans, quelqu'un viendra faire des excavations dans ce pauvre cimetière et comme il y a déjà un Homme d'Orce, on rétablira peut-être le nom du propriétaire et on donnera au crâne trouvé le nom d'Homme de Venta Micena. Personne ne passe, aucun chien n'aboie, les étourneaux ont disparu, un long frisson parcourt l'échine de Joaquim Sassa qui ne peut cacher son malaise, et José Anaiço demande, Comment s'appelle cette montagne au fond, C'est la chaîne de Sagra, Et celle-ci à droite, C'est la chaîne de Maria, Quand l'Homme d'Orce est mort, c'est certainement la dernière image que ses yeux ont emportée, Quel nom pouvait-il bien lui donner, lorsqu'il parlait d'elle avec les autres hommes d'Orce, ceux qui n'ont pas laissé de crâne, demanda Joaquim Sassa, À cette époque, rien n'avait encore de nom, dit José Anaiço, Comment peut-on regarder une chose sans lui donner un nom, Il faut attendre que le nom vienne. Ils restèrent tous trois à regarder sans rien dire puis Pedro Orce déclara, Allons, il est temps de rendre le passé à sa paix inquiète.

Pour animer le voyage, Pedro Orce répéta le récit de ses aventures, ajoutant des détails, les hommes de science, en présence des autorités, avaient été jusqu'à le relier à un sismographe, idée désespérée mais tout à fait valable car ils purent ainsi s'assurer de la véracité de ses propos, l'aiguille du mécanisme enregistra, sans discontinuer, le tremblement de la terre, puis, dès que la ligne redevint droite, on débrancha le patient de la machine. Ce qui n'a pas d'explication est expliqué, déclara l'alcade de Grenade qui assistait à l'expérience, mais l'un des sages le corrigea, Ce qui n'a pas d'explication devra attendre encore un peu, il s'était exprimé sans rigueur scientifique, mais tout le monde comprit et lui donna raison. Ils renvoyèrent Pedro Orce chez lui en lui demandant de se tenir à la disposition de la science et de l'autorité et de ne rien celer de ses dons extrasensoriels, recommandation qui ne différait guère de la décision prise par les vétérinaires français en ce qui concerne la mystérieuse affaire de la disparition des cordes vocales des chiens de Cerbère.

Deux-Chevaux prit finalement la direction du sud, empruntant maintenant les routes fréquentées, le combustible ne manque pas par ici, essence, gas-oil, mais il lui fallut bientôt ralentir sa belle allure car devant elle avance, lentement, une file interminable d'automobiles, de camionnettes, d'autocars, de motos, de bicyclettes, de mobylettes, de vespas, de charrettes tirées par des mulets, d'ânes chargés, mais pas de Roque Lozano, beaucoup de gens vont à pied, certains font du stop, d'autres méprisent ostensiblement les transports comme s'ils accomplissaient une pénitence, un vœu, un vœu, c'est plus probable, et inutile de leur demander où ils vont, pas besoin de s'appeler Pedro Orce pour avoir eu l'idée et le désir de voir passer Gibraltar dérivant au loin, il suffit d'être espagnol, et ce n'est pas ça qui manque par ici. Ils viennent de Cordoue, de Linares, de Jaen, de Cadix, les grandes villes, mais aussi de Higuera de Arjona, d'El Tocon, de Bular Bajo, d'Alamedilla, de Jesus del Monte, d'Almacegas, des délégations semblent arriver de partout, ces gens ont été très patients, depuis mille sept cent quatre, on peut compter, et puisque Gibraltar n'est pas pour nous, nous qui nous sommes accoutumés à cette mer, qu'elle n'appartienne pas non plus aux Anglais. Le fleuve humain est si large que la police de la route a dû ouvrir une troisième voie là où c'était possible, rares sont ceux qui vont vers le nord, sauf s'ils ont une bonne raison pour cela, mort ou maladie, et même dans ce cas on les regarde avec méfiance, on les soupçonne d'anglophilie, peut-être qu'ils veulent aller cacher au loin la douleur que leur cause un tel égarement géologique et stratégique.

Mais ce jour est pour tout le monde un jour de grande fête, la semaine est aussi sainte que l'autre, certaines camionnettes transportent des christs, des *trianas* et des *macarenas**, des fanfares avec leurs instruments qui brillent au soleil, et l'on aperçoit sur le dos des ânes des faisceaux de feux d'artifice, si quelqu'un allume leurs mèches, ils vont monter comme Clavileño jusqu'aux deuxième et troisième régions de l'air, et à celle du feu, où roussit la barbe de Sancho qui, confiant comme il l'est, se dispose à être trompé encore une fois. Les jeunes filles arborent leurs plus beaux atours, leurs mantilles et leurs mantes, quant aux vieux, lorsqu'ils ne peuvent plus marcher, ils se font porter sur le dos des jeunes, fils tu es, père tu seras, ce que tu as fait on te le fera, jusqu'à ce qu'un véhicule quelconque s'arrête, alors la marche reprend, le corps fatigué est enfin soulagé, tout le monde se dirige vers la mer, la côte, les plages, ou mieux encore, vers les hauteurs qui dominent la mer afin de voir le Rocher maudit dans son entier, dommage qu'à cette distance on ne puisse

* Représentations des deux vierges de l'Espérance, à Séville.

entendre les glapissements des macaques déconcertés par le fait de ne plus voir la terre. Au fur et à mesure que la mer se rapproche, la circulation se fait plus difficile, certains abandonnent déjà leurs véhicules et poursuivent à pied, ou alors ils demandent à ceux qui ont une charrette ou qui vont sur un âne de les prendre avec eux, car ces derniers ne peuvent abandonner les animaux dans la nature, il faut s'en occuper, leur donner à boire, porter jusqu'aux naseaux la botte de paille et de fève, les policiers, tous d'ascendance rurale, sont logés à la même enseigne, les ordres sont d'abandonner les camionnettes et les voitures sur le bord de la route, les animaux peuvent poursuivre leur route, les motos, les bicyclettes, les vespas et les mobylettes aussi, ce sont des machines peu encombrantes qui peuvent se faufiler facilement n'importe où. Les fanfares qui ont mis pied à terre jouent les premiers paso doble, un artificier plus excité ou plus patriote que les autres a prématurément lancé une fusée très puissante, mais s'est aussitôt fait sermonner par ses collègues qui n'étaient pas disposés à brûler leurs munitions sans raisons visibles. Deux-Chevaux s'arrêta elle aussi, seule voiture portugaise du cortège, plus exactement seule voiture ayant un matricule portugais, voir Gibraltar perdu en mer ne lui faisait ni chaud ni froid, son regret historique se nomme Olivença, et cette route n'y conduit pas. On voit déjà des gens égarés, des femmes qui appellent leurs maris, des enfants qui réclament leurs parents, mais tous finissent heureusement par se retrouver, si cette journée n'est pas celle des rires, ce ne sera pas celle des larmes non plus, à condition que Dieu le père et son fils *Cachorro** le veuillent bien. Beaucoup de chiens errent par ici en flairant, rares sont ceux qui aboient, sauf lorsqu'il

* Parmi les christs de Séville, qui, comme les vierges, sortent au cours de la Semaine sainte, l'un des plus célèbres est le christ de l'Expiration, plus connu sous le nom de *Cachorro*. Ce nom lui vient du sobriquet du Gitan qui, blessé à mort, aurait servi de modèle au sculpteur qui fit la figure. C'est du moins ce que raconte la légende.

y a de la bagarre, on ne voit pas un seul Cerbère. Pedro Orce, Joaquim Sassa et José Anaiço s'étaient imprudemment emparés de deux ânes qui avaient l'air abandonnés, sans maître à l'horizon, et chacun à tour de rôle, l'un à pied, les deux autres assis, ils avançaient, mais cette tranquillité fut de courte durée car les ânes appartenaient à un groupe de Gitans qui allaient vers le nord, ceux-là se moquaient éperdument de Gibraltar, et si Pedro Orce n'avait pas été espagnol, et vieux et sage, on aurait pu voir couler le sang des Portugais.

Un camp interminable, un véritable campement s'étire tout le long de la côte, des milliers et des milliers de gens, yeux braqués sur la mer, certains sont grimpés sur les toits et sur les arbres les plus hauts, pour ne pas parler des milliers d'autres qui n'ont pas voulu aller aussi loin et sont restés avec leurs lunettes et leurs jumelles sur les hauteurs de la sierra Contraviesa ou au pied de la sierra Nevada, on ne s'intéresse ici qu'aux gens les plus simples, à ceux qui ont besoin de toucher les choses pour les reconnaître, ils ne pourront s'approcher davantage mais ils ont fait tout ce qu'ils ont pu. José Anaiço, Joaquim Sassa et Pedro Orce les ont suivis, volonté passionnée de Pedro Orce, franche cordialité des deux autres, et les voilà assis sur les pierres, regardant la mer, l'après-midi touche à sa fin, et Joaquim Sassa, pessimiste comme il l'a lui-même admis, déclare, Si Gibraltar passe en pleine nuit, nous serons venus pour rien, Nous verrons au moins les lumières, argumenta Pedro Orce, et ce sera encore plus beau, voir la Pierre s'éloigner comme un navire illuminé, alors oui, les feux d'artifice avec leurs gerbes, leurs chandelles, leurs soleils, et que sais-je encore, seront justifiés, tandis que le Rocher pâle se perdra au loin, et disparaîtra dans la nuit noire, adieu, adieu, je ne te reverrai plus. Mais José Anaiço avait ouvert la carte sur ses genoux, avec un crayon et du papier il était en train de faire des calculs, il les refit un par un pour être tout à fait sûr du résultat, il vérifia une fois encore l'échelle, calcula la preuve par neuf puis déclara, Mes chers amis, Gibraltar va mettre dix jours pour arriver ici, surprise incrédule de ses compagnons, alors il leur montra ses calculs, et il n'eut même pas besoin d'invoquer son autorité de professeur diplômé, ces sciences sont heureusement aujourd'hui à la portée des intelligences les plus rudimentaires, Si la péninsule, ou l'île, ou ce que vous voulez, se déplace à une vitesse de sept cent cinquante mètres à l'heure, il nous faudra une journée pour parcourir dix-huit kilomètres, or de la baie d'Algésiras jusqu'à l'endroit où nous sommes, en ligne droite, il y a presque deux cents kilomètres, faites les comptes, ça vaut le coup. Devant cette démonstration irréfutable, Pedro Orce inclina la tête, vaincu, Et dire que nous sommes venus, que tous ces gens sont venus en courant parce que le jour de gloire était arrivé, juste au moment où nous devions enfin tourner en ridicule ce maudit Rocher, et nous devrons attendre encore dix jours, aucun incendie ne peut durer aussi longtemps, Et si nous allions à sa rencontre par les routes du littoral, suggéra Joaquim Sassa, Non ça ne vaut pas la peine, répondit Pedro Orce, ces choses doivent se produire au moment opportun, tant qu'il reste de l'enthousiasme, c'est maintenant qu'elle devrait passer devant nos yeux, maintenant que nous sommes exaltés, nous l'avons été, nous ne le sommes déjà plus, Qu'allons-nous faire alors, demanda José Anaiço, Partons, Vous ne voulez pas rester, Ce n'est pas après le rêve que le rêve peut être vécu, S'il en est ainsi, nous partirons demain, Si tôt, L'école m'attend, Et moi le bureau, Et moi la pharmacie, comme toujours.

Ils partirent à la recherche de Deux-Chevaux, et pendant qu'ils cherchent et tardent à trouver, profitons-en pour parler des milliers de gens qui n'ont ni voix ni vote dans cette histoire, qui n'ont même pas réussi à jouer les figurants au fond de la scène, ces milliers d'individus qui n'ont pas bougé durant ces dix jours et ces dix nuits, mangeant les provisions qu'ils avaient emportées, et qui, lorsqu'elles vinrent à manquer, dès le deuxième jour, achetèrent ce qu'ils purent trouver dans le coin, cuisinant en plein air sur de gigantesques feux qui ressemblaient aux bûchers d'une autre époque, quant à ceux qui n'avaient plus d'argent ils ne restèrent pas sur leur faim, là où il y en avait pour un il y en avait pour tous, c'est le temps retrouvé des frères, si tant est qu'il soit humainement possible d'être après avoir été. Pedro Orce, José Anaiço et Joaquim Sassa ne goûteront pas cette admirable fraternité, ils ont tourné le dos à la mer, c'est maintenant leur tour d'être considérés avec méfiance par ceux, et ils sont nombreux, qui continuent de descendre.

Entre-temps la nuit est tombée, on a allumé les premiers feux, Allons-y, a dit José Anaiço. Pedro Orce fera le voyage en silence, sur la banquette arrière, triste, les yeux clos, c'est le moment ou jamais de citer le refrain portugais, pareille opportunité n'est pas près de se représenter, Où vas-tu, Je vais à la fête, D'où viens-tu, Je viens de la fête, même sans l'aide des points d'exclamation et des tirets, la différence entre la joyeuse expectative de la première réponse et la fatigue désenchantée de la seconde saute aux yeux, il n'y a que sur la page qu'elles semblent écrites de la même façon. Ils n'échangèrent que trois mots durant tout le voyage, Dînez avec moi, ces mots sont tombés de la bouche de Pedro Orce, c'est son devoir d'hôte. José Anaiço et Joaquim Sassa n'ont pas jugé utile de répondre, d'aucuns diraient qu'ils étaient mal élevés, mais c'est connaître bien mal la nature humaine, un autre, mieux informé, serait prêt à jurer que ces trois-là sont devenus amis.

La nuit est bien avancée lorsqu'ils entrent dans Orce. Les rues, à cette heure, sont un désert d'ombres et de silence, Deux-Chevaux peut rester devant la porte de la pharmacie, il est bon qu'elle se repose, demain elle va reprendre la route emportant les trois hommes, c'est ce qui va être décidé autour de la table, dans les assiettes, une nourriture simple, Pedro Orce vit seul lui aussi et le temps lui a manqué pour jouer les gastronomes. Ils ont allumé la télévision, maintenant il y a des nouvelles toutes les heures, et ils ont vu Gibraltar, qui n'était pas simplement séparé de l'Espagne mais éloigné d'elle de plusieurs kilomètres, comme une île dérivant au milieu des flots, transformée, la malheureuse, en pic, en pain de sucre, en récif, avec ses mille canons sans cible ni emploi. Les meurtrières qu'ils s'obstinent à vouloir percer du côté nord flatteront peut-être l'orgueil impérial, mais c'est de l'argent jeté à la mer, au sens propre comme au figuré. Images impressionnantes, ça ne fait aucun doute, mais sans commune mesure avec le choc causé par une série de photographies prises par satellite et qui montrent l'élargissement progressif du canal entre la péninsule et la France, aucune force humaine n'aurait pu faire cela, ça donne la chair de poule et les cheveux se dressent sur la tête à la vue d'un pareil malheur, car ce n'est déjà plus un canal mais une voie d'eau sur laquelle voguent des navires vers des mers jamais fréquentées. Il est évident qu'on ne peut observer pareil déplacement, à cette altitude, une vitesse de sept cent cinquante mètres à l'heure n'est guère visible à l'œil nu, mais, pour l'observateur, c'est comme si la grande masse de pierre se déplaçait à l'intérieur de sa tête, quelques personnes sensibles manquèrent s'évanouir, d'autres furent prises de vertiges. Il y avait aussi les images tournées à bord des infatigables hélicoptères, le gigantesque escarpement pyrénéen, coupé au fil à plomb, et le minuscule fourmillement des gens qui se dirigeaient vers le sud, migration subite, dans le seul but de voir Gibraltar s'enfoncer, illusion d'optique car c'est nous qui descendons le courant et, détail pittoresque, note de reportage, une bande d'étourneaux, des milliers, comme un nuage qui se serait glissé dans le champ de l'objectif, obscurcissant le ciel, Les oiseaux sont eux aussi gagnés par l'enthousiasme des hommes, déclara

96

le speaker, ce sont les mots qu'il employa, alors que l'histoire naturelle nous enseigne que les oiseaux ont leurs raisons à eux d'aller où ça leur plaît, ou bien là où ils le doivent, ils ne suivent ni Toi ni Moi, et moins encore José Anaiço, cet ingrat, qui déclare, Je les avais déjà oubliés.

Ils montrèrent aussi des images du Portugal, de la côte atlantique, avec les vagues qui battaient les rochers ou retournaient le sable, et il y avait du monde pour regarder l'horizon, avec l'air tragique de ceux qui depuis des siècles se sont préparés à affronter l'inconnu et redoutent qu'il ne se passe rien ou que ce dernier, conforme au déroulement des heures, soit lui aussi vulgaire et banal. Maintenant ils sont là, tels qu'Unamuno les a décrits, le visage basané entre leurs mains, *clavas tus ojos donde el sol se acuesta solo en la mar inmensa*, tous les peuples ayant la mer au ponant font de même, celui-ci est brun, il n'y a pas d'autre différence, et il a navigué. Lyrique, fougueux, le speaker espagnol déclame, Voyez ces Portugais tout au long de leurs plages dorées, eux qui furent à la proue de l'Europe et ont cessé d'y être, car du quai européen nous nous détachons pour fendre à nouveau les flots de l'Atlantique, quel amiral nous guide, quel port nous attend, la dernière image montrait un tout jeune gamin lançant une pierre à la mer avec cet art du ricochet qu'on n'a pas besoin d'apprendre, et Joaquim Sassa dit, Il a la force de son âge, la pierre ne pouvait aller plus loin, mais la péninsule ou ce que vous voulez donna l'impression d'avancer avec plus de vigueur sur la mer démontée, fait tout à fait inhabituel en cette saison. Le speaker donna la dernière nouvelle en passant, comme s'il n'y attachait guère d'importance, On semble noter une certaine instabilité des populations, beaucoup de gens partent de chez eux, et pas seulement en Andalousie, là on sait pourquoi, et comme la plupart d'entre eux se dirigent vers la mer, on suppose qu'il s'agit d'un mouvement naturel de curiosité, de toute manière, nous garantissons à nos spectateurs qu'il n'y a rien à voir sur la côte, comme nous venons de le démontrer à l'instant même avec ces Portugais qui regardaient, regardaient et ne voyaient rien, ne les imitons pas. Alors Pedro Orce dit, Si vous avez une place pour moi, je vous accompagne.

Joaquim Sassa et José Anaiço ne répondirent pas, ils ne comprenaient pas pourquoi un Espagnol si bien informé voulait connaître le Portugal et ses plages. La question était bonne et pertinente et, comme Joaquim Sassa était le propriétaire de Deux-Chevaux, c'est à lui qu'il revient de la poser, et Pedro Orce répondit, Je ne veux pas rester ici, avec le sol qui ne cesse de trembler sous mes pieds, et tous ces gens qui disent que c'est moi qui ai tout imaginé, Vous sentirez sans doute la même chose au Portugal, et les gens, là-bas, vous diront la même chose, répliqua José Anaiço, et puis nous avons nos propres occupations, Je ne vous gênerai pas, je vous demande simplement de m'emmener, vous me laisserez à Lisbonne, je n'y suis jamais allé, je reviendrai un de ces jours, Et votre famille, et la pharmacie, Pour ce qui est de la famille, vous avez sans doute déjà compris que je n'en ai plus, je suis le dernier, quant à la pharmacie on s'arrangera, mon assistant s'en occupera. Ils n'avaient rien à répliquer, aucun motif pour refuser, Cela nous fait plaisir que vous nous accompagniez, dit Joaquim Sassa, Il ne faudrait pas qu'ils t'attrapent à la frontière, rappela José Anaiço, Je leur dirai que je suis allé faire un tour en Espagne, que je ne pouvais savoir que l'on me recherchait et que je vais immédiatement me présenter au gouverneur civil, mais il n'y aura probablement aucune explication à fournir, ils doivent se soucier davantage de ceux qui sortent que de ceux qui entrent, Nous passerons à un autre poste frontière, à cause des étourneaux, ajouta José Anaiço, et ayant dit cela, il ouvrit la carte sur la table, toute la péninsule Ibérique, dessinée et coloriée du temps où tout était encore ferme, et où le cal osseux des Pyrénées réprimait ses tentations vagabondes, en silence, comme s'ils ne la reconnaissaient pas, les trois hommes regardaient la représentation plane de cette partie du monde, Estrabão disait que la péninsule a la forme d'une peau de bœuf, murmura Pedro Orce avec intensité, et malgré la nuit chaude, Joaquim Sassa et José Anaiço frissonnèrent, comme si la bête cyclopéenne qui allait être sacrifiée et écorchée pour ajouter au continent Europe une dépouille qui saignerait pour les siècles des siècles s'était dressée devant eux.

La carte dépliée montrait les deux patries, le Portugal suspendu et rocailleux, l'Espagne démantibulée au sud, et les régions, les provinces, les districts, la grosse pierraille des villes, la fine poussière des bourgs et des villages, mais ils ne figuraient pas tous car la poussière est bien souvent invisible à l'œil nu, Venta Micena n'était qu'un exemple. Les mains déplissent et lissent le papier, passent sur l'Alentejo et continuent vers le nord, comme si elles caressaient un visage, de la joue gauche à la joue droite, c'est le sens des aiguilles d'une montre, le sens du temps, les Beiras, et avant elles le Ribatejo, puis le Trásos-Montes et le Minho, la Galice, les Asturies, le Pays basque et la Navarre, la Castille et le León, l'Aragon et la Catalogne, Valence, l'Estrémadure, la nôtre et la leur, l'Andalousie où nous sommes, l'Algarve, alors José Anaiço posa son doigt sur l'embouchure du Guadiana et dit, Nous entrerons par ici.

Échaudés par la fusillade de Rosal de la Frontera, de sanglante mémoire, les étourneaux, devenus prudents, firent un large détour par le nord et traversèrent là où l'air était libre et la circulation ouverte, à trois kilomètres environ du pont qui, au moment où nous parlons, était enfin construit, il était grand temps. Le policier, du côté portugais, ne s'étonna même pas du fait que l'un des voyageurs se nommait Joaquim Sassa, de plus graves préoccupations absorbaient l'esprit de l'autorité c'était évident, et le dialogue qui suivit nous apprit bientôt lesquelles, Où voulez-vous aller, demanda le policier, À Lisbonne, répondit José Anaiço qui était au volant, et il ajouta, Pourquoi, monsieur l'agent, Vous allez trouver des barrages sur les routes, obéissez scrupuleusement aux instructions que vous recevrez, ne tentez pas de forcer les passages ou de faire demi-tour, ça vous coûterait cher, Un malheur est arrivé, Ça dépend, Ne nous dites pas que l'Algarve est en train de se détacher elle aussi, remarquez ça devait arriver tôt ou tard, ils ont toujours eu dans l'idée de fonder un royaume indépendant, Ce n'est pas ça et c'est plus grave, les gens veulent occuper les hôtels, ils disent que, s'il n'y a pas de touristes, eux ont besoin de maisons, Nous n'étions pas au courant, quand cette invasion a-t-elle commencé, Hier soir. Eh bien ça, s'exclama José Anaiço, s'il avait été français il aurait dit, Ça alors, chacun a sa manière bien à lui d'exprimer l'étonnement que l'autre éprouve aussi, écoutez le *Caramba* sonore de Pedro Orce, quant à Joaquim Sassa, on l'entendit à peine faire écho, Eh bien, ça.

Le policier les laissa poursuivre leur route en les avertissant une seconde fois, Attention aux barrages, et Deux-Chevaux put traverser Vila Real de Santo António, tandis que les passagers commentaient leur extraordinaire exploit, en fin de compte, qui l'eût cru, les Portugais appartiennent à deux espèces différentes, les uns se précipitent sur les plages et sur les hauteurs pour contempler mélancoliquement l'horizon, les autres, intrépides, avancent sur les forteresses hôtelières défendues par la police, par la garde républicaine et aussi, paraît-il, par l'armée elle-même, il y aurait déjà des blessés, leur a-t-on secrètement révélé dans un café où ils s'étaient arrêtés pour glaner des informations. Ils apprirent ainsi que, dans trois hôtels situés l'un à Albufeira, l'autre à Praia da Rocha et le troisième à Lagos, la situation est critique, au point que les forces de l'ordre ont encerclé les édifices où les insurgés se sont retranchés, murant portes et fenêtres, coupant les accès, comme les Maures assiégés, infidèles sans rémission qui n'ont pas respecté le credo et ne se soucient pas plus des appels que des menaces, ils savent qu'après le drapeau blanc viendra le gaz lacrymogène, c'est pourquoi ils ne parlementent pas et ignorent le mot reddition. Pedro Orce, impressionné, répète tout bas, *Caramba*, et on lit sur son visage un certain dépit patriotique, le regret que cette initiative ne soit pas le fait des Espagnols.

Dès le premier barrage, on voulut les détourner sur Castro Marim, mais José Anaiço protesta, disant qu'il avait une affaire importante, qu'il ne pouvait ajourner, à traiter à Silves, il avait dit Silves pour ne pas éveiller les soupçons, D'ailleurs, il faudra que je prenne les routes de l'intérieur, Et les plus intérieures possible, si vous voulez éviter les complications, recommanda l'officier responsable, rassuré par l'aspect pacifique des trois passagers et la respectabilité fatiguée de Deux-Chevaux, Mais, monsieur le lieutenant, dans une situation comme celle-ci, quand le pays est en pleine dérive, et le terme ne pouvait être plus approprié, qui se soucie de l'occupation de quelques hôtels, ce n'est tout de même pas une révolution pour qu'il soit nécessaire de décréter une mobilisation générale, les masses sont parfois impatientes, voilà tout, le commentaire venait de Joaquim Sassa, peu diplomate, heureusement que le lieutenant, fidèle aux vieilles traditions, n'était pas de ceux qui reviennent sur la parole donnée, sinon il les aurait obligés à se rendre à Castro Marim. L'impertinent ne put toutefois échapper à la semonce militaire, L'Armée est ici pour accomplir son devoir, que diriez-vous si nous allions occuper le Sheraton ou le Ritz sous prétexte que les casernes ne sont pas confortables, cet officier doit être grandement perturbé pour condescendre à répondre à un péquin. Vous avez tout à fait raison, monsieur le lieutenant, mon ami est ainsi, il ne pense pas ce qu'il dit, quand bien même je lui demande de faire attention, Eh bien, il devrait réfléchir, il en a largement l'âge, conclut l'officier péremptoire. D'un geste sec il leur fit signe d'avancer, sans entendre ce que disait Joaquim Sassa, et heureusement, sinon l'aventure se serait terminée en prison.

Ils furent arrêtés par d'autres barrages, ceux de la garde républicaine, moins favorablement disposée, ils durent même faire un certain nombre de détours par de mauvais chemins avant de pouvoir revenir à la route principale. Joaquim Sassa était fâché, et non sans raison, on l'avait repris deux fois, Que le lieutenant ait fait son numéro de rigueur, je veux bien, mais tu n'avais pas besoin de dire que je ne pense pas ce que je dis, Excuse-moi, c'était pour éviter que la conversation ne s'envenime, tu plaisantais avec ce type, c'est une erreur, on ne doit jamais plaisanter avec l'autorité, ou bien ils ne comprennent pas, et ça ne valait pas la peine, ou bien ils comprennent et c'est pire. Pedro

Orce leur demanda d'expliquer, lentement, ce qu'ils étaient en train de dire, et l'obligation de changer de ton, les répétitions, prouvèrent que l'affaire n'avait pas d'importance, quand Pedro Orce eut tout compris, il ne restait plus rien à comprendre.

Après la bifurcation de Boliqueime, sur un tronçon de route désert, José Anaiço, profitant d'une rigole, lança sans prévenir Deux-Chevaux à travers champs, Où vas-tu, cria Joaquim Sassa, Si nous continuons par la route comme des enfants obéissants, nous ne réussirons jamais à nous approcher de l'un de ces hôtels, et nous voulons voir ce qui s'y passe, oui ou non, répondit José Anaiço, tout secoué, et qui faisait tourner le volant instable, la voiture sautait comme une folle sur la terre labourée. Pedro Orce était projeté d'un bord à l'autre de la banquette arrière, sans compassion ni pitié, et Joaquim Sassa, entre deux rires entrecoupés, s'exclamait, Excellente plaisanterie, excellente plaisanterie. Heureusement, trois cents mètres plus loin, ils trouvèrent un chemin caché entre les figuiers, derrière un mur de pierres qui s'était écroulé, à moins que le temps n'ait eu raison du crépi. Ils étaient, pour ainsi dire, sur le théâtre des opérations. Usant de toutes les précautions ils s'approchaient d'Albufeira, chaque fois que c'était possible, ils choisissaient des terrains plats, le pire ce sont les nuages de poussière soulevés par Deux-Chevaux fort peu douée pour les rôles d'éclaireur ou d'avant-garde, mais la police est déjà loin, elle protège les carrefours, les principaux nœuds routiers, pour employer le langage moderne des communications, du reste, les effectifs des forces de l'ordre ne sont pas si nombreux qu'ils puissent stratégiquement couvrir une province aussi riche en hôtels qu'en caroubes, si l'on nous permet la comparaison. En vérité, quand on a pour but prochain la ville de Lisbonne, on n'a pas besoin de s'aventurer dans ces parages où règne la subversion, mais il est bon de s'assurer de l'exactitude des informations, on a mille fois constaté que les histoires qu'on raconte sont des contes embellis, il avait pu y avoir un ou deux cas isolés, et les barrages n'étaient peut-être, en fin de compte, que l'application pratique de cette prudence prescriptive qui préfère prévenir que guérir. Mais il y avait déjà des infiltrations. À travers le bocage, des hommes et des femmes avançaient, foulant anxieusement la terre rouge, portant sur le dos des sacs, des valises, des paquets, et, dans les bras, de jeunes enfants, ainsi, avec leurs pauvres biens, leurs proches, leurs femmes et leurs enfants comme garants, ils croient pouvoir trouver une place à l'hôtel, plus tard, si tout se passe bien, ils feront venir le reste de la famille avec le lit, le coffre, la table, faute de richesses plus variées, pas un ne s'est souvenu que ce qu'on trouve en abondance dans les hôtels, ce sont les lits et les tables, et que, s'il y a peu de coffres, les armoires les remplacent avantageusement.

Aux portes d'Albufeira, une bataille rangée se préparait. Les voyageurs avaient laissé à l'arrière Deux-Chevaux, laquelle se reposait à l'ombre. Dans une pareille situation, inutile de compter sur elle, c'est un être mécanique, sans émotions, qui va là où on la conduit, reste là où elle est, peu lui importe que la péninsule navigue ou pas, ce n'est pas parce qu'elle se déplace que les distances vont paraître plus courtes. Il y eut un préambule oratoire au combat, comme cela se pratiquait jadis, dans l'antiquité des guerres, avec défis, exhortations aux troupes, prières à la Vierge ou à saint Jacques, les paroles sont toujours bonnes au début, ce sont leurs résultats qui sont épouvantables, à Albufeira, il n'a servi à rien que le chef des troupes populaires d'invasion ait harangué la foule, et pourtant sa harangue était belle, Gardes, soldats, amis, ouvrez bien vos oreilles, prêtez-nous attention, vous êtes, ne l'oubliez pas, des fils du peuple comme nous, ce peuple sacrifié qui construit les maisons et ne les habite pas, qui bâtit des hôtels et n'a pas de quoi y loger, voyez, nous sommes ici avec nos enfants et nos femmes, ce n'est pas pour vous demander le ciel que nous sommes venus, mais pour avoir un abri plus digne, un toit plus solide, des chambres où dormir avec le respect et la discrétion dus à des êtres humains, nous ne sommes pas des animaux, ni des machines, nous avons des sentiments, et ces hôtels, ici, sont vides, il y a des centaines, des milliers de chambres, on a construit ces hôtels pour les touristes et ils sont partis, ils ne reviendront plus, tant qu'ils étaient là nous étions résignés à mal vivre, maintenant, s'il vous plaît, laissez-nous entrer, nous paierons un loyer identique à celui qu'on payait pour la location de nos maisons, il ne serait pas juste de nous réclamer davantage, et nous le jurons, tant sur ce qui est sacré que sur ce qui ne l'est pas, que tout sera toujours propre et bien rangé, pour ça, aucune femme n'arrive à la cheville des nôtres, je sais, vous avez raison, il y a les enfants, les enfants sales salissent beaucoup, mais ceux-là seront propres et nets, c'est promis, facile, chaque chambre, d'après ce que nous savons, a une salle de bains, une douche ou une baignoire au choix, de l'eau chaude et froide, dans ces conditions, ça ne doit guère coûter d'être propre, quant à ceux de nos enfants qui sont déjà grands et qui ont le vice de la saleté dans la peau, s'ils ne sont pas encore accoutumés à l'hygiène, leurs propres enfants vous promettent qu'ils vont devenir les créatures les plus propres du monde, il suffit de leur en laisser le temps, d'ailleurs, c'est tout ce dont les hommes ont besoin, de temps, et c'est tout ce qu'ils possèdent, le reste n'est qu'une illusion, personne ne s'attendait à ça, voilà que le chef des rebelles donne dans la philosophie.

On devine aux traits du visage, et les cartes d'identité le confirment, que les soldats sont vraiment des fils du peuple, quant à leur officier, ou il en fait également partie et a répudié ses humbles origines sur les bancs de l'école, ou il appartient depuis sa naissance aux classes supérieures, celles pour lesquelles on a construit les hôtels de l'Algarve, sa réponse ne nous permet pas de le savoir, Reculez, ou vous allez en prendre plein la gueule, a-t-il dit, langage grossier qui n'est pas l'apanage des seules couches populaires. Les troupes voyaient dans ce rassemblement la chère image du père et de la mère, mais le devoir qui nous appelle est le plus fort, Tu es la lumière de mes yeux, dit la mère au fils qui va lui donner un coup d'épée. Mais le commandant civil, tournant en ridicule, par désespoir, la voix et le geste, s'écria, furieux, Race de chiens qui ne reconnaissez pas le sein qui vous a nourris, licence poétique, accusation peu sensée et sans objet, car pas un seul fils ou fille ne s'en souvient, bien qu'il y ait pléthore d'autorités pour nous affirmer qu'au fond de notre conscience nous conservons secrètement ces effrayants souvenirs-là et bien d'autres encore, et que notre vie est tout entière faite de ces peurs-là et de beaucoup d'autres.

L'officier ne goûta guère qu'on le traitât de chien, et cria, À la charge, à l'instant où le chef des envahisseurs, impétueux, clamait de son côté, À moi, patriotes, ce fut la mêlée générale, le corps à corps, et le choc fut terrible. C'est alors que Joaquim Sassa, Pedro Orce et José Anaiço arrivèrent sur les lieux, curieux mais innocents, ils s'étaient mis dans de beaux draps, car la troupe, ayant perdu la tête, ne faisait plus la différence entre les spectateurs et les acteurs, et l'on peut dire que, si les trois amis n'avaient pas besoin de maison, ils durent néanmoins se battre pour elle. Pedro Orce, en dépit de son âge, se battait comme si cette terre avait été la sienne, les autres faisaient de leur mieux, pas tout à fait peut-être, car ils appartenaient à une race pacifique. On traînait les blessés sur le bord de la route, les femmes éclataient en sanglots et en imprécations, les infants, quant à eux, avaient été mis à l'abri dans les chariots, à batailles médiévales, vocabulaire d'époque. Une pierre lancée de loin par un adolescent nommé David fit tomber l'officier Golia qui se mit à saigner d'une profonde entaille à la mâchoire, son casque d'acier n'avait pu le protéger, voilà le résultat quand on n'utilise plus heaume et ventail, mais le pire fut que, dans la confusion de la défaite, les insurgés débordèrent les troupes en les contournant, tactique instinctive mais géniale, avant de se disperser rapidement dans les rues tortueuses et les traverses, empêchant ainsi les militaires qui encerclaient l'hôtel occupé d'accourir pour apporter aide et renfort au bataillon vaincu, on n'avait pas souvenir d'une pareille humiliation depuis les vieux temps de la jacquerie. Un hôtelier, qui avait l'esprit dérangé ou qui s'était subitement converti aux intérêts populaires, ouvrit ses portes à deux battants en disant, Entrez, entrez, plutôt vous que le désert.

Une aussi facile reddition permit à Pedro Orce, José Anaiço et Joaquim Sassa d'occuper une chambre pour laquelle ils ne s'étaient pas véritablement battus, et qu'ils cédèrent deux jours plus tard à une famille nécessiteuse, avec une grand-mère paralysée et des blessés qu'il fallait soigner. Au milieu d'une pagaille comme on n'en avait jamais vu, des maris perdirent leurs femmes, des enfants leurs parents, mais le résultat de ces dramatiques événements, fait que nul ne saurait inventer et qui prouve, à lui seul, la véracité du récit, le résultat fut, comme nous le disions, qu'une même famille, fragmentée mais animée d'une dynamique égale en chacune de ses parties désemparées, occupa plusieurs chambres dans des hôtels différents, et il fut relativement difficile de regrouper sous un même toit ceux qui disaient pourtant y aspirer, d'une manière générale, tous finissaient par s'installer dans l'hôtel qui avait le plus d'étoiles. Les commissaires de police, les colonels de l'armée et de la garde réclamaient des renforts, des voitures blindées, et des instructions à Lisbonne, le gouvernement, qui ne savait plus où donner de la tête, donnait des ordres qu'il démentait aussitôt, menaçait et suppliait, on disait même que trois ministres s'étaient déjà démis. Pendant ce temps, sur la plage et dans les rues d'Albufeira, on pouvait voir les familles triomphantes aux fenêtres des hôtels avec leurs vastes et beaux balcons et la table du petit déjeuner et les chaises longues garnies de coussins, le père de famille enfonçait les premiers clous et étirait les cordes sur lesquelles on allait étendre la lessive de la semaine, que la mère de famille, chantonnant, avait déjà commencé à laver dans la salle de bains. Et les piscines grouillaient de plongeurs et de nageurs, personne n'avait songé à dire aux gamins qu'ils devaient d'abord passer sous la douche et, après seulement, plonger dans l'eau bleue, ça ne va pas être facile de faire perdre à ces gens les habitudes de leur bidonville.

Les mauvais exemples ont toujours prospéré et fructifié beaucoup plus et beaucoup mieux que les bonnes leçons, et l'on ignore par quelles voies rapides ils ont l'habitude de se transmettre, car en l'espace de quelques heures le mouvement populaire d'occupation avait sauté la frontière, s'était répandu comme une tache d'huile à travers toute l'Espagne, à vous d'imaginer ce que ça pouvait donner à Marbella et à Torremolinos où les hôtels sont comme des villes et où trois suffisent pour faire une mégapole. L'Europe, apprenant ces alarmantes nouvelles, commença de pousser des cris, Anarchie, Chaos social, Attentat à la propriété privée, et un journal français, l'un de ceux qui font l'opinion publique, titra de façon sibylline sur toute la largeur de la première page, On ne peut échapper à la nature. Cette sentence, bien peu originale, toucha son but car les gens d'Europe, lorsqu'ils parlaient de l'ancienne péninsule Ibérique, haussaient les épaules, et se disaient les uns aux autres, Que voulez-vous, ils sont comme ça, on ne peut échapper à la nature, l'unique exception à ce chœur condamnatoire vint de ce petit journal napolitain et machiavélique qui annonça, Le problème du logement est résolu au Portugal et en Espagne.

Durant les quelques jours que les trois amis passèrent encore à Albufeira, la police d'intervention, appuyée par le groupe d'opérations spéciales, tenta de procéder à l'évacuation violente de l'un des hôtels, mais la réaction conjointe et concordante des nouveaux clients et des propriétaires, les premiers décidés à résister jusqu'à la dernière chambre, les seconds craignant l'habituel vandalisme des sauveteurs, fit suspendre les opérations qui furent reportées à une autre opportunité, quand le temps et les promesses auront endormi la vigilance. Pedro Orce, Joaquim Sassa et José Anaiço reprirent leur voyage vers Lisbonne, tandis que, dans les édifices occupés, des commissions de résidents, démocratiquement élus, constituaient déjà des comités spécialisés, à savoir hygiène et entretien, cuisine, laverie, fêtes et divertissements, animation culturelle, éducation et formation civique, gymnastique et sports, enfin, tout ce qui est indispensable à l'harmonie et au bon fonctionnement de n'importe quelle communauté. Sur chaque mât improvisé flottaient des bannières et des banderoles de toutes les couleurs, on avait tout utilisé, les drapeaux de tous les pays, ceux des clubs sportifs et de diverses associations, tout cela sous l'égide du symbole de la patrie qui les dépassait tous, il y avait même, saine émulation décorative, des matelas suspendus aux fenêtres.

Pourtant, conjonction coordonnée adversative qui a toujours signifié opposition, restriction ou différence et qui, appliquée au cas qui nous occupe, vient nous rappeler que ce qui est bon pour les uns ne l'est pas forcément pour les autres, l'occupation sauvage des hôtels fut la goutte d'eau qui fit déborder le trop-plein d'angoisse dans laquelle vivaient les riches et les puissants, et ce dès la première heure. La plupart d'entre eux, craignant que la péninsule ne disparaisse avec leurs vies et leurs propriétés, s'étaient enfuis au moment de la débandade des touristes, ce qui ne signifie naturellement pas qu'ils eussent été des étrangers sur leur propre sol, encore qu'il y ait divers degrés d'appartenance à la patrie qui est naturellement et administrativement la nôtre, comme l'histoire l'a si souvent démontré.

Maintenant que ces impudences avaient été globalement et, plus que globalement, universellement condamnées, si l'on excepte la réaction incongrue de la feuille de chou de Naples, on assistait à une seconde émigration, tellement massive qu'il était permis de supposer qu'elle avait été méticuleusement préparée, depuis qu'il était devenu évident aux yeux de tous que les blessures de ce qui était hier encore l'Europe entière ne pourraient jamais plus cicatriser, que la structure physique de la péninsule, qui aurait pu imaginer une chose pareille, avait choisi le côté le plus fort. Les gros comptes bancaires diminuèrent d'un seul coup, il ne resta plus au Portugal que cinq cents symboliques escudos, en Espagne cinq cents pesetas à peine, tous les dépôts à ordre furent raclés, les dépôts à terme subirent quelques préjudices, et tout, absolument tout, l'or, l'argent, les pierres précieuses, les bijoux, les œuvres d'art, les titres, tout fut emporté dans le souffle puissant qui balaya la mer dans les trente-deux directions de la rose des vents, peut-être qu'un jour, le temps et la patience aidant, les fugitifs récupéreront leurs biens immobiliers. Il est évident que de tels changements ne purent se produire en vingt-quatre heures, mais une semaine suffit pour modifier radicalement du haut en bas et d'un bord à l'autre la physionomie sociale des deux pays ibériques. Un observateur non averti des faits et des raisons, qui se serait laissé berner par l'apparence des choses, aurait pu en conclure que les Portugais et les Espagnols, d'une heure à l'autre, s'étaient subitement appauvris, quand finalement, pour dire les choses de façon rigoureuse, les riches seuls étaient partis, mais il est vrai que, dès qu'ils ne sont plus là, la statistique souffre.

Aux observateurs qui sont capables de voir tout un Olympe avec ses dieux et ses déesses là où il n'y a rien d'autre que de simples nuages, ou à ceux qui, ayant devant leurs yeux Jupiter tonnant, le qualifient de vapeur atmosphérique, nous ne nous lasserons jamais de répéter qu'il ne suffit pas de parler des circonstances et de leur division bipolaire entre antécédents et conséquences, comme on le fait habituellement pour s'épargner tout effort mental, mais qu'il est nécessaire de considérer ce qui se situe immanquablement entre les uns et les autres, citons dans l'ordre et intégralement le temps, le lieu, le motif, les moyens, la personne, le fait, la manière, et que, si tout cela n'est pas mesuré et pesé, l'erreur fatale du premier jugement proposé nous guette. L'homme est un être intelligent, sans aucun doute, mais pas autant qu'il serait souhaitable, et il s'agit là d'une constatation et d'une confession d'humilité, car, avant qu'on ne nous lance la chose à la figure, il faudrait toujours l'avoir déjà fait soi-même, comme on prétend qu'il faut le faire avec la charité bien ordonnée.

Ils atteignirent Lisbonne à la tombée du jour, à l'heure où la douceur du ciel instille dans les âmes une douce tristesse, on sait maintenant à quel point l'admirable interprète des sensations et des impressions qui affirma un jour que le paysage était un état d'âme avait raison, par contre, il n'a pas su nous dire ce qu'il en était jadis, au temps où n'existaient que des pithécanthropes, lesquels avaient peu d'âme, et qui plus est, confuse. Bien des millénaires plus tard, et ce grâce aux perfectionnements, Pedro Orce est enfin capable de reconnaître dans la mélancolie apparente de la ville l'image de sa propre tristesse intime. Il s'est habitué à la compagnie de ces Portugais qui sont venus le chercher jusque dans les terres inhospitalières où il est né et où il vit, et bientôt ils vont devoir se séparer, chacun va partir de son côté, si les familles elles-mêmes ne résistent pas à l'érosion de la nécessité, que peut-il en être pour de simples connaissances, amis de fraîche date et de tendres racines.

Deux-Chevaux traverse le pont lentement, à la vitesse minimum autorisée, pour donner à l'Espagnol le temps d'admirer la beauté des paysages de terre et de mer, ainsi que la grandiose construction qui relie les deux berges du fleuve, construction périphrastique, nous parlons de la phrase, bien entendu, utilisée dans le seul but d'éviter la répétition du mot pont, ce qui produirait un solécisme de l'espèce pléonastique ou redondante. Dans les divers arts et principalement dans l'art d'écrire, le meilleur chemin entre deux points, même proches, n'a jamais été, ne sera jamais et n'est pas la ligne droite, jamais au grand jamais, manière énergique et emphatique de faire taire les doutes. Les voyageurs étaient si absorbés par la beauté de la cité et les ravissements que leur procurait l'œuvre prodigieuse qu'ils ne s'aperçurent pas que les étourneaux s'étaient soudain débarrassés de leur frayeur. Grisés par l'altitude, rasant dangereusement les énormes piliers qui jaillissaient de l'eau pour soutenir le ciel, les vitres de la ville flambant à cet endroit, la mer au loin, et le soleil, en bas le grand fleuve qui passe, nonchalant comme une coulée de lave brûlante sous la cendre, les oiseaux, donnant de petits coups d'ailes rapides et successifs, changeaient brusquement de direction, et c'était comme si la terre se mettait à tourner autour du pont, le nord devenant l'est puis le sud, le sud devenant l'ouest puis le nord, dans quel lieu du monde nous retrouverons-nous, lorsqu'à notre tour nous aurons tourné tout autant ou même davantage qu'eux. On a déjà dit que, quand bien même ils les voient, les hommes ne comprennent pas ces choses, il en fut de même cette fois-là.

Ils étaient au milieu du pont quand Pedro Orce murmura, Belle ville, ces quelques aimables mots n'exigent pas de réponse, si ce n'est un modeste, C'est bien vrai. Il était encore trop tôt pour laisser Pedro Orce dans un hôtel et poursuivre le voyage jusqu'au village du Ribatejo où vit José Anaiço et où Joaquim Sassa pourrait, si le cœur lui en dit, passer une fois de plus la nuit sous le figuier, mais ce serait inélégant d'abandonner celui qui leur rendait visite, aussi d'un commun accord les Portugais décidèrent-ils de rester un ou deux jours de plus, le temps que l'Espagnol connaisse suffisamment la ville pour pouvoir la faire sienne et prononcer à son retour au pays les mots de l'innocente et ancienne vérité, Qui n'a pas vu Lisbonne n'a pas vu ville bonne, béni soit Dieu qui nous a donné les rimes sans nous retirer son soutien.

Joaquim Sassa et José Anaiço ne manquent pas d'argent, ils ont emporté tout ce qu'ils avaient dans leur aventure transfrontalière et retour, ils ont même réussi à faire des économies, dormant parfois à la belle étoile, une autre fois chez un pharmacien andalou, quant à l'Algrave, la situation anarchique leur a été profitable car on a oublié de leur présenter la note. À Lisbonne, où ils arrivent à l'instant, seuls les hôtels de la périphérie, pris d'assaut, sont complets, les autres, ceux du centre, ont bénéficié, pour leur protection, de la conjonction de deux facteurs de dissuasion, le premier, c'est qu'il s'agit de la capitale, qui est, comme partout, le lieu de la plus haute concentration de forces d'autorité ou de répression, le second, c'est qu'il faut tenir compte de la timidité particulière du citadin, qui bien souvent se bride et souffre de se sentir observé par son voisin qui le juge, et vice versa, la paramécie de la goutte d'eau perturbe certainement la lentille et l'œil qui derrière elle l'observe et la perturbe. Étant donné le manque de clients, presque tous les hôtels avaient fermé leurs portes, pour travaux, c'était le prétexte, mais certains travaillaient encore, pratiquant des tarifs de morte-saison qu'ils avaient encore baissés, au point que des chefs de familles nombreuses commençaient à envisager l'hypothèse d'abandonner les maisons pour lesquelles ils payaient des loyers fort élevés, pour venir s'installer au Méridien et autres hôtels de même catégorie. Un changement de situation aussi considérable n'entrait pas dans les aspirations de nos trois voyageurs, c'est pourquoi ils allèrent s'installer dans un modeste hôtel au bout de la rua do Alecrim à gauche en descendant, dont le nom n'ajouterait rien à l'intelligence de ce récit, une fois suffit, et l'on aurait peut-être pu s'en dispenser.

Les étourneaux sont des étourneaux, et l'on nomme quelquefois ainsi les personnes étourdies et écervelées, ce qui signifie que les uns et les autres sont peu portés à réfléchir à leurs actes, incapables d'imaginer ou de prévoir plus loin que l'instant présent, ce qui n'est pas incompatible avec la générosité de certains de leurs procédés, lesquels peuvent aller jusqu'au sacrifice de leur vie, comme on a pu le constater au cours de l'épisode frontalier, quand tant de tendres petits corps tombèrent morts, leur précieux sang coulant pour une cause qui leur était étrangère, rappelons qu'il est question des oiseaux, pas des hommes. Mais le moins que l'on puisse dire, c'est que les milliers d'oiseaux qui vont imprudemment se poser sur le toit d'un hôtel, attirant l'attention des gens et de la police, des ornithologues et des amateurs d'oiseaux frits, font preuve d'étourderie et de légèreté, car ils dénoncent par ce comportement la présence des trois hommes qui, bien qu'ils n'aient rien à se reprocher, sont néanmoins le centre du désagréable intérêt des autorités. C'est que, fait ignoré des voyageurs, la presse portugaise, dans la page quotidienne qu'elle consacre désormais aux cas insolites, s'est faite l'écho de l'attaque des étourneaux contre les gardes frontaliers, pris au dépourvu, rappelant, comme il fallait s'y attendre, encore que sans aucune originalité, le film d'Hitchcock, déjà mentionné, sur la vie des oiseaux.

La presse, la radio et la télévision, aussitôt informées du prodige qui avait lieu au Cais do Sodré, envoyèrent des reporters, des photographes et des techniciens vidéo sur les lieux, ce qui n'aurait peut-être pas eu d'autre effet que d'enrichir le pittoresque lisboète, si l'esprit méthodique et, pourquoi ne pas le dire, scientifique d'un journaliste ne l'avait amené à s'interroger sur une éventuelle relation causale entre les étourneaux qui se trouvaient dehors, sur le toit, et les clients de l'hôtel, permanents ou de passage, qui se trouvaient à l'intérieur. Inconscients du danger qui planait littéralement sur leurs têtes, Joaquim Sassa, José Anaiço et Pedro Orce, chacun dans sa chambre, rangeaient les quelques affaires avec lesquelles ils voyageaient, dans quelques instants ils seraient dans la rue pour faire un premier tour dans la ville en attendant l'heure du dîner. Or, à cet instant précis, le journaliste perspicace consulte le registre des clients, lit les noms, et voilà que deux d'entre eux ébranlent subtilement les rouages de sa mémoire, Joaquim Sassa, Pedro Orce, ce ne serait pas un bon professionnel de la communication s'il n'avait pas retenu ces noms-là, la même chose aurait pu se produire avec un autre nom, Ricardo Reis, mais le livre où ce dernier a été enregistré un jour, il y a des années de cela, se trouve archivé au grenier, couvert de poussière, sur une page qui ne verra probablement jamais la lumière du jour, et si elle la voit, on ne pourra peut-être rien y lire car la ligne est blanche ou blanche la page, effacer, c'est là l'un des effets du temps. Le summum de l'art de la vénerie était, jusqu'à ce jour, de tuer deux lapins d'un seul coup de fusil, à partir de maintenant le nombre de léporidés à la portée de la dextérité humaine est passé à trois, il convient donc de corriger les auteurs de proverbes, là où on lit deux il faut désormais entendre trois, et ce n'est peut-être pas terminé.

Invités à descendre à la réception, installés ensuite dans le salon, face au grand miroir de la vérité, Joaquim Sassa et Pedro Orce, sur les instances du journaliste, ne purent faire autrement que de confirmer qu'ils étaient respectivement l'homme à la pierre à la mer et le sismographe vivant. Mais, et les étourneaux, ce n'est pas un hasard si tant d'étourneaux se sont rassemblés ici, observa l'intelligent reporter, ce à quoi José Anaiço, solidaire de ses amis et fidèle aux faits, répondit, Les étourneaux voyagent avec moi. La plupart des questions posées à Joaquim Sassa coïncidèrent avec le dialogue déjà imaginé entre lui et un gouverneur civil, c'est pourquoi nous ne le répéterons pas et ses réponses non plus, mais Pedro Orce, qui n'avait pu être tout à fait prophète en son pays, commenta longuement les événements récents de sa vie, disant qu'il continuait à sentir le tremblement de terre aussi intense et profond qu'une vibration qui monterait à travers ses os, et qu'à Grenade, Séville et Madrid on l'avait soumis à de multiples tests tant affectifs qu'intellectuels, tant sensoriels que moteurs, et qu'il était tout disposé à se soumettre à des vérifications identiques ou différentes, si les savants portugais le jugeaient opportun. Entre-temps, la nuit était tombée, les étourneaux responsables de cette enquête s'étaient retirés en ordre dispersé dans les arbres des jardins alentour, les questions et la curiosité une fois épuisées, les journalistes, les caméras et les projecteurs s'en étaient allés, mais le calme n'est pas pour autant revenu dans l'hôtel, les domestiques et les employés inventent toutes sortes de prétextes pour venir à la réception, jeter un coup d'œil dans le salon pour voir la tête des phénomènes.

Fatigués par ces perpétuelles émotions, les trois amis décidèrent de ne pas sortir et de dîner à l'hôtel. Pedro Orce s'inquiétait des conséquences de la loquacité à laquelle il s'était laissé aller, Et dire qu'on m'a tellement recommandé de ne pas ouvrir la bouche sur cette affaire, ils ne vont pas être contents, en Espagne, quand ils vont savoir, mais si je reste ici quelques jours ils vont peut-être finir par m'oublier. José Anaiço en doutait fortement, Demain, notre histoire sera dans tous les journaux, la télévision va probablement en parler dès aujourd'hui, quant à ceux de la radio, ils ne voudront pas être en reste, ils sont insatiables, et Joaquim Sassa, Et encore, de nous trois, c'est toi qui as la situation la plus confortable, tu peux toujours prétexter que, si les étourneaux te suivent, tu n'y es pour rien, tu ne les siffles pas, tu ne leur donnes pas à manger, mais nous, nous sommes aux abois, ils regardent Pedro Orce comme s'il était un animal curieux, la science lusitanienne ne voudra pas lâcher ce cobaye, quant à moi, avec mon histoire de pierre, ils ne sont pas près de me laisser tranquille, Vous avez la voiture, leur rappela Pedro Orce, partez demain très tôt, ou même cette nuit, je reste, s'ils me demandent où vous êtes allés, je leur répondrai que je n'en sais rien, Il est trop tard maintenant, à peine serai-je apparu à la télévision que les gens du village ne manqueront pas de téléphoner pour dire qu'ils me connaissent, que je suis le professeur et qu'ils se doutaient bien de quelque chose, ils ont soif de gloire, dit José Anaiço, et il ajouta, Mieux vaut rester ensemble, nous parlerons peu, ils finiront bien par se lasser.

Comme on pouvait s'y attendre, on les vit apparaître au dernier journal télévisé, un reportage très complet, dans lequel on voyait les étourneaux voletant, la façade de l'hôtel, et le gérant en train de faire des déclarations que nous savons être mensongères, comme on va immédiatement le constater, C'est le premier grand événement dans l'histoire de cet établissement hôtelier, a-t-il déclaré, tandis que les trois merveilles, Pedro, José et Joaquim, répondaient aux questions.

Comme à chaque fois qu'il est question de convaincre et qu'on croit indispensable un supplément d'autorité, on avait fait venir dans le studio un expert, en l'occurrence il s'agissait d'un spécialiste en psychologie dynamique, discipline moderne, qui, entre autres opinions sur le fond de la question, déclara qu'on ne pouvait exclure l'hypothèse qu'on avait affaire à des charlatans, On sait que, dans les époques de crise comme la nôtre, les imposteurs ne manquent pas, ces individus qui racontent des histoires et tentent de profiter de la crédulité des masses populaires ont bien souvent pour but immédiat de déstabiliser la politique ou, à plus long terme, de servir leurs projets de conquête du pouvoir. Si ce point de vue l'emporte, notre compte est bon, observa Joaquim Sassa, Et les étourneaux, qu'en pensez-vous, interrogea le speaker, Voilà une fascinante énigme, ou la personne qu'ils suivent est porteuse d'un appeau irrésistible, ou il s'agit d'un cas d'hypnose collective, Ça ne doit guère être facile d'hypnotiser des oiseaux, Bien au contraire, on peut hypnotiser une poule avec un simple morceau de craie, même un enfant en est capable, Mais deux ou trois mille étourneaux en même temps, comment peuvent-ils voler s'ils sont hypnotisés, Sachez que la bande est, pour chaque oiseau qui en fait partie, un agent hypnotique, un agent et un résultat, le tout simultanément, Excusez-moi de vous rappeler que certains de nos télé-spectateurs auront du mal à suivre un langage par trop technique, Alors, pour tâcher d'être plus clair, je dirais que tout le groupe tend à se constituer en hypnose homogénéisée, Je ne suis pas sûr qu'on vous ait mieux compris, mais je vous remercie d'être venu dans nos studios, ce thème va sans aucun doute connaître d'autres développements qui donneront lieu à un débat plus approfondi, Je suis à votre disposition, dit l'expert en souriant. Joaquim Sassa, lui, ne trouva pas cela drôle du tout, Quel imbécile, grommela-t-il, Effectivement, il en a l'air, mais dans certaines occasions il convient d'écouter attentivement jusqu'aux imbéciles, répondit José Anaiço, et Pedro Orce déclara, Je n'ai rien compris, c'était la première fois qu'il s'exprimait intégralement en lusitanien, si l'on prenait les mots au pied de la lettre, la conversation de Viriathe et de Nuno Alvares Pereira, héros, à ce qu'on dit, de la même patrie, a dû être quelque chose d'intéressant. Tandis que dans le salon de l'hôtel on débattait ces graves questions, le gérant, dans un cabinet particulier, recevait une délégation de propriétaires de restaurants voisins qui venaient lui proposer un marché, Combien voulez-vous pour nous laisser poser des filets sur le toit, tôt ou tard, les étourneaux vont revenir se poser ici, nous n'allons pas mettre des pièges dans les arbres pour que tout le monde en profite, ce serait la même chose que de faire des enfants aux étrangères, ces hommes sont de ceux qui croient que l'unique sens des choses est de n'en point avoir, le gérant hésite, il a peur qu'on lui casse des tuiles, puis il se décide, propose un chiffre, C'est cher, disent les autres, et ils restent là, discutant le prix.

Le lendemain matin, très tôt, une autre délégation de messieurs bien mis, qui faisaient beaucoup de manières et dont l'expression était fort solennelle, vint prier, sur ordre du gouvernement, Joaquim Sassa et Pedro Orce de les accompagner, un conseiller de l'ambassade espagnole faisait également partie du groupe, et il salua Pedro Orce mais d'une manière si ostensiblement glaciale qu'on pouvait la prendre pour l'expression de son honneur patriotique bafoué. Ils voulaient, expliquèrent-ils, procéder à une rapide enquête, quelque chose de très simple, une vérification de routine à ajouter au déjà fort volumineux dossier de la rupture péninsulaire, laquelle était déjà considérée comme irrémédiable compte tenu du perpétuel et fatal mouvement de la péninsule. Ils ne prêtèrent aucune attention à José Anaiço, sans doute parce qu'ils n'accordaient aucun crédit à ses vertus de séduction et d'attraction qui sont le propre du flûtiste de Hamelin, d'ailleurs, pour le moment, les étourneaux ont disparu, ils sont partis, tous ensemble, en reconnaissance dans les cieux de la ville, dans les filets traîtreusement posés sur le toit ne sont tombés que quatre moineaux vagabonds dont la fin aurait dû être tout autre, mais le destin en a décidé autrement, Quel destin, interroge la voix ironique, et grâce à cette intervention inattendue, nous savons désormais que, contrairement à ce que nous ont appris les fados et les chansons, Personne n'échappe à son destin, il est toujours possible que le destin d'un autre nous tombe subitement dessus, c'est ce qui vient d'arriver aux moineaux, ils ont eu le destin des étourneaux, il n'y a pas qu'un seul destin.

José Anaiço demeura tranquillement à l'hôtel, attendant le retour de ses compagnons, il demanda les journaux, les interviews figuraient toutes sur la première page, accompagnées de photographies explosives et de titres dramatiques, Énigmes Qui Défient La Science, Les Forces Ignorées De L'Esprit, Trois Hommes Dangereux, Le Mystère De L'Hôtel Bragança, dire que nous avions des scrupules à révéler son nom, et cette presse cancanière, L'Espagnol Va-t-il Être Extradé, point d'interrogation, Nous Sommes Dans De Beaux Draps, ce n'est pas un titre mais ce que pense José Anaiço. Les heures passèrent, celle du déjeuner arriva, et il n'y avait toujours pas de nouvelles ni de messages de Joaquim Sassa et de Pedro Orce, ils sont prisonniers, incarcérés, un homme perd l'appétit à s'inquiéter de la sorte, Je ne sais même pas où on les a emmenés, quel idiot, j'aurais dû demander le pourquoi du comment, mais non, ce que j'aurais dû faire, c'était les accompagner, ne pas les abandonner, du calme, même si je l'avais voulu ils ne m'auraient probablement pas laissé faire, enfin, peut-être, en tout cas j'étais bien content qu'on me laisse tranquille, la lâcheté est pire qu'une pieuvre, car la pieuvre, elle, rétracte ses bras autant qu'elle les étend, tandis que la lâcheté ne sait que les rétracter, on voit à cette sévérité à quel point José Anaiço est furieux contre lui-même, reste à savoir ce qu'il en est exactement de la sincérité, au milieu d'impulsions et de pensées aussi contradictoires, mieux vaut, comme dans toutes les circonstances de la vie, attendre les actes. Il s'en fut interroger d'abord le gérant, avait-il entendu un mot révélateur, une adresse, un nom, mais l'hôtelier répondit que Non monsieur, il ne connaissait même pas ces gentilshommes, il venait de les voir pour la première fois, les Portugais comme l'Espagnol, soudain, l'intelligence de José Anaiço s'illumina, aller à l'ambassade, voilà ce qu'il devait faire, l'ambassade est sûrement au courant, et une autre inspiration le saisit aussitôt, une illumination ne vient jamais seule, la presse, mais oui, bien sûr, il suffisait de se rendre à la rédaction de l'un des journaux, en quelques heures les Argos, les Holmes, les Lupin de la rédaction auraient retrouvé la piste des disparus, la nécessité est véritablement la mère de l'invention, dans ce cas précis, le père se nomme précaution, mais ce n'est pas toujours le même.

Léger, José Anaiço est monté à sa chambre pour changer de chaussures, se laver les dents, procédés triviaux qui n'ont rien d'incompatible avec l'esprit résolu, qu'on songe à Othello enrhumé qui, sans se rendre compte de ce qu'il fait, se met à éternuer de façon ridicule avant de tuer Desdémone, laquelle, de son côté, malgré ses funèbres pressentiments, ne s'est pas enfermée à clé, une épouse ne se refuse jamais à son époux, quand bien même elle sait qu'il va la tuer, et puis, Desdémone sait parfaitement que la chambre n'a que trois murs, or, dans le drame qui se joue aujourd'hui, José Anaiço est en train de se brosser les dents et de cracher quand il entend frapper à la porte, Qui est là, demande-t-il, et, bien qu'il n'y paraisse point, le ton de sa voix est celui d'une joyeuse expectative, Joaquim Sassa va lui répondre, Nous sommes de retour, mais la méprise ne dura qu'un instant, S'il vous plaît, c'était finalement la femme de chambre, Un moment, il acheva son opération hygiénique, se lava les mains et la bouche, s'essuya, alla ouvrir. La femme de chambre est une simple employée de l'hôtel, avec des caractéristiques et un destin si particuliers que c'est le seul moment de sa vie où l'existence de José Anaiço et de ses compagnons, présents et à venir, signifie pour elle quelque chose, et ce, juste pour le temps de délivrer son message, au théâtre et dans la vie on a souvent besoin d'une personne qui vienne frapper à la porte pour dire simplement, Une dame vous attend au salon. Surpris, José Anaiço exprime son étonnement, M'attend moi, et la femme de chambre ajoute ce qu'elle n'avait pas jugé nécessaire de dire, Elle a demandé les trois messieurs, mais comme les autres ne sont pas là, Ce doit être une journaliste, pense José Anaiço, et il répond, Je descends immédiatement. La femme de chambre s'est éloignée comme on se retire de la vie, nous n'aurons plus besoin d'elle, il n'y a aucune raison de nous en souvenir, même avec indifférence. Elle est venue, elle a frappé à la porte, elle a transmis le message qui, on ne sait pourquoi, n'a pas été transmis par téléphone, la vie aime sans doute à cultiver de temps à autre le sens du dramatique, si le téléphone sonne, nous pensons, Qu'est-ce que c'est, si on frappe à la porte, nous pensons, Qui est là, et nous donnons une voix à la pensée en demandant, Qui est-ce. Nous savons déjà que c'était la femme de chambre, mais la question n'a obtenu qu'une demi-réponse, et même pas tout à fait, c'est pourquoi José Anaiço, tout en descendant l'escalier, se demande, Qui cela peut-il être, il a oublié son hypothèse qu'il pouvait s'agir d'une journaliste, certaines de nos pensées sont ainsi, elles ne servent qu'à occuper, par anticipation, la place d'autres pensées qui prêteraient davantage à réfléchir.

Une grande paix règne dans l'hôtel, qui ressemble à une maison inoccupée d'où la vie inquiète se serait retirée, mais il est encore trop tôt pour qu'elle commence à vieillir d'abandon, il y a encore des échos de pas et de voix, des pleurs, un murmure d'adieu qui se prolonge sur le dernier palier. Le gérant est debout, derrière le balcon, on aperçoit la petite armoire avec les clés et les cases dans lesquelles on laisse les messages, la correspondance, les factures, il écrit dans un livre ou recopie des chiffres sur un papier, c'est un homme actif même quand le travail manque. Quand José Anaiço passe devant lui, il fait un signe de tête en direction de la salle, et José Anaiço répond par un autre signe, d'assentiment, cette fois, qui signifie, Oui, je sais, alors que le premier pourrait vouloir dire, Il y a là une dame qui vous attend. José Anaiço s'est arrêté sur le seuil, il a vu une jeune femme, une jeune fille, ça ne peut être qu'elle, il n'y a personne d'autre ici, et bien qu'elle soit dans le contre-jour des rideaux, elle a l'air sympathique, jolie même, vêtue d'un pantalon et d'un chemisier bleus, ou plutôt indigo, elle peut être journaliste ou tout autre chose, mais à côté de la chaise sur laquelle elle est assise, il y a une petite valise et sur ses genoux un bâton ni grand ni petit, entre un mètre et un mètre et demi, l'effet est curieux, une femme vêtue de la sorte ne se promène pas en ville avec un bâton, Ce n'est sûrement pas une journaliste, songe José Anaiço, on n'aperçoit du moins aucun instrument de travail, bloc de papier, stylo ou magnétophone.

La femme s'est levée, geste inattendu, car il est dit que

les femmes, conformément au code de l'étiquette et des bonnes manières, doivent attendre, à leur place, que les hommes s'approchent et les saluent, alors, et alors seulement, elles tendent la main ou la joue, tout dépend de leur confiance, de leur degré d'intimité et de leur nature, et elles font ce sourire bien élevé, ou insinuant, ou complice, ou révélateur qui est propre à la femme. Ce geste, peut-être pas exactement ce geste, mais le fait que là, à quatre pas, une femme s'est levée et attend, ou encore, la soudaine conscience que le temps reste en suspens dans l'attente du premier pas, et si le miroir est témoin, c'est surtout vrai pour l'instant qui précède, car dans le miroir José Anaiço et la femme sont encore deux étrangers, alors que de ce côté-ci ce n'est déjà plus le cas, ils vont se connaître, ils se connaissent déjà. Ce geste, ce geste dont on n'a pas encore tout dit, ébranla le sol en planches, pareil à celui d'un pont, qui se mit à balancer lentement, avec ampleur, comme un bateau sur la vague, mais cette impression n'a rien à voir avec le tremblement dont parle Pedro Orce, les os de José Anaiço ne vibrent pas, mais tout son corps a senti, physiquement et matériellement, que la péninsule, qu'on nomme encore ainsi par habitude et commodité d'expression, navigue vraiment, et s'il le savait déjà pour l'avoir observé de l'extérieur, maintenant c'est sa propre sensation qui le lui révèle. Ainsi, à cause de cette femme, à moins que ce ne soit à cause de l'instant où elle est apparue, car les heures où les choses se produisent comptent plus que tout, José Anaiço a cessé d'être l'involontaire appeleur d'oiseaux fous. Il avance vers elle, et ce mouvement s'ajoute à la force qui pousse, sans rencontrer de résistance, dans la même direction, cette sorte de radeau dont l'hôtel Bragança est, à cet instant précis, le gaillard d'avant, la figure de proue, qu'on nous pardonne l'évidente impropriété des termes, on fait ce qu'on peut.

Mes amis ne sont pas là, dit José Anaiço, on est venu les chercher ce matin pour éclaircir quelques points, des scientifiques, je commence à m'inquiéter de leur retard, d'ailleurs, je me préparais à sortir pour partir à leur recherche, José Anaiço est conscient de n'avoir nul besoin de tous ces mots pour dire ce qu'il convient de dire en pareille occasion, mais il n'a pu les retenir. Elle répond et la voix est agréable, basse mais claire, Ce que j'ai à dire peut être dit à l'un de vous comme aux trois, mais j'arriverai peut-être mieux à m'expliquer ainsi. Ses yeux ont la couleur d'un ciel tout neuf, Qu'est-ce qu'un ciel neuf, quelle couleur a-t-il, où suis-je allé chercher pareille idée, songe José Anaiço, et à voix haute il dit, Asseyez-vous, s'il vous plaît, ne restez pas debout. Elle s'est assise, il s'est assis, Vous vous appelez, José Anaiço, Moi c'est Joana Carda, Enchanté. Ils ne se sont pas serré la main, maintenant qu'ils sont assis ce serait ridicule, ou alors il faudrait qu'ils se soulèvent de leurs chaises, et ce serait plus ridicule encore, ou bien il pourrait se soulever lui, le ridicule serait de moitié, mais est-ce qu'une moitié de ridicule ne compte pas autant qu'un ridicule entier, Elle est vraiment jolie, avec ces cheveux presque noirs, elle ne devrait pas avoir ces yeux-là, couleur du ciel d'un jour tout neuf, couleur du ciel d'une nuit toute neuve, et pourtant les deux vont bien ensemble, En quoi puis-je vous être utile, et cette formule de politesse traduisait sa pensée intime. Je ne sais si nous pourrons parler ici, murmura Joana Carda, Nous sommes seuls, personne ne nous écoute, Mais la curiosité est grande, regardez. Marchant de façon peu naturelle, le gérant passait devant l'entrée du salon, il passait et repassait, apparemment indifférent, comme s'il venait tout juste de renoncer à inventer un nouveau travail, le dernier s'étant révélé inutile. José Anaiço le regarda sévèrement, sans résultat, et il baissa la voix, rendant le dialogue plus suspect encore, Je ne puis vous inviter à monter, en plus de paraître inconvenant, je suppose qu'il est défendu de recevoir des invités dans les chambres, Pour moi, ça n'aurait aucune importance, je n'aurais sûrement pas à me défendre de quelqu'un qui ne songe sans doute pas à m'attaquer, Ce n'est effectivement pas mon intention, d'autant plus que vous êtes armée. Ils sourirent tous deux, mais il y avait dans ce sourire quelque chose de contraint, de forcé, comme s'ils éprouvaient une soudaine tristesse, en vérité, la conversation était devenue par trop intime pour des gens qui ne se connaissaient que depuis trois minutes, et encore, seulement de nom. Ce bâton peut toujours être utile, en cas de besoin, dit Joana Carda, mais ce n'est pas pour cette raison que je l'emporte avec moi, pour parler franchement, c'est lui qui m'emmène. La déclaration était si insolite qu'elle purifia l'air, équilibra les pressions, atmosphérique et sanguine. Joana Carda tenait le bâton sur ses genoux, elle attendait une réponse, enfin, José Anaiço dit, Mieux vaut sortir, nous parlerons dans la rue, dans un café ou dans un square, comme vous voudrez. Elle prit sa valise qu'il lui ôta des mains, Nous pouvons la laisser dans ma chambre, mais le bâton, Je ne le quitte pas, la valise non plus d'ailleurs, il vaut peut-être mieux que je ne revienne pas ici, Comme vous voudrez, dommage que votre valise soit trop petite pour contenir le bâton, Les choses ne sont pas toujours faites les unes pour les autres, répondit Joana Carda, ce qui, pour être évident, n'en est pas moins philosophique.

Lorsqu'ils sortirent, José Anaiço dit au gérant, Si mes amis arrivent, dites-leur que je ne serai pas long, Bien monsieur, soyez tranquille, répondit l'homme qui ne quittait pas Joana Carda du regard, mais il n'y avait pas la moindre convoitise dans ses yeux, à peine une vague méfiance, comme celle qu'on a l'habitude de voir chez tous les gérants d'hôtel. Ils descendirent l'escalier, en bas, au bout de la rampe d'escalier, il y avait une statuette de bronze qui portait des vêtements de noble ou de page d'opéra, et cette statue, avec son globe électrique illuminé, aurait mérité de figurer sur l'un des grands caps portugais ou galiciens, Saint-Vincent, Espichel, La Roca, le Finisterre, et d'autres encore qui, pour être moins importants, n'ont pas moins de travail à fournir pour briser les vagues, pourtant, le destin de ce noble ou de ce page est de rester ignoré, peut-être qu'autrefois quelqu'un a posé les yeux sur lui, mais Joana Carda et José Anaiço ne l'ont pas fait, c'est qu'ils ont sans doute d'autres préoccupations plus importantes, quoique, si on leur demandait lesquelles, ils ne sauraient probablement pas nous répondre. Quand on est dans la fraîcheur de l'hôtel, dans cette pénombre séculaire, on n'imagine pas qu'il puisse faire si chaud dans la rue. C'est août, si l'on a bonne mémoire, le climat n'a pas changé parce que la péninsule a progressé de cent cinquante petits kilomètres, en supposant que la vitesse soit restée la même que celle qu'a annoncée la radio nationale d'Espagne, il n'y a pas encore cinq jours et l'on dirait qu'une année entière est passée. Comme on s'y attendait, José Anaiço dit, Se promener avec cette chaleur, la valise et le bâton à la main, ne va guère être agréable, nous serons épuisés dans dix minutes, mieux vaut entrer dans un café pour prendre un rafraîchissement, Je préférerais un square, un banc isolé, à l'ombre, Il y a un square tout près d'ici, la place Don Luis, vous connaissez, Je n'habite pas à Lisbonne mais je connais, Ah, vous n'habitez pas à Lisbonne, répéta inutilement José Anaiço. Ils descendaient la rua do Alecrim, il portait la valise et le bâton, les passants n'auraient pas manqué de penser des choses bien peu aimables de lui s'il n'avait pas porté la valise, et des choses bien peu décentes d'elle si elle avait porté le bâton, tant il est vrai que nous sommes tous d'implacables observateurs, malicieux plus souvent qu'à notre tour. À l'exclamation de José Anaiço, Joana Carda s'est bornée à répondre qu'elle était arrivée en train le jour même et qu'elle s'était immédiatement rendue à l'hôtel, quant au reste, nous allons l'apprendre.

Ils sont assis dans l'ombre de quelques arbres, il a demandé, Qu'est-ce qui vous amène donc à Lisbonne, pour quelle raison vous êtes-vous mise à notre recherche, et elle a répondu, Parce que je crois que vous et vos amis avez quelque chose à voir avec ce qui se passe, Ce qui se passe, pour qui, Vous savez parfaitement de quoi je parle, la péninsule, la rupture des Pyrénées, ce voyage à nul autre pareil, Parfois je pense que oui, que c'est de notre faute, d'autres fois je pense que nous sommes tous fous, Une planète qui tourne autour d'une étoile, qui tourne, tourne, qu'il fasse jour, qu'il fasse nuit, qu'il fasse chaud, qu'il fasse froid, un espace presque vide où des choses gigantesques se produisent qui n'ont pas d'autre nom que celui que nous leur attribuons, et un temps dont personne ne sait très exactement ce qu'il est, tout cela doit être aussi une histoire de fous, Vous êtes astronome, demanda José Anaiço, Ni astronome ni idiote, Pardonnez mon impertinence, mais nous sommes tous terriblement nerveux, les mots nous trahissent, ou ils disent trop ou ils ne disent pas assez, je vous demande de m'excuser, Vous êtes excusé, Je vous parais sans doute sceptique car, en ce qui me concerne, il ne m'est pas arrivé grand-chose, à part les étourneaux, encore que, Encore que, Tout à l'heure, à l'hôtel, quand je vous ai vue dans le salon, je me suis cru dans une barque sur la mer, c'était la première fois, En effet, je vous ai vu approcher comme si vous veniez de très loin, Et il n'y avait que trois ou quatre pas.

Venus de tous les points de l'horizon, les étourneaux s'abattirent brusquement sur les arbres du jardin. Les gens sortaient en courant des rues avoisinantes, ils regardaient en l'air, montraient du doigt, Les revoilà, dit José Anaiço, impatient, et le pire c'est qu'avec tous ces gens nous n'allons pas pouvoir parler. À cet instant précis, les étourneaux prirent leur vol, tous ensemble, couvrant le square d'une grande tache noire et vibrante, les gens criaient, les uns par menace, les autres par excitation, d'autres encore par peur, Joana Carda et José Anaiço regardaient sans comprendre ce qui se passait, alors la grande masse s'effila, se fit aile, flèche, coin et, après avoir fait trois rapides tours, les étourneaux filèrent en direction du sud, et, traversant le fleuve, disparurent au loin, à l'horizon. Les curieux, les badauds réunis là, lâchèrent quelques exclamations de surprise, de déception aussi, quelques secondes plus tard, le square était désert, on sentait la chaleur, il n'y avait plus qu'un homme et une femme avec une valise et un bâton assis sur un banc. José Anaiço dit, Je crois qu'ils ne reviendront plus, et Joana Carda, Maintenant, je vais vous raconter ce qui m'est arrivé.

Une fois reconnue la gravité des faits relatés, la prudence conseilla à Joana Carda de ne pas aller loger dans le célèbre hôtel, sur le toit duquel les filets attendaient encore, et désormais en vain, que les étourneaux viennent se poser. Décision intelligente qui permit d'éviter une seconde altération du dicton relatif au coup de fusil et aux lapins, dans laquelle seraient cette fois pris au piège trois suspects, déjà inculpés peut-être, et une femme connaissant l'art de l'escrime métaphysique. Pour l'écrire en termes moins baroques et dans un style plus léger, Joana Carda alla s'installer un peu plus haut, à l'hôtel Borges, en plein cœur du Chiado, avec sa valise et son bâton d'orme, lequel n'est malheureusement pas un télescope, de ceux qu'on peut plier, ce qui fait que les gens, intrigués, la regardent passer, et qu'à la réception, plaisantant pour dissimuler sa réelle curiosité, un employé, par ailleurs fort respectueux, va faire une allusion discrète aux bâtons qui ne sont pas des badines, ce à quoi Joana Carda répondra par le silence, car en fin de compte aucune loi n'interdit à un client de transporter dans sa chambre une branche de chêne, et moins encore un fin bâton qui ne mesure pas même deux mètres, qui se transporte aisément dans l'ascenseur et qui, une fois rangé dans un coin, passe totalement inaperçu.

José Anaiço et Joana Carda discutèrent longuement, jusqu'au coucher du soleil, et on les comprend, ils firent le tour du sujet un nombre incalculable de fois, concluant à chaque fois que, rien dans cette affaire n'étant naturel, tout se déroulait comme si une normalité nouvelle était venue prendre la place de l'ancienne, sans convulsions, sans tremblements ni changements de couleurs, lesquels, quand bien même ils se seraient produits, n'auraient rien expliqué non plus. C'est nous qui sommes dans l'erreur, avec notre goût du drame et de la tragédie, notre besoin d'exagérer, de gesticuler, nous nous émerveillons, par exemple, devant un accouchement, lequel n'est qu'affairements, soupirs, gémissements, cris, corps qui s'ouvre comme une figue mûre pour expulser un autre corps, et voilà la merveille, oui, monsieur, mais la merveille que nous n'avons pu voir n'est pas moins grande, l'éjaculation violente, ardente, à l'intérieur de la femme, le marathon mortifère puis la lente fabrication d'un être par lui-même et celui qu'il deviendra, avec notre aide bien sûr, pour ne pas aller plus loin, celui qui écrit tout ça aujourd'hui, irrémédiablement ignorant de ce qui lui est arrivé alors, et aussi, confessons-le, guère plus au courant de ce qui lui arrive maintenant. Joana Carda ne sait et ne peut en dire plus, Le bâton était là, sur le sol, j'ai tracé un trait, qui suis-je pour jurer que c'est parce que j'ai fait cela que toutes ces choses se sont produites, ce qu'il faut c'est aller là-bas voir. Ils discutèrent et discutèrent encore, le crépuscule tombait lorsqu'ils se séparèrent, elle pour se rendre au Borges du haut, lui pour aller au Bragança du bas, et José Anaiço s'éloigne, bourrelé de remords, il ne s'est guère soucié de savoir ce qui était arrivé à ses amis, l'ingrat, il a suffi qu'une femme apparaisse et se mette à lui raconter des histoires à dormir debout pour qu'il passe l'après-midi à l'écouter, Ce qu'il faut c'est aller là-bas voir, répétait-elle, modifiant légèrement la phrase, peut-être pour le convaincre tout à fait, formuler les choses autrement est bien souvent la seule solution. Sur le seuil de l'hôtel, José Anaiço lève les yeux, pas une plume d'étourneau, l'ombre ailée qui vient de passer, rapide et douce comme l'effleurement d'une caresse, une chauve-souris à la poursuite de moustiques et de phalènes. La lumière du petit page est allumée, il est là, souhaitant la bienvenue, mais José Anaiço ne lui jette même pas un regard d'ennui, si Pedro Orce et Joaquim Sassa ne sont pas revenus, il va passer une très mauvaise nuit.

Ils sont revenus. Ils attendent dans le salon, assis sur les chaises où Joana Carda et José Anaiço se sont assis, et dire qu'il y en a encore qui ne croient pas aux coïncidences, alors que les coïncidences sont ce qu'il y a de plus répandu et de plus programmé au monde, et si ce ne sont pas les coïncidences, alors la propre logique du monde. José Anaiço s'immobilise sur le seuil de la pièce, on dirait que tout va recommencer, mais non, ça ne sera pas pour cette fois, le plancher reste ferme, les quatre pas de distance ne sont qu'une distance de quatre pas, aucun vide interstellaire, aucun saut de vie ou de mort, les jambes se meuvent toutes seules, puis les bouches s'ouvrent pour dire ce qu'on attend, Es-tu allé à notre recherche, a demandé Joaquim Sassa, mais, à une question aussi simple, José Anaiço ne peut répondre simplement par oui ou par non, les deux mots seraient à la fois vrais et mensongers, et puis il faudrait beaucoup de temps pour expliquer, c'est pourquoi il pose à son tour une question, aussi légitime et naturelle que l'autre, Où diable étiez-vous passés pendant tout ce temps. Pedro Orce est fatigué, ça se voit, et ça n'a rien d'étonnant, comme on dit, c'est l'âge, mais un homme plus jeune et plus vigoureux que lui serait également sorti défait des mains des docteurs, test sur test, analyses, radios, questionnaires, étude des réflexes, sondes dans les oreilles, examen de la rétine, électroencéphalogramme, pas étonnant que ses paupières pèsent comme du plomb, Il ne me reste plus qu'à aller me coucher, dit-il, ces savants portugais m'ont tué. Il fut décidé que Pedro Orce se reposerait dans sa chambre jusqu'à l'heure du dîner, puis qu'il descendrait manger un bouillon de poule et du blanc de poulet, encore qu'il n'ait guère d'appétit, il a l'impression que son estomac est plein de bouillie radiologique, Mais on ne t'a pas fait de radio de l'estomac, observe Joaquim Sassa, Non, mais c'est tout comme, et le sourire de Pedro Orce s'évanouit comme une rose fanée. Repose-toi, dit José Anaiço, Joaquim et moi allons dîner dans un restaurant des environs, nous parlerons des événements et, quand nous reviendrons, nous frapperons à ta porte pour voir comment tu te sens, Ne frappez pas, je serai sûrement en train de dormir, dormir douze heures d'affilée, voilà la seule chose dont j'ai envie, à demain, et il s'éloigne en traînant les pieds. Le pauvre, dans quel pétrin l'a-t-on fourré, dit José Anaiço, Moi aussi, ils m'ont assommé avec leurs examens et leurs questions, mais ce n'est rien comparé à ce qu'ils lui ont fait subir, tu sais à quoi tout cela me fait penser, à un conte que j'ai lu il y a des années, ça s'appelait, L'*Innocent au milieu des docteurs*, De Rodrigues Miguéis, Oui, c'est ça.

Une fois dans la rue, ils décidèrent de faire un grand tour dans la Deux-Chevaux, il était encore tôt pour dîner et ils pourraient ainsi discuter tranquillement. C'est la panique totale, commença Joaquim Sassa, et s'ils s'accrochent tellement à nous, c'est parce qu'ils n'ont rien d'autre, ou plutôt parce qu'ils commencent à en avoir un peu trop, si ça se trouve, c'est à cause des informations d'hier à la télévision, ou à cause des journaux d'aujourd'hui, tu as vu les titres de ceux du soir, ils sont devenus fous, une pluie d'individus leur tombe dessus, des gens qui jurent qu'ils sentent eux aussi le tremblement de terre, qu'ils ont lancé des pierres dans le fleuve et qu'une nymphe en est sortie, d'autres enfin racontent que leurs perruches font de drôles de bruits, C'est toujours la même histoire, l'information produit l'information, mais nous ne reverrons probablement plus nos oiseaux à nous, Pourquoi, que s'est-il passé, Je crois qu'ils sont partis, Partis, simplement, sans rime ni raison, après t'avoir suivi pendant une semaine, Ça m'en a tout l'air, Tu les as vus, Oui, ils ont traversé le fleuve en direction du sud et ils ne sont pas revenus, Comment sais-tu qu'ils s'en allaient, tu étais à la fenêtre de ta chambre, Non, j'étais dans un square, tout près d'ici, Au lieu de te promener, tu aurais pu chercher à savoir où nous étions, C'était mon intention, mais ensuite je suis allé dans ce jardin et j'y suis resté, Tu prenais l'air, Je parlais avec une femme, Ça alors, le grand ami que voilà, pendant que nous endurons un véritable calvaire, monsieur drague, comme tu n'as pas réussi à mettre le grappin sur l'archéologue de Grenade, tu te rattrapes, Ce n'était pas une archéologue mais une anthropologue, C'est la même chose, Celle-ci est astronome, Ne te moques pas de moi, De fait, je ne sais pas ce qu'elle est, cette histoire d'astronomie vient d'une remarque que je lui ai faite, Bon, c'est ton affaire, je n'ai pas à m'en mêler, Si, ce qu'elle m'a raconté nous concerne tous, J'ai compris, c'est un de ceux qui ont lancé des pierres, Non, Alors, elle sent des tremblements, Tu n'y es pas non plus, Son canari a changé de couleur, Même en déployant toute ton ironie, tu n'y arriveras pas, Excuse-moi, mais je suis énervé, je n'arrive pas à oublier que tu n'es pas venu nous chercher, Je t'ai dit que c'était mon intention, mais cette femme est apparue au moment même où je m'apprêtais à sortir, j'allais commencer par l'ambassade d'Espagne, elle est arrivée, et elle avait une histoire à me raconter, elle avait un bâton à la main et elle portait une valise, elle était vêtue d'un pantalon et d'un chemisier bleus, ses cheveux sont noirs, sa peau très blanche, ses yeux, je ne saurais dire, Détails très intéressants pour l'histoire péninsulaire, tu n'as plus qu'à ajouter qu'elle est jolie, Elle l'est, Jeune, Disons que oui, encore que ce ne soit pas exactement une jeune fille, À ta façon de parler, te voilà amoureux, C'est un grand mot, mais j'ai senti osciller le plancher de l'hôtel, Je n'ai jamais entendu parler d'un pareil effet, Trêve, Sauf si tu avais bu et que tu ne t'en souviens plus, Trêve, Bon, d'accord, trêve, que voulait la

Dame-Aux-Yeux-Je-Ne-Sais-Comment, et qu'est-ce que c'est que ce bâton, C'est une baguette d'orme, Je ne m'y connais pas beaucoup en botanique, qu'est-ce qu'un orme, L'orme est un ormeau, un ulmacée, et s'il m'est permis de faire un aparté, laisse-moi te dire que ta technique d'interrogation est excellente. Joaquim Sassa se mit à rire, J'ai dû apprendre ça aujourd'hui avec ces bons maîtres qui m'ont tant ennuyé, excuse-moi, continue l'histoire de la dame, a-t-elle un autre nom à part Yeux-Je-Ne-Sais-Comment, Elle s'appelle Joana Carda, Maintenant que tu me l'as présentée, venons-en au fait, Imagine que tu trouves un bâton sur ton chemin et que, distraction de ta part ou manque d'attention, tu dessines un trait sur le sol, Quand j'étais gosse j'ai souvent fait cela, Et qu'arrivait-il, Rien, il ne s'est jamais rien passé, et c'est bien dommage, Maintenant, imagine que ce trait, soit par effet magique, soit pour une tout autre cause, ait produit une fissure dans les Pyrénées, que lesdites Pyrénées se soient fendues de haut en bas et que la péninsule Ibérique se soit mise à naviguer en haute mer, Ta Joana est folle, Elle ne serait pas la première, mais elle n'est pas venue à Lisbonne pour nous raconter que, parce qu'elle a tracé un trait, la péninsule s'est séparée de l'Europe, Grâce en soit rendue à Dieu, le bon sens est encore de ce monde, Ce qu'elle dit, c'est que ni avec le vent, ni en jetant de l'eau dessus, ni en le balayant, ni en tassant la terre, le trait ne disparaît, Bobards, Pas plus que ton histoire de meilleur lanceur de tous les temps, six kilos projetés sans tricher à cinq cents mètres, Hercule lui-même, bien que demi-dieu, n'aurait pu battre un tel record, Tu veux que je croie qu'un trait dessiné sur le sol, c'est bien sur le sol, n'est-ce pas, résiste au vent, à l'eau et au balai, Et si on l'efface avec une houe, il se reconstitue, C'est impossible, Tu n'es pas original, c'est exactement ce que j'ai dit, et la Joanina Aux-Yeux-Je-Ne-Sais-Comment s'est bornée à me répondre, Il Faut Y Aller, ou Allez-Y, Vous Verrez, je ne suis pas sûr. Joaquim Sassa ne répondit rien, ils arrivaient à la hauteur de Cruz Quebrada, quelle affaire sacrilège se dissimule derrière les mots aujourd'hui inoffensifs de croix cassée, et José Anaiço dit, Tout ceci serait absurde si ça n'arrivait pas réellement, et Joaquim Sassa demanda, Mais est-ce que ça arrive.

Il y avait encore un peu de lumière, juste assez pour voir la mer jusqu'à l'horizon de cette hauteur qui descend vers Caxias, on distingue l'immensité des eaux, c'est pourquoi sans doute José Anaiço murmura, Elles sont différentes, et Joaquim Sassa, qui ne pouvait savoir de quelles différences il s'agissait, demanda, Qui, Les eaux, ces eaux sont différentes, c'est ainsi que la vie se transforme, elle a changé sans que nous nous en apercevions, sereins, nous pensions n'avoir changé en rien, erreur, illusion, nous avancions avec la vie. La mer battait avec force contre le mur de protection de la route, pas étonnant, ces vagues sont différentes elles aussi, d'ordinaire, elles sont libres de leurs mouvements, sans témoins, sauf de temps à autre une minuscule barque, jamais un Léviathan comme celui qui maintenant s'avance, poussant l'océan. José Anaiço dit, Allons dîner un peu plus loin, à Paço d'Arcos, puis nous reviendrons à l'hôtel voir comment va Pedro, Le pauvre, ils ont failli le tuer. Ils garèrent Deux-Chevaux dans une rue transversale, se mirent en quête d'un restaurant, mais avant d'entrer Joaquim Sassa dit, Pendant les examens et les interrogatoires, j'ai entendu une chose à laquelle nous n'avions pas songé, ce fut dit à demi-mot mais cela m'a suffi, celui qui a commis cette indiscrétion croyait sans doute que je n'écoutais pas, Qu'est-ce que c'est, Jusqu'à maintenant, la péninsule, enfin ce n'est pas une péninsule mais comment diable l'appeler autrement, donc elle s'est déplacée pratiquement en ligne droite, entre le trente-sixième et le quarante-troisième parallèle, Et alors, Tu es peut-être bon professeur dans toutes les matières mais sûrement pas en géographie, Je ne comprends pas, Tu comprendras immédiatement si tu te souviens que les Açores sont situées entre le trente-septième et le quarantième parallèle, Diable, Tu peux l'appeler, vas-y, La péninsule va heurter les îles, Exactement, Ça va être la plus grande catastrophe de l'histoire, Peut-être que oui, peut-être que non, et, comme tu le disais tout à l'heure, tout cela serait absurde si ça n'était pas en train de se produire réellement, et maintenant allons dîner.

Ils s'installèrent, choisirent leur menu, Joaquim Sassa était affamé, il se jeta sur le pain, le beurre, les olives, le vin, avec une voracité que son sourire tentait d'excuser, C'est le dernier repas du condamné à mort, puis quelques instants plus tard il demanda, Et où se trouve la joueuse de bâton, en ce moment, Elle est descendue à l'hôtel Borges, celui du Chiado, Je croyais qu'elle vivait à Lisbonne, Pas à Lisbonne, non, ça au moins elle me l'a dit, mais je ne sais pas où elle habite, d'ailleurs je ne le lui ai pas demandé, sans doute parce qu'elle pensait que nous l'accompagnerions, Pour quoi faire, Voir le trait sur le sol, Tu en doutes toi aussi, Non, je ne crois pas, mais je veux voir de mes yeux, toucher de mes mains, Tu es comme le maître de l'âne Platero, au milieu des chaînes Morena et Aracena, Si ce qu'elle dit est vrai, nous en verrons plus que Roque Lozano qui ne trouvera rien que de l'eau quand il touchera au but, Comment sais-tu qu'il s'appelait Roque Lozano, je ne me souviens pas qu'on lui ait demandé son nom, celui de l'âne oui, mais pas le sien, J'ai dû le rêver, Et Pedro, est-ce qu'il voudra nous accompagner, Un homme qui sent le sol trembler sous ses pieds a besoin de compagnie, Comme un homme qui a senti le plancher osciller, Paix, La pauvre Deux-Chevaux commence à être un peu petite pour tout ce monde, quatre personnes avec bagages, même des sacs à dos, et elle est vieille, la pauvre, Personne ne peut vivre au-delà de son dernier jour, Tu es un sage, Encore heureux que tu le reconnaisses, Et dire qu'on croyait que nos voyages étaient terminés, que chacun de nous allait retourner chez lui, à sa vie de tous les jours, Allons à la vie des jours qui

viennent voir ce que ça va donner, Jusqu'à ce que la péninsule heurte les Açores, Si c'est ça notre fin, alors la vie nous
est garantie jusqu'à cet instant.

Ils finirent leur dîner, reprirent la route sans hâte, au petit
trot de Deux-Chevaux, il y avait peu de circulation sur la
route, sans doute à cause des difficultés d'approvisionnement en essence, heureusement pour eux, leur moteur était
très frugal, Mais il n'est pas exclu qu'on reste en rade
quelque part, alors le voyage sera bien fini, observa
Joaquim Sassa, et, se remémorant subitement quelque
chose, Pourquoi as-tu dit que les étourneaux sont sûrement
partis, N'importe qui est capable de percevoir la différence
entre adieu et au revoir, ce que j'ai vu était un adieu, Mais
pourquoi, Je ne saurais dire, pourtant il y a une coïncidence, les étourneaux sont partis quand Joana est apparue,
Joana, C'est son nom, Tu pouvais dire la fille, la nana, la
petite, c'est ainsi que la pudeur masculine parle des femmes
quand il serait trop intime de les appeler par leur nom, Ma
sagesse, comparée à la tienne, en est encore à ses balbutie-
ments mais, comme tu viens de le constater, j'ai dit son
nom tout à fait naturellement, preuve que mon moi intime
n'a rien à voir là-dedans, Sauf si tu es, en fin de compte,
beaucoup plus machiavélique que tu n'en as l'air, faisant
comme si tu voulais prouver le contraire de ce que tu
penses ou de ce que tu sens, pour que je croie que ce que tu
penses ou ce que tu sens est précisément ce que tu veux
sembler prouver, je ne sais si j'ai été clair, Pas vraiment,
mais ça n'a pas d'importance, la clarté et l'obscurité sont la
même ombre et la même lumière, l'obscur est clair, le clair
est obscur, et si quelqu'un se croit capable de dire en fait et
exactement ce qu'il sent ou ce qu'il pense, je te supplie de
ne pas le croire, car ce n'est pas qu'on ne veuille pas le
faire, c'est qu'on ne peut pas, Alors pourquoi les gens
parlent-ils autant, C'est la seule chose qu'on puisse faire,
parler, et on ne peut même pas appeler ça parler, tout n'est
qu'expérimentations et tentatives, Les étourneaux sont par-

tis, Joana est arrivée, une compagnie s'en est allée, une autre est venue, tu peux te vanter d'avoir de la chance, Ça ça reste encore à prouver.

À l'hôtel, il y avait un message de Pedro Orce pour Joaquim Sassa, son compagnon de tourments, *No me despierten*, et un autre, téléphonique, pour José Anaiço, de la part de Joana Carda, Tout est vrai, vous n'avez pas rêvé. Par-dessus l'épaule de José Anaiço, la voix de Joaquim Sassa résonna, moqueuse, Madame Yeux-Je-Ne-Sais-Comment t'assure qu'elle est bien réelle, ne perd donc pas ton temps à rêver d'elle cette nuit. Ils montaient l'escalier vers les chambres, José Anaiço dit, Demain très tôt, je lui téléphonerai pour lui dire que nous l'accompagnerons, si tu es d'accord, Oui, et ne fais pas attention à ce que je dis, au fond, c'est l'envie qui me fait parler ainsi, tu le sais, Envier l'apparence c'est peine perdue, Ma sagesse me murmure que tout n'est qu'apparence, que rien n'existe et qu'il faut nous en contenter, Bonne nuit homme sage, Beaux rêves, compagnon.

Les gouvernements et les instituts scientifiques commencèrent à lancer une enquête sur le subtil mouvement qui, avec une énigmatique constance et une évidente stabilité, entraînait la péninsule vers la haute mer, et l'affaire fut menée en si grand secret que les populations ne conçurent jamais le moindre soupçon et ne s'aperçurent même pas des préparatifs. On avait déjà abandonné l'idée et perdu l'espoir de savoir comment et pourquoi les Pyrénées s'étaient fendues. En dépit de l'énorme masse d'informations accumulée, les ordinateurs, froidement, réclamaient toujours plus de nouvelles données ou fournissaient des réponses incongrues, ce fut notamment le cas du célèbre Institut technologique du Massachusetts, où les programmateurs rougirent de honte en lisant sur leurs écrans cette péremptoire sentence, Trop d'exposition au soleil. Au Portugal, peut-être parce que aujourd'hui encore il semble impossible d'expurger du langage quotidien certains archaïsmes persistants, la conclusion la plus approximative que l'on put obtenir fut, Tant Va La Cruche À La Fontaine Qu'Elle Finit Par Y Laisser L'Anse, métaphore qui ne servit qu'à troubler les esprits, étant donné qu'il ne s'agissait ni de cruche, ni d'anse, ni de fontaine, mais dans laquelle il n'est pas difficile de distinguer un facteur ou un principe de répétition dont la nature même, qui est fonction de sa périodicité, indique assez qu'on ignore où

il va s'arrêter, tout dépend en effet de la durée du phénomène, de l'effet accumulé des actions, ça peut donner
quelque chose du genre, Eau Douce Sur Pierre Dure,
Coule, Coule, Jusqu'À Usure, formule qui, bizarrement,
ne fut jamais exprimée par les ordinateurs, et pourtant,
entre l'une et l'autre, les ressemblances ne manquent pas,
dans le premier cas, il y a ce poids lourd de l'eau dans la
cruche, dans le second cas, c'est toujours d'eau qu'il
s'agit, mais cette fois elle coule goutte à goutte, en chute
libre, et il y a aussi le temps, l'autre ingrédient commun.

Il s'agit là de philosophies populaires à propos desquelles nous pourrions discourir à l'infini, mais qui
importent peu aux géologues et aux océanologues, person-
nel scientifique. À l'intention des esprits simples, on peut
même exprimer la chose sous la forme plus élémentaire
d'une question qui, dans son ingénuité, rappelle celle du
Galicien qui, regardant disparaître l'Irati à l'intérieur de la
terre, a, vous vous en souvenez, demandé, Où va cette eau,
maintenant nous pourrions à notre tour demander, Que se
passe-t-il sous cette eau. Dehors, regardant l'horizon les
pieds fermes sur le sol, ou vue de là-haut, où les observa-
tions se poursuivent inlassablement, la péninsule est une
masse de terre qui semble, nous insistons bien sur le verbe,
qui semble flotter sur les eaux. Mais il est évident qu'elle
ne peut flotter. Pour qu'elle flotte, il faudrait qu'elle se soit
détachée du fond, ce qui n'aurait pas manqué de l'expédier,
réduite en miettes, vers ces mêmes fonds, car, même en
supposant que, dans les circonstances présentes, la loi de
l'impulsion puisse s'accomplir sans grand détour ou défaut,
l'effet désagrégateur de l'eau et des courants maritimes,
réduisant progressivement l'épaisseur de la plate-forme
navigante, la plaque superficielle se verrait bientôt intégralement dissoute. En conséquence, et par exclusion des parties, force nous est d'admettre que la péninsule dérive sur
elle-même à une profondeur ignorée, comme si elle s'était
divisée horizontalement en deux couches, l'inférieure

formant une partie de la croûte profonde de la terre, la supérieure, comme on l'a vu, glissant lentement dans l'obscurité des eaux, entre des nuages de boue et des poissons effrayés, comme on croit que navigue, dans les abîmes, quelque part au milieu de l'océan, le Hollandais Volant de triste mémoire. La thèse est séduisante et pleine de mystère, avec un soupçon d'imagination en plus, elle pourrait constituer un chapitre fascinant à rajouter à *Vingt mille lieues sous les mers*. Mais les temps ne sont plus les mêmes, la science est beaucoup plus exigeante, et puisqu'il n'a pas été possible de découvrir ce qui fait se déplacer la péninsule sur le fond de la mer, alors il faut que quelqu'un aille voir le prodige de ses yeux humains, qu'il filme le glissement de la grande masse de pierre, qu'il enregistre, si faire se peut, ce cri semblable à celui de la baleine, ce craquement, cet interminable déchirement. L'heure est donc aux plongeurs.

On sait qu'en apnée on ne peut descendre très profond ni pour très longtemps. Le pêcheur de perles, ou d'éponges, ou de coraux, plonge jusqu'à cinquante mètres, soixante-dix parfois pour les champions, et il tient trois ou quatre minutes, tout est une question d'entraînement et de besoin. Ici, les profondeurs sont autres, les eaux bien plus froides, même si l'on protège son corps avec ces costumes de caoutchouc qui transforment n'importe qui, homme ou femme, en triton noir à rayures jaunes. On a alors recours aux scaphandres, aux bouteilles à air comprimé et, grâce à ces techniques et à ces appareillages tout nouveaux, usant de mille et une précautions, on peut atteindre des fonds de l'ordre de deux ou trois cents mètres. En dessous de ça, mieux vaut ne pas tenter le sort et envoyer des machines qui, bourrées de caméras, de senseurs, de sondes tactiles et ultrasoniques, bref de tout l'outillage adéquat, feront le travail toutes seules.

Les opérations débutèrent sur les côtes nord, sud et ouest, discrètement et à la même heure, pour faciliter l'évaluation des résultats, et, afin que l'annonce de ces recherches ne suscitât point de nouveaux mouvements de panique, encore que jusqu'à présent et de façon assez inexplicable pas un seul pékin n'eût envisagé l'hypothèse que la péninsule pouvait être en train de glisser sur ce qui avait été son socle millénaire, on avait maquillé lesdites opérations en manœuvres navales entrant dans le cadre des programmes d'entraînement de l'Organisation du traité de l'Atlantique Nord. C'est le moment de révéler que les savants tentent ainsi d'occulter une autre angoissante question, laquelle découle pour ainsi dire fatalement de la thèse portant sur l'hypothétique coupe horizontale profonde, et qui peut se résumer à une autre question d'une terrible simplicité, Que va-t-il se passer quand la péninsule va trouver sur son chemin une fosse abyssale, et que la surface continue de glissement aura par conséquent cessé d'exister. Faisant appel, comme chaque fois que cela s'avère nécessaire à une meilleure appréhension des faits, à notre propre expérience, de nageurs dans ce cas précis, nous comprendrons parfaitement ce qu'une telle chose signifie si nous nous souvenons de ce qui arrive, panique et terreur, quand on perd soudain pied et que la science natatoire se révèle insuffisante. Si la péninsule perd pied, ou les pieds, alors ce sera l'inévitable plongeon, la noyade, la suffocation, l'asphyxie, qui aurait cru qu'après tant de siècles de misérable existence nous étions appelés à connaître le destin de l'Atlantide.

Épargnons-nous les détails qui seront un jour divulgués pour l'édification de ceux qui s'intéressent à la vie sous-marine et qui, pour le moment secret absolu, se trouvent dans les journaux de bord, les actes confidentiels et autres registres, dont certains sont codés. Nous nous limiterons à dire que la plate-forme continentale fut minutieusement examinée, sans résultat. On ne trouva pas une seule faille, excepté celles de naissance, les microphones n'enregistrèrent pas un seul frottement anormal. Cette première expectative se voyant frustrée, on passa aux abysses. Les grues descendirent les engins prévus pour ces grandes pressions, lesquels, dans la mer silencieuse et profonde, cherchèrent, cherchèrent et ne trouvèrent rien. *Archimède*, chef-d'œuvre de la recherche sous-marine, manœuvré par les Français, ses propriétaires, s'enfonça jusqu'aux couches périphériques les plus profondes, de la zone euphotique à la zone pélagique, et de cette dernière à la zone bathypélagique, avec ses phares, ses pinces, ses palpeurs électroniques, ses sondes de divers types, il balaya l'horizon subaquatique de son sonar panoramique, tout cela en vain. Les immenses versants, les déclivités escarpées, les précipices verticaux, s'exhibaient dans toute leur mélancolique majesté, dans leur merveilleux inviolé, les instruments analysaient les courants ascendants et descendants, avec beaucoup de cliquetis et de lumières qui s'allumaient et s'éteignaient, photographiaient les poissons, les bancs de sardines, les colonies de merlans, les batailles de thons et de bonites, les flottilles d'épinoches, les armées d'espadons, et si *Archimède* avait pu transporter un laboratoire équipé d'ustensiles et de réactifs, solvants et autre attirail chimique, on aurait réussi à isoler les éléments naturels qui sont dissous dans les eaux océaniques, à savoir, par ordre décroissant de quantité et pour l'avancée culturelle d'une population qui n'imagine pas qu'il puisse exister tant de choses dans la mer où elle se baigne, le chlore, le sodium, le magnésium, le soufre, le calcium, le potassium, le brome, le carbone, le strontium, le bore, le silicium, le fluor, l'argon, l'azote, le phosphore, l'iode, le baryum, le fer, le zinc, l'aluminium, le plomb, l'étain, l'arsenic, le cuivre, l'uranium, le nickel, le manganèse, le titane, l'argent, le tungstène, l'or, quelle richesse, mon Dieu, et dire qu'on en manque sur la terre ferme, seulement, on ne parvint pas à découvrir la faille qui pourrait expliquer le phénomène qui, c'est manifeste et on en a la preuve, s'est finalement produit aux yeux de tous. Sur le pont du navire hydrographique, contre vents et horizons, un savant nord-américain, et non des moindres, désespéré, poussé à bout, finit par proclamer, Je déclare qu'il est impossible que la péninsule soit en train de bouger, mais un Italien, bien moins savant, mais fort du précédent historique et scientifique, murmura, mais pas assez fort tout de même pour que l'être providentiel qui tout perçoit ne l'ait pas entendu, *E pur si muove*. Les mains vides rendues rêches par le sel, humiliées par les frustrations, les autorités se bornèrent à publier un communiqué disant que sous les auspices des Nations unies il serait procédé à un examen des éventuelles altérations introduites dans l'habitat des espèces piscicoles par le déplacement de la péninsule. Ce n'était pas la montagne qui accouchait d'une souris, mais l'océan qui donnait le jour à une sardine.

Les voyageurs entendirent cette information à la sortie de Lisbonne et ils n'y prêtèrent pas attention, la nouvelle ayant été donnée parmi d'autres qui se référaient également à l'éloignement de la péninsule et qui ne semblaient pas avoir beaucoup d'importance non plus. Un individu s'habitue à tout, et pour les peuples c'est encore plus facile et plus rapide, en fin de compte c'est comme si on voyageait présentement sur un immense navire, tellement gigantesque qu'on pourrait y passer le reste de sa vie sans en voir la proue ni la poupe, la péninsule n'était pas un bateau lorsqu'elle était encore rattachée à l'Europe, et pourtant bien des gens alors ne connaissaient que la terre où ils étaient nés, dites-moi donc où est la différence. Maintenant que Joaquim Sassa et Pedro Orce semblent définitivement à l'abri de la fureur analytique de la science et qu'il n'y a plus rien à craindre des autorités, chacun pourrait rentrer chez lui, et José Anaiço aussi, maintenant que les étourneaux se sont désintéressés de lui de façon si inattendue, mais cette femme surgie, pour ainsi dire, de nulle part, d'ailleurs c'est l'apanage des femmes, encore qu'elles ne procèdent pas toutes de manière aussi radicale, a ramené les choses à leur point de départ. Ce fut après s'être retrouvés dans le jardin où Joana Carda et José Anaiço s'étaient rendus la veille et après un nouvel examen des faits qu'ils décidèrent tous quatre de se grouper pour le voyage qui doit les conduire jusqu'au fameux endroit où se trouve le trait sur le sol, un parmi tous ceux qu'on trace au cours de sa vie, mais unique par ses caractéristiques, si l'on en croit l'agent et le témoin, lesquels se confondent en une seule et même personne. Joana Carda n'a pas encore révélé le nom du lieu, ni même celui d'une ville proche, elle s'est bornée à donner une direction générale, Allons vers le nord par l'autoroute, après je vous indiquerai le chemin. Pedro Orce avait discrètement pris José Anaiço à part pour lui demander s'il jugeait normal d'aller ainsi à l'aventure, aveuglément soumis à la fantaisie d'une écervelée munie d'un bâton, il s'agit peut-être d'un piège, d'un enlèvement, d'une ruse adroite, Commandée par qui, s'enquit José Anaiço, Ça je n'en sais rien, ils veulent peut-être nous conduire dans le laboratoire d'un savant fou, comme ceux qu'on voit dans les films, un Frankenstein quelconque, répondit Pedro Orce qui souriait déjà, On a bien raison de parler de l'imagination andalouse, elle bout dans bien peu d'eau, observa José Anaiço, Ce n'est pas l'eau qui manque, c'est le feu qui est trop vif, répondit Pedro Orce, Sois tranquille, ajouta José Anaiço, ce qui doit arriver arrivera, et ils se rapprochèrent des autres, qui avaient commencé à discuter plus ou moins en ces termes, Je ne sais pas pourquoi c'est arrivé, la baguette était par terre, je l'ai saisie et j'ai tracé un trait, Vous avez ensuite songé qu'il pouvait s'agir d'une baguette magique, Pour une baguette magique, elle était un peu grande, et j'ai toujours entendu dire que les baguettes magiques sont faites d'argent et de cristal, avec une étoile brillante à leur extrémité, Vous saviez qu'il s'agissait d'une branche d'orme, Je ne connais pas grand-chose aux arbres, mais, dans ce cas précis, je crois qu'une allumette aurait produit le même effet, Pourquoi dites-vous ça, Ce qui doit arriver arrive, et avec tant de force qu'on ne peut résister, Vous croyez à la fatalité, Je crois à ce qui doit être, Alors vous êtes comme José Anaiço, dit Pedro Orce, lui aussi y croit. C'était le matin avec un petit vent léger comme un souffle, la journée ne serait pas chaude. On y va, demanda José Anaiço, Allons-y, répondirent-ils tous, y compris Joana Carda qui était venue les chercher.

La vie est pleine de petits événements qui semblent avoir peu d'importance, et d'autres qui, à certains moments, occupent tout notre esprit, et quand plus tard, à la lumière de leurs conséquences, nous les réexaminons, nous nous apercevons que le souvenir de ces derniers s'est évanoui, alors que les autres ont gagné le titre de fait décisif ou, du moins, de maillon d'une chaîne d'événements successifs et significatifs dans laquelle, pour donner l'exemple qu'on attend, cette valse-hésitation, ce remue-ménage, en apparence pourtant si justifié, qu'est le rangement des bagages de quatre personnes dans une voiture aussi petite que Deux-Chevaux, ne trouve pas véritablement sa place. Toutes les attentions sont absorbées par la délicate opération, chacun suggère, propose, aide comme il peut, mais la question principale, latente, dans toute cette agitation, et qui détermine sans doute leur répartition fortuite autour de la voiture, est celle de savoir à côté de qui Joana Carda va voyager. Il est évident que c'est à Joaquim Sassa de conduire, au début d'un voyage la voiture doit toujours être conduite par son propriétaire, c'est là un point indiscutable où se mêlent prestige, prérogatives et sentiment de possession. Le conducteur remplaçant, quand l'occasion se présentera, ce sera José Anaiço, étant donné que Pedro Orce, non point tant à cause de son âge, mais parce qu'il vit dans un coin perdu et travaille derrière un comptoir, ne s'est jamais aventuré dans la mécanique complexe du volant, de la pédale et du levier, quant à Joana Carda, il est encore trop tôt pour lui demander si elle sait conduire. Si l'on présente les données du problème de cette façon, il semble que ces derniers devraient voyager sur la banquette arrière, et que le pilote et le copilote devraient logiquement voyager devant. Mais Pedro Orce est espagnol, Joana Carda portugaise, aucun d'eux ne parle la langue de l'autre, de plus ils viennent de lier connaissance à l'instant même, plus tard, quand ils seront un peu plus familiers, pourquoi pas. La place à côté du conducteur, et bien que les superstitieux, se basant sur l'expérience, l'appellent la place du mort, est généralement considérée comme privilégiée, c'est pourquoi il convient de l'offrir à Joana Carda, qui se trouvera donc assise à la droite de Joaquim Sassa, les hommes restants s'installant à l'arrière et, après toutes ces aventures vécues en commun, ils ne devraient pas trop mal s'entendre. Mais le bâton est trop grand pour aller devant, et Joana Carda ne s'en séparerait pour rien au monde, comme ils l'ont tous parfaitement compris. À présent, il ne reste pas d'autre possibilité, Pedro Orce ira devant, et pour deux raisons valables, la première parce que c'est, comme nous l'avons déjà dit, une place privilégiée, la seconde parce que Pedro Orce étant le plus âgé de tous, c'est aussi celui qui est le plus près de la mort, selon ce qu'on appelle non sans humour noir la loi naturelle de la vie. Mais ce qui compte véritablement, au-delà de ces raisonnements alambiqués, c'est que Joana Carda et José Anaiço veulent être ensemble sur la banquette arrière, et que mouvements, pauses, distraction apparente, tout est mis en œuvre pour cela. Asseyons-nous donc et partons.

Ce fut un voyage sans histoire, c'est ce que disent toujours les narrateurs pressés quand ils croient pouvoir nous convaincre qu'au cours des dix minutes ou des dix heures qu'ils vont faire disparaître, il ne s'est rien passé qui mérite d'être signalé. Déontologiquement, il serait beaucoup plus correct et autrement plus loyal de dire, Comme dans tous les voyages, quels que soient le trajet et la durée, mille événements survinrent, mille mots, mille réflexions, et l'on devrait plutôt dire dix mille, mais ce récit traîne déjà en longueur, c'est pourquoi je prends la liberté d'abréger, couvrant deux cents kilomètres en trois lignes, et supposant que quatre personnes dans une voiture peuvent voyager en silence, sans penser ni bouger, faisant en quelque sorte semblant de ne pas faire une histoire de ce voyage, elles. Mais dans l'affaire qui nous intéresse, il semble impossible de ne pas apercevoir une certaine signification dans le fait que Joana Carda ait tout naturellement suivi José Anaiço quand ce dernier est allé s'installer à la place de Joaquim Sassa, lequel voulait se reposer un peu, et qu'elle ait réussi, grâce à on ne sait quelle gymnastique, à installer le bâton devant elle, sans gêner en rien ni la conduite ni la visibilité. Et il est désormais inutile de dire que, lorsque José Anaiço revint sur la banquette arrière, Joana Carda l'y suivit, et il en fut ainsi à chaque fois, là où se trouvait José se trouvait également Joana, encore qu'aucun d'eux n'eût su dire ni pourquoi ni dans quel but, ou alors, le sachant déjà, il eût refusé d'y croire, chaque moment a sa saveur propre et celle de cet instant-ci n'est pas encore épuisée.

On voyait peu de voitures abandonnées sur la route, et celles-ci étaient invariablement incomplètes, il leur manquait les roues, les phares, les rétroviseurs, les essuie-glaces, une porte, toutes les portes, les banquettes, certaines étaient réduites à une simple carcasse, comme des crabes sans cervelle. Mais, certainement à cause des difficultés d'approvisionnement en essence, le trafic était faible, de loin en loin on voyait passer une voiture. Certaines incongruités sautaient aux yeux, comme le fait de voir une charrette tirée par un âne emprunter l'autoroute, ainsi qu'une escouade de cyclistes dont la vitesse maximum devait être bien en deçà de la vitesse minimum inutilement imposée par des signaux indifférents à la signification dramatique de la réalité. Et il y avait des gens qui voyageaient à pied, sac au dos, ou plus rustiquement, avec deux sacs attachés tête-bêche sur l'épaule à la manière d'une besace, des femmes avec des paniers sur la tête. La plupart des gens voyageaient seuls, mais il y avait aussi des familles, apparemment complètes, avec vieux, jeunes et innocents. Quand Deux-Chevaux dut quitter l'autoroute, un peu plus loin, la fréquence de ces marcheurs se mit à diminuer en proportion de l'importance décroissante du chemin. À trois reprises, Joaquim Sassa interrogea les gens pour savoir où ils allaient, et la réponse fut la même à chaque fois, Nous allons par là, voir le monde. Ils ne pouvaient ignorer que le monde, le monde immédiat, était maintenant plus petit qu'avant, c'est sans doute pourquoi le rêve qui consiste à le connaître tout entier était devenu réalisable, et quand José Anaiço demandait, Mais alors votre maison, votre travail, ils répondaient, La maison est restée à sa place, quant au travail, on en trouvera bien, ce sont des choses du vieux monde qui ne doivent pas perturber le nouveau. Encore heureux que ces gens, plus discrets ou trop préoccupés par leur propre vie, ne leur aient pas retourné la question, il eût été amusant de devoir leur répondre, Nous allons avec cette dame voir un trait qu'elle a tracé sur le sol avec ce bâton, et pour ce qui est du travail, ils feraient tous triste figure, Pedro Orce dirait peut-être, J'ai laissé mes malades à l'abandon, et Joaquim Sassa, Bon, bon, des employés de bureau ce n'est pas ce qui manque, de plus c'est ma période de vacances bien méritées, et José Anaiço, Je suis dans la même situation, si j'allais à l'école maintenant, je n'y trouverais pas un seul élève, d'ici octobre j'ai tout mon temps, et Joana Carda, Je ne parlerai pas de moi, si je n'ai encore rien dit à ceux qui voyagent avec moi, je le ferai moins encore devant des inconnus.

Ils avaient dépassé la ville de Pombal quand Joana Carda dit, Un peu plus loin, il y a une route pour Soure, prenons-la, depuis qu'ils avaient quitté Lisbonne, c'était la première indication d'une destination concrète, il leur avait semblé voyager jusqu'à présent au milieu du brouillard ou, pour adapter cette situation particulière aux circonstances générales, ils avaient agi comme ces antiques et innocents navigateurs, nous sommes sur la mer, la mer qui nous porte, où nous mènera la mer. Ils allaient bientôt le savoir. Ils ne s'arrêtèrent pas à Soure, mais prirent de petites routes qui se croisaient, bifurquaient et trifurquaient, et semblaient parfois tourner sur elles-mêmes, jusqu'à atteindre un village qui, dès l'entrée, annonçait son nom, Ereira indiquait le panneau, et Joana Carda dit, C'est ici.

Dans un sursaut, José Anaiço, qui conduisait à cet instant Deux-Chevaux, appuya brusquement sur la pédale de frein, comme si le trait s'était trouvé au milieu de la route et qu'ils eussent été sur le point de le fouler, non qu'il y eût danger de voir s'effacer la fabuleuse preuve, aux dires de Joana Carda elle était indestructible, mais parce qu'il avait été saisi soudain de cette espèce de terreur sacrée qui s'empare même des plus sceptiques quand la routine se brise comme s'est brisé le fil que nous faisions glisser dans notre main, confiants et sans souci, si ce n'est celui de conserver, de renforcer et de prolonger ledit fil, et aussi la main, le plus loin possible. Joaquim Sassa jeta un coup d'œil dehors, il vit les maisons, les arbres au-dessus des toits, les champs fauchés, on devinait les marécages, les rizières, c'est le doux Mondego, plutôt lui qu'un rocher sauvage. Si cette pensée avait été celle de Pedro Orce, on aurait vu débarquer dans notre histoire don Quichotte et sa triste figure, celle qu'il a et celle qu'il fait, nu, bondissant comme un fou au milieu des rochers de la Morena, mais il serait extravagant de citer ici ces épisodes de la chevalerie errante, c'est pourquoi Pedro Orce, en sortant de la voiture, s'est borné à vérifier, le pied sur le sol, que la terre continuait de trembler. José Anaiço fit le tour de Deux-Chevaux et alla ouvrir, cavalier, la portière de l'autre côté, feignant de ne pas voir le sourire ironique et bienveillant de Joaquim Sassa, et comme Joana Carda lui a donné son bâton, il lui tend la main pour l'aider à sortir, elle lui abandonne la sienne, ils les serrent plus qu'il n'est nécessaire pour assurer la fermeté de l'appui, mais ce n'est pas la première fois, la première, l'unique, jusqu'à cet instant, ce fut sur la banquette arrière, une impulsion, et s'ils n'ont rien dit alors ils ne prononcent pas davantage maintenant ce mot plus haut, ou plus bas, mais qui s'attache avec tant de force au mot de l'autre.

L'heure est aux explications, c'est vrai, mais ce ne sont pas celles-là qu'appelle la question de Joaquim Sassa, capitaine du navire qui, au moment d'ouvrir la lettre de cachet, redoute de voir apparaître un papier blanc. Et maintenant, Maintenant, on prend ce chemin, répondit Joana Carda, et tandis que nous avancerons, je vous dirai ce qui vous reste à apprendre sur moi, non que cela ajoute quelque chose à la raison qui nous a amenés ici, mais parce que cela n'aurait aucun sens de continuer à rester une inconnue pour ceux qui m'ont accompagnée jusqu'ici, Vous auriez pu le dire avant, à Lisbonne, ou pendant le voyage, fit remarquer José Anaiço, Pour quoi faire, ou vous veniez avec moi et un seul des mots que je vous ai dits suffisait, ou il aurait fallu en rajouter beaucoup d'autres pour vous convaincre, et alors ça n'aurait pas servi à grand-chose, Une récompense pour avoir cru en ce mot, C'est à moi qu'il revient de choisir la récompense et l'heure de la donner. José Anaiço ne voulut point répondre, il fit semblant de n'avoir rien entendu, se mit à regarder une ligne de peupliers au loin, mais il entendit le murmure de Joaquim Sassa, Quelle petite. Joana Carda sourit, Je ne suis plus aussi petite ni aussi virago que j'en ai l'air, Je ne dirais pas virago, Autoritaire, sûre d'elle, prétentieuse, sentencieuse, Oh, la la, n'en jetez plus, dites mystérieuse et ça suffira, Pourquoi y aurait-il un mystère, ne puis-je amener ici quelqu'un qui puisse croire sans voir, vous par exemple en qui les autres ne croient pas non plus, À présent, ils commencent à nous accorder cette faveur, J'ai eu plus de chance, un seul mot a suffi, Pourvu que maintenant vous n'ayez pas besoin d'en dire davantage. Ce dialogue s'est déroulé tout entier entre Joana Carda et Joaquim Sassa, étant donné les difficultés de compréhension de Pedro Orce et l'impatience mal déguisée de José Anaiço qui s'était exclu de son propre chef. Notons que cette curieuse situation, avec les différences qui distinguent toujours les situations qui se répètent, ne fait que réitérer celle de Grenade, quand Maria Dolores s'adressait à l'un des Portugais tout en souhaitant s'entretenir avec l'autre, enfin, dans le cas qui nous occupe, nous aurons encore le temps de tout clarifier, il n'est pas dit que celui qui a véritablement soif restera assoiffé.

Ils avancent déjà sur l'étroit chemin, Pedro Orce est obligé de marcher derrière, plus tard, si l'Espagnol s'intéresse réellement à la vie des Portugais, les autres lui expliqueront toute l'histoire. Je ne vis pas dans ce village d'Ereira, commença Joana Carda, ma maison est à Coimbra, je suis ici depuis que je me suis séparée de mon mari, il y a un mois, les motifs, à quoi bon parler des motifs, un seul suffit parfois, d'autres fois on n'arrive même pas à tous les rassembler, si les vies de chacun de vous ne vous ont pas appris cela, je vous plains, et je dis les vies, pas la vie, car nous en avons plusieurs qui, heureusement, se détruisent les unes les autres, sinon nous ne pourrions pas vivre. Elle sauta un large fossé, les hommes firent de même et, quand le groupe se recomposa, foulant à présent un sol doux et sablonneux, une terre que les crues avaient ensablée, Joana Carda continua de parler, J'habite chez des parents, je voulais réfléchir, faire le point, mais pas comme on le fait habituellement, ai-je bien agi, ai-je mal agi, ce qui est fait est fait, ce que je voulais c'était réfléchir sur la vie, à quoi sert-elle, à quoi je sers moi dans cette vie, j'en suis arrivée à une conclusion et je crois qu'il n'en existe pas d'autre, c'est que je ne sais pas comment est la vie. On voit à leurs têtes que José Anaiço et Joaquim Sassa sont totalement désorientés, cette femme qui est venue à la ville, un bâton dans la main, revendiquant d'impossibles prouesses d'arpenteuse, se révèle être une philosophe champêtre du Mondego, et de l'espèce négative, ou plus compliqué encore, de cette catégorie très particulière qui dit oui quand elle a dit non, qui dira non quand elle aura dit oui. José Anaiço, qui a reçu une formation de professeur, est mieux qualifié pour percevoir ces contradictions, mais ce n'est pas le cas de Joaquim Sassa qui, ne pouvant que les pressentir, s'en trouve doublement incommodé. Joana Carda vient de s'arrêter car elle se trouve tout près de l'endroit où elle veut conduire les hommes, et elle a encore quelque chose à leur dire, le reste, s'il existe, est reporté à une prochaine fois, Si je suis allée vous chercher à Lisbonne, ce n'est pas tant à cause des histoires insolites auxquelles vous êtes liés, mais parce que je vous considère comme des individus à l'écart de la logique apparente du monde, et que c'est précisément ainsi que je me sens, si vous ne m'aviez pas accompagnée jusqu'ici, j'aurais été très déçue, mais vous l'avez fait, il se peut que quelque chose ait encore un sens, ou le retrouve après l'avoir perdu, maintenant suivez-moi.

C'est une clairière éloignée de la rivière, un cercle bordé de frênes qui semble n'avoir jamais été cultivé, des endroits de ce genre sont moins rares qu'on ne l'imagine, nous y mettons le pied et le temps semble s'arrêter, le silence devient autre, on sent le léger souffle du vent sur le visage et sur les mains, non, il ne s'agit ni de sorcellerie ni de sortilège, ce n'est pas un lieu d'invocation ni la porte vers un autre univers, c'est juste l'effet produit par ces arbres en cercle et ce sol qui est comme intouché depuis le commencement du monde, le sable seul est venu qui l'a rendu plus tendre, mais l'humus, en dessous, pèse, c'est la faute de ceux qui ont planté les arbres ainsi. Joana Carda achève son explication, C'était ici que je venais réfléchir à ma vie, il ne doit guère y avoir d'endroit plus tranquille au monde, ni de plus tourmenté, inutile de me le dire, mais si vous n'étiez pas venus jusqu'ici, vous n'auriez pu le comprendre, et un jour, il y a exactement deux semaines, alors que je traversais la clairière d'un bout à l'autre, pour aller m'asseoir à l'ombre d'un de ces arbres là-bas, j'ai trouvé ce bâton, il était par terre, je ne l'avais jamais vu auparavant, j'étais venue la veille et il n'y était pas, on aurait dit que quelqu'un était venu le mettre là délibérément et on ne distinguait aucune trace de pas, les empreintes que vous voyez ce sont les miennes, ou alors ce sont d'anciennes traces d'anciennes gens qui sont passés ici il y a très longtemps. Ils sont au bord de la clairière, Joana Carda retient encore les hommes, ce sont ses derniers mots, J'ai soulevé le bâton, je l'ai senti vivre comme s'il était l'arbre même dont on l'avait détaché, du moins c'est ainsi que je le sens à présent, quand je m'en souviens, et à cet instant précis, dans un geste qui était davantage celui d'une gamine que d'une adulte, j'ai tracé un trait qui me séparait de Coimbra, de l'homme avec lequel j'ai vécu, définitivement, un trait qui coupait le monde en deux, on le voit d'ici.

Ils pénétrèrent à l'intérieur du cercle, s'approchèrent, le trait était là, vivant, comme s'il venait d'être tracé à l'instant, la terre rejetée sur les côtés, la couche inférieure encore humide malgré la chaleur du soleil. Maintenant ils se taisent, les hommes ne savent que dire, Joana Carda n'a plus rien à ajouter, c'est le moment de risquer l'acte qui peut faire sombrer toute sa merveilleuse histoire dans le ridicule. Elle traîne sur le sol son pied qu'elle utilise comme un racloir pour effacer le trait qu'elle foule et piétine, on dirait un sacrilège. L'instant d'après, sous leurs yeux stupéfaits, le trait se reforme, se recompose exactement comme avant, les minuscules mottes de terre, les grains de sable se recréent, se réorganisent, reprennent leur place, et le trait réapparaît. Entre ce qui a été effacé et le reste, d'un côté comme de l'autre, on n'aperçoit aucun raccord entre les effets, premier et second. D'une voix que la nervosité rend stridente, Joana Carda dit, J'ai déjà effacé le trait, j'ai jeté de l'eau dessus, il reparaît toujours, si vous voulez en faire l'expérience, j'ai été jusqu'à poser des pierres dessus, quand je les ai retirées, tout a repris sa place, essayez si vous ne me croyez pas. Joaquim Sassa s'est baissé, il a fiché ses doigts dans le sol mou, a pris un peu de terre qu'il a lancée au loin, le trait s'est reconstitué aussitôt. Ce fut le tour de José Anaiço qui emprunta à Joana Carda son bâton, dessina un trait profond à côté du premier, puis se mit à le fouler sur toute sa longueur. Le trait ne se reforma pas. Faites la même chose, dit-il à Joana Carda. Elle enfonça la pointe du bâton dans le sol, puis, le traînant, ouvrit une longue déchirure qui, lorsqu'ils la foulèrent, se referma aussitôt comme une cicatrice difforme. José Anaiço dit, Ce n'est pas le bâton, ce n'est pas la personne, c'est le moment, c'est lui qui compte. Alors, Joaquim Sassa fit ce qu'il devait faire, il souleva l'une des pierres dont Joana Carda s'était servie, son poids et sa forme la faisaient ressembler à la pierre qu'il avait jetée à la mer et, usant de toute sa force, il la lança au loin, le plus loin qu'il put, elle retomba là où elle devait naturellement retomber, à quelques pas de lui, c'est tout ce que peut la force humaine.

Pedro Orce avait assisté aux épreuves et aux expériences, mais il n'avait pas voulu y prendre part, la terre qui continuait de trembler sous ses pieds lui suffisait sans doute. Il prit la branche d'orme des mains de Joana Carda et dit, Vous pouvez la briser, la jeter, la brûler, elle ne sert plus à rien votre branche, la pierre de Joaquim Sassa, les étourneaux de José Anaiço ont servi une fois, ils ne serviront plus, c'est comme les hommes et les femmes qui ne servent qu'une fois eux aussi, José Anaiço a raison, ce qui compte c'est le moment, nous, nous sommes là pour le servir, C'est possible, répondit Joana Carda, mais je garde ce bâton, les moments ne préviennent pas de leur arrivée. Un chien surgit entre les arbres, de l'autre côté. Il les regarda longuement puis traversa la clairière, c'était un gros animal robuste, dont le poil fauve, dans une soudaine trouée de soleil, parut s'embraser. Énervé, Joaquim Sassa lui lança une pierre, Je n'aime pas les chiens, mais il ne l'atteignit pas. Le chien s'arrêta, ni effrayé ni menaçant, il s'arrêta seulement pour regarder, n'aboya même pas. En arrivant aux arbres, il détourna la tête, il semblait encore plus grand vu ainsi à distance, puis il s'éloigna, à pas lents, et disparut. Joaquim Sassa voulut plaisanter, libérer sa propre tension, Gardez votre bâton, Joana, il pourrait s'avérer utile s'il rôde dans ces parages des fauves de cet acabit, D'après son comportement, il n'a rien d'un fauve.

Ils revinrent par le même chemin, il y avait maintenant des questions pratiques à résoudre, par exemple, étant donné qu'il commençait à se faire tard pour retourner à Lisbonne, où les hommes allaient-ils s'installer, Mais il n'est pas si tard que ça, protesta Joaquim Sassa, même sans rouler comme des fous, on peut être à Lisbonne pour le dîner, En ce qui me concerne, je pense qu'il vaudrait mieux rester à Figueira da Foz ou à Coimbra, demain nous repasserons par ici, il se peut que Joana ait besoin de quelque chose, dit José Anaiço, et il y avait une angoisse extrême dans sa voix, Si c'est ce que tu souhaites, sourit Joaquim Sassa, et le reste de la phrase passa des mots au regard, Je t'ai percé à jour, tu veux réfléchir cette nuit, décider de ce que tu diras demain, les moments ne préviennent pas de leur arrivée. Maintenant Pedro Orce et Joaquim Sassa marchent en tête, l'après-midi est d'une si grande douceur que la gorge se serre d'une émotion qui ne s'adresse à personne, sinon à la lumière, au ciel pâle, aux arbres qui ne s'agitent pas, à la quiétude de la rivière qu'on devine, et qui apparaît soudain, miroir lisse que traversent lentement les oiseaux. José Anaiço tient Joana Carda par la main et dit, Nous sommes de ce côté-ci du trait, ensemble, pour combien de temps, et Joana Carda répond, Nous allons bientôt le savoir.

Lorsqu'ils arrivèrent près de la voiture, ils virent le chien. Joaquim Sassa saisit une fois de plus une pierre qu'il ne lança pas. L'animal, en dépit de ce mouvement, n'avait pas bougé. Pedro Orce s'approcha de lui, tendit la main dans un geste de paix comme pour le caresser. Le chien resta tranquille, tête levée. Un fil de laine bleue, humide, pendait de sa gueule. Pedro Orce passa la main sur son dos, puis il se tourna vers ses compagnons, Certains moments préviennent de leur arrivée, la terre tremble sous les pattes de ce chien.

L'homme propose, le chien dispose, et ce tout nouveau dicton est aussi valable que l'ancien, il faut bien donner un nom à qui décide en dernière instance et, contrairement à ce que l'on croit d'habitude, ce n'est pas toujours Dieu. Là eurent lieu les adieux, les hommes s'en furent vers Figueira da Foz, qui est tout près, la femme chez les parents qui l'hébergeaient, mais alors que Deux-Chevaux lâchait déjà ses freins et commençait à rouler, à la stupéfaction générale on vit le chien se mettre devant Joana Carda et l'empêcher d'avancer. Il n'aboya ni ne montra les crocs, le geste fait avec le bâton le laissa indifférent, ce n'était qu'un geste. Le chauffeur, José Anaiço, croyant sa bien-aimée en danger, arrêta brusquement la voiture et, chevalier servant une fois de plus, sauta et vola à son secours, action dramatique totalement inadéquate, comme il put aussitôt le constater, le chien s'étant tout simplement allongé sur la route. Pedro Orce s'approcha, Joaquim Sassa aussi, dissimulant son antipathie sous une allure dégagée, Qu'est-ce qu'il veut l'animal, demanda-t-il, mais personne, pas même lui, ne sut répondre à la question. Pedro Orce, comme il l'avait fait auparavant, alla vers l'animal, posa la main sur sa grosse tête. Le chien ferma les yeux sous la caresse, d'une façon poignante, si tant est qu'on puisse employer ce mot car nous parlons d'un chien, pas de ces individus sensibles accoutumés à la sensibilité, puis il se leva, fixa les humains un par un, leur laissa le temps de comprendre et commença à avancer. Il parcourut une dizaine de mètres, s'arrêta, attendit.

Or l'expérience nous a enseigné, mais aussi les films et les romans qui abondent en démonstrations de ce genre, Lassie par exemple dominait parfaitement cette technique, donc, l'expérience nous enseigne qu'un chien procède toujours ainsi lorsqu'il veut que nous le suivions. Dans le cas présent, il crève les yeux que, s'il a entravé la marche de Joana Carda, c'est pour obliger les hommes à sortir de la voiture et si, maintenant qu'ils sont tous ensemble, il leur indique le chemin que, dans son intelligence de chien, ils doivent suivre, c'est, pardonnez-nous une fois de plus les répétitions, parce qu'il veut que tout le monde le suive. Il n'est pas besoin d'être intelligent comme un homme pour saisir cela, dès lors qu'un simple chien arrive aussi simplement à le faire comprendre. Mais les hommes ont été si souvent trompés qu'ils ont appris à se fier à l'expérience, ils vérifient tout, principalement par la répétition, qui est le moyen le plus facile, et lorsque, comme dans ce cas précis, ils ont atteint un niveau culturel moyen, ils ne se contentent pas d'une seconde expérience identique à la première, mais introduisent de petites variantes qui ne modifient pas radicalement les données de base, pour donner un exemple, José Anaiço et Joana Carda se dirigèrent vers la voiture, Pedro Orce et Joaquim Sassa restèrent sur place, on va maintenant voir ce que fera le chien. Disons qu'il fit ce qu'il devait faire. Le chien, qui sait parfaitement qu'il ne peut arrêter une voiture à moins de se coucher devant, ce qui signifie la mort certaine, car pas un seul chauffeur, quand bien même il aime les bêtes, nos amies, ne pousserait cet amour jusqu'à s'arrêter pour l'assister dans ses derniers instants ou pour pousser dans le caniveau le misérable corps, le chien coupa donc la route à Joaquim Sassa et à Pedro Orce, comme il l'avait fait précédemment avec Joana Carda. La troisième et décisive vérification eut lieu lorsqu'ils entrèrent tous quatre dans la voiture, qui se mit en marche, et, parce que le hasard avait voulu que Deux-Chevaux fût dans la bonne direction, le chien alla se mettre devant, et cette fois non point pour l'empêcher d'avancer mais pour lui ouvrir la route. Toutes ces manœuvres se déroulèrent hors de la présence des curieux, car, comme cela s'est déjà produit depuis le début de ce récit, certains de ces épisodes, les plus importants, ont toujours eu lieu soit à l'entrée, soit à la sortie des villes et des villages et non point à l'intérieur, comme cela arrive souvent, et ce fait mérite sans doute une explication que nous ne sommes pas en mesure de fournir, patience.

José Anaiço freina, le chien s'arrêta pour regarder, et Joana Carda résuma la situation, Il veut qu'on le suive. Ils mirent du temps à comprendre une chose qui paraissait évidente depuis l'instant où l'animal avait traversé la clairière, disons que le moment les avait prévenus, mais les gens ne sont pas toujours attentifs aux signes. Et même quand il n'y eut bientôt plus aucune raison de douter, ils s'obstinèrent encore à ne pas entendre la leçon, comme le fait Joaquim Sassa qui demande, Et pourquoi devrions-nous le suivre, c'est complètement idiot, quatre grandes personnes derrière un chien errant qui ne porte aucun message du genre, Sauvez-moi, dans son collier, et qui n'a même pas de plaque d'identité, Mon nom est Pilote, si quelqu'un me trouve, il doit me conduire auprès de mon maître, monsieur Untel, ou madame, à tel endroit, Ne te fatigue pas, dit José Anaiço, cette histoire est aussi absurde que les autres qui nous sont arrivées et qui ne semblaient guère avoir de sens elles non plus, Je doute encore de son véritable sens, Ne te soucie donc pas du sens véritable des choses, dit Pedro Orce, un voyage n'a d'autre sens que sa fin et nous sommes encore à mi-chemin ou au début de celui-ci, qui peut savoir, dis-moi quelle a été ta fin et je te dirai quel sens tu aurais pu avoir, Très bien, et en attendant ce jour, que fait-on. Il y eut un silence. La lumière décroît, le jour s'éloigne, abandonnant des ombres parmi les arbres, le chant des oiseaux s'est modifié. Le chien va s'allonger trois pas devant la voiture, il pose son museau sur ses pattes avant étendues, attend sans impatience. À cet instant Joana Carda dit, Je suis prête à aller là où il veut nous conduire, nous saurons, une fois arrivés à destination, si c'est pour ça qu'il est venu. José Anaiço respira profondément, ce n'était pas un soupir, encore que les soupirs de soulagement existent, Moi aussi, dit-il, et ce fut tout, Et moi, ajouta Pedro Orce, Étant donné que tout le monde est d'accord, je ne ferai pas le méchant qui vous oblige à aller à pied derrière Pilote, nous irons tous ensemble, il faut bien que les vacances servent à quelque chose, conclut Joaquim Sassa.

Décider, c'est dire oui ou non, souffle qui franchit les lèvres, c'est après que surgissent les difficultés, dans la partie pratique, comme dit le peuple dans sa grande expérience, laquelle a été acquise avec le temps et la patience qu'il faut pour le supporter, quand les espoirs sont limités et les changements plus encore. Suivre le chien, d'accord, encore faut-il savoir comment, le guide, étant donné qu'il ne sait pas s'expliquer, ne peut voyager à l'intérieur de la voiture, tournez à gauche, tournez à droite, toujours tout droit jusqu'au troisième sémaphore, de plus, alors que la situation est déjà suffisamment compliquée, comment un animal de cette taille pourrait-il tenir dans une voiture dont toutes les places sont occupées, sans parler des bagages et du bâton, encore que ce dernier ne se remarque guère quand Joana Carda et José Anaiço voyagent côte à côte. Et puisqu'il est question de Joana Carda, on n'a pas encore installé ses bagages, de plus, avant d'arriver à les caler tant bien que mal, il va encore falloir aller les chercher, expliquer aux cousins le départ subit, mais pas question que les trois hommes, la Deux-Chevaux et le chien se montrent, Je pars avec eux, ce serait la voix de la vérité innocente, mais une femme qui vient tout juste de se séparer de son mari n'a-t-elle pas d'autres comptes à rendre au monde, particulièrement dans un milieu aussi étriqué que celui d'Ereira, un village, les grandes ruptures c'est bon pour la capitale et les grandes villes, et même ainsi, Dieu seul sait au prix de quelles peines et de quelles luttes pour le corps et le cœur.

Le soleil s'est couché, la nuit ne va pas tarder, ce n'est pas l'heure de commencer un voyage vers l'inconnu, et ce serait trop mal agir que de disparaître ainsi sans explications, Joana Carda a dit à ses parents qu'elle allait à Lisbonne pour traiter une affaire, elle est partie par le train et ce n'est pas le train qui l'a ramenée. Des difficultés pareilles ressemblent à de doubles nœuds, tant sont puissantes la société et la famille. C'est alors que Pedro Orce sort de la voiture, le chien, le voyant s'approcher, s'est levé, et là, dans le quasi-crépuscule, ils se mettent à converser, il n'y a pas d'autre terme, quand bien même, nous le savons, ce chien n'est pas capable d'aboyer. Le dialogue terminé, Pedro Orce revint vers la voiture et dit, Je pense que Joana peut rentrer chez elle, le chien reste avec nous, décidez de l'endroit où nous pouvons aller dormir et combinez comment et où nous retrouver demain. Personne ne contesta, Joaquim Sassa ouvrit la carte et, en trois secondes, ils décidèrent de se rendre à Montemor-o-Velho, dans une accueillante et modeste pension, Et si elle n'existe pas, demanda Joaquim Sassa, Nous irons à Figueira, répondit José Anaiço, d'ailleurs mieux vaut ne pas courir de risque, allons dormir à Figueira et demain tu prendras l'autocar, nous t'attendrons au pied du casino, sur le parking, inutile de dire que ces instructions étaient destinées à Joana Carda, qui les reçut sans remettre en cause la compétence de celui qui les donnait. Joana Carda dit, Bonsoir, à demain, et, au dernier moment, alors qu'elle avait déjà posé un pied à terre, elle se tourna et embrassa José Anaiço en plein sur la bouche, ce n'était pas un baiser hypocrite sur la joue ou à la commissure des lèvres, mais deux éclairs, l'un bref, l'autre fracassant, et dont les effets se prolongèrent, ce qui n'aurait pas été le cas si le contact des lèvres, tellement doux, s'était prolongé. Si les cousins d'Ereira savaient ce qui vient de se passer, ils diraient, Finalement, tu n'es qu'une coureuse, et nous qui croyions que c'était ton mari le coupable, quelle patience il lui a fallu, un homme que tu connais d'hier, et déjà tu l'embrasses, tu ne l'as même pas laissé prendre l'initiative, c'est ce que doit faire une femme, toujours, car enfin il faut garder un peu de pudeur, de plus tu avais dit que tu faisais juste l'aller-retour, et tu as dormi hors de la maison, à Lisbonne, ce que tu as fait n'est pas bien, non, mais plus tard, quand tout le monde est déjà couché, la cousine se lève et se rend dans la chambre de Joana pour lui demander ce qui s'est passé, et celle-ci lui répond qu'elle ne sait pas très bien, et c'est vrai, Pourquoi ai-je fait cela, se demande Joana Carda tandis qu'elle s'éloigne sous l'épaisse pénombre des arbres, portant à sa bouche ses mains libres comme si elle voulait retenir son âme. Sa valise est restée dans la voiture, gardant la place des autres bagages, le bâton est entre de bonnes mains, gardé par trois hommes et un chien, lequel, sur un appel de Pedro Orce, est entré dans la voiture où il a pris la place de Joana Carda, et, alors qu'à Figueira da Foz tout le monde dort déjà, dans une maison d'Ereira deux femmes, au plein cœur de la nuit, discutent encore, Si je pouvais venir avec toi, dit la cousine de Joana, mariée et mal mariée.

Le lendemain, le ciel était maussade, pas moyen de se fier au temps, l'après-midi d'hier, doux et limpide, semblait un reflet du paradis, les arbres agitaient doucement leurs ramures, le Mondego, lisse comme la peau du ciel, difficile de croire que c'est le même fleuve, sous les nuages bas, la mer se couvre d'écume, mais les vieux haussent les épaules, Premier août, premier jour d'hiver, disent-ils, et encore heureux que le premier jour soit en retard d'un mois. Joana Carda arriva de bon matin, mais José Anaiço l'attendait déjà dans la voiture, ainsi en avaient décidé les deux autres hommes, afin que les amoureux puissent être seuls pour discuter avant le départ, dans une direction encore inconnue. Le chien avait passé la nuit à l'abri, dans la voiture, et se promenait maintenant sur la plage avec Pedro Orce et Joaquim Sassa, discret, frottant son museau contre la jambe de l'Espagnol, dont il avait manifestement choisi la compagnie.

Dans le parc de stationnement, au milieu des autres voitures plus imposantes, Deux-Chevaux n'occupait guère de place, et d'une, de plus, comme on l'a déjà dit, la matinée est fraîche, personne ne traîne dans le coin, et de deux, rien de plus naturel, par conséquent, que de voir José Anaiço et Joana Carda s'enlacer comme s'ils étaient séparés depuis plus d'un an et mouraient de nostalgie. Ils s'embrassèrent avec fougue, à en perdre haleine, ce ne fut pas un éclair mais une série d'éclairs, peu de mots, il est difficile de parler pendant un baiser, mais enfin, au bout de quelques minutes, ils purent s'entendre, Tu me plais, je crois que je t'aime, dit honnêtement José Anaiço, Tu me plais aussi, et je crois que je t'aime aussi, c'est pour cette raison que je t'ai embrassé hier, non, non, ce n'est pas tout à fait ça, je ne t'aurais pas embrassé si je n'avais déjà senti que je t'aimais, mais je peux t'aimer encore bien davantage, Tu ne sais rien de moi, Si pour aimer quelqu'un il faut attendre de le connaître, la vie entière n'y suffirait pas, Tu doutes que deux personnes puissent se connaître, Et toi, tu y crois, C'est à toi que je pose la question, Dis-moi d'abord ce que c'est que connaître, Je n'ai pas de dictionnaire, Si tu en avais un, tu apprendrais ce que tu sais déjà, Les dictionnaires ne disent que ce qui peut être utile à tout le monde, Je répète ma question, qu'est-ce que connaître, Je ne sais pas, Et cependant tu peux aimer, Je peux t'aimer, Sans me connaître, Oui, on dirait, Ce nom d'Anaiço, d'où te vient-il, Un de mes grands-pères se prénommait Inacio, mais au village ils ont changé son nom en Anaiço, et, avec le temps, ça a fini par devenir le nom de la famille, et toi, pourquoi t'appelles-tu Carda, Dans le temps, la famille s'appelait Cardo, mais une de mes grand-mères, son mari mort, s'est retrouvée chargée de famille, et on a commencé à l'appeler Carda, elle avait bien mérité son propre nom de femme, Je croyais que ton nom venait de *carda de prego**, À présent, ça se pourrait, et autre chose, une fois je suis allée me chercher dans le dictionnaire, et j'ai vu que *carda* était aussi un instrument pour dilacérer les chairs, pauvres martyrs, écorchés, brûlés, décapités, cardés, Voilà ce qui m'attend, Si je reprenais mon nom de *cardo***, tu ne gagnerais rien au change, Tu piques toujours ainsi, Non, je ne suis pas le nom que je porte. Qui es-tu alors, Moi. José Anaiço tendit la main, toucha son visage, murmura, Toi, elle fit la même chose, répéta à voix basse, Toi, et ses yeux s'emplirent de larmes, peut-être parce que sa triste vie passée lui faisait encore mal, maintenant elle va vouloir connaître sa vie à lui, Tu es marié, tu as des enfants, que fais-tu, J'ai été marié, je n'ai pas d'enfant, je suis professeur. Elle respire profondément, à moins que ce ne soit un soupir de soulagement, puis elle dit en souriant, Mieux vaut les appeler, les pauvres, ils meurent de froid. José Anaiço dit, Quand j'ai parlé à Joaquim de notre première rencontre, j'ai voulu lui dire la couleur de tes yeux, mais je n'en ai pas été capable, j'ai dit couleur du ciel neuf, j'ai dit, des yeux-je-ne-sais-comment, et il a gardé l'expression, il ne t'appelle plus que comme ça, Comment, Madame Yeux-Je-Ne-Sais-Comment, bien sûr, en ta présence il ne s'y risque pas, J'aime bien ce nom, Je t'aime toi, et maintenant appelons-les.

Un bras qui fait signe, un autre au loin qui lui répond, lentement Pedro Orce et Joaquim Sassa remontèrent la grève, le chien immense et doux entre eux. À leur façon de nous faire signe, la rencontre s'est bien passée, dit Joaquim

---

* Carde ou attendrisseur.
** Chardon.

Sassa, et n'importe quelle oreille ayant l'expérience de la vie reconnaîtrait sans mal, dans le ton de ces paroles, une mélancolie contenue, noble sentiment, lequel dissimule de l'envie, ou du dépit, pour ceux qui préfèrent une expression plus recherchée. La fille te plaît à toi aussi, demanda Pedro Orce compréhensif, Non, ce n'est pas ça, encore que, mais mon problème c'est que je ne sais pas qui aimer, ni comment on fait pour continuer d'aimer. À cette déclaration entièrement négative, Pedro Orce ne sut que répondre. Ils montèrent dans la voiture, Bonjour, Heureux les yeux qui vous voient, Bienvenue à bord, où cette aventure va-t-elle nous mener, phrases toutes faites, joviales, encore que la dernière soit fausse, car il aurait été plus correct de dire, Où ce chien va-t-il nous mener. José Anaiço mit le moteur en marche, puisqu'il est au volant qu'il y reste, manœuvra pour sortir du parc de stationnement, et maintenant que faire, je tourne à droite, je tourne à gauche, il faisait semblant d'hésiter, pour donner du temps, alors le chien tourna sur lui-même et, prenant un trot plus rapide, si régulier qu'il semblait mécanique, il se dirigea vers le nord. Le fil bleu pendait toujours de sa gueule.

Ce fut au cours de ce fameux jour que l'Europe, déjà fort éloignée, d'après les derniers calculs connus, la distance qui la séparait de la péninsule avoisinait les deux cents kilomètres, se vit ébranlée des fondations jusqu'au toit par une convulsion de nature psychologique et sociale qui mit dramatiquement en danger de mort son identité, niée en ce décisif instant dans ses fondements particuliers et intrinsèques que sont les nationalités, si laborieusement formées au long des siècles et des siècles. Les Européens, des dirigeants suprêmes aux simples citoyens, s'étaient rapidement habitués, et sans doute non sans un certain sentiment de soulagement, à l'absence des terres à l'extrémité de l'Occident, et si les nouvelles cartes, rapidement mises en circulation afin de mettre à jour la culture du peuple, provoquaient encore un certain malaise, c'était uniquement pour des motifs d'ordre esthétique, cette indéfinissable impression de malaise qu'a dû, en son temps, et aujourd'hui encore cette impression perdure, causer l'absence des bras de la *Vénus* de Milo, c'est le nom le plus probable de l'île où on l'a trouvée, Milo n'est donc pas le nom du sculpteur, Non, monsieur, c'est celui de l'île où cette malheureuse a été découverte, ressuscitée des profondeurs comme Lazare, mais on n'a pas arrangé de miracle pour faire repousser ses bras.

Les siècles passant, à condition qu'ils continuent d'exister, l'Europe finira par oublier le temps où elle était grande et où elle s'avançait dans la mer, de même que nous, aujourd'hui, n'arrivons plus à nous imaginer *Vénus* avec des bras. Impossible bien sûr d'ignorer les préjudices et les malheurs qui assaillent cette Méditerranée, marées hautes, frange maritime des villes riveraines détruites, hôtels dont les escaliers descendaient autrefois vers la plage et qui n'ont plus désormais ni plage ni escaliers, et Venise, Venise est un bourbier, un village palafitte menacé, fini le beau tourisme, mes enfants, mais si les Hollandais travaillent vite, dans quelques mois la Cité des doges, l'Aveiro de l'Italie pourra rouvrir ses portes au public inquiet, beaucoup plus belle, tout danger de submersion catastrophique écarté, car les systèmes d'équilibre hydraulique, les digues, les écluses, les soupapes de remplissage et de vidange, assureront un niveau d'eau constant, la responsabilité incombe maintenant aux Italiens, à eux de renforcer les structures inférieures de la ville afin que cette dernière n'aille pas s'enterrer tristement dans la boue, le plus difficile, permettez-moi de vous le dire, reste à faire, remercions donc les descendants de cet héroïque gamin qui, avec la tendre extrémité de son index, réussit à éviter que la ville de Harlem ne disparaisse de la carte pour cause de déluge et d'inondation.

Si l'on trouve une solution pour Venise, on en trouvera bien une autre pour le reste de la Méditerranée. Combien de guerres, de pestes, de tremblements de terre et d'incendies sont passés par ici et toujours cette terre enveloppante a fini par renaître de la poussière et des cendres, transformant l'amère souffrance en douceur de vivre, la tentation barbare en civilisation, terrain de golf et piscine, yacht dans le bassin et décapotable sur le quai, l'homme est la plus adaptable des créatures, surtout quand sa situation s'améliore. Encore qu'il ne soit guère flatteur de le confesser, certains Européens, se voyant libérés des incompréhensibles peuples occidentaux qui naviguaient désormais démâtés au beau milieu de l'océan qu'ils n'auraient jamais dû quitter, considérèrent ce fait comme une bénédiction, la promesse de jours meilleurs encore, chacun avec son semblable, finalement on commence à comprendre ce qu'est l'Europe, quand bien même quelques parcelles dégénérées s'accrochent encore qui finiront bien tôt ou tard, d'une manière ou d'une autre, par se détacher. Parions qu'à la fin des fins nous allons nous voir réduits à un seul pays, quintessence de l'esprit européen, simple, sublimé, parfait, l'Europe, c'est-à-dire la Suisse.

Toutefois, s'il existe de ces Européens, il y en a également ment d'autres. La race des inquiets, ferment du diable qui ne s'éteint pas si facilement, quand bien même les augures s'épuisent en pronostics. C'est elle qui suit du regard le train qui s'éloigne et s'attriste, regrettant le voyage qu'elle ne fera pas, elle qui ne peut voir un oiseau dans le ciel sans tenter un alcyonique vol, elle qui, regardant disparaître un navire à l'horizon, arrache de son âme un tremblant soupir, c'est d'être tellement proches, songe la bien-aimée, alors que lui seul sait qu'au contraire c'est d'être tellement loin. Ce fut donc l'un de ces individus, inquiets et originaux, qui osa écrire pour la première fois ces mots scandaleux, signe d'une perversion évidente, Nous aussi nous sommes ibériques, il les avait écrits dans un coin de mur, timidement, comme celui qui ne pouvant encore proclamer son désir, ne supporte plus de le dissimuler. Comme ces mots, tels qu'on put les lire, avaient été écrits en français, on est en droit de penser que la chose avait eu lieu en France, comme on dit dans ces cas-là, Chacun pense ce qu'il veut, mais ç'aurait tout aussi bien pu être en Belgique ou au Luxembourg. Cette déclaration inaugurale fit tache d'huile et on la vit rapidement apparaître sur les façades des grands immeubles, sur les frontons, sur l'asphalte, dans les couloirs du métro, sur les ponts et les viaducs, les Européens, fidèles conservateurs, protestaient, Ces anarchistes sont fous, et voilà, c'est toujours la même histoire, les anarchistes finissent à chaque fois par porter le chapeau.

Mais la phrase sauta les frontières et, une fois qu'elle les eut sautées, on constata qu'elle figurait déjà partout, dans les autres pays, en allemand *Auf wir sind iberisch*, en anglais *We are Iberian too*, en italien *Anche noi siamo Iberici*, et soudain ce fut comme une traînée de poudre, elle flambait partout en lettres vermeilles, noires, bleues, vertes, jaunes, violettes, feu qui semblait inextinguible, en néerlandais et en flamand *Wij zijn ook Iberiërs*, en suédois *Vi ocksa är iberiska*, en finlandais *Me myöskin olemme iberialaisia*, en norvégien *Vi ogsa er iberer*, en danois *Ogsaa vi er iberiske*, en grec *Eimaste iberoi ki emeis*, en frison *Ek wv binne Ibeariërs*, et aussi, encore qu'avec une évidente timidité, en polonais *My tez jestesmy iberyjczykami*, en bulgare *Nie sachto sme iberiytzi*, en hongrois *Mi is ibérek vagyunk*, en russe *Mi toje iberitsi*, en roumain *Si noi sîntem iberici*, en slovaque *Ai my sme ibercamia*. Mais le summum, l'apogée, l'acmé, mot rare que nous ne réutiliserons plus, ce fut de voir apparaître sur les murs du Vatican, sur les vénérables parois et colonnes de la basilique, sur le socle de la *Pietà* de Michel-Ange, sur la coupole et en énormes lettres bleu ciel sur le sol de la place Saint-Pierre, la même phrase écrite en latin, *Nos quoque iberi sumus*, au pluriel de majesté comme une sentence divine, un *manete-celfares* des temps modernes, et le pape, à la fenêtre de ses appartements, se signait d'effroi, il faisait dans l'espace le signe de la croix, et inutilement, car cette peinture tient bon, dix congrégations entières, armées de paille de fer, de lessive, de pierres ponces et de grattoirs, et à grand renfort de décapants, n'y suffiront pas, elles vont avoir du travail jusqu'au prochain concile.

Du jour au lendemain l'Europe se retrouva couverte d'inscriptions. Ce qui, au début, n'était peut-être que la simple et inoffensive confidence d'un rêveur s'intensifia jusqu'à devenir cri, protestation, manifestation de rue. On commença par mépriser le phénomène, par tourner en ridicule ses expressions. Mais les autorités ne tardèrent pas à s'inquiéter d'un processus qu'on ne pouvait cette fois attribuer à des manœuvres de l'étranger, lui-même terrain d'activités subversives, ce qui eut au moins l'avantage d'éviter toute vérification sur la nature de cet extérieur, nommément identifié. Voir sortir dans les rues les contestataires, une inscription au revers de leur veste, ou collée, d'une manière plus cavalière, devant et derrière, sur les jambes, sur chaque partie du corps, et ce dans toutes les langues, dans les divers argots, en dialectes régionaux, et finalement en espéranto, qu'il était d'ailleurs difficile de comprendre, devint une mode. La riposte des gouvernements européens consista à organiser débats et tables rondes à la télévision, avec la participation d'individus ayant fui la péninsule au moment où la rupture, qui s'avéra irréversible, avait eu lieu, non pas ceux qui s'étaient trouvés là en tant que touristes et qui, les pauvres, en avaient été quittes pour la peur, mais les natifs proprement dits, ceux qui, malgré les liens étroits de la tradition et de la culture, de la propriété et du pouvoir, avaient tourné le dos à cette absurdité géologique et choisi la stabilité physique du continent. Ces gens brossèrent le noir tableau des réalités ibériques, et très charitablement, doctement, donnèrent des conseils aux agités qui étaient en train de mettre imprudemment en péril l'identité européenne, et ils conclurent leur intervention sur une phrase définitive, les yeux dans les yeux du spectateur, avec une expression de grande franchise, Faites comme moi, choisissez l'Europe.

L'effet ne fut pas particulièrement concluant, si ce n'est qu'on assista à une série de protestations contre la discrimination dont avaient été victimes les partisans de la péninsule, lesquels, si l'impartialité et le pluralisme démocratique n'avaient point été de vains mots, auraient dû être présentés à la télévision pour exposer leurs raisons, s'ils en avaient. On comprend les précautions prises. Armés de raisons que la discussion sur la raison soulève toujours, les jeunes, car c'étaient en majorité des jeunes qui réalisaient les opérations les plus spectaculaires, auraient pu, avec encore davantage de conviction, justifier leur protestation, tant à l'école que dans la rue et, ne l'oublions pas, dans leur famille. On peut discuter pour savoir si ces jeunes, nantis de toutes ces raisons, se seraient dispensés de l'action directe, auquel cas il eût fallu, contrairement aux convictions qui sont les nôtres depuis l'origine des siècles, en conclure que l'intelligence a un effet pacificateur. On peut discuter, mais ça ne vaut pas la peine, car entre-temps les immeubles de la télévision ont été attaqués à coups de pierre, les magasins où l'on vend des téléviseurs ont été saccagés au grand désespoir des commerçants qui hurlaient, Mais je n'y suis pour rien, leur relative innocence s'est révélée inutile, les lampes explosaient comme des pétards, les caisses étaient empilées dans la rue, incendiées, réduites en cendres. La police arrivait, chargeait, dispersait les insurgés et, durant huit jours, chacun se renvoya la balle, et nous voici aujourd'hui, à l'instant où, suivant un chien, trois hommes et la femme de l'un d'entre eux, qui l'est sans l'être tout à fait, ou qui tout en ne l'étant pas encore l'est malgré tout, celui qui s'y connaît un peu en rencontres et en accords du cœur comprendra cet amphigouri, quittent Figueira da Foz. Tandis qu'ils progressent vers le nord, et que Joaquim Sassa dit, Si nous passons par Porto, nous nous arrêterons chez moi, des centaines de milliers de jeunes, des millions, sortirent tous à la même heure dans les rues de tout le continent, comme s'ils étaient devenus fous, armés non de raison mais de bâtons, de chaînes de vélo, de crocs, de couteaux, d'alênes, de ciseaux, mais aussi de frustration et de douleur antici-pée, et ils criaient, Nous aussi nous sommes ibériques, avec le même désespoir que celui qui faisait gémir les commerçants, Mais ce n'est pas notre faute.

Quand, d'ici à quelques jours ou quelques semaines, les esprits se seront calmés, psychologues et sociologues vien-dront démontrer qu'au fond ces jeunes ne souhaitaient pas réellement être ibériques, mais que ce qu'ils faisaient, bénéficiant du prétexte offert par les circonstances, c'était de donner libre cours au rêve irrépressible qui dure autant que la vie et se manifeste sentimentalement ou violemment pour la première fois au cours de la jeunesse, et si ça n'est pas d'une façon, c'est d'une autre. Entre-temps, il y eut des batailles sur le terrain, ou plutôt dans les rues et sur les places, pour parler de manière plus rigoureuse, les blessés se comptaient par centaines et, quand bien même les auto-rités tentèrent de noyer ces tristes événements au milieu d'une masse d'informations confuses et contradictoires, on compta trois ou quatre morts, jamais les mères d'août ne réussiront à savoir avec certitude combien de leurs enfants ont disparu, pour la simple raison qu'elles n'ont pas su s'organiser, il y en a toujours quelques-unes pour rester à l'écart, trop occupées à pleurer leur chagrin, à soigner le fils qui leur reste ou, couchées sous le père, à en fabriquer un autre, voilà pourquoi les mères perdent toujours. Gaz lacrymogènes, lances à eau, matraques, boucliers et visières, pierres arrachées à la chaussée, piquets de clôture, barreaux de grille de jardin, voilà quelques-unes des armes employées d'un côté et de l'autre, certaines nouveautés aux effets plus douloureusement persuasifs commencèrent d'être expérimentées ici et là par les diverses polices, les guerres, comme les malheurs, ne viennent jamais seules, la première sert à faire des expériences, la deuxième à perfectionner, la troisième est la bonne, et puisque tout dépend de l'endroit à partir duquel on commence à compter, chacune est à la fois la première, la deuxième et la troisième. Les recueils de souvenirs enregistrèrent la dernière phrase d'un gentil jeune homme hollandais, atteint par une balle de caoutchouc qu'un défaut de fabrication avait rendue plus dure que l'acier, mais la légende s'était aussitôt emparée de l'épisode et chaque pays jurait que le jeune homme lui appartenait, la balle n'étant, bien évidemment, revendiquée par personne, et s'ils conservèrent la phrase ce ne fut point à cause de sa signification objective mais parce qu'elle était belle, romantique, incroyablement jeune, et les nations aiment ça, surtout lorsqu'il s'agit, comme c'est le cas ici, de causes perdues, Enfin je suis ibérique, dit le jeune homme, puis il expira. Ce garçon savait ce qu'il voulait ou, ce qui faute de mieux supplée, croyait le savoir, il n'était pas comme Joaquim Sassa qui ne sait qui aimer mais vit toujours, son jour viendra peut-être, s'il ne laisse pas passer l'occasion.

La matinée s'est faite après-midi, l'après-midi va se faire nuit, sur la longue route qui longe la mer le chien-guide avance de son trot constant, mais ce n'est pas un lévrier, loin de là, même Deux-Chevaux, pourtant bien décrépite, serait capable d'aller beaucoup plus vite, comme elle l'a récemment démontré, Et cette allure n'arrange rien, s'inquiète Joaquim Sassa, maintenant au volant, si une avarie s'ajoute à la fatigue mécanique, que Dieu nous vienne en aide. La radio, munie de piles neuves, évoqua les calamiteux événements d'Europe et cita des sources bien informées selon lesquelles des pressions internationales s'exerceraient sur les gouvernements portugais et espagnol, afin qu'ils mettent un terme à la situation, comme s'il était en leur pouvoir de se plier à un tel desiderata, comme si gouverner une péninsule à la dérive équivalait à conduire Deux-Chevaux. Ces protestations furent dignement rejetées, avec un mâle orgueil de la part des Espagnols, et une arrogance toute féminine du côté portugais, soit dit sans vouloir insulter ni flatter aucun des deux sexes, et on annonça que les Premiers ministres allaient prendre la parole le soir même, chacun dans son pays, naturellement, mais de façon concertée. Ce qui cause une certaine perplexité, c'est la prudence de la Maison-Blanche, habituellement si prompte à intervenir dans les affaires du monde quand elle y a intérêt, certains soutiennent d'ailleurs que les Nord-Américains ne sont pas disposés à se compromettre avant de voir où tout cela, littéralement parlant, va s'arrêter. Cependant, le carburant est arrivé des États-Unis, de façon irrégulière il est vrai, mais nous devons leur être reconnaissants de pouvoir encore trouver de l'essence, une pompe oui, une pompe non, dans les endroits reculés. S'il n'y avait pas les Américains et si nos voyageurs s'obstinaient à vouloir suivre le chien, ils seraient dans l'obligation de le faire à pied.

Lorsqu'ils s'arrêtèrent pour déjeuner, l'animal resta dehors, sans protester, il avait certainement compris que ses compagnons humains avaient besoin de se restaurer. À la fin du repas, Pedro Orce sortit avant les autres, emportant des restes, mais le chien refusa de manger, et l'on comprit tout de suite pourquoi, il y avait des traces de sang frais sur son poil et autour de sa gueule. Il est allé chasser, dit José Anaiço, Mais il a toujours son fil bleu, nota Joana Carda, et un fait est plus singulier que l'autre, car enfin, si ce chien est bien celui que nous croyons, il mène cette vie errante depuis deux semaines, et s'il a traversé toute la péninsule à pied, des Pyrénées jusqu'ici, et ailleurs encore peut-être bien, on n'a pas dû lui remplir souvent sa gamelle ni le consoler avec un os. Quant au fil bleu, il peut le laisser tomber à terre puis le reprendre, comme le fait naturellement le chasseur qui suspend sa respiration pour tirer. Joaquim Sassa dit enfin, gentiment, Brave petit chien, si tu es capable de t'occuper de nous comme tu sembles savoir t'occuper de toi, nous nous en remettons à ta canine compétence. Le chien secoua la tête, geste que nous n'avons pas appris à traduire. Puis il descendit la rue et recommença de marcher sans regarder derrière lui. L'après-midi est plus doux que la matinée, il fait soleil, et ce diable de chien ou ce chien du diable reprend son trot infatigable, la tête basse, le museau allongé, la queue dans le prolongement du dos, le poil brun-roux, De quelle race peut-il être, demanda José Anaiço, Si ce n'était cette queue, ce pourrait être un croisement d'épagneul et de berger, répondit Pedro Orce, Il va plus vite, nota Joaquim Sassa satisfait, et Joana Carda, peut-être uniquement pour ne pas rester muette, Quel nom a-t-on pu lui donner, tôt ou tard, c'est inévitable, on en revient toujours aux noms.

Le Premier ministre s'adressa aux Portugais en ces termes, Portugais, durant ces derniers jours, avec une subite intensification au cours des dernières vingt-quatre heures, notre pays a fait l'objet de pressions que l'on peut, sans exagérer, qualifier d'inadmissibles, exercées par presque tous les pays européens, où l'on a, comme vous le savez, assisté à d'importantes perturbations de l'ordre public, soudainement aggravées, et sans que nous en soyons aucunement responsables, par le fait que de grandes masses de manifestants sont descendus dans la rue pour exprimer, de façon enthousiaste, leur solidarité avec les pays et les peuples de la péninsule, ce qui met en évidence la tragique contradiction dans laquelle se débattent les gouvernements de l'Europe à laquelle nous n'appartenons déjà plus face aux profonds mouvements sociaux et culturels de ces pays, qui voient dans l'aventure historique dans laquelle ils sont lancés la promesse d'un avenir plus heureux et, pour tout dire en quelques mots, l'espérance d'un rajeunissement de l'humanité. Or, ces gouvernements, au lieu de nous appuyer comme le voudrait la plus élémentaire humanité, et de témoigner d'une conscience culturelle effectivement européenne, ont préféré nous transformer en boucs émissaires de leurs difficultés internes, nous intimant l'ordre absurde d'empêcher la dérive de la péninsule, encore que, pour respecter les faits et les termes, il serait plus exact de parler de navigation. Cette attitude est d'autant plus lamentable que nous savons qu'à chaque heure qui passe nous nous éloignons de sept cent cinquante mètres de ce qu'on appelle maintenant les côtes occidentales de l'Europe, et voici que les gouvernements européens, qui, par le passé, n'ont jamais véritablement affirmé vouloir de nous, viennent maintenant nous intimer l'ordre de faire quelque chose qu'au fond ils ne souhaitent pas et que, par-dessus le marché, ils savent irréalisable. Si l'Europe est indéniablement un lieu d'histoire et de culture, elle a au cours de ces difficiles journées fait preuve d'un manque de bon sens. C'est à nous, qui conservons la sérénité des forts et des justes, qu'il revient, en tant que gouvernement légitime et constitutionnel, de rejeter énergiquement les pressions et les ingérences de tous ordres et de toutes provenances, en proclamant à la face du monde que seul l'intérêt national nous guidera et, de manière plus générale, celui des peuples et des pays de la péninsule, affirmation que je puis faire ici solennellement et en toute certitude, étant donné que les gouvernements de l'Espagne et du Portugal ont œuvré conjointement et continueront de le faire, dans l'examen et le choix des mesures qui s'imposent pour donner un heureux dénouement aux événements occasionnés par l'historique rupture des Pyrénées. Un mot de remerciement aux États-Unis d'Amérique du Nord qui ont permis de maintenir à un niveau raisonnable l'approvisionnement en carburant et en produits alimentaires jusqu'alors fournis par l'Europe dans le cadre des relations communautaires. Dans des conditions normales, de semblables questions seraient évidemment traitées par les réseaux diplomatiques compétents, cependant, dans une situation d'une telle gravité, le gouvernement que je préside a pensé qu'il devait donner immédiatement connaissance des faits au peuple tout entier, exprimant ainsi sa confiance dans la dignité des Portugais qui sauront, comme en maintes autres occasions historiques, resserrer les rangs autour de leurs représentants légitimes et du symbole sacré de la patrie, offrant au monde l'image d'un peuple uni et déterminé à un moment particulièrement difficile et délicat de son histoire, Vive le Portugal.

Nos quatre voyageurs entendirent ce discours aux environs de Porto, ils étaient entrés dans un café qui servait des repas légers, et ils y restèrent le temps nécessaire pour regarder à la télévision des images des grandes manifestations et des charges de police, cela donnait la chair de poule de voir les généreux jeunes gens arborant des pancartes et des banderoles sur lesquelles on pouvait lire, dans leurs langues, la phrase extraordinaire. Pourquoi donc se soucient-ils ainsi de nous, se demandait Pedro Orce, et José Anaiço, répétant sans même s'en rendre compte mais de façon plus directe la thèse du Premier ministre, répondit, Ils se soucient surtout d'eux-mêmes, et il n'aurait probablement pas su expliquer davantage sa pensée. Ils finirent de dîner et sortirent, le chien, cette fois, accepta les restes que Pedro Orce lui apporta et, une fois Deux-Chevaux mise en route, mais plus lentement désormais car on distinguait à peine le chien qui allait devant, Joaquim Sassa dit, À l'entrée du pont, il faudra essayer de convaincre le chien d'entrer dans la voiture, il ira derrière, sur les genoux de Joana et de José, on ne peut rouler dans la ville comme on l'a fait jusqu'à présent, et il ne voudra sûrement pas continuer de voyager quand il fera nuit noire.

Les pronostics furent confirmés et les vœux de Joaquim Sassa exaucés, dès qu'il comprit ce qu'on attendait de lui, le chien entra et s'allongea, lent et pesant, sur les pieds des voyageurs de la banquette arrière, il posa sa tête sur l'avant-bras de Joana Carda mais ne s'endormit pas, dans ses yeux ouverts les lumières de la ville se reflétaient comme sur la surface d'un cristal noir. Allons chez moi, dit Joaquim Sassa, j'ai un grand lit, un canapé où deux personnes peuvent parfaitement tenir à condition qu'elles ne soient pas trop grosses, l'un de nous trois, il s'adressait aux hommes bien entendu, devra dormir sur une chaise, et ce sera moi, car je suis le maître des lieux, ou alors j'irai dormir dans une pension toute proche. Les autres ne répondirent pas, silencieuse réserve qui signifiait qu'ils étaient d'accord ou préféraient résoudre plus tard et discrètement la délicate question, on sentait à présent dans l'air une gêne, un malaise, on aurait dit que Joaquim Sassa l'avait fait exprès, et il en était capable, histoire de s'amuser un peu. Mais deux minutes ne s'étaient pas écoulées que Joana Carda disait distinctement, Nous, nous restons ensemble, le monde est perdu, en vérité, si les femmes se mettent à prendre des initiatives de ce genre, autrefois il y avait des règles, on commençait toujours par le commencement, l'homme lançait des œillades langoureuses et séductrices, la femme baissait les paupières, dardant son regard entre ses cils, et par la suite, jusqu'au premier contact des mains, c'étaient des lettres, des fâcheries, des réconciliations, des mouchoirs qu'on agite, des toux diplomatiques, le résultat final était évidemment le même, la donzelle allongée sur le dos, le galant au-dessus, avec ou sans mariage, mais jamais au grand jamais on n'aurait vu une chose pareille, un tel manque de respect devant un homme âgé, et dire qu'on raconte que les Andalous ont le sang chaud, non mais regardez cette Portugaise, personne n'a jamais dit à Pedro Orce ainsi, face à face, Nous, nous restons ensemble. Mais les temps ont changé, et comment, si Joaquim Sassa voulait plaisanter avec les sentiments d'autrui, il a eu ce qu'il méritait, quant à Pedro Orce il a peut-être mal compris, le mot ensemble ne se dit pas de la même manière en castillan et en portugais. José Anaiço n'a pas ouvert la bouche, qu'aurait-il pu dire, il eût été grotesque qu'il se mette à jouer les séducteurs ou prenne l'air scandalisé, le mieux était encore de se taire, point n'est besoin de beaucoup réfléchir pour comprendre que seule Joana Carda pouvait prononcer les mots compromettants, c'eût été une grossièreté de sa part que de les dire sans l'avoir au préalable consultée, et puis, quand bien même elle eût été d'accord, il y a des décisions que seule une femme peut prendre, tout dépend des circonstances et du moment, c'est ça, le moment, cette exacte seconde située entre deux autres, d'un côté l'erreur, de l'autre le malheur. Sur le dos du chien, les mains de Joana Carda et de José Anaiço se sont jointes, Joaquim Sassa les observe discrètement dans le rétroviseur, ils sourient, la plaisanterie finit plutôt bien, Cette Joana a du caractère, et Joaquim Sassa sent une fois de plus une petite pointe d'envie mais, il l'a déjà confessé, c'est sa faute, il ne sait qui aimer.

La maison n'a rien d'un palais, elle comprend une petite chambre, une salle plus petite encore où se trouve le canapé-lit, la cuisine, la salle de bains, c'est la demeure d'un célibataire, et celui-ci a encore de la chance, les chambres à louer lui ont été épargnées. Le garde-manger est vide, mais ils ont pu se rassasier lors de leur dernier arrêt. Ils regardent la télévision dans l'attente d'autres nouvelles, pour l'instant les chancelleries européennes n'ont pas encore réagi, mais, pour qu'elles ne fassent pas semblant de n'avoir pas été mises au courant, le Premier ministre fait une fois de plus son apparition lors du dernier journal, Portugais, dit-il, le reste on le connaît déjà. Avant de se coucher, ils tinrent un conseil de guerre, non qu'ils eussent des décisions à prendre, celles-ci incombaient au chien qui sommeillait aux pieds de Pedro Orce, mais chacun avançait une supposition, La fin du voyage est peut-être ici, disait Joaquim Sassa, intéressé, Ou plus au nord, suggérait José Anaiço qui songeait à tout autre chose, Je pense que c'est plus au nord, renchérissait Joana Carda qui songeait à la même chose que lui, mais Pedro Orce eut le dernier mot, C'est lui qui sait, puis il bâilla et dit, J'ai sommeil.

Maintenant, la valse-hésitation de qui va dormir avec qui n'était plus nécessaire, Joaquim Sassa ouvrit le canapé-lit, aidé par Pedro Orce, Joana Carda se retira discrètement, et

José Anaiço, mal à l'aise, resta encore quelques instants, il faisait comme si tout cela ne le concernait pas, mais son cœur résonnait dans sa poitrine comme une sirène d'alarme, cognait dans son estomac, faisait trembler l'édifice entier jusqu'à ses fondements, encore que ce tremblement-là n'eût rien à voir avec l'autre puisqu'il dit, Bonne nuit, à demain, et il se retira, les mots, en voici une nouvelle preuve, ne sont jamais à la hauteur des situations. La chambre est juste à côté, il y a une fenêtre sans rideaux au ras du plafond où s'attarde la lumière du jour, et l'on comprend aisément cet apparent manque de pudeur, nous sommes ici dans la maison d'un homme seul, même si Joaquim Sassa avait de ces perversions, il ne pourrait s'observer lui-même, pourtant ce serait très intéressant, en plus d'être éducatif, d'être de temps à autre spectateurs de nous-mêmes, mais il est probable que cela ne nous plairait pas. Toutes ces précautions oratoires n'ont pas pour but d'insinuer que Joaquim Sassa et Pedro Orce aient dans l'idée de commettre des polissonneries de ce genre, mais cette fenêtre, qui n'est qu'un fantôme de fenêtre, peu visible dans l'obscurité du salon, est troublante, car elle donne l'impression que tous se trouvent dans la même chambre, dans un dortoir, une alcôve, et cela accélère la circulation sanguine, Joaquim Sassa, allongé sur le dos, soulève sans s'en rendre compte sa tête de l'oreiller pour créer une aura de silence et pouvoir ainsi mieux entendre, il a la bouche sèche et résiste héroïquement à la tentation de se lever pour aller à la cuisine boire un verre d'eau et écouter, chemin faisant, les murmures. Pedro Orce, fatigué, s'est endormi aussitôt, tourné vers l'extérieur du lit, il a laissé retomber son bras sur le dos du chien qui s'est couché là, le tremblement de l'un est le tremblement de l'autre, et peut-être que leur sommeil aussi est identique. Pas un bruit, pas une parole inarticulée, pas même un soupir ou un gémissement étouffé ne s'échappent de la chambre, Quel silence, songe Joaquim Sassa, qui trouve cela étrange, et il ne saura et n'imaginera jamais à quel point ça l'est effectivement, ces choses font généralement partie du secret de ceux qui les ont vécues, car José Anaiço est entré en Joana Carda et elle l'a reçu sans autre mouvement, lui dur, elle très douce, et ils sont restés ainsi, doigts enlacés, bouches collées l'une à l'autre en silence tandis que la vague violente secoue le centre de leurs corps, sans bruit, jusqu'à la dernière vibration, jusqu'au dernier et subtil épanchement, nous le disons ainsi, discrètement, afin qu'on ne nous accuse pas de faire de l'exhibition avec des scènes de coït, mot affreux, heureusement presque oublié aujourd'hui. Demain, quand Joaquim Sassa se réveillera, il croira que ces deux-là ont eu la patience d'attendre que les deux autres aient été endormis, et Dieu seul sait à quel prix, comme si Dieu pouvait connaître quelque chose à ces sublimations de la chair, mais Joaquim se trompe car, à l'instant précis où il sombrait dans le sommeil, Joana Carda a reçu une fois de plus José Anaiço, mais cette fois leur étreinte n'est pas restée aussi silencieuse, certaines prouesses ne peuvent se répéter, Tout le monde doit dormir, a dit l'un, et les corps, qui l'avaient bien mérité, ont enfin pu se libérer.

Pedro Orce fut le premier à se réveiller, le doigt gris du matin se glissant par l'étroite fenêtre vint effleurer sa bouche fatiguée, alors il rêva qu'une femme l'embrassait et lutta, oh comme il lutta pour faire durer ce rêve, mais ses yeux s'ouvrirent, ses lèvres étaient sèches, aucune bouche n'avait laissé dans la sienne de vraie salive, d'humidité fertile. Le chien leva la tête, se dressa sur ses pieds et, dans la pénombre épaisse de la chambre, regarda fixement Pedro Orce, impossible de deviner d'où pouvait venir la lumière qui se reflétait dans ses pupilles. Pedro Orce caressa l'animal et celui-ci lécha sa main maigre, une seule fois. Tous ces mouvements avaient réveillé Joaquim Sassa qui, encore qu'il se trouvât dans sa propre maison, ne comprit pas tout de suite où il était, c'est sans doute ce lit, dans lequel il avait peu dormi, et ce voisinage qui l'avaient perturbé. Allongé sur le dos, la tête du chien reposant sur sa poitrine, Pedro Orce dit, Un autre jour commence, que va-t-il nous arriver, et Joaquim Sassa de répondre, Il a peut-être changé d'idée, ou perdu sa sensibilité, ça arrive parfois après qu'on a dormi, on dort et cela suffit pour modifier les choses, on est le même mais on ne se reconnaît pas. Dans ce cas précis, rien ne semblait avoir changé. Le chien s'était dressé, immense, corpulent, et s'était dirigé vers la porte fermée. On distinguait ses contours imprécis, sa masse, le scintillement de son regard, Il nous attend, dit Joaquim Sassa, mieux vaut l'appeler, il est encore trop tôt pour se lever. Le chien obéit à la voix de Pedro Orce, s'allongea sans résistance, les hommes maintenant conversaient à voix basse, Joaquim Sassa disait, Je vais retirer l'argent qui me reste à la banque, pas grand-chose, et je vais faire un emprunt, Et quand il ne te restera plus rien, L'aventure se terminera peut-être avant que l'argent ne soit épuisé, Est-ce qu'on sait ce qui nous attend, Nous trouverons bien un moyen de vivre, s'il le faut on volera, dit Joaquim Sassa en souriant. Mais il ne sera sans doute pas nécessaire d'aller si loin dans l'illégalité, José Anaiço va lui aussi se rendre, ici, à Porto, à la succursale de la banque où il a déposé toutes ses économies, Pedro Orce a emporté avec lui toutes ses pesetas, quant à Joana Carda, on ignore tout de ses ressources, mais on a déjà pu constater qu'elle n'est pas femme à vivre de charité ni aux frais du mâle. Ce dont il est permis de douter, c'est qu'ils trouvent du travail, le travail exigeant constance, stabilité, domicile fixe, alors que leur destin immédiat est de suivre un chien dont on peut seulement espérer qu'il sait où il va, mais le temps n'est pas encore venu des animaux qui parlent et disent où ils souhaitent se rendre, d'autant plus que les cordes vocales leur font défaut.

Dans la chambre à côté, les amants, fatigués, dormaient dans les bras l'un de l'autre, merveille qui, malheureusement, ne peut durer longtemps, et c'est bien naturel, un corps est ce corps-là et pas un autre, il a un début et une fin, il commence avec la peau et finit avec elle, tout ce qui est à l'intérieur lui appartient, mais il a besoin de tranquillité, d'indépendance, d'autonomie de fonctionnement, dormir enlacés exige une harmonie d'encastrement que le sommeil défait, on se réveille un coude dans les côtes, le bras engourdi, alors, tout bas, en y mettant toute la tendresse du monde, on dit, Mon amour, pousse-toi un peu. Joana Carda et José Anaiço dorment épuisés, car au milieu de la nuit ils se sont unis une troisième fois, ils sont au début de leur histoire, c'est pourquoi ils accomplissent la bonne règle qui consiste à ne pas refuser au corps ce que le corps, pour les raisons qui sont les siennes, réclame. Marchant avec précaution, Joaquim Sassa, Pedro Orce et le chien sont sortis, ils sont allés chercher de quoi rompre le jeûne, Joaquim Sassa appelle ça le petit déjeuner, expression française, pour Pedro Orce c'est le *desayuno*, laissons leur commun appétit venir à bout de cette différence linguistique. Quand ils revinrent, José Anaiço et Joana Carda étaient déjà debout, on les entendait bouger dans la salle de bains, l'eau de la douche coulait, heureux ces deux-là, et grands marcheurs aussi, car ils n'ont pas mis longtemps pour parcourir un si long chemin.

Au moment du départ, encore à la maison, ils se mirent tous quatre à regarder le chien avec l'air perplexe de celui qui, attendant des ordres, doute autant de la confiance qu'il peut leur accorder que de la sagesse qu'il y a à les suivre. Espérons qu'il nous fera autant confiance pour sortir de Porto que pour y entrer, dit Joaquim Sassa, et tout le monde comprit à quoi il faisait allusion, car imaginons un peu que le chien Fidèle, fidèle à sa lubie de poursuivre sa route vers le nord, se mette à prendre les rues à sens unique, et justement celles pour lesquelles le nord est la direction interdite, cela déclencherait une série de conflits avec la police, d'accidents, de bouchons, sans parler du peuple de Porto rassemblé là pour jouir du spectacle. Mais ce chien n'est pas un mâtin quelconque aux origines douteuses ou clandestines, son arbre généalogique plonge ses racines en enfer, qui est, comme chacun sait, le lieu où aboutit toute la connaissance, l'ancienne, qui s'y trouve déjà, la moderne et la future, qui suivront sans aucun doute le même chemin. C'est pour cette raison, et peut-être aussi parce que Pedro Orce, reprenant ses manigances, lui a murmuré à l'oreille des mots qu'on n'a pas encore réussi à tirer au clair, que, de l'air le plus naturel du monde, l'air de qui a voyagé toute sa vie ainsi, le chien est entré dans la voiture. Mais attention, cette fois il n'a pas posé la tête sur l'avant-bras de Joana Carda, mais regarde, vigilant, Joaquim Sassa qui conduit Deux-Chevaux à travers les virages et les coudes des rues, dans tous les sens, quelqu'un que ce genre d'observation amuse dirait, en les voyant passer, Ils vont vers le sud, puis il rectifierait peu après, Ils vont vers l'occident ou Ils vont vers l'orient, et ce sont bien les directions principales ou cardinales, mais, si l'on se met à détailler la rose des vents dans son entier, on ne sortira jamais de Porto et de la confusion.

Il y a un pacte entre ce chien et ces gens, ces quatre êtres rationnels qui consentent à se laisser guider par l'instinct animal, à moins qu'ils ne soient attirés par un aimant qui se trouverait au nord, ou halés par l'autre bout d'un fil bleu, jumeau de celui que le chien tient toujours dans sa gueule. Ils sont sortis de la ville, la route, malgré les virages, les conduit dans la bonne direction, alors, comme le chien montre des signes d'impatience, on lui ouvre la porte et il s'éloigne, revigoré par le repos nocturne et la bonne pitance qui lui a été servie. Son trot est très rapide, Deux-Chevaux le suit allègrement, elle n'a pas besoin de mordre sa bride d'énervement. À présent, la route ne longe plus la mer mais avance à l'intérieur des terres, c'est pour cette unique raison que nous ne verrons pas la plage où Joaquim Sassa, à une certaine heure de sa vie, s'est montré plus fort que Samson. Lui-même le dit, Quel dommage que le chien n'ait pas voulu longer la côte, je vous aurais montré l'endroit où mon histoire de pierre est arrivée, même le Samson de la

Bible n'aurait pas été capable de faire ce que j'ai fait, pourtant la modestie voudrait qu'il se taise, car Joana Carda, dans les champs d'Éreira, a connu un prodige bien plus grand, et bien plus énigmatique est le tremblement qui agite Pedro Orce, et si notre guide terrestre est présentement un chien de l'au-delà, que dire des milliers d'étourneaux qui ont accompagné, et pendant si longtemps, José Anaiço pour ne l'abandonner qu'au moment où commençait pour lui un autre vol.

La route monte, descend, monte de nouveau et continue de monter, quand parfois elle redescend c'est pour souffler un peu, ces montagnes ne sont pas très hautes mais elles fatiguent le cœur de Deux-Chevaux qui reprend haleine dans les descentes, le chien va devant, infatigable. Ils se sont arrêtés dans un petit restaurant du bord de la route, le chien a disparu une fois de plus pour aller faire sa propre chasse et, lorsqu'il est revenu, il avait du sang sur la gueule, nous en connaissons déjà la raison, il n'y a pas de mystère, si tu n'as personne pour te remplir la gamelle, débrouille-toi avec ce que tu trouves. Et c'est à nouveau le chemin, toujours vers le nord, à un moment donné, José Anaiço s'adressant à Pedro Orce lui dit, Si on continue comme ça, on va bientôt pénétrer en Espagne, nous retournons sur ta terre, Ma terre c'est l'Andalousie, La terre ou le pays, c'est du pareil au même, Ce n'est pas vrai, on peut ne pas connaître son pays mais on connaît sa terre, Tu es déjà en Galice, Jamais, la Galice c'est la terre des autres.

Reste à savoir s'ils finiront par y arriver, car cette nuit encore ils ont dormi au Portugal. José Anaiço et Joana Carda se sont inscrits à la pension comme mari et femme, par mesure d'économie Pedro Orce et Joaquim Sassa ont pris une seule chambre, quant au chien il est allé dormir avec Deux-Chevaux, le gros animal effrayait la propriétaire de la pension, Je ne veux pas d'un pareil fantôme à l'intérieur, qu'il reste dans la rue, c'est sa place, il ne manquerait plus qu'il me remplisse la maison de puces, Ce chien n'a pas de puces, protesta Joana Carda, en pure perte car le vrai problème n'était pas là. Au milieu de la nuit, Pedro Orce se leva de son lit, souhaitant trouver la porte de la rue ouverte, c'était le cas, alors il sortit et alla dormir deux heures dans la voiture, tenant le chien dans ses bras, quand on ne peut être amants, comme c'est le cas ici pour d'évidentes raisons naturelles, l'amitié fait l'affaire. Quand Pedro Orce pénétra dans la voiture, il lui sembla entendre le chien japper tout bas, mais c'était certainement une hallucination semblable à celles qui se produisent quand nous désirons fortement quelque chose, le corps savant alors a pitié de nous et simule la satisfaction des désirs, c'est cela le rêve, qu'est-ce que vous croyez, Car si ce n'était pas le cas, dites-moi un peu comment on pourrait supporter cette vie tellement pleine de frustrations, le commentaire vient de la voix inconnue, celle qui parle de temps en temps.

Quand Pedro Orce regagna sa chambre, le chien le suivit, mais comme il lui était interdit d'entrer, il s'allongea sur les marches et attendit, il n'y a pas de mots pour décrire la frayeur et les hurlements de la matutinale propriétaire, lorsque arrivée à l'aube pour inaugurer sa nouvelle journée de travail elle ouvrit les battants dans la fraîcheur du matin et tomba sur le lion de Némée, gueule ouverte qui se dressait sur le paillasson, c'était juste le bâillement de celui qui n'a pas dormi tout son soûl, mais il convient de se méfier des bâillements lorsque ceux-ci laissent voir des crocs aussi formidables et une langue tellement rouge qu'elle semble ruisseler de sang. Le scandale fut tel que le départ des clients tint plus d'une expulsion que d'une paisible retraite, Deux-Chevaux était déjà loin, presque au tournant de la route, que la propriétaire sur le pas de sa porte se répandait encore en imprécations contre le fauve muet, d'ailleurs, s'il faut en croire le dicton Chien qui aboie ne mord pas, ces bêtes-là ce sont les pires, il est vrai que celui-ci n'a pas encore mordu, mais si la puissance de ses mâchoires est proportionnelle à son silence, que Dieu nous protège. Sur la route, les voyageurs riaient encore de l'épisode, Joana Carda, par solidarité féminine, pondéra un peu leurs propos, Si j'avais été à la place de cette femme, moi aussi j'aurais eu peur, et ne faites pas les fanfarons, ne vous croyez pas obligés de jouer les courageux, la remarque fit mouche, chacun des mâles présents fit en secret l'inventaire de ses lâchetés, le cas le plus intéressant fut celui de José Anaiço qui décida d'en rendre compte à Joana Carda à la première occasion, l'amour n'est pas vraiment l'amour si on ne se dit pas tout, le problème c'est lorsqu'il se meurt car alors le confessé se repent et il n'est pas rare que le confesseur abuse de la confidence, que Joana Carda et José Anaiço fassent en sorte qu'il n'en soit pas ainsi cette fois.

La frontière n'est plus très loin. Habitués qu'ils sont aux vertus scoutes de leur guide, les voyageurs n'ont pas remarqué de quelle façon expéditive Fidèle ou Pilote, il faudra bien finir un jour par lui donner l'un de ces noms, arrivé à une bifurcation, pire qu'une bifurcation, à un carrefour, sans hésiter une seconde, sans même réfléchir, a choisi l'embranchement qu'il doit suivre. Même si l'intelligent animal a déjà fait ce chemin du nord au sud, et personne encore n'en est sûr, l'expérience n'a pas dû lui servir à grand-chose si l'on songe, comme heureusement nous ne l'ignorons pas, que tout est dans la différence de point de vue. Il est vrai que les gens vivent à côté de prodiges dont ils ignorent presque tout, et encore, sur le peu qu'ils connaissent ils arrivent encore à se tromper, et cela parce qu'à l'image de Dieu, Notre-Seigneur, ils veulent à toute force que ce monde-ci et les autres soient faits à leur image et à leur ressemblance, et qu'il leur importe peu de savoir qui les a créés. L'instinct guide ce chien, mais nous ignorons quoi ou qui guide l'instinct, et s'il nous arrivait un jour d'obtenir un début d'explication de ce curieux phénomène, il est plus que probable qu'il s'agira alors d'un simulacre d'explication, à moins qu'on arrive à obtenir une explication de l'explication et ainsi de suite jusqu'à l'ultime instant où il ne restera plus rien à expliquer en amont de l'expliqué au-delà duquel on suppose que règne le chaos, mais ce n'est pas de la formation de l'univers qu'il est ici question, au fond qu'en savons-nous, mais de chiens.

Et de personnes. Celles qui suivent un chien vers une frontière toute proche. Ils vont quitter la terre portugaise à la tombée du jour et soudain, à cause sans doute du crépuscule qui s'approche, ils s'aperçoivent que l'animal a disparu, aussitôt les voilà comme des enfants perdus dans la forêt, que faire maintenant, Joaquim Sassa saisit l'occasion pour déprécier la fidélité canine, heureusement il y a là Pedro Orce et sa sereine sagesse, fruit de son expérience existentielle, Il a probablement traversé la rivière à la nage et nous attend de l'autre côté, si les gens étaient réellement attentifs aux liens et aux valences qui lient les existences et les chimies, ils, nous parlons de José Anaiço et de Joaquim Sassa, auraient immédiatement compris que les raisons d'un chien peuvent être identiques à celles de mille étourneaux, si Fidèle est venu du nord et qu'il est déjà passé par ce poste frontière, il ne tient peut-être pas, sans collier ni muselière et en étant soupçonné de rage, à renouveler l'expérience, d'autant qu'on lui a probablement tiré dessus.

Les douaniers jettent un coup d'œil distrait aux papiers et les laissent passer, ces fonctionnaires ne sont pas surchargés de travail, c'est l'évidence même, mais il est vrai que, comme on a déjà eu l'occasion de le constater, les gens voyagent beaucoup, mais pour le moment plutôt à l'intérieur des frontières, comme si, maintenant qu'ils ont abandonné leur petite maison, celle de leur petit et mesquin quotidien, ils redoutaient de se perdre dans leur grande maison, leur pays. De l'autre côté du Minho, le manque d'intérêt est le même, on note seulement une petite lueur de curiosité due au fait que l'Espagnol qui accompagne les Portugais n'appartient pas à la même génération, mais si l'époque était celle des vacances avec entrées et sorties permanentes, on ne lui aurait prêté aucune attention.

Joaquim Sassa roula un kilomètre, arrêta Deux-Chevaux sur le bord de la route, Attendons ici, si, comme le dit Pedro Orce, le chien sait ce qu'il fait, il viendra nous chercher. Ils n'eurent pas le temps d'attendre. Dix minutes plus tard, le chien surgissait devant la voiture, le poil encore humide. Pedro Orce avait eu raison, quant à nous, si nous n'avions pas douté un tout petit peu, nous serions restés au bord de la rivière pour assister à la courageuse traversée, qu'on aurait eu plus de plaisir à décrire que ce banal passage de frontière avec des douaniers qui ne diffèrent que par leurs uniformes, Avancez, Allez-y, voilà à quoi se résumait l'épisode, l'étincelle de curiosité n'était elle-même qu'une pauvre invention destinée à étoffer le sujet.

Il faudrait maintenant trouver de meilleures idées pour enjoliver le reste du voyage, avec deux nuits et deux jours passés les unes dans de rustiques auberges, les autres sur d'antiques routes qui vont vers le nord, toujours le nord, terres de Galice et de brume, avec des bruines qui annoncent l'automne, voilà ce que l'on a envie de dire et il n'est pas besoin de l'inventer. On pourrait évoquer tout au plus les étreintes nocturnes de Joana Carda et de José Anaiço, l'insomnie intermittente de José Anaiço, la main de Pedro Orce sur le dos du chien, car ici on a laissé l'animal entrer dans les chambres. Et les journées se passent sur la route, droit vers un horizon qui ne se laisse pas approcher. Joaquim Sassa a répété une fois de plus que tout cela n'était qu'une folie, suivre ainsi un chien idiot jusqu'au bout du monde sans savoir ni pour où ni pour quoi, ce à quoi Pedro Orce répondit, avec une certaine ironie brusque, Jusqu'au bout du monde, certainement pas, on rencontrera la mer avant. Le chien est fatigué, ça se voit, il avance tête basse, la queue en panache est retombée, et les coussins de ses pattes, en dépit de l'épaisseur de la peau, doivent être douloureux à force de se frotter à la terre et aux pierres, cette nuit, Pedro Orce ira les examiner et il découvrira des écorchures sanglantes, pas étonnant qu'il ait répondu aussi sèchement à Joaquim Sassa qui l'observe dans un coin et lui dit, comme s'il tentait de se disculper, Ce qui lui ferait du bien ce serait des compresses d'eau oxygénée, c'est apprendre le *Notre Père* au curé, car Pedro Orce s'y connaît suffisamment en pharmacopée pour n'avoir pas besoin de conseils. Mais enfin, ces quelques mots suffirent à ramener la paix.

Arrivé à la hauteur de Saint-Jacques-de-Compostelle, le chien bifurqua vers le nord-ouest. On voyait à la vigueur renouvelée de son allure, à la sûreté de ses jarrets, à son port de tête, à la fermeté de sa queue, qu'il touchait au but. Joaquim Sassa dut accélérer un peu pour pouvoir le suivre et, comme ils s'étaient rapprochés de l'animal presque à le toucher, Joana Carda s'exclama, Regardez, regardez le fil bleu. Tout le monde le vit. On aurait cru un autre fil. Le premier était tellement sale qu'il aurait aussi bien pu être bleu que marron ou noir, mais celui-ci brillait de toute sa couleur, d'un bleu qui n'était ni celui du ciel ni celui de la mer, qui avait bien pu le teindre et le dévider ainsi, et s'il s'agissait du même, qui l'avait lavé et remis ensuite dans la gueule du chien en lui disant, Va. La route s'est faite étroite, c'est à peine un chemin qui longe maintenant les collines. Le soleil va descendre sur la mer qu'on ne voit pas encore d'ici, la nature est reine pour ce qui est de la composition de spectacles adaptés aux circonstances humaines, ce matin encore et durant tout l'après-midi un ciel triste et couvert tamisait la bruine galicienne et maintenant une lumière fauve se répand sur les champs, le chien ressemble à un joyau scintillant, un animal d'or. Même Deux-Chevaux n'a plus rien à voir avec la voiture fatiguée que nous connaissons et, à l'intérieur, les passagers sont tous de magnifiques créatures, la lumière les frappe de plein fouet, et ils avancent comme des bienheureux. José Anaiço regarde Joana Carda et il a la chair de poule de la voir si belle, Joaquim Sassa baisse le rétroviseur pour regarder ses propres yeux resplendissants, quant à Pedro Orce, il contemple ses vieilles mains, elles ne sont pas vieilles mais sortent d'une opération alchimique qui les a rendues immortelles, encore que le reste de son corps doive mourir.

Subitement le chien s'est arrêté. Le soleil est au ras des collines, on devine la mer de l'autre côté. La route descend en lacets entre deux collines qui semblent l'étrangler, mais c'est une illusion des yeux et de la distance. En face, à mi-côte, il y a une grande maison à l'architecture simple, elle a l'air vieille, abandonnée, bien que les champs alentour soient cultivés. Une partie de la maison est déjà dans l'ombre, la lumière décline, on dirait que le monde entier s'évanouit dans la solitude. Joaquim Sassa a arrêté la voiture, tout le monde est descendu. On entend le silence vibrer comme un dernier écho, ce n'est peut-être rien d'autre que le lointain clapotis des vagues qui se brisent sur les rochers, c'est toujours l'explication qu'on donne, même dans les coquillages le souvenir interminable des vagues continue de résonner, pourtant ce n'est pas le cas ici où l'on n'entend que le silence, nul ne devrait mourir avant d'avoir connu le silence, tu l'as entendu, tu peux partir, tu sais ce que c'est. Mais cette heure n'est pas encore venue pour aucun des quatre. Ils savent que leur destin est cette maison où les a conduits l'extraordinaire chien qui, tranquille comme une statue, les attend. José Anaiço est à côté de Joana Carda, mais il ne la touche pas, il sent qu'il ne doit pas la toucher, et elle le sent aussi, il y a des moments où l'amour lui-même doit accepter son insignifiance, qu'on nous pardonne de réduire ainsi à presque rien ce qui, en d'autres occasions, est tout. Pedro Orce fut le dernier à sortir de la voiture, il posa les pieds sur le sol et sentit vibrer la terre avec une terrifiante intensité, ici, les aiguilles des sismographes se seraient brisées, et ces collines semblent onduler avec le mouvement des ondes qui, au loin sur la mer, se chevauchent les unes les autres, tirées par ce radeau de pierre, et elles se jettent contre lui dans le puissant reflux qui nous emporte.

Le soleil s'est caché. Alors, presque invisible dans la transparence de l'air, un fil bleu s'est mis à onduler comme s'il cherchait appui, il a caressé les mains et les visages, Joaquim Sassa l'a saisi, est-ce le hasard, est-ce le destin, laissons planer ces hypothèses, quand bien même nous avons toutes les raisons de ne croire ni à l'une ni à l'autre, et maintenant que va faire Joaquim Sassa, il ne peut monter en voiture, la main à l'extérieur tenant et suivant le fil, un fil que le vent porte et pousse n'obéit pas au tracé des routes, qu'est-ce que je vais faire, se demande-t-il, mais les autres ne peuvent lui répondre, contrairement au chien qui a quitté la route et s'est mis à descendre la pente douce, Joaquim Sassa, derrière lui, main levée, suivait le fil bleu comme s'il touchait les ailes ou la gorge d'un oiseau par-dessus sa tête. José Anaiço revint à la voiture avec Joana Carda et Pedro Orce, il mit le moteur en marche et lentement, suivant toujours des yeux Joaquim Sassa, il descendit la route, il ne voulait pas arriver avant lui ni longtemps après, l'harmonie possible des choses dépend de leur équilibre et du moment où elles se produisent, ni trop tôt ni trop tard, c'est pourquoi il est si difficile d'atteindre la perfection.

Lorsqu'ils s'arrêtèrent sur une terrasse devant la maison, Joaquim Sassa se trouvait à dix pas de la porte ouverte. Le chien poussa un soupir qui semblait humain et s'allongea, en posant son cou sur ses pattes. Avec ses pattes il enleva de sa gueule le bout de fil, le fit tomber à terre. De l'intérieur sombre de la maison une femme surgit. Elle avait à la main un fil, le même que celui que Joaquim Sassa tenait toujours. La femme descendit jusqu'à la dernière marche, Entrez, vous devez être fatigués, dit-elle. Joaquim Sassa fut le premier à avancer, le bout de fil bleu enroulé à son poignet.

Il y a quelque temps, raconta Maria Guavaira, à la même heure qu'aujourd'hui, la lumière aussi était identique, le chien est apparu, il avait l'air de venir de très loin, son poil était sale, ses pattes saignaient, il a cogné sa tête contre la porte, et lorsque je suis allée ouvrir, pensant qu'il s'agissait de l'un de ces mendiants qui vont de-ci delà et qui, lorsqu'ils arrivent quelque part, frappent avec leur bâton et disent, Une petite aumône pour un pauvre diable, madame, et qu'est-ce que je vois, le chien, il haletait comme s'il arrivait du bout du monde en courant, et le sang tachait la terre sous ses pattes, mais le plus étonnant c'est que je n'ai pas eu peur, et pourtant il y avait de quoi, quand on ignore à quel point il est pacifique on croit se trouver face au plus terrible des fauves, le pauvre, dès qu'il m'a vue il s'en est remis à moi, comme s'il avait attendu de me trouver pour se reposer enfin, et on aurait dit qu'il pleurait comme quelqu'un qui aurait voulu parler et n'aurait pu le faire, pendant tout le temps qu'il est resté ici je ne l'ai pas entendu aboyer une seule fois, Il est avec nous depuis six jours et il n'a pas aboyé non plus, dit Joana Carda, Je l'ai gardé à la maison, je l'ai soigné, je me suis occupée de lui, ce n'est pas un chien errant, ça se voit à son poil, ses maîtres devaient sûrement bien le traiter et bien le nourrir aussi, pour s'en rendre compte il suffit de le comparer avec les chiens galiciens qui naissent

faméliques, meurent faméliques après avoir vécu faméliques toute leur vie, et on les traite à coups de pierre et de
bâton, c'est pourquoi le chien galicien n'est pas capable
de dresser sa queue, il la dissimule entre ses pattes dans
l'espoir de passer inaperçu, sa seule défense, quand il le
peut, c'est de mordre, Celui-ci ne mord pas, dit Pedro
Orce, On ne saura probablement jamais d'où il vient, dit
José Anaiço, et ça n'a d'ailleurs pas beaucoup d'importance, ce qui m'intrigue c'est qu'il soit parti à notre
recherche pour nous ramener ici, on se demande vraiment
pourquoi, Je l'ignore, je sais seulement qu'un jour il est
parti avec un bout de fil entre les dents, il m'a regardée
comme s'il voulait dire, Ne sors pas d'ici tant que je ne
serai pas de retour, et puis il est parti dans la montagne,
celle qu'il vient de redescendre, Qu'est-ce que c'est que
ce fil, demanda Joaquim Sassa tout en enroulant à son
poignet le bout de fil qui le reliait encore à Maria
Guavaira, et en le déroulant, Qu'est-ce que j'en sais,
répondit celle-ci, enroulant le bout de fil entre ses doigts
et le tendant comme une corde de guitare, aucun des deux
ne semblait remarquer qu'ils étaient liés, les autres si, et
ils les observaient, non, on ne dira rien de leurs pensées,
encore qu'il ne soit guère difficile de les deviner, Je n'ai
rien fait d'autre que détricoter une vieille chaussette, une
de celles dont on se sert pour garder l'argent, mais la
chaussette aurait dû donner une poignée de laine à peine,
or ce qu'il y a là correspond à la laine de cent moutons, et
quand je dis cent, je devrais dire cent mille, quelle explication peut-on donner à une pareille chose, Des milliers
d'étourneaux m'ont suivi plusieurs jours durant, dit José
Anaiço, J'ai lancé une pierre à la mer qui était aussi lourde
que moi et elle est allée tomber au loin, ajouta Joaquim
Sassa, tout en sachant qu'il exagérait, et Pedro Orce dit
simplement, La terre a tremblé et elle tremble encore.

Maria Guavaira se leva pour ouvrir une porte, dit,
Regardez, Joaquim Sassa était à ses côtés, mais ce n'est

pas le fil qui l'avait tiré, et il aperçut un nuage bleu, d'un bleu qui devenait de plus en plus dense et presque noir au centre, Si je laisse la porte ouverte il y a toujours des bouts qui sortent, comme celui qui a grimpé la route et vous a conduit jusqu'ici, dit Maria Guavaira à Joaquim Sassa, et la cuisine dans laquelle ils se tenaient tous se trouva soudain déserte, il n'y avait plus que ces deux-là, liés par le fil bleu et le nuage bleu qui semblait respirer, on entendait le craquement du bois dans l'âtre où chauffait le bouillon de choux agrémenté de morceaux de viande, soupe galicienne allégée.

Joaquim Sassa et Maria Guavaira ne peuvent rester attachés ainsi plus longtemps sans que ce lien ne finisse par prendre une signification douteuse, c'est pourquoi elle réembobine le fil et, arrivant au poignet de Joaquim Sassa, elle en fait le tour comme si elle l'attachait invisiblement une fois encore, puis elle met la petite pelote sur son sein, seul un imbécile douterait de la signification de ce geste, mais il faudrait l'être vraiment pour en douter. José Anaiço s'est éloigné du feu qui le brûlait, Encore que tout ceci paraisse absurde, nous avons fini par croire qu'il y a un lien entre ce qui nous est arrivé et la séparation de l'Espagne et du Portugal du reste de l'Europe, vous avez dû en entendre parler, Oui, mais on ne s'est rendu compte de rien par ici, si l'on franchit les collines et qu'on descend vers la côte la mer est toujours là, La télévision a montré des images, Je n'ai pas la télévision, La radio a donné des informations, Les informations sont des mots, mais on n'arrive jamais à savoir si les mots sont des informations.

Et sur ce sceptique arrêt la conversation s'interrompit quelques instants, Maria Guavaira alla chercher des bols sur l'étagère, elle y versa le bouillon, donna l'avant-dernier à Joaquim Sassa, se réservant le dernier, on crut tout à coup qu'il allait manquer une cuillère mais non, il y en avait assez pour tout le monde, c'est pourquoi Maria Guavaira n'eut pas besoin d'attendre que Joaquim Sassa eût fini de manger. Alors il voulut savoir si elle vivait seule, pourquoi on n'avait encore vu personne dans la maison, et elle répondit qu'elle était veuve depuis trois ans, que des journaliers venaient travailler la terre, Je vis entre la mer et les monts, sans enfants ni famille, mes frères ont émigré en Argentine, mon père est mort, ma mère vit à La Corogne, elle est folle, il doit y avoir de par le monde peu d'individus aussi seuls que moi, Vous auriez pu vous remarier, lui fit remarquer Joana Carda, mais elle se repentit tout de suite de ses paroles, elle n'avait pas le droit de dire une chose pareille, elle qui avait rompu il y a peu son mariage et vivait déjà avec un autre homme, J'étais fatiguée, et si une femme de mon âge se remarie, c'est uniquement à cause de ses terres, les hommes viennent pour épouser la terre, pas la femme, Vous êtes encore si jeune, Je l'ai été, et je ne me souviens plus guère de ce temps, et ayant dit cela elle se pencha sur le foyer pour que la lumière l'éclaire mieux, elle regarda Joaquim Sassa par-dessus la flamme comme pour lui dire, Voilà comme je suis, regarde-moi bien, tu es venu jusqu'à ma porte tiré par un fil qui était dans ma main, je pourrais, si je le voulais, t'amener jusque dans mon lit, et tu y viendras, j'en suis sûre, mais je ne serai jamais jolie à moins que tu ne fasses de moi la plus belle femme qu'on ait jamais vue, seuls les hommes sont capables de réussir cela, dommage que ça ne puisse durer.

De l'autre côté du foyer, Joaquim Sassa l'observait, et il trouvait que les flammes dansantes modifiaient son visage, creusant tour à tour les surfaces, effaçant des ombres, mais ce qui ne s'altérait point c'était le brillant de ses yeux noirs, larme en suspens changée en une pellicule de pure lumière. Elle n'est pas jolie, songea-t-il, mais elle n'est pas laide non plus, ses mains sont abîmées et fatiguées, rien à voir avec les miennes, celles d'un employé de bureau qui jouit de ses congés payés, et à propos, si je ne m'abuse, nous sommes le dernier jour du mois, après-demain je devrais normalement reprendre le travail, mais non, ce n'est pas possible, comment pourrais-je abandonner ici José et Joana, Pedro et le chien, ils n'ont aucune raison de vouloir me suivre et, si je prends Deux-Chevaux, ils auront les plus grandes difficultés à rentrer chez eux, ce que d'ailleurs ils ne souhaitent sans doute pas, la seule chose qui existe pour le moment sur terre c'est que nous soyons ici tous ensemble, Joana Carda et José Anaiço qui discutent tout bas, de leur vie peut-être ou bien de la nôtre, Pedro Orce, une main posée sur la tête de Pilote, évaluant les vibrations et les séismes que plus personne ne sent tandis que je regarde et regarde encore cette Maria Guavaira qui a une façon bien à elle de regarder qui n'est pas regarder mais montrer ses yeux, veuve vêtue de noir que le temps a libérée déjà mais que l'habitude et la tradition continuent d'assombrir, par bonheur ses yeux brillent, et il y a aussi ce nuage bleu qui ne semble pas faire partie de cette maison, les cheveux sont bruns, le visage rond, les lèvres pleines, et les dents sont blanches, Dieu merci, je les ai vues tout à l'heure, cette femme est jolie en fin de compte et je ne m'en étais pas aperçu, j'étais lié à elle et j'ignorais à qui, il faut que je me décide, je rentre ou je reste ici, même si je reprends le travail avec quelques jours de retard on ne m'en voudra pas, d'ailleurs, avec cette confusion péninsulaire, qui donc va prêter attention aux retards des employés, on peut alléguer la difficulté des transports, ah maintenant elle est plus quelconque, maintenant plus jolie et maintenant, maintenant, à côté de Maria Guavaira, votre Joana Carda ne vaut rien, monsieur José Anaiço, la mienne est bien plus belle, voyons un peu si l'on peut comparer votre citadine vaniteuse avec cette créature sylvestre qui connaît certainement l'odeur du sel apporté par le vent qui vient de l'autre côté des montagnes et dont le corps doit être blanc sous ses vêtements, si je le pouvais, je te dirais bien quelque chose, Pedro Orce, Que me dirais-tu, Que je sais enfin qui aimer, À la bonne heure, certains mettent plus de temps encore ou ne le savent jamais, Tu connais quelqu'un, Moi, par exemple, et ayant ainsi répondu Pedro Orce dit à voix haute, Je vais faire un tour avec le chien.

Il ne fait pas encore nuit noire mais il fait froid. Sur la colline qui dissimule la mer se trouve un sentier qui grimpe par paliers successifs, une fois à droite, une fois à gauche, comme un dévidoir, avant de se perdre dans l'invisible que les yeux ne peuvent percer. Cette vallée va bientôt tomber dans la nuit de l'*apagon*, à moins qu'il ne soit plus exact de dire que dans la vallée où vit Maria Guavaira toutes les nuits sont d'*apagon*, c'est la raison pour laquelle on n'a eu nul besoin de couper les lignes électriques en provenance de l'Europe civilisée et cultivée. Pedro Orce a quitté la maison car il ne manquait à personne. Il avance sans regarder derrière lui, aussi vite que ses forces le lui permettent, puis plus lentement, lorsque celles-ci commencent à l'abandonner. Il n'éprouve aucune sorte de peur dans ce silence entre les murailles des monts, cet homme est né et a vécu dans un désert au milieu de la poussière et des pierres, là où il n'est pas rare de trouver encore de temps à autre une mâchoire de cheval, un sabot avec son fer, certains racontent que les coursiers de l'Apocalypse eux-mêmes n'auraient pu survivre ici, le cheval de la guerre est mort à la guerre, le cheval de la peste est mort de la peste, le cheval de la faim est mort de faim, la mort est en un mot la raison de toutes choses et leur infaillible dénouement, ce qui nous abuse c'est cette lignée de vivants dans laquelle nous nous inscrivons et qui avance vers ce que, uniquement parce qu'il fallait bien lui donner un nom, nous appelons le futur, moissonnant continuellement les nouveaux êtres, laissant en chemin continuellement les êtres âgés auxquels, pour qu'ils ne ressurgissent plus du passé, on a donné le nom de morts.

Fatigué et vieux, tel est le cœur de Pedro Orce. Il doit à présent se reposer souvent et chaque fois plus longtemps, cependant il ne renonce pas, la présence du chien le réconforte. Ils échangent des signaux, code de communication qui bien qu'indéchiffré leur convient, car le seul fait qu'il existe leur suffit, l'épaule de l'animal effleure la cuisse de l'homme, la main de l'homme caresse la peau douce à l'intérieur de l'oreille du chien, le monde est peuplé d'une rumeur de pas, de respirations, de frôlements et, maintenant, venant de l'autre côté de la crête, on entend à chaque fois plus forte, à chaque fois plus claire, la clameur sourde de la mer qu'on voit enfin surgir devant ses yeux, vaste superficie vaguement fascinante sous la nuit sans lune où brillent quelques étoiles avec en contrebas la violente blancheur de l'écume invariablement défaite et recommencée, semblable à la ligne vive qui sépare la nuit de la mort. Les rochers sur lesquels viennent se fracasser les vagues sont plus sombres encore, comme si la pierre était à cet endroit plus dense ou comme s'ils étaient immergés depuis l'origine des temps. Le vent vient de la mer, pour une part souffle naturel, quant à l'autre part, moins importante, c'est peut-être l'effet du glissement de la péninsule sur les eaux, ce n'est rien, nous le savons bien, qu'une petite brise, et pourtant depuis que le monde est monde on n'a jamais connu pareil ouragan.

Pedro Orce évalue l'océan et, à cet instant précis, il le trouve minuscule, car, lorsqu'il inspire à fond, ses poumons se dilatent à un point tel que tous les abîmes liquides pourraient s'y engouffrer d'un coup, laissant encore un peu de place pour le radeau qui de ses éperons de pierre trace sa route entre les vagues. Pedro Orce ne sait plus s'il est homme ou poisson. Il descend vers la mer, le chien le précède pour reconnaître et choisir le chemin, et cet éclaireur fin et prudent est bien utile car Pedro Orce n'aurait pu trouver seul et avant le lever du jour l'entrée et la sortie de ce labyrinthe de pierres. Ils atteignirent enfin les grandes dalles qui s'inclinent en pente douce vers la mer, là où le fracas des vagues se fait assourdissant. Si la lune montait à cet instant au milieu des hurlements de la mer et sous le ciel obscur, il n'y aurait pas d'homme qui, croyant mourir de frayeur, d'angoisse et de solitude, ne serait en fait capable de mourir de bonheur. Pedro Orce ne sent plus le froid. La nuit s'est faite plus claire, il y a davantage d'étoiles, et le chien qui s'était éloigné une minute est revenu en courant, personne ne lui a appris à tirer son maître par le bas de son pantalon, mais nous le connaissons déjà suffisamment pour savoir qu'il est parfaitement capable de communiquer sa volonté, et maintenant Pedro Orce va devoir l'accompagner dans ses découvertes, noyé rendu au rivage, malle aux trésors, vestige de l'Atlantide, épave du Hollandais Volant, mémoire obsessionnelle, et, lorsqu'il atteint la grève, il ne voit que des pierres au milieu des pierres, mais, comme ce chien n'est pas de ceux qui se fourvoient, il songe qu'il doit y avoir là quelque chose de singulier, et c'est alors qu'il remarque que ses propres pieds reposent sur elle, la chose, une pierre énorme, qui a *grosso modo* la forme d'un bateau, et là-bas une autre encore, longue et étroite comme un mât, et une troisième qui peut passer pour un gouvernail et son timon brisé. Se croyant abusé par la lumière trop faible, il se met à faire le tour des pierres à tâtons et en les palpant, et il doit bientôt se rendre à l'évidence, ce côté haut et pointu c'est la proue, cet autre émoussé, la poupe, ici, impossible de se tromper c'est le mât, quant au gouvernail ce pourrait être cette espade de géant si tout cela n'était pas en fin de compte un authentique navire de pierre. Phénomène géologique, c'est certain, Pedro Orce s'y connaît suffisamment en chimie pour s'expliquer la chose, un vieux bateau de bois roulé par les vagues ou abandonné par les marées, échoué sur ces dalles depuis des temps immémoriaux et que la terre a ensuite recouvert, minéralisant la matière organique jusqu'à ce qu'une fois de plus la terre se retire, et il a fallu des milliers d'années, le vent, la pluie, l'érosion du froid et de la chaleur pour réduire les volumes et faire qu'aujourd'hui la pierre ne se différencie plus de la pierre. Pedro Orce s'est assis au fond de la barque, dans cette position il ne distingue plus que le ciel et la mer au loin, si ce bateau ballottait un peu il pourrait jurer qu'il navigue, l'imagination alors est toute-puissante, une idée absurde lui vint à l'esprit, ce bateau pétrifié voguait si bien qu'il entraînait la péninsule dans son sillage, cela aurait pu se produire, c'est évident, on a déjà vu s'accomplir d'autres acrobaties beaucoup plus difficiles mais, il ne faut jamais s'abandonner aux délires de la fantaisie, l'ironie du sort voulut que le bateau ait la poupe tournée vers la mer et aucune embarcation digne de ce nom n'a jamais navigué à reculons. Pedro Orce s'est levé, il a froid, le chien a sauté par-dessus le vibord, c'est l'heure de rentrer à la maison, monsieur mon bien-aimé n'a plus l'âge des nuits blanches, il n'a pas connu ça quand il était jeune, maintenant il est trop tard.

Lorsqu'ils atteignirent le sommet des collines, Pedro Orce ne pouvait plus avancer, et ses pauvres poumons qui, un instant auparavant, auraient été capables d'aspirer l'océan entier, haletaient comme des soufflets déchirés, l'air vif lui raclait l'intérieur des narines, sa gorge se desséchait, ces aventures montagnardes ne sont pas faites pour un pharmacien sur le déclin. Il se laissa tomber sur une pierre pour reprendre haleine, les coudes sur les genoux, la tête entre les mains, la sueur fait briller son front, le vent agite ses quelques cheveux, c'est une ruine d'homme, triste et fatigué, on n'a malheureusement pas encore inventé le procédé de minéralisation qui transformerait en statue des individus encore à la fleur de l'âge. Sa respiration s'est faite plus calme, l'air adouci entre et sort maintenant sans produire ce raclement de papier de verre. Comme s'il s'était rendu compte de ces transformations, le chien, qui attendait couché, fit le geste de se lever. Pedro Orce redressa la tête, regarda en bas vers la vallée où se trouvait la maison. Une aura, une lueur sans éclat, une sorte de lumière non lumineuse semblait planer sur elle, mais cette phrase, composée comme toutes les autres presque uniquement de mots, peut-elle échapper à l'équivoque. Pedro Orce se souvint alors de cet épileptique de Orce qui, une fois passées les crises qui l'abattaient, tentait d'expliquer les sensations confuses qui les annonçaient, une vibration des particules invisibles de l'air, l'irradiation d'une énergie pareille à celle de la chaleur à l'horizon, la diffraction des rayons lumineux à sa portée, cette nuit est véritablement peuplée de prodiges, le fil et le nuage de laine bleue, le bateau de pierre échoué sur les dalles de la côte et maintenant cette maison qui, vue d'ici, semble trembler d'extraordinaire façon. Soudain l'image bascule, les contours s'effacent, elle paraît s'éloigner, se transformer en un point presque invisible, puis elle revient, palpitant doucement. Pendant une seconde, Pedro Orce craignit de se retrouver abandonné dans cet autre désert mais la frayeur se dissipa, lui laissant à peine le temps de comprendre que, là en bas, Maria Guavaira et Joaquim Sassa se sont unis, les temps ont considérablement changé, maintenant en deux temps trois mouvements c'est fait, si l'on me permet d'employer cette comparaison vulgaire et plébéienne. Pedro Orce se leva pour entamer la descente puis il se rassit patiemment, transi de froid, et il se mit à attendre que la maison retrouve son image de maison dans laquelle il n'y a pas d'autre flamme que celle qui brûle encore dans l'âtre, mais s'il s'éternise il est probable qu'à la place du feu il ne trouvera plus que des cendres.

Maria Guavaira s'éveilla à la première lueur de l'aube. Elle était dans sa chambre, dans son lit, et il y avait un homme endormi à son côté. Elle l'entendait respirer aussi profondément que s'il était allé puiser un renouveau de forces dans la moelle de ses os et, à demi inconsciente, elle voulut que sa propre respiration l'accompagnât. Ce fut le mouvement différent de sa poitrine qui lui fit sentir qu'elle était nue. Elle parcourut des doigts son corps, le milieu des cuisses puis, contournant le pubis, le ventre jusqu'aux seins, et, subitement, elle se souvint de son cri de surprise quand le plaisir, tel un soleil, avait explosé en elle. Maintenant, parfaitement réveillée, elle se mord les doigts pour ne pas hurler à nouveau tout en souhaitant retrouver, dans le son qu'elle réprime et dans le but de les rendre à jamais indissociables, les mêmes sensations, à moins que ce ne soit le désir de nouveau éveillé, l'angoisse ou peut-être le remords qui lui font prononcer la phrase bien connue, Et maintenant que va-t-il advenir de moi, les pensées ne sont pas indépendantes les unes des autres, les impressions ne sont pas exemptes d'autres impressions, cette femme vit à la campagne, loin des artifices amoureux de la civilisation, bientôt les deux hommes qui travaillent sur ses terres vont arriver, que va-t-elle leur dire, avec la maison remplie d'étrangers, rien de tel que la lumière du jour pour transformer la face des choses. Mais cet homme qui dort a lancé un rocher à la mer, Joana Carda a coupé la terre en deux, José Anaiço fut roi des étourneaux, Pedro Orce fait trembler la terre sous ses pieds et le Chien est arrivé d'on ne sait où pour rassembler toutes ces personnes, Et plus encore qu'aux autres, il m'a lié à toi, j'ai tiré le fil et tu es venu jusqu'à ma porte, jusqu'à mon lit, jusqu'à l'intérieur de mon corps, jusqu'à mon âme, car le cri que j'ai poussé ne pouvait provenir que de là. Elle ferma les yeux quelques instants et s'aperçut en les rouvrant que Joaquim Sassa s'était réveillé, elle sentit la dureté de son corps alors, sanglotant d'angoisse, elle s'ouvrit pour lui et, sans crier cette fois, se mit à pleurer et à rire en même temps, le jour s'était entièrement levé. Il serait inutile et délicat de répéter ici ce qu'ils se sont dit, que chacun mette en œuvre son imagination, fasse à son idée, de toute façon et bien que le vocabulaire de l'amour soit très limité, vous allez sûrement vous tromper.

Maria Guavaira s'est levée, son corps est blanc comme Joaquim Sassa l'avait rêvé, elle dit, Je n'aurais pas voulu porter ces vêtements sombres, mais je n'ai plus le temps d'en chercher d'autres, les ouvriers ne vont pas tarder. Elle s'habilla, revint vers le lit, couvrit de ses cheveux le visage de Joaquim Sassa et l'embrassa, puis elle s'enfuit, quitta la chambre. Joaquim Sassa a roulé dans le lit, fermé les yeux, il va se rendormir. Une larme sur sa joue, c'est celle de Maria Guavaira ou peut-être la sienne, les hommes pleurent aussi, il n'y a pas de honte à cela et ça ne peut leur faire que du bien.

Voici la chambre de Joana Carda et de José Anaiço, leur porte est fermée, ils dorment encore. L'autre porte est entrouverte, le chien est venu voir Maria Guavaira, puis il est retourné sur ses pas, s'est couché de nouveau, veillant sur le sommeil de Pedro Orce qui se repose de ses aventures et de ses découvertes. On devine à l'atmosphère que la journée sera chaude. Les nuages viennent de la mer et semblent courir plus vite que le vent. Deux hommes se tiennent à côté de Deux-Chevaux, ce sont les journaliers qui disent que la veuve, qui ne cesse de se plaindre du produit des cultures, a quand même réussi à s'acheter une voiture, Une fois que l'homme est mort, elles n'en font qu'à leur tête, a dit le plus âgé d'un ton sarcastique. Maria Guavaira les appela et, tout en allumant le feu et en chauffant le café, elle leur expliqua qu'elle avait recueilli des voyageurs égarés, trois d'entre eux sont portugais mais le quatrième est espagnol, ils dorment encore, les pauvres, Vous êtes très isolée, toute seule ici, madame, a répliqué le plus jeune, mais cette phrase, d'une solidarité si humaine, est à peine une variante des nombreuses autres qu'il a prononcées, Vous devriez vous remarier, vous avez besoin qu'un homme s'occupe de votre maison, Vous ne trouverez pas, soit dit sans me vanter, d'homme plus capable que moi pour le travail comme pour le reste, Vous savez que vous me plaisez beaucoup, Un jour je forcerai votre porte et ce sera pour rester, Vous me faites perdre la tête, vous croyez peut-être que les hommes sont en bois, Je n'en sais rien, mais je peux le savoir, car si tu t'approches de moi, je te jette un tison à la figure, s'était exclamée une fois Maria Guavaira, et le jeune homme n'avait eu d'autre recours que de revenir à la première phrase qu'il modifia légèrement, Vous avez besoin de quelqu'un qui s'occupe de vous, mais même ainsi il n'a pu parvenir à ses fins.

Les ouvriers s'en furent travailler aux champs, Maria Guavaira retourna dans sa chambre. Joaquim Sassa dormait. Doucement, pour ne pas le réveiller, elle ouvrit le coffre et commença à choisir des vêtements qui dataient de son époque de clarté, du rose, du vert, du bleu, du blanc et du rouge, de l'orange et du lilas, et encore bien d'autres couleurs féminines, non qu'elle possédât une garde-robe de théâtre ni qu'elle fût une cultivatrice opulente, mais chacun sait que deux vêtements de femme font une fête et qu'avec deux chemisiers et deux jupes on fabrique un arc-en-ciel. Les vêtements sentent la naphtaline et le renfermé, Maria Guavaira va aller les étendre afin que les miasmes de la chimie et du temps mort s'évaporent au soleil et, comme elle s'apprête à descendre, les bras chargés de couleurs, elle rencontre Joana Carda qui a elle aussi abandonné son homme dans la chaleur des draps et qui, comprenant immédiatement ce qui est en train de se passer, veut l'aider. Elles rient toutes deux en étendant le linge, le vent soulève leurs cheveux, leurs vêtements flottent et claquent comme des drapeaux, on a envie de crier Vive la liberté.

Elles reviennent ensuite à la cuisine pour préparer le déjeuner, ça sent le café frais, il y a du lait, du pain qui date de quelques jours mais qui est resté savoureux, du fromage sec, de la confiture, tous ces arômes réunis finissent par réveiller les hommes, José Anaiço apparaît le premier, puis Joaquim Sassa, quant au troisième, ce ne fut pas un homme mais un chien, lequel surgit sur le seuil, jeta un coup d'œil puis fit demi-tour, Il est allé chercher son maître, dit Maria Guavaira qui a théoriquement plus de droits de propriété mais y a déjà renoncé. Pedro Orce parut enfin, il salua tout le monde et s'assit, muet, avec dans le regard une certaine irritation lorsqu'il observe les gestes de tendresse pourtant très discrets que s'échangent, deux par deux ou tous ensemble, les quatre autres, le monde du plaisir a son soleil à lui, bien différent de l'autre.

Le dépit ne convient guère à Pedro Orce qui se sait vieux, mais il est de notre devoir de comprendre qu'il ne veuille pas encore se résigner. José Anaiço tenta de le mêler à la conversation en lui demandant si sa promenade nocturne avait été agréable et si le chien avait été un bon compagnon, alors Pedro Orce apaisé remercia intérieurement cette main tendue qui arrivait au bon moment, juste avant que l'amertume ne s'ajoutât au sentiment de mise à l'écart, Je suis allé jusqu'à la mer, dit-il, l'étonnement fut grand, et plus grand encore celui de Maria Guavaira qui sait parfaitement où se trouve la mer et combien il est difficile d'y avoir accès. Si je n'avais pas suivi le chien, je n'aurais jamais réussi, expliqua Pedro Orce qui se souvint tout à coup du bateau de pierre, durant plusieurs secondes ce souvenir le perturba et il fut incapable de savoir si tout cela n'avait été qu'un rêve ou avait réellement et concrètement existé, Si je n'ai pas rêvé, si tout cela n'est pas une image de mon invention, alors il existe, il est là en cet instant précis, je suis assis ici à boire du café et le bateau est là, et les pouvoirs de l'imagination sont tels qu'en dépit du fait qu'il ne l'avait vu qu'à la faible lueur de quelques rares étoiles, il pouvait maintenant, en plein jour, sous le soleil et le bleu du ciel, se représenter mentalement le rocher noir sous le bateau minéralisé, J'ai trouvé un bateau, dit-il, et, sans songer qu'il aurait pu se tromper, il développa sa théorie et, encore qu'avec pas mal d'imprécision dans les termes, exposa le processus chimique, peu à peu cependant les mots vinrent à lui manquer, l'expression désapprobatrice de Maria Guavaira le troubla, alors il conclut sur une hypothèse de repli, Bien entendu, j'admets parfaitement que tout cela puisse être l'extraordinaire résultat de l'érosion.

Joana Carda déclara qu'elle voulait aller voir, José Anaiço et Joaquim Sassa l'imitèrent, seule Maria Guavaira ne disait rien, Pedro Orce et elle se regardaient. Peu à peu les autres se turent, comprenant que le dernier mot restait encore à dire, si tant est qu'il existe réellement un dernier mot pour toutes choses, ce qui soulève la délicate question de savoir comment seront les choses après qu'on aura dit sur elles le dernier mot. Maria Guavaira prit la main de Joaquim Sassa comme si elle allait prêter serment, C'est un bateau de pierre, déclara-t-elle, C'est ce que j'ai dit, il s'est changé en pierre avec le temps, peut-être par minéralisation, mais ça peut tout aussi bien être l'œuvre du hasard et sa forme actuelle peut avoir été façonnée par le vent et autres agents atmosphériques, la pluie par exemple, ou même la mer, il y a certainement eu une époque où le niveau de la mer était plus haut, C'est un bateau de pierre qui a toujours été de pierre, c'est un bateau qui vient de très loin et il est resté là après que tous ses passagers eurent débarqué, Des passagers, interrogea José Anaiço, Ou un seul, je n'en suis pas sûre, Et de quoi peut-on être sûr, quelle certitude peut-on avoir, demanda Pedro Orce qui doutait, Les anciens racontaient que d'autres plus anciens leur avaient dit, et à ces derniers d'autres plus anciens encore, que des navires de pierre avaient accosté ici, venus de déserts situés de l'autre côté du monde et que des saints avaient débarqué, certains arrivèrent vivants, d'autres morts, comme ce fut le cas de saint Jacques, Vous croyez ce que vous dites, demanda Pedro Orce, La question n'est pas de croire ou non, tout ce que nous disons s'ajoute à ce qui est, à ce qui existe, d'abord on dit granit puis on dit bateau, quand on arrive à la fin de ce qu'on a à dire, et même si l'on ne croit pas à ce que l'on dit, il faut bien croire qu'on l'a dit, la plupart du temps ça suffit, l'eau, la farine et le levain font bien du pain.

Ainsi Joaquim Sassa est tombé sur une bergère érudite, une minerve des monts galiciens, généralement on ne prête guère attention à ces choses, mais la vérité c'est que les gens en savent toujours beaucoup plus que ce qu'on croit, la plupart d'entre eux n'imaginent même pas qu'ils connaissent tant de choses, dommage qu'ils veuillent souvent passer pour ce qu'ils ne sont pas, ils perdent du même coup le savoir et la grâce, faisons plutôt comme Maria Guavaira qui se contente de dire, J'ai lu quelques livres dans ma vie, et c'est merveille qu'elle en ait tiré un si grand profit, cette femme n'est pas suffisamment prétentieuse pour dire cela elle-même, c'est le narrateur, amant de la justice, qui n'a pu résister à faire ce commentaire. À l'instant précis où Joana Carda allait demander quand ils pourraient voir le bateau de pierre, Maria Guavaira, sans doute pour ne pas que le débat se déplace sur un terrain qui échapperait à ses compétences, nous disions donc qu'à cet instant précis elle alluma la radio qui se trouvait dans la cuisine, le monde avait sûrement des informations à leur communiquer, il en va ainsi chaque matin, et ces nouvelles, bien qu'on en ait perdu les premiers mots, un peu plus tard reconstitués, étaient terrifiantes, Depuis hier au soir, la vitesse de déplacement de la péninsule s'est inexplicablement modifiée, la dernière évaluation s'élève à deux mille mètres à l'heure, pratiquement cinquante kilomètres par jour, soit le triple de ce qu'on a observé depuis que la dérive a commencé.

Le silence règne certainement à cet instant dans la péninsule tout entière, dans les maisons et sur les places on écoute les nouvelles, certains pourtant ne seront mis au courant qu'un peu plus tard, c'est notamment le cas des deux hommes qui travaillent pour Maria Guavaira et qui sont là-bas dans les champs, parions que le plus jeune des deux va laisser tomber compliments et galanteries pour ne plus songer qu'à sa propre vie et à sa sécurité. Mais le pire est encore à venir, le speaker se met en effet à lire une information en provenance de Lisbonne, tôt ou tard il fallait bien que ça se sache, on ne pouvait garder plus longtemps le secret et la nouvelle dit ceci, Les milieux officiels et scientifiques portugais sont extrêmement préoccupés du fait que l'archipel des Açores se trouve très exactement sur la route que la péninsule est en train de suivre, on constate déjà les premiers signes d'agitation parmi la population, on ne peut encore parler de panique mais on prévoit la mise en place dans les prochaines heures d'un plan d'évacuation des villes et des villages du littoral les plus directement menacés par le choc, en ce qui nous concerne, nous Espagnols, nous pouvons nous considérer à l'abri des effets immédiats, étant donné que les Açores sont situées entre le trente-septième et le quarantième parallèle, et que la Galice se trouve au nord du parallèle quarante-deux, c'est pourquoi, sauf en cas de changement de direction, seul le pays frère, qui n'a décidément pas de chance, devrait subir l'impact direct, sans oublier, bien sûr, les non moins malchanceuses îles, lesquelles, compte tenu de leur petite dimension, courent le risque de disparaître sous la grande masse de pierre qui se déplace, comme nous venons de le dire, à la vitesse impressionnante de cinquante kilomètres par jour, d'un autre côté, il est fort possible que ces mêmes îles constituent un obstacle providentiel qui retarderait cette marche jusqu'à présent irrésistible, nous nous en remettons à Dieu car les simples forces humaines ne suffiront pas pour éviter la catastrophe, si celle-ci doit avoir lieu, par bonheur, répétons-le, nous, Espagnols, sommes plus ou moins à l'abri, cela dit, pas d'optimisme exagéré, les conséquences secondaires du choc sont toujours à redouter, c'est pourquoi nous recommandons la plus grande vigilance et nous vous rappelons que seules les personnes qui, de par la nature de leurs obligations et de leurs devoirs, ne peuvent gagner l'intérieur des terres sont autorisées à rester sur la côte galicienne. Le speaker se tut, une musique faite pour de tout autres circonstances lui succéda et José Anaiço dit à Joaquim Sassa, Tu avais raison quand tu parlais des Açores, et la vanité humaine est si forte que, même dans une conjoncture aussi dramatique, Joaquim Sassa se félicita de voir que devant Maria Guavaira on admettait enfin qu'il avait eu raison, quand bien même il n'eût en cela aucun mérite, il avait entendu dire la chose entre deux portes dans les laboratoires où, en compagnie de Pedro Orce, on l'avait conduit pour l'interroger.

Comme dans un songe qui se répéterait, José Anaiço faisait des comptes, il avait réclamé du papier et un crayon et, cette fois, ce n'était pas pour annoncer dans combien de temps Gibraltar passerait en face des feux de la chaîne de Gador, ça c'était du temps de la fête, maintenant il lui fallait vérifier combien de jours il leur restait avant que le cap da Roca n'aille heurter l'île Terceira, on avait la chair de poule et les cheveux se dressaient sur la tête rien que d'imaginer l'épouvantable instant où l'île de São Miguel s'enfoncerait comme un éperon dans les douces terres de l'Alentejo, en vérité, en vérité je vous le dis, vous n'êtes pas au bout de vos peines. Ses calculs terminés, José Anaiço annonça, Nous avons déjà parcouru près de trois cents kilomètres, or, comme la distance de Lisbonne aux Açores est d'environ mille deux cents kilomètres, il nous reste encore neuf cents kilomètres à parcourir et neuf cents kilomètres à raison de cinquante kilomètres par jour, en chiffres ronds, ça fait dix-huit jours, ce qui signifie qu'aux alentours du vingt septembre, peut-être même avant, nous allons toucher les Açores. La neutralité de la conclusion était d'une ironie tellement contrainte et amère que personne ne sourit. Maria Guavaira rappela, Mais nous sommes ici en Galice, donc hors d'atteinte, Il ne faut pas s'y fier, avertit Pedro Orce, il suffit que la direction se modifie un peu vers le sud, et c'est nous qui allons donner de plein fouet, le mieux qu'on puisse faire, l'unique solution, c'est de fuir vers l'intérieur des terres comme l'a dit le speaker, et même ainsi nous ne sommes sûrs de rien, Abandonner la maison et les terres, Si ce qu'on nous annonce se produit réellement, il n'y aura plus ni maison ni terres. Ils étaient assis, pour le moment ils le pouvaient encore, ils le pourraient durant dix-huit jours. Le feu brûlait dans l'âtre, le pain était sur la table avec beaucoup d'autres choses, du lait, du café, du fromage, mais c'était le pain qui attirait les regards de tous, la moitié d'un grand pain avec une croûte épaisse et de la mie compacte, ils avaient encore dans la bouche sa saveur, il y a si longtemps, mais la langue reconnaissait le grain qui était resté après la mastication, quand viendra le jour de la fin du monde nous regarderons la dernière fourmi avec le douloureux silence de celui qui sait qu'il prend congé pour toujours.

Joaquim Sassa dit, Mes vacances se terminent aujourd'hui, pour que tout soit en règle, il faudrait que je sois à Porto dès demain, ces paroles objectives étaient juste le début d'une déclaration, Je ne sais si nous allons rester ensemble, il faut résoudre cette question maintenant, mais en ce qui me concerne je veux me trouver là où se trouve

Maria, si elle l'accepte et le souhaite aussi. Et, parce que chaque chose doit être dite en son temps, parce que chaque pièce doit être à sa place, ils attendirent que Maria Guavaira, sollicitée, s'exprime la première, et elle dit, Je le veux, sans autres inutiles développements. José Anaiço dit, Si la péninsule heurte les Açores, les écoles ne sont pas près d'ouvrir, peut-être même n'ouvriront-elles plus, je resterai avec Joana et avec vous, si tel est son choix. C'était maintenant au tour de Joana Carda qui, comme Maria Guavaira, dit seulement deux mots, les femmes ne sont pas bavardes, Je reste avec toi, car elle le regardait lui, et tout le monde comprit la suite. Enfin, le dernier car il en fallait bien un, Pedro Orce dit, Où on dira je vais, et cette phrase qui offense manifestement la grammaire et la logique par excès de logique et sans doute aussi de grammaire, restera telle quelle, peut-être finira-t-on par lui trouver un sens particulier qui la justifie et l'absolve, celui qui a l'expérience des mots sait qu'on peut tout en attendre. Les chiens, c'est connu, ne parlent pas, et celui-ci ne put même pas produire un sonore aboiement en signe de joviale approbation.

Le même jour ils se rendirent sur la côte pour voir le bateau de pierre. Maria Guavaira portait ses vêtements de couleur, elle ne s'était même pas donné la peine de les repasser, le vent et la lumière se chargeant d'effacer les plis de leur long séjour dans le coffre profond. Pedro Orce va en tête du groupe, guide émérite qui fait davantage confiance à l'instinct et au sens du chien qu'à ses propres yeux, pour lesquels, en vérité, à la clarté du jour, tout paraît nouveau. Pour ce qui est de Maria Guavaira, inutile de compter sur elle pour le moment, sa route est autre, pour elle tout est prétexte à saisir la main de Joaquim Sassa et à se laisser attirer à lui, son corps collé à l'autre corps le temps d'un baiser dont la durée, chacun sait cela, varie, voilà pourquoi ils traînent en arrière de l'expédition qu'ils suivent plus qu'ils ne l'accompagnent. José Anaiço et Joana Carda sont plus discrets, cela fait une semaine qu'ils sont ensemble, ils ont assouvi leur première faim, étanché leur première soif, disons que le désir ne vient que s'ils le sollicitent et à vrai dire ils ne s'en privent pas. Cette nuit encore, quand Pedro Orce aperçut de loin le grand éclat de lumière, il n'y avait pas que Joaquim Sassa et Maria Guavaira qui s'unissaient, si dix couples avaient dormi dans la maison, ils se seraient tous aimés en même temps.

Les nuages viennent de la mer et filent à toute allure, ils se font et se défont vivement, comme si chaque minute ne durait guère plus qu'une seconde ou qu'une fraction de seconde, et tous les gestes de ces femmes et de ces hommes sont, ou paraissent être, dans le même instant, lents et lestes, on pourrait croire que le monde a changé si notre intelligence pouvait pleinement pénétrer le sens d'une expression aussi pauvre et populaire. Quand ils atteignent enfin le sommet du mont, la mer est en tumulte. Pedro Orce reconnaît à peine les lieux, les gigantesques blocs de pierre qui s'amoncellent, la plate-forme presque invisible qui descend par degrés, comment ai-je pu me promener ici en pleine nuit, même avec l'aide du chien, c'est une prouesse qu'il est incapable de s'expliquer. Il cherche des yeux le bateau de pierre et il ne le voit pas, mais Maria Guavaira prend maintenant la tête des opérations, il était temps, elle connaît les chemins mieux que personne. Arrivé sur les lieux, Pedro Orce ouvrait la bouche pour dire, Ce n'est pas ici, mais il se tut, il avait devant lui la pierre du gouvernail avec son timon brisé, le grand mât qui semble encore plus gros sous la lumière du jour et enfin le bateau, et c'est alors qu'il constate les plus grandes différences, comme si l'érosion à laquelle il avait fait allusion le matin même avait fait en une nuit le travail de milliers d'années, où est-elle que je ne la voie pas cette proue haute et pointue, la panse concave, la pierre a *grosso modo* la forme d'un bateau, c'est vrai, mais même le meilleur des saints n'aurait pu réussir le miracle de faire flotter une aussi précaire embarcation sans vibords, le problème ce n'est pas qu'elle soit en pierre mais que la forme du bateau se soit comme évanouie, mais en fin de compte l'oiseau ne vole-t-il pas tout simplement parce qu'il ressemble à un oiseau, se demande Pedro Orce tandis que Maria Guavaira dit soudain, Voici le bateau dans lequel un saint est arrivé d'Orient, on voit encore les empreintes de ses pieds à l'endroit où il a débarqué avant de s'enfoncer dans les terres, les empreintes en question étaient des cavités dans les roches, petits lacs que le va-et-vient des vagues, la marée est haute, renouvelait sans cesse, il est permis de douter bien entendu, les choses dépendent de ce qu'on accepte ou de ce qu'on refuse, si un saint est venu de loin, naviguant sur une dalle, on ne voit pas pourquoi il serait impossible que ses pieds de feu aient pu faire fondre la roche et que cette marque soit restée. Pedro Orce n'a pas d'autre solution qu'accepter la chose et la confirmer, cependant il garde par-devers soi le souvenir d'un autre bateau que lui seul a vu dans la nuit sans étoiles et pourtant peuplée de suprêmes visions.

La mer bondit sur les rochers comme pour lutter contre l'avancée de cette irrésistible marée de pierres et de terre. Ils ne regardent déjà plus le bateau mythique mais les vagues qui se chevauchent, José Anaiço dit, Prenons la route, nous le savions et nous ne l'avions point senti. Et Joana Carda répondit, Quelle destination. Alors Joaquim Sassa prit la parole, Nous sommes cinq personnes et un chien, nous ne tiendrons pas tous dans Deux-Chevaux, c'est un problème qu'il nous faut résoudre, une hypothèse, nous pourrions José et moi partir en quête d'une voiture plus importante, une de celles qu'on abandonne un peu partout, la difficulté sera d'en trouver une en bon état, toutes celles que nous avons vues jusqu'à maintenant étaient défectueuses, On décidera de ce qu'on va faire une fois à la maison, dit José Anaiço, nous avons encore le temps, Mais la maison, mais les terres, murmurait Maria Guavaira, Nous n'avons pas le choix, ou nous partons d'ici, ou nous mourrons tous, dit Pedro Orce, et ces mots-là étaient définitifs.

Après le déjeuner, Joaquim Sassa et José Anaiço prirent Deux-Chevaux pour partir à la recherche d'un véhicule plus important, de préférence une Jeep, une militaire ce serait parfait, ou mieux encore un de ces véhicules de transport, une fourgonnette qu'on pourrait transformer en maison ambulante et en dortoir, mais comme Joaquim Sassa l'avait plus ou moins prévu ils ne trouvèrent rien qui puisse servir, la région n'était d'ailleurs pas très riche en parcs automobiles. Ils revinrent à la tombée du jour par des routes progressivement saturées par un intense trafic, du couchant au levant on assistait au début de la fuite des populations qui vivaient sur la côte, il y avait des automobiles, des chariots, et une fois de plus des ânes immémoriaux et surchargés, et des bicyclettes, peu, compte tenu de la nature accidentée du terrain, des motos et des autocars de cinquante places et plus, qui transportaient des villages entiers, c'était la plus grande migration de toute l'histoire de la Galice. Certains regardaient avec curiosité ces voyageurs qui allaient à contre-courant, on finit par les arrêter, peut-être n'étaient-ils pas au courant de ce qui s'était passé, Nous savons, merci beaucoup, nous allons simplement chercher des gens, pour le moment, il n'y a pas encore de danger, et José Anaiço dit, Si c'est comme ça ici, qu'est-ce que ça sera au Portugal, et soudain l'idée salvatrice surgit, Que nous sommes bêtes, la solution est simple, faisons le voyage deux ou trois fois, autant qu'il sera nécessaire, choisissons un endroit à l'intérieur des terres pour nous installer, ça ne doit pas être difficile de trouver une maison, les gens abandonnent tout. Voilà la bonne nouvelle qu'ils apportèrent, fêtée comme il se doit, ils commenceraient dès le lendemain à choisir et à mettre de côté ce qu'il fallait emporter et, pour avancer le travail, il y eut après le dîner une session plénière, on fit l'inventaire des besoins, on élabora des listes, on supprima, on ajouta, Deux-Chevaux allait devoir beaucoup rouler et transporter.

Le lendemain matin, les journaliers ne vinrent pas et le moteur de Deux-Chevaux refusa de fonctionner. Formulé ainsi, il semble qu'on veuille insinuer qu'il y a une relation certaine entre les deux faits, que, par exemple, les ouvriers agricoles absents ont dérobé une pièce essentielle de l'automobile, par besoin urgent ou par mauvais instinct. Ce n'est pas le cas. Vieux et jeunes se sont trouvés emportés dans l'exode qui dépeuple rapidement toute la frange côtière sur un rayon de plus de cinquante kilomètres, mais, dans trois jours d'ici, quand les habitants de la maison seront partis, le plus jeune travailleur, celui qui courtisait Maria Guavaira et ses terres, dans cet ordre ou dans l'autre, reviendra et nous ne saurons jamais s'il est revenu pour concrétiser son rêve d'être propriétaire de biens fonciers, ne serait-ce que l'espace de quelques jours, avant de mourir dans un cataclysme géologique qui emportera avec lui les terres et son rêve, ou s'il a décidé de monter la garde, luttant contre la solitude et la peur, risquant tout pour pouvoir tout gagner, la main de Maria Guavaira et son pécule, dans le cas, qui sait, où la terrifiante menace ne se concrétiserait pas. Le jour où Maria Guavaira reviendra, si elle revient, elle trouvera un homme creusant la terre ou dormant, épuisé, dans un nuage de laine bleue.

Joaquim Sassa lutta, la journée entière, contre la récalcitrante mécanique, assisté par José Anaiço qui faisait ce qu'il pouvait, mais leurs deux sciences réunies ne furent pas suffisantes pour résoudre le problème. Il ne manquait ni pièce ni énergie, mais, dans les profondeurs intimes du moteur, quelque chose s'était usé et rompu, ou bien s'était lentement abîmé, ça arrive avec les gens, ça peut bien arriver avec les machines, un jour, alors que rien ne le laissait prévoir, le corps dit, Non, ou bien c'est l'âme, l'esprit, la volonté et rien ne peut les faire changer d'avis, Deux-Chevaux en est là elle aussi, elle a amené Joaquim

Sassa et José Anaiço jusqu'ici, elle ne les a pas abandonnés au milieu de la route, ils pourraient au moins l'en remercier au lieu de jouer les furieux, les coups de poing ne résolvent rien, les coups de pied ne la feront pas avancer, Deux-Chevaux est morte. Quand, désespérés, ils rentrèrent à la maison, couverts d'huile, les mains abîmées d'avoir lutté presque sans outils contre des écrous, des vis et des engrenages, et tandis qu'ils se lavaient, tendrement assistés par leurs femmes, l'atmosphère était à la catastrophe, Comment allons-nous sortir d'ici maintenant, demandait Joaquim Sassa qui, en tant que propriétaire de la voiture, se sentait non seulement responsable mais coupable, c'était à ses yeux une ingratitude du destin, une offense personnelle, ce n'est pas parce qu'ils sont absurdes que certains prurits d'honneur nous démangent moins.

Alors on convoqua le conseil de famille, la session promettait d'être agitée, mais Maria Guavaira prit immédiatement la parole pour faire une proposition, J'ai là une vieille guimbarde qui peut peut-être servir, et un cheval qui n'est plus tout jeune mais qui, si on le traite bien, peut encore nous tirer. Il y eut quelques secondes de perplexité, réaction toute naturelle chez des gens habitués à la locomotion automobile et qui se voient soudain obligés, compte tenu des circonstances, de revenir aux vieilles coutumes. Et la guimbarde est couverte, demanda Pedro Orce, pratique, et qui appartenait à une génération plus ancienne, La toile n'est sans doute pas en très bon état mais on la recoudra, j'ai de la grosse toile pour les premiers travaux, Si besoin est, nous pourrons utiliser la capote de Deux-Chevaux, nous n'avons plus besoin d'elle, ce sera comme une dernière faveur qu'on lui fait. Ils sont debout, heureux, l'aventure leur semble incroyable, une guimbarde par le vaste monde, enfin c'est une façon de parler, Allons voir le cheval, allons voir la guimbarde, Maria Guavaira fut forcée de leur expliquer qu'une guimbarde n'a rien d'un carrosse, elle comprend quatre roues, une direction et, sous la bâche qui les abritera des intempéries, suffisamment d'espace pour une famille entière, avec un peu d'ordre et une bonne gestion des moyens, ça ne devrait guère être différent de la maison.

Le cheval est vieux, il les regarde entrer dans l'écurie et, effrayé par la lumière et le vacarme, tourne vers eux ses grands yeux noirs. Tant que ta dernière heure n'a pas sonné, ne désespère pas, tout peut encore arriver, disait le sage, et il avait raison.

Étant loin, nous savons peu de chose des péripéties et autres nœuds coulants de la crise qui agite les gouvernements et qui, latente depuis le début de la dérive de la péninsule, s'est encore aggravée avec la célèbre invasion des hôtels par ces masses ignares qui ont foulé aux pieds la loi et l'ordre, au point que plus personne n'arrive à prévoir comment résoudre la situation dans un proche avenir, ni comment restituer aux propriétaires ce qui leur appartient, conformément aux intérêts supérieurs de la morale et de la justice. Principalement parce qu'on ignore s'il y aura un proche avenir. La nouvelle de la rapide progression, deux kilomètres à l'heure, de la péninsule en direction des Açores, permit au gouvernement portugais, prétextant l'évidente gravité de la conjoncture et le péril collectif imminent, de présenter sa démission, ce qui nous autorise à penser que les gouvernements ne sont efficaces et capables qu'aux moments où on n'a aucune raison majeure d'exiger d'eux le maximum d'efficacité et de capacité. Dans sa déclaration au pays, le Premier ministre souligna que le fait que son gouvernement reposait sur un parti unique était une entrave au large consensus national qu'il estimait, dans les terribles conditions d'angoisse que connaissait le pays, indispensable au rétablissement de la normalité. C'est pourquoi il avait proposé au président de la République la formation d'un gouvernement de salut national auquel pourraient participer toutes les forces politiques, avec ou sans représentation parlementaire, en partant du principe qu'il serait toujours possible de trouver une place de sous-secrétaire adjoint d'un quelconque secrétaire adjoint d'un quelconque ministre adjoint, pour représenter des partis qui, en temps normal, n'auraient même pas été autorisés à ouvrir les portes. Et il n'oublia pas de préciser et de faire comprendre que lui-même et ses ministres se tenaient au service du pays, et qu'ils allaient bientôt collaborer, dans leurs nouvelles fonctions récemment définies, au salut de la patrie et au bonheur du peuple.

Le président de la République accepta la demande de démission et, comme le veut la Constitution et les normes de fonctionnement démocratique des institutions, invita le Premier ministre démissionnaire, dirigeant suprême du parti qui avait obtenu le plus de voix et qui avait jusqu'à cet instant gouverné sans alliances, il l'invita donc à former le gouvernement de salut national proposé. Car, et il est bon que personne n'ait de doutes là-dessus, les gouvernements de salut national sont eux aussi excellents, on peut même dire que ce sont les meilleurs, dommage que les patries n'en aient besoin que de loin en loin, c'est la raison pour laquelle nous n'avons généralement pas de gouvernements qui sachent gouverner nationalement. Un nombre infini de débats entre parlementaires, politologues et autres spécialistes ont déjà eu lieu sur ce sujet délicat entre tous, et toutes ces années n'ont pas ajouté grand-chose à l'évidente signification de ces mots, à savoir qu'un gouvernement de salut national, à partir du moment où il est national et de salut, est de salut national. C'est ce que dirait Pero Grulho et il aurait raison. Et ce qu'il y a de plus intéressant dans tout cela, c'est que, la formation du fameux gouvernement à peine annoncée, les populations se sentirent immédiatement hors de danger ou en voie de l'être, même si, dès la publication de la liste et des portraits ministériels dans la presse et à la télévision, il fut impossible d'éviter certaines manifestations de scepticisme congénital. Finalement ce sont les mêmes têtes, qu'espérait-on puisqu'on refuse de donner les nôtres.

On a parlé des dangers que pourrait courir le Portugal s'il venait à heurter les Açores et évoqué les effets secondaires, ou directs, qui menacent la Galice, mais la situation de la population des îles est à coup sûr beaucoup plus grave. En fin de compte, qu'est-ce qu'une île. Une île, et dans ce cas précis il s'agit d'un archipel entier, est l'affleurement de chaînes sous-marines, c'est-à-dire bien souvent des pics pointus d'aiguilles rocheuses qui se maintiennent debout par miracle sur un fond de milliers de mètres d'eau, une île est, pour résumer, le plus contingent des hasards. Et voici qu'apparaît maintenant quelque chose qui est aussi une île, mais tellement grande et véloce qu'on risque d'assister, et pourvu que ce soit de loin, à la décapitation successive de São Miguel, de l'île Terceira, de São Jorge, de Faial et de bien d'autres îles des Açores, avec de nombreuses pertes en vies humaines si le gouvernement de salut national, qui doit se mettre en place dès demain, ne trouve pas rapidement une solution pour déplacer des centaines de milliers, voire des millions de personnes vers des régions plus sûres, à condition qu'elles existent. Le président de la République, avant même l'entrée en fonction du nouveau gouvernement, a déjà fait appel à la solidarité internationale, laquelle a, on s'en souvient et il ne s'agit là que d'un exemple parmi tant d'autres, permis d'éviter la faim en Afrique. Les pays d'Europe, où, suite à la sérieuse crise d'identité qu'ils traversèrent quand des milliers d'Européens décidèrent de se déclarer ibériques, l'on constate heureusement un certain radoucissement de ton lorsqu'il est question du Portugal et de l'Espagne, accueillirent cet appel avec sympathie et s'enquirent de la façon dont ils souhaitaient être assistés, étant entendu que, comme d'habitude, tout était lié au fait de savoir si nos besoins pouvaient être satisfaits par leurs disponibilités excédentaires. Quant aux États-Unis d'Amérique du Nord, qu'on devrait toujours citer ainsi in extenso, tout en faisant savoir que la formule de gouvernement de salut national ne leur plaisait guère, mais que, enfin, compte tenu des circonstances, ils se déclarèrent donc disposés à évacuer toute la population des Açores, soit à peine deux cent cinquante mille personnes, ce qui ne supprimait évidemment pas le problème de savoir où il conviendrait de les installer ensuite, étant donné que les lois sur l'immigration interdisaient leur entrée dans les États salvateurs, d'ailleurs, si vous voulez qu'on vous le dise, et il s'agit là du rêve secret du Département d'État et du Pentagone, le mieux ce serait encore que les îles, quand bien même cela devrait causer quelques dégâts, immobilisent la péninsule au milieu de l'Atlantique au profit de la paix dans le monde, de la civilisation occidentale et, bien entendu, des positions stratégiques. Quant au peuple, on lui fera uniquement savoir que des escadres nord-américaines ont reçu l'ordre de se diriger vers la région des Açores où vont se regrouper des milliers d'Açoréens, et que les autres seront secourus par le pont aérien qui est en train de s'organiser. Le Portugal et l'Espagne devront résoudre leurs problèmes locaux, les Espagnols ayant toutefois moins de problèmes que nous, car l'histoire et le destin les ont toujours traités avec une plus qu'évidente partialité.

Le cas de la Galice mis à part, le cas et la région étant purement périphériques ou, plus précisément, appendiculaires, l'Espagne est à l'abri des conséquences les plus néfastes de l'abordage, étant donné que le Portugal lui sert en substance de tampon ou de pare-chocs. Il y a des problèmes d'une complexité logistique certaine à résoudre, comme, par exemple, les grandes villes de Vigo, Pontevedra, Saint-Jacques-de-Compostelle et La Corogne, mais quant au reste le peuple des villages est tellement habitué à la précarité de ses conditions de vie que, pratiquement sans attendre les ordres, les conseils ou les opinions, pacifique et résigné, il s'est mis en marche vers l'intérieur, usant des moyens déjà évoqués et d'autres encore, à commencer par le plus primitif de tous, à savoir ses pieds.

Mais la situation du Portugal est radicalement différente. La côte entière, à l'exception de la partie sud de l'Algarve, se trouve exposée à la lapidation des îles açoriennes, et si l'on emploie ici ce terme de lapidation, c'est qu'en fin de compte, au niveau des effets, il n'y a guère de différence entre le fait qu'une pierre nous frappe ou que ce soit nous qui frappions la pierre, tout est affaire de rapidité et d'inertie, sans oublier que la tête, blessée et fendue, peut dans les deux cas réduire en miettes tous ces cailloux. Or, avec une côte pareille, presque intégralement composée de terres basses et de villes assises au bord de l'eau, et compte tenu de l'incurie des Portugais pour tout ce qui concerne les calamités publiques, même les plus insignifiantes, comme un tremblement de terre, une inondation, un feu de forêt, une sécheresse persistante, on est en droit de douter que le gouvernement de salut national puisse accomplir son devoir. La solution consisterait à semer réellement la panique afin que les gens quittent précipitamment leurs maisons et se réfugient dans les champs les plus reculés. Mais ce serait une véritable catastrophe si, au cours du voyage ou une fois installés, ils venaient à manquer de nourriture, car alors impossible d'imaginer jusqu'où pourraient les conduire l'indignation et la révolte. Tout cela nous préoccupe naturellement, mais, confessons-le, cela nous préoccuperait encore bien davantage si le sort n'avait pas voulu que nous nous trouvions en Galice, en train d'observer les préparatifs de départ de Maria Guavaira et de Joaquim Sassa, de Joana Carda et de José Anaiço, de Pedro Orce et du chien, l'importance relative des événements est variable, elle dépend du point de vue, de l'humeur du moment, de la sympathie personnelle, l'objectivité du narrateur est une invention moderne, il suffit de voir que Dieu Notre-Seigneur n'en a pas voulu dans son Livre.

Deux jours ont passé, le cheval, qui se trouvait déjà réduit à la portion congrue, a été gavé, avoine et fèves à discrétion, Joaquim Sassa alla même jusqu'à proposer des soupes de vin, et la guimbarde, une fois les trous de la toile réparés grâce à la bâche ôtée à Deux-Chevaux, offre un confort intérieur qui permettra au moins de se protéger de la pluie, laquelle va revenir avec plus de constance maintenant que septembre est là, d'autant plus que ces terres sont très humides. Au cours de ce va-et-vient, et selon les derniers calculs compétents de José Anaiço, on estime que la péninsule a parcouru environ cent cinquante kilomètres. Il manque donc encore sept cent cinquante kilomètres ou, pour ceux qui préfèrent des mesures plus empiriques, un petit peu plus ou un petit peu moins de quinze jours avant d'assister au premier choc, Jésus Marie Joseph, pauvres Alentejanos, heureusement qu'ils ont l'habitude et que, comme les Galiciens, ils ont la peau si dure qu'on pourrait à leur propos rappeler les mots anciens, qualifier leur peau de cuir et nous dispenser de plus amples explications. Ici, dans ces terres septentrionales, dans cette paradisiaque vallée de la Galice, on a largement le temps de mettre la compagnie à l'abri. La guimbarde a déjà des matelas, des draps et des couvertures, chacun a mis ses bagages à l'intérieur et il y entre encore une batterie de cuisine, de la nourriture pour les premiers jours, des tortillas pour être plus précis, et des aliments rustiques et divers faits à la maison, des haricots blancs et des rouges, du riz et des pommes de terre, un baril d'eau, un tonneau de vin, deux poules à cuire, l'une d'elles mouchetée de blanc et de noir a déjà le cou plumé, de la morue, un bidon d'huile, une fiole de vinaigre et du sel, car on ne peut s'en passer à moins d'avoir échappé au baptême, du poivre et du piment en poudre, tout le pain qui restait à la maison, de la farine dans un sac, du foin, de l'avoine et des fèves pour le cheval, quant au chien, pas besoin de s'en occuper, il se débrouille tout seul, s'il accepte quelque chose, c'est uniquement pour faire plaisir. Maria Guavaira, sans dire pourquoi, et d'ailleurs, si on le lui avait demandé, elle n'aurait sans doute pas su expliquer son geste, tricota avec le fil bleu des bracelets pour tout le monde et des colliers pour le chien et le cheval. La montagne de laine est si haute qu'on ne s'aperçoit même pas de la différence. De toute façon, même si elle avait voulu l'emporter, ce qui n'était pas prévu, elle n'aurait pu la faire tenir dans la guimbarde et puis où donc se serait allongé le jeune travailleur qui doit venir s'installer ici.

La dernière nuit qu'ils passèrent à la maison, ils se couchèrent tard, discutant pendant des heures comme s'ils devaient se dire adieu dès le lendemain et partir chacun dans une direction différente. Mais le fait de rester ainsi, ensemble, était encore un moyen de se donner du courage, on sait que les branches commencent à se briser à l'instant même où elles se séparent du fagot, tout ce qui doit se rompre est déjà rompu. Sur la table de la cuisine, ils déplièrent la carte de la péninsule qui apparaissait, et cela semblait maintenant incongru, encore rattachée à la France, et ils tracèrent l'itinéraire de leur première et inaugurale journée, en prenant bien soin de choisir les parcours les moins accidentés, compte tenu des faibles forces du cheval famélique. Mais il leur faudra faire un détour vers le nord jusqu'à La Corogne, car c'est là qu'est enfermée la mère folle de Maria Guavaira, le simple amour filial commande en effet qu'elle aille la retirer de Rilhafoles*, car on imagine la panique dans la maison de fous lorsqu'ils verront une île forcer leurs portes et foncer, énorme, à travers la ville, poussant devant elle les bateaux qui étaient à l'ancre, tandis que tous les carreaux de toutes les fenêtres de l'avenue côtière se briseront au même instant, et que les fous croiront, si tant est que leur folie le leur permet, que le jour du jugement est enfin arrivé. Maria Guavaira a eu l'honnêteté de dire, Je ne sais comment sera notre vie avec ma mère dans la guimbarde, encore qu'elle ne soit pas violente, mais ce sera l'affaire de quelques jours, juste le temps d'arriver en lieu sûr, soyez patients. Ils répondirent

---

* Nom d'un ancien hôpital psychiatrique.

qu'ils le seraient, qu'elle ne devait pas s'inquiéter, que tout allait s'arranger au mieux, mais nous savons bien que le plus grand amour lui-même ne résiste pas au contact de sa propre folie, alors comment supporter celle d'un autre et, dans ce cas précis, la mère folle de l'un des fous. José Anaiço eut heureusement la bonne idée de proposer de téléphoner dès que possible, pour prendre des nouvelles. Les autorités sanitaires avaient fort probablement transféré, ou elles étaient en train de le faire, les aliénés dans un endroit sûr, car ce naufrage n'est pas banal, on sauve en premier ceux qui sont déjà perdus.

Les couples se retirèrent enfin dans leurs chambres pour faire ce qu'on fait toujours en pareille occasion, qui sait si l'on reviendra ici un jour, alors que restent au moins les échos de l'amour charnel humain, celui qui n'a pas son semblable parmi les autres espèces parce qu'il est fait de soupirs, de murmures, de mots impossibles, de salive et de sueur, d'agonie, de martyre imploré, Pas encore, on meurt de soif et on refuse l'eau libératrice, Maintenant, maintenant, mon amour, voilà ce que la vieillesse et la mort vont nous voler. Pedro Orce, qui est vieux et qui porte déjà le premier stigmate de la mort, la solitude, est sorti une fois de plus de la maison pour aller voir le bateau de pierre, le chien qui a tous les noms et aucun l'accompagne, et si quelqu'un déclare que, si le chien est là, alors Pedro Orce n'est pas tout seul, nous lui rappellerons l'origine lointaine de l'animal, les chiens viennent tous de l'enfer, et comme leur vie est longue ils ne peuvent tenir compagnie à personne, ce sont les humains qui, parce qu'ils vivent si peu longtemps, tiennent compagnie aux chiens. Le bateau de pierre est là, sa proue est haute et effilée comme la première nuit, Pedro Orce ne s'en étonne pas, chacun de nous voit le monde avec ses yeux, et les yeux voient ce qu'ils veulent, les yeux font la diversité du monde et fabriquent des merveilles, même si elles sont de pierre, et de hautes proues, même si elles ne sont qu'illusion.

La matinée s'est levée couverte, pluvieuse, et cette façon de parler, si elle est courante, n'est pas tout à fait exacte, car les matinées ne se lèvent pas, c'est nous qui nous levons et constatons une fois à la fenêtre que le ciel est bouché par des nuages bas et qu'une petite pluie fine tombe qui mouille les imbéciles qui sont allés se mettre dessous, et cependant, la force de la tradition est si grande que, si nous tenions le journal de bord de ce voyage, le chroniqueur du navire rédigerait sans nul doute sa première page ainsi, Le jour s'est levé, couvert et pluvieux, comme si les cieux désapprouvaient l'aventure, dans ce genre d'occasion, qu'il pleuve ou qu'il fasse beau, on invoque toujours les cieux. On a poussé Deux-Chevaux pour qu'elle aille prendre la place de la guimbarde sous l'auvent ou, plus exactement, sous le chaume, car cela n'est pas un garage mais une remise ouverte à tous les vents. Ainsi abandonnée, débarrassée de la toile qui a servi à réparer la bâche de la guimbarde, elle a déjà l'air d'une ruine, il lui arrive la même chose qu'aux gens lorsqu'ils ne servent plus, ils sont finis, ils sont finis dès qu'ils cessent de servir. Sa sortie à l'air libre a, en dépit de sa vétusté, rajeuni la guimbarde, et la pluie qui tombe est comme un bain de jouvence, l'effet de l'action est toujours admirable, voyez le cheval sous le ciré qui protège ses reins, on se plaît à l'imaginer cheval de tournoi, caparaçonné pour la bataille.

Ces longues descriptions ne devraient pas étonner, elles montrent ce qu'il en coûte aux gens de s'arracher aux lieux où ils ont été heureux, d'autant que ceux-ci ne cèdent pas à la panique incontrôlée, Maria Guavaira ferme soigneusement les portes, libère les poules qui restent, fait sortir les lapins du clapier et le porc de la porcherie, ces animaux sont accoutumés à ce que la table soit mise, les voici maintenant remis à la grâce de Dieu, sinon aux arts du diable, car le cochon est bien capable de faire une razzia parmi les autres animaux. Quand le plus jeune des journaliers reviendra, il devra briser une fenêtre pour pouvoir entrer dans la maison, il n'y a personne à des lieues à la ronde pour témoigner du fait, J'ai pensé bien faire, dira-t-il, et c'est peut-être vrai.

Maria Guavaira monta à l'avant, Joaquim Sassa s'installa à côté d'elle, le parapluie ouvert, il est de son devoir de suivre la femme aimée et de la protéger du mauvais temps, il ne peut hélas guider à sa place, car, des cinq personnes présentes, seule Maria Guavaira sait conduire la guimbarde et le cheval. Un peu plus tard, quand le ciel sera plus serein, elle donnera des leçons, Pedro Orce mettra un point d'honneur à être le premier à recevoir les rudiments, c'est très généreux de sa part, car ainsi les deux couples pourront, sans être séparés, se reposer sous la bâche et, le siège du cocher étant très spacieux, ils pourront voyager à trois, solution idéale pour l'intimité de ceux qui restent et qui, même silencieux, sont ensemble et sereins. Maria Guavaira a secoué les rênes, le cheval attelé au timon de la voiture, sans partenaire, a donné une première secousse, éprouvant du même coup la résistance des tirants puis le poids de la charge, la mémoire est revenue dans ses vieux os et dans ses muscles, et le son presque oublié de la terre écrasée sous le roulement du fer a recommencé. Tout s'apprend, s'oublie et se réapprend en fonction des besoins. Durant une centaine de mètres, le chien a suivi la guimbarde sous la pluie. Puis il a compris qu'il pouvait voyager, à pied toujours, mais à l'abri. Il s'est mis sous la guimbarde, a réglé son pas sur celui du cheval et il en sera ainsi durant tout le voyage, qu'il pleuve ou qu'il fasse beau, sauf lorsque l'envie le prendra de jouer les éclaireurs et de se distraire par des allées et venues qui n'ont apparemment aucun sens mais qui font que les hommes et les chiens se ressemblent tant.

Ils n'avancèrent guère ce jour-là. Il fallait ménager le cheval, d'autant que le terrain accidenté lui demandait beaucoup d'efforts parce qu'il devait tirer dans les montées et freiner dans les descentes. Partout où portait le regard, on ne voyait pas âme qui vive, Nous devons être les derniers à quitter les lieux, dit Maria Guavaira, et le ciel bas, la lumière grise, le paysage désolé figuraient déjà l'évanouissement d'un monde dépeuplé qui, parce qu'il était fatigué d'avoir tant souffert et tant vécu, d'avoir vu tant de morts et tant d'acharnement à vivre, méritait quelque compassion. Mais dans cette guimbarde itinérante, il y a des amours nouvelles, et les nouvelles amours, comme ne l'ignorent pas les observateurs, sont la chose la plus puissante qui existe au monde, c'est pourquoi elles ne craignent pas les accidents, car elles sont elles-mêmes la représentation suprême de l'accident, éclair subit, chute souriante, renversement. Il ne faut donc pas se fier aveuglément aux premières impressions, cet adieu quasi funèbre à un pays désert sous la pluie mélancolique, mieux vaudrait, si l'on n'était pas si discret, prêter l'oreille à la conversation de Joana Carda et de José Anaiço, de Maria Guavaira et de Joaquim Sassa, le silence de Pedro Orce est plus discret encore, on pourrait dire de lui qu'il n'a pas l'air d'être là.

Le premier village qu'ils traversèrent n'avait pas été abandonné par tous ses habitants. Certains vieillards avaient déclaré à leurs enfants et à leurs familles affligées que, mourir pour mourir, ils préféraient que ce soit ainsi plutôt que de faim ou d'une maladie maligne, si un individu a été si glorieusement choisi pour s'en aller mourir avec son propre monde, et même s'il ne s'agit point d'un héros wagnérien, le Walhalla suprême l'attend, celui où se conjuguent toutes les catastrophes. Les vieux Galiciens ou les vieux Portugais, tout ça c'est la même galicerie ou portugaiserie, ignorent toutes ces choses, mais, pour une raison inexplicable, ils ont déclaré, Je ne sortirai pas d'ici, partez si vous avez peur, et cela ne signifie nullement qu'ils soient suprêmement courageux, mais seulement qu'à cet instant précis de leur vie ils viennent enfin de comprendre que le courage et la peur sont simplement les deux plateaux oscillants d'une balance dont le fléau reste immobile, paralysé d'étonnement par l'inutile invention des émotions et des sentiments.

Quand la guimbarde traversa le village, la curiosité, qui

est probablement la dernière qualité que l'on perd, fit sortir les vieux dans la rue, ils hochaient lentement la tête, et c'était comme s'ils se disaient adieu à eux-mêmes. José Anaiço déclara alors qu'il serait sage de profiter de l'une des maisons inhabitées, ici ou dans un autre village, ou encore dans un endroit retiré, pour dormir, il y aurait certainement des lits, plus de confort que dans la guimbarde, mais Maria Guavaira déclara qu'elle ne s'installerait jamais dans l'une de ces maisons sans l'autorisation des propriétaires, il y a ainsi des gens scrupuleux, d'autres voient une fenêtre close et ils la brisent, plus tard ils diront, J'ai pensé bien faire, et qu'il s'agisse de leur bien à eux ou de celui d'un autre, le doute subsistera toujours en ce qui concerne le premier et le dernier motif. José Anaiço regretta son idée, qui n'était pas mauvaise mais absurde, les mots de Maria Guavaira avaient suffi à définir une règle de dignité, Suffistoi à toi-même aussi longtemps que tu le pourras, ensuite confie-toi à qui le mérite, et si ce quelqu'un te mérite, ce sera mieux encore. À la façon dont vont les choses, ces cinq-là semblent se mériter réciproquement et complémentairement, ils restent donc dans la guimbarde, mangent les tortillas, parlent du voyage fait et du voyage à faire, Maria Guavaira a renforcé avec la théorie les leçons pratiques de conduite qu'elle a données, le cheval, sous un arbre, triture et retriture sa ration d'avoine, le chien se contente cette fois de sa ration domestique, il traîne dans le coin, flairant et terrifiant les engoulevents. Il a cessé de pleuvoir. Une lanterne illumine l'intérieur de la guimbarde, si quelqu'un passait, il dirait, Oh, un théâtre, et s'il est vrai que ce sont des personnages, ils ne sont pas en représentation.

Quand Maria Guavaira, demain, pourra enfin téléphoner à La Corogne, on lui dira que sa mère et les autres malades ont déjà été transférés vers l'intérieur, Et comment va-t-elle, Aussi folle qu'avant, mais cette réponse s'applique à tout le monde. Ils vont poursuivre le voyage jusqu'à ce qu'ils rencontrent des régions habitées. Là, ils attendront.

Une fois constitué, le gouvernement de salut national des Portugais se mit immédiatement au travail et le Premier ministre parut à la télévision pour y prononcer une phrase que l'histoire devait forcément retenir, quelque chose du genre, Sang, sueur et larmes, ou, Enterrer les morts et soigner les vivants, ou, Gloire à la patrie car la patrie vous contemple, ou, Le sacrifice des martyrs fera germer les moissons de l'avenir. Dans le cas qui nous occupe et compte tenu des particularités de la situation, le Premier ministre jugea préférable de dire tout simplement, Portugais, Portugaises, le salut est dans la fuite.

Cependant, arriver à loger le plus loin possible à l'intérieur des terres les millions de gens qui vivaient sur la frange du littoral était une tâche tellement compliquée qu'il n'y eut personne pour prétendre, et cela eût été parfaitement insensé, qu'il avait un plan national d'évacuation capable d'intégrer les initiatives locales. Pour ce qui est de la ville et de la banlieue de Lisbonne, par exemple, l'analyse de la situation et les mesures qui en découlent sont parties d'un présupposé objectif et subjectif à la fois, et qui pouvait se résumer de la manière suivante, La grande majorité, pour ne pas dire la majorité écrasante des habitants de Lisbonne ne sont pas natifs de la ville et ceux qui y sont nés se trouvent liés aux premiers par des liens familiaux. Les conséquences d'un tel fait sont considérables et déterminantes, et la première, c'est que les uns et les autres devront se déplacer vers leurs lieux d'origine où, en règle générale, ils ont encore de la famille, quand bien même les aléas de l'existence les ont fait se perdre de vue, cette occasion forcée va être à l'origine d'une nouvelle harmonie dans les familles, en apaisant les anciens conflits, les haines nées des héritages ou des mauvais partages, les disputes qui succèdent aux médisances, le grand malheur qui nous tombe dessus aura au moins le mérite de rapprocher les cœurs. La seconde conséquence, qui découle naturellement de la première, touche au problème de l'alimentation des personnes déplacées. Car ici aussi, et sans que l'État soit obligé d'intervenir, la communauté familiale aura un grand rôle à jouer, ce qui, traduit en chiffres, peut prendre la forme d'une actualisation macroéconomique du vieux dicton, Quand il y en a pour deux, il y en a pour trois, résignation arithmétique bien connue des familles qui attendent un enfant, maintenant on pourra dire, et sur un ton empreint d'une plus grande autorité, Quand il y en a pour cinq millions, il y en a pour dix, et avec un doux sourire, Un pays n'est rien d'autre qu'une grande famille.

Les solitaires, les sans-famille, les misanthropes, eux, n'auraient point cette ressource, mais ils ne se verraient pas pour autant exclus de la société, il faut faire confiance à la solidarité spontanée, à cet irrépressible amour du prochain qui se manifeste en toute occasion, et notamment lors des voyages en chemin de fer, surtout dans les secondes classes, quand arrive l'heure d'ouvrir le panier à provisions, la mère de famille n'oublie jamais d'inviter les voyageurs inconnus, ceux qui sont les plus proches d'elle notamment, à partager son repas, Voulez-vous quelque chose, demande-t-elle, et si quelqu'un accepte on ne s'en formalise pas, quand bien même on espère que tous répondront en chœur, Non merci beaucoup, bon appétit. Mais la véritable difficulté c'est le logement, car offrir un petit pâté de morue et un verre de vin c'est une chose, mais proposer la moitié du lit dans lequel on va dormir en est une autre, bien différente, cependant, si l'on arrive à faire entrer dans la tête des gens que ces solitaires et ces abandonnés sont de nouvelles incarnations du Seigneur, tel qu'il apparut quand il parcourait le monde déguisé en pauvret pour éprouver la bonté des hommes, alors on trouvera toujours pour eux un dessous d'escalier, le recoin d'un grenier ou, plus ruralement, un toit et une botte de paille. Dieu alors pourra se multiplier autant qu'il lui plaira, il sera traité comme le mérite celui qui a créé l'humanité.

On a parlé de Lisbonne, mais, avec une différence terminologique strictement quantitative, on aurait aussi bien pu parler de Porto ou de Coimbra, de Setúbal ou d'Aveiro, de Viana ou de Figueira, sans oublier cette poussière de villages et de bourgs disséminés un peu partout, encore que dans certains cas il soit permis de se poser la troublante question de savoir où doivent aller les gens qui vivent précisément là où ils sont nés, et ceux qui, vivant dans un village du littoral, sont nés dans un autre village situé lui aussi sur le littoral. Ces nœuds gordiens une fois soumis au Conseil des ministres, le porte-parole fit parvenir la réponse suivante, Le gouvernement compte sur l'esprit d'initiative privée pour résoudre, peut-être d'une façon originale et, qui sait, pour le bénéfice ultérieur de toute la population, les situations qui n'entrent pas dans le plan national d'évacuation et de réinstallation des populations. Voilà pourquoi, autorisés par nos supérieurs à laisser de côté ces destins personnels, nous nous bornerons à considérer, dans le cas de Porto, les seuls patrons et collègues de Joaquim Sassa. Il suffira de dire que si ce dernier, poussé par la discipline et sa conscience professionnelle, était descendu au roulement des tambours des montagnes galiciennes, abandonnant amour et amis à leur sort, il aurait trouvé le bureau fermé avec sur la porte un écriteau où figurait le dernier avis de la direction, Les employés qui rentrent de vacances sont priés de se présenter dans nos nouvelles installations de Penafiel, où nous espérons continuer de recevoir les commandes de nos estimés clients. Et les cousins de Joana Carda, ceux d'Ereira, se trouvent présentement à Coimbra, dans la maison du cousin abandonné qui ne leur a pas fait bonne figure, et ça se comprend, finalement c'est lui qui est malheureux, encore qu'il ait eu une lueur d'espoir quand il a cru que les cousins venaient en avant pour préparer le retour de la fugitive, mais quand, leur séjour se prolongeant, il demanda, Et Joana, sa cousine contrite confessa, Nous ne savons rien, elle était à la maison, mais elle a disparu bien avant cette pagaille, depuis nous n'avons plus jamais eu de ses nouvelles, elle s'est bien gardée de parler de ce qu'elle connaît de l'histoire, car si le peu qu'elle sait a suffi à l'effrayer, que dirait-elle si elle connaissait le reste.

Le monde est donc en suspens, dans une expectative anxieuse, que va-t-il, que ne va-t-il pas arriver aux plages lusitaniennes et galiciennes, à l'occident. Mais nous le répétons une fois encore, bien qu'avec lassitude, il n'existe pas de chose mauvaise qui ne porte en elle quelque chose de bon, c'est en tout cas le point de vue des gouvernements européens, qui, d'une heure à l'autre, et parallèlement aux salutaires résultats de la répression déjà évoquée, virent diminuer et s'éteindre, presque intégralement, l'enthousiasme révolutionnaire des jeunes auxquels leurs sages parents disent maintenant, Tu vois, mon enfant, le danger que tu aurais couru si tu avais persisté à vouloir être ibérique, et l'enfant, enfin édifié, répond, Oui, papa. Tandis que se déroulent ces scènes de réconciliation familiale et de pacification sociale, les satellites géostationnaires, réglés pour maintenir une position relativement constante, envoient vers la terre des photographies et des mesures, les premières invariables, naturellement quant à la forme de l'objet en déplacement, quant aux secondes, elles enregistrent à chaque minute qui passe une réduction de près de trente-cinq mètres de distance entre la grande île et les petites. À une époque comme la nôtre, qui connaît les accélérateurs de particules, il serait par trop dérisoire de se soucier de trente-cinq mètres par minute, mais si l'on se souvient qu'au-delà de ces plages douces et agréables, au-delà de ces côtes pittoresques et découpées, de ces terrasses escarpées surplombant la mer, cinq cent quatre-vingt mille kilomètres carrés de superficie et une quantité incalculable, astronomique de millions de tonnes avancent, si, et nous ne parlons que des montagnes et des chaînes, nous essayons de nous représenter ce que va donner l'inertie de tous les systèmes orographiques de la péninsule actuellement en mouvement, sans oublier les Pyrénées réduites à la moitié de leur ancienne grandeur, alors il ne nous reste plus qu'à admirer le courage de ces peuples où tant de sangs se sont mêlés, et louer aussi leur sens fataliste de l'existence qui, avec l'expérience accumulée au cours des siècles, a fini par se condenser en une formule célèbre, Parmi tous ces morts et tous ces blessés, il y en aura bien un pour sauver sa peau.

Lisbonne est une ville déserte. Quelques patrouilles de l'armée circulent encore, assistées par des hélicoptères semblables à ceux qu'on a vus en France et en Espagne au moment de la rupture et au cours des journées confuses qui suivirent. Tant qu'ils ne recevront pas l'ordre de se retirer, ce qui est prévu dans les vingt-quatre heures qui précéderont le choc, les soldats ont pour mission de veiller et de surveiller, encore que ça n'en vaille guère la peine, étant donné que toutes les valeurs ont depuis longtemps été retirées des banques. Mais personne ne pardonnerait à un gouvernement d'abandonner une ville comme celle-ci, belle et harmonieuse tant par ses proportions que par le bonheur qu'elle procure, comme on va inévitablement en convenir dès qu'elle aura été détruite. C'est pourquoi les soldats sont ici en tant que représentants symboliques du peuple absent, garde d'honneur qui, si elle en a le temps, tirera les dernières salves à l'instant suprême où la ville s'enfoncera dans l'eau.

En attendant, les soldats tirent quelques coups de fusil sur les cambrioleurs et les pilleurs, guident et orientent les rares personnes qui s'obstinent à ne pas vouloir abandonner leurs maisons et celles qui se sont finalement décidées à partir, et, lorsqu'ils rencontrent, comme cela arrive de temps à autre, des fous qui errent dans les rues, de ces doux dingues qui ont eu, par malchance, le droit de sortir de l'asile le jour de la débandade, et qui, non prévenus, ou n'ayant pas compris qu'ils devaient rentrer, finissent par traîner dans le coin, à l'abandon, on constate alors deux manières d'agir. Certains gradés considèrent que le fou est encore plus dangereux que le voleur, ce dernier conservant du moins un jugement égal au sien. Dans ce cas, ils ne réfléchissent pas à deux fois et donnent l'ordre de faire feu. D'autres, moins intolérants et surtout conscients de la nécessité vitale qu'il y a à décompresser, principalement en temps de guerre ou assimilé, autorisent leurs subordonnés à se divertir aux dépens du pauvre fou, puis le laissent ensuite poursuivre tranquillement sa route, sauf si au lieu d'un fou c'est une folle, et cela sûrement parce que dans la troupe, mais aussi en dehors d'elle, bien des individus abusent de la vérification élémentaire et évidente, à savoir que le sexe, instrumentalement parlant, n'est pas dans la tête.

Mais quand, dans les avenues de la ville, dans ses rues et sur ses places, dans ses quartiers et dans ses jardins, on n'aperçut bientôt plus personne, quand plus une seule ombre ne vint se dessiner derrière les fenêtres, quand les canaris qui n'étaient pas encore morts de faim et de soif chantèrent dans le silence absolu de la maison ou du balcon pour des jardins déserts, quand les eaux des fontaines et des bornes-fontaines brillèrent au soleil et qu'aucune main ne vint plus s'y tremper, quand les yeux morts des statues se mirent à chercher alentour des yeux qui les regarderaient, quand les portails ouverts des cimetières montrèrent qu'il n'y a pas de différence entre l'une et l'autre absence, quand, enfin, la ville fut tout près de cette minute d'agonie, attendant qu'une île de la mer vienne la détruire, c'est alors qu'eut lieu la merveilleuse histoire et le sauvetage miraculeux du navigateur solitaire.

Il y avait plus de vingt ans que le navigateur courait les mers du globe. Il avait hérité du bateau, ou il l'avait acheté, ou bien un autre navigateur, qui avait lui aussi voyagé durant vingt ans, lui en avait fait cadeau, et avant lui, si les mémoires au bout de tant de temps ne finissent pas par tout mélanger, il semble qu'un autre navigateur avait lui aussi sillonné les océans durant vingt ans, en solitaire. L'histoire des bateaux et des marins qui les gouvernent est pleine de péripéties avec tempêtes épouvantables et accalmies plus terrifiantes que le pire des typhons, et pour que l'élément romantique ne fasse pas défaut, on a l'habitude de dire, et l'on a même écrit des chansons là-dessus, que dans chaque port il y a une femme qui attend le matelot, manière particulièrement optimiste de voir les choses mais que les choses de la vie et les attitudes de la femme démentent la plupart du temps. Quand un navigateur solitaire débarque, c'est pour faire le plein d'eau, pour s'approvisionner en tabac et en pièces de moteur, ou pour acheter de l'huile et du carburant, des produits de pharmacie, des aiguilles pour les voiles, un ciré pour la pluie et les embruns, des hameçons, du fil à pêche, ou bien encore le journal du jour qui lui confirme ce qu'il savait déjà, et qui ne valait pas la peine, mais jamais au grand jamais le navigateur solitaire ne met pied à terre dans le but de trouver une femme qui lui tiendrait compagnie au cours de son périple. S'il arrive qu'une femme soit précisément là à l'attendre, il serait absurde de la dédaigner, mais en général c'est elle qui décide, et pour le temps qu'elle veut, jamais le navigateur solitaire ne lui dirait, Attends-moi, je reviendrai un jour, il ne se permettrait pas de lui faire une pareille demande, Attends-moi, car lui-même ne peut garantir qu'il reviendra ce jour-là ou un autre, et s'il revient, combien de fois lui arrive-t-il de trouver le quai désert ou d'y voir une femme qui en attend un autre, d'ailleurs il n'est pas rare que, si ce dernier n'arrive pas, l'autre qui vient de débarquer le remplace. La faute, faut-il le dire, n'incombe ni aux femmes ni aux navigateurs mais à cette solitude qui est parfois si difficile à supporter, c'est elle qui pousse le navigateur vers le port et la femme vers le quai.

Enfin, il s'agit là de considérations spirituelles et métaphysiques auxquelles nous n'avons pu résister, mais si elles sont fidèles aux simples faits, elles ne les rendent pas plus limpides. Pour parler plus simplement, nous dirons que, très au large de cette péninsule transformée en île ambulante, le navigateur solitaire naviguait avec sa voile et son moteur, sa radio et sa longue-vue, et cette infinie patience de celui qui a un jour décidé de partager sa vie entre le ciel et la mer. Le vent est brusquement tombé, alors il a ramené la voile, et la large vague sur laquelle voguait le bateau a lentement perdu de sa vigueur, sa crête s'est affaissée, au bout d'une heure la mer était plate et calme, il semblait impossible que cet abîme d'eau, avec ses milliers de mètres de profondeur, puisse se maintenir en équilibre sur lui-même sans tomber d'un côté ou de l'autre, l'observation ne paraîtra stupide qu'à ceux pour qui toutes les choses de ce monde s'expliquent par le simple fait qu'elles sont comme elles sont, on peut l'admettre évidemment, mais ça ne suffit pas. Le moteur fonctionne, tunc-tunc, tunc-tunc, aussi loin que porte le regard, la mer correspond scintillement pour scintillement à la classique image du miroir, et le navigateur, bien qu'il ait depuis longtemps discipliné son sommeil et sa veille, ferme les yeux, engourdi par le soleil, et il s'endort, il a cru que plusieurs minutes s'étaient écoulées ou même plusieurs heures, alors que cela n'a duré que quelques secondes, et le voici qui se réveille, secoué par ce qu'il croit être un énorme fracas, dans la confusion du sommeil il a rêvé qu'il venait de heurter une carcasse d'animal, une baleine.

Encore tout ensommeillé, le cœur battant à un rythme saccadé, il a cherché l'origine du bruit, sans s'apercevoir tout de suite que le moteur s'était arrêté. Le silence soudain l'a tout à fait réveillé, mais son corps, pour pouvoir s'éveiller de façon plus naturelle, avait inventé un Léviathan, un choc, un coup de tonnerre. Des avaries de moteur, c'est la chose la plus banale sur mer et sur terre, nous en connaissons un qu'on n'a pu réparer, son âme était morte, alors on l'a abandonné dans un hangar ouvert à tous les vents, là-bas vers le nord, où il est en train de se couvrir de rouille. Mais ce navigateur n'est pas comme les automobilistes, il a de l'expérience et il s'y connaît, il a acheté des pièces de rechange la dernière fois qu'il a touché terre et femme, il va démonter tout ce qu'il pourra, sonder le mécanisme. Peines perdues. Le mal est dans les bielles et il est profond, les chevaux de ce moteur sont blessés à mort.

Le désespoir, chacun sait cela, est humain, l'histoire naturelle n'a jamais fait mention d'animaux désespérés. Mais ce même homme, qu'on ne peut séparer du désespoir, s'est habitué à vivre avec lui, il le supporte jusque dans ses extrêmes limites, et ce n'est pas une avarie de moteur au milieu de l'océan qui va faire dresser les cheveux sur la tête du navigateur, ni lui faire implorer les cieux ou lancer contre eux des imprécations et des anathèmes, tous aussi inutiles les uns que les autres, le remède c'est d'attendre, celui qui a emporté le vent le ramènera. Mais le vent, qui s'en est allé, n'est pas revenu. Les heures ont passé, la nuit est tombée, un autre jour s'est levé et la mer ne bouge toujours pas, un simple fil de laine suspendu ici tomberait comme s'il était de plomb, il n'y a pas le plus petit mouvement de vague, c'est un bateau de pierre sur une dalle de pierre. Le navigateur n'est pas très inquiet, ce n'est pas le premier calme plat, mais la radio, et ça c'est inexplicable, a elle aussi cessé de fonctionner, on n'entend plus qu'un bourdonnement, celui de l'onde porteuse, si elle existe encore et porte autre chose que le silence, comme si au-delà de ce cercle d'eau figée le monde s'était tu, pour assister, invisible, à l'angoisse croissante du navigateur, à sa folie, à sa mort en mer, peut-être. La nourriture et l'eau ne manquent pas, mais les heures passent, chacune plus longue que la précédente, le silence se resserre autour du bateau comme les anneaux d'un cobra soyeux, de temps à autre, le navigateur frappe le plat-bord avec un croc, il veut entendre un son qui ne soit pas celui de son propre sang coulant dans ses veines, ou celui de son cœur qu'il oublie parfois, alors il se réveille croyant s'être déjà réveillé, car il vient de rêver qu'il était mort. La voile est levée contre le soleil, mais l'immobilité de l'air retient la chaleur, le navigateur solitaire a la peau brûlée, les lèvres éclatées. La journée est passée, une autre encore, toute semblable. Le navigateur se réfugie dans le sommeil, bien que la petite cabine soit comme un four le navigateur y est descendu, il n'y a là qu'un seul lit étroit, preuve qu'il est réellement solitaire, et complètement nu, d'abord inondé de sueur puis la peau sèche, hérissée de frissons, il lutte contre ses rêves, une allée d'arbres très hauts, oscillant sous le vent qui agite les feuilles d'un côté puis de l'autre, puis qui s'arrête pour recommencer tout aussitôt. Le navigateur se réveille pour boire de l'eau et l'eau est épuisée. Il retourne au sommeil, les arbres ne bougent plus mais une mouette est venue se poser sur le mât.

Une masse immense et obscure avance à l'horizon. Quand elle s'approche davantage, on peut voir les maisons au bord des plages, les phares comme des doigts blancs dressés, une mince ligne d'écume et, au-delà de la large embouchure d'un fleuve, une grande ville construite sur les collines, un pont rouge qui relie les deux rives, vu à cette distance, on dirait un dessin à la pointe sèche. Le navigateur continue de dormir, abîmé dans une ultime torpeur, mais le rêve est soudain revenu, une brise rapide agite les branches des arbres, le bateau oscille dans le clapotis de la barre et, avalé par le fleuve, il s'enfonce dans les terres, sauvé de la mer, encore immobile, tandis que la terre, elle, ne l'est pas. Le navigateur solitaire a éprouvé jusque dans ses os et dans ses muscles le balancement, il a ouvert les yeux, songé, Le vent, le vent est revenu, et presque sans forces il s'est laissé glisser de sa couchette, s'est élancé dehors, il lui sembla mourir et renaître dans la même seconde, la lumière du soleil l'aveugla, mais c'était une lumière qui venait de la terre et portait avec elle ce qu'elle avait pu dérober au vert des arbres, au noir profond des champs, aux couleurs douces des maisons. Il était sauvé, et il ne comprit pas tout de suite comment, l'air ne bougeait pas, le souffle du vent n'avait été qu'une illusion. Il mit du temps à comprendre que ce qui l'avait sauvé c'était une île entière, l'antique péninsule qui avait navigué à sa rencontre et qui lui avait ouvert les bras d'un fleuve. Et cela paraissait tellement impossible que le navigateur solitaire, qui plusieurs jours auparavant avait entendu parler du détachement géologique, tout en sachant qu'il se trouvait sur la route du navire terrestre, n'avait jamais imaginé qu'il pourrait être sauvé de cette façon, car c'était la première fois que cela se produisait depuis qu'il y a des naufrages et des naufragés. À terre, cependant, on ne voyait personne, aucune ombre sur le tillac des bateaux à l'ancre ou amarrés, le silence une fois encore est celui de la mer cruelle, C'est Lisbonne, a murmuré le navigateur, mais où sont les gens. Les fenêtres de la ville étincellent, on voit des voitures et des autocars arrêtés, une immense place entourée d'arcades, un arc de triomphe au fond avec des statues de pierre aux couronnes de bronze, d'après la couleur c'est sûrement du bronze. Le navigateur solitaire, qui connaît les Açores et sait les trouver tant sur la carte que sur la mer, se souvient alors que les îles sont sur le chemin de la collision, ce qui l'a sauvé, lui, va les détruire, elles, ce qui va les détruire le détruira lui aussi s'il ne quitte pas rapidement ces parages. Sans vent, moteur arrêté, il ne peut remonter le fleuve, l'unique solution c'est de gonfler le canot de sauvetage, de jeter l'ancre pour immobiliser le bateau, geste inutile, et de ramer jusqu'à terre. L'énergie revient toujours quand l'espoir renaît.

Le navigateur solitaire s'est habillé pour débarquer, pantalon, chemise, bonnet sur la tête, espadrilles, le tout blanc comme neige, c'est le point d'honneur des marins. Il a tiré le canot pneumatique sur les marches inclinées du quai, est resté sans bouger durant quelques secondes pour regarder, attendant que ses forces reviennent, mais surtout laissant à quelqu'un le temps d'apparaître, de quitter l'ombre des arcades, ou que les voitures et les autocars se remettent à fonctionner, que la place se remplisse de monde, peut-être qu'une femme va s'approcher de lui en souriant et en balançant doucement les hanches, sans exagérer, juste l'appel insinuant qui perturbe le regard et le discours de l'homme, surtout s'il vient tout juste de mettre pied à terre. Mais ce qui était désert le resta. Le navigateur comprit enfin ce qu'il n'avait pas encore compris, Ils sont tous partis à cause du choc avec les îles. Il regarda derrière lui, vit son bateau au milieu du fleuve, c'était la dernière fois, il en était sûr, même un cuirassé ne pourrait échapper au terrible abordage, alors que pouvait faire une simple coquille de noix à voile, abandonnée par son propriétaire. Le navigateur, encore chancelant à cause de sa longue immobilité, traversa la place, avec sa peau brûlée, ses cheveux hérissés hors du bonnet, ses espadrilles qui glissaient, il ressemblait à un épouvantail. En approchant du grand arc il leva les yeux, se mit à lire les mots latins *Virtutibus Majorum ut sit omnibus documento PPD*, il n'a jamais appris le latin mais il comprend vaguement que le monument est consacré aux vertus des ancêtres du peuple de ce pays, et il avance dans une rue étroite, bordée d'immeubles tous identiques, jusqu'à ce qu'il débouche sur une autre place, plus petite, avec un édifice grec ou romain au fond, et, au beau milieu, deux fontaines avec des femmes nues, l'eau ruisselle et il éprouve soudain une grande soif, le désir de plonger sa bouche dans cette eau et son corps dans cette nudité. Il avance les mains en avant, en transes, comme dans un délire ou dans un rêve, et il murmure sans savoir ce qu'il dit, il sait seulement ce qu'il veut.

La patrouille a surgi au coin de la rue, cinq soldats commandés par un sous-lieutenant. Ils ont vu le fou qui faisait des gestes de fou, ils l'ont entendu prononcer des incohérences de fou, l'ordre fut inutile. Le navigateur solitaire resta étendu à terre, il avait encore du chemin à parcourir pour arriver jusqu'à l'eau. Les femmes sont de fer, c'est bien connu.

Ces jours-là furent également ceux du troisième exode.

Le premier, dont il a déjà été largement question, avait été celui des touristes étrangers qui avaient fui, épouvantés, devant ce qui n'était encore, comme le temps passe, que la simple menace de voir les Pyrénées se fendre jusqu'au niveau de la mer, et il est dommage que l'accident inopiné ne se soit pas arrêté là, vous imaginez un peu l'orgueil de l'Europe, disposant soudain, à toutes fins utiles, d'un canyon géologique en comparaison duquel celui du Colorado aurait l'air d'une rigole. Le deuxième exode, celui des riches et des puissants, eut lieu quand, la fracture devenue irréversible, la péninsule se mit à dériver de façon nonchalante, comme si elle pesait le pour et le contre, démontrant ainsi, et, à notre avis, de façon définitive, la précarité des structures et des idées bien arrêtées. On put alors constater que l'édifice social, en dépit de toute sa complexité, n'est rien qu'un château de cartes, solide en apparence seulement, car, dès qu'on donne une secousse à la table sur laquelle il est construit, tout s'écroule. Et dans le cas qui nous occupe, et pour la première fois dans l'histoire, la table avait bougé toute seule, mon Dieu, mon Dieu, fuyons pour sauver nos précieux biens et nos précieuses vies.

Le troisième exode, celui dont il était question avant que nous ne nous mettions à résumer les deux autres, eut en quelque sorte deux composantes, ou deux parties, les-quelles, si l'on tient compte des différences essentielles qui les distinguent, devraient, c'est l'avis de quelques-uns, leur valoir le titre de troisième et de quatrième exode. Demain, c'est-à-dire dans un avenir lointain, les historiens qui se consacreront à l'étude des événements qui, dans un sens non seulement allégorique mais littéral, ont changé la face du monde décideront, et souhaitons qu'ils y mettent toute la pondération et l'impartialité de ceux qui observent sans passion les phénomènes du passé, s'il convient ou non d'opérer le dédoublement que d'aucuns préconisent déjà aujourd'hui. Ces derniers considèrent en effet que mettre sur un même pied d'égalité la retraite de millions d'indivi-dus quittant le littoral pour l'intérieur et la fuite de plusieurs milliers d'individus vers l'étranger révèle un manque total de sens critique et de notion des proportions, quand bien même on a pu constater une indéniable coïncidence de temps entre l'un et l'autre exode. Comme il n'entre pas dans nos intentions de prendre parti dans ce débat et moins encore d'avancer une opinion, il ne nous en coûte guère de reconnaître que, la peur étant identique, les uns et les autres n'usèrent pas des mêmes moyens pour y remédier.

Dans le premier cas, on assista à la réaction commune aux gens pas très riches qui, lorsque les autorités et les pénibles circonstances les obligent à s'en aller vers d'autres lieux, espèrent au mieux sauver leur vie par les moyens traditionnels, miracle, chance, hasard, sort, bonne étoile, prière, foi dans le Saint-Esprit, talisman, amulette et petite corne pendues autour du cou, médaille bénie, plus tout ce que nous ne mentionnerons pas afin d'économiser l'espace mais qui peut être résumé sous cette formule célèbre entre toutes, Mon heure n'avait pas encore sonné. Dans le second cas, les fugitifs étaient des individus disposant de larges ressources, de moyens rapides, qui avaient attendu un peu pour voir où tout cela allait aboutir, mais comme il n'y avait désormais plus de place pour le doute, ils avaient commencé d'envahir les avions du nouveau pont aérien, les paquebots, cargos et autres embarcations de moindre envergure chargèrent tout ce qu'il leur fut possible d'emporter, nous jetterons un voile pudique sur les épisodes qui se déroulèrent alors, subornations, intrigues, trahisons, crimes même, on assassina pour un simple billet, spectacle ignominieux, mais le monde étant ce qu'il est, ce serait faire preuve d'ingénuité que d'en attendre autre chose. Enfin, tout bien considéré, il est fort probable que les livres d'histoire finiront par mentionner quatre exodes et non trois, non par excès de rigueur classificatrice, mais pour ne point mélanger les torchons et les serviettes.

Soulignons toutefois ce qui, dans l'analyse sommaire que voici, pourrait refléter, encore qu'involontairement, une certaine attitude mentale entachée de manichéisme, c'est-à-dire une certaine inclination pour une vision idéalisante des classes subalternes et une condamnation préalable des classes supérieures, étiquetées, et pas toujours de façon adéquate, de riches et de puissantes, ce qui, naturellement, ne peut que susciter haines et antipathies, lesquelles vont de pair avec ce sentiment mesquin qu'est l'envie, source de tous les maux. Les pauvres existent sans aucun doute, difficile de nier cette évidence, mais on ne doit pas les survaloriser. D'autant plus qu'ils ne sont pas, n'ont pas été, comme il aurait pourtant convenu dans ces circonstances, un modèle de patience, de résignation, de discipline librement consentie. Celui qui, parce qu'il est loin de ces événements et de ces lieux, a pu s'imaginer que les fuyards ibériques, entassés dans des maisons, des refuges, des hôpitaux, des casernes, des entrepôts, des baraquements, ou sous les tentes et les abris de fortune qu'on a pu réquisitionner, plus tous ceux que les militaires ont cédés et montés, et tous les autres, plus nombreux encore, qui n'ont pu trouver d'abri et qui vivent sous les ponts, sous les arbres, dans les voitures abandonnées, quand ce n'est pas carrément à la belle étoile, celui qui a cru que Dieu était venu vivre au milieu de ces anges connaît sans doute très bien Dieu et les anges mais ignore tout des hommes.

On peut dire sans exagération aucune que l'enfer, qui, aux temps mythologiques, était uniformément réparti sur toute la péninsule ainsi que nous l'avons rappelé au début de notre récit, se trouve à présent concentré sur une étroite bande verticale d'environ trente kilomètres de large, qui va du nord de la Galice à l'Algarve, et il y a peu de gens pour croire à l'effet de pare-chocs des terres inhabitées de l'Occident. Si, par exemple, le gouvernement espagnol, confortablement installé à l'intérieur, n'a pas eu besoin de quitter Madrid, par contre, qui veut trouver le gouvernement portugais doit maintenant se rendre jusqu'à Elvas, qui est la ville la plus éloignée de la côte si, partant de Lisbonne, on trace une ligne droite plus ou moins horizontale et transversale. Parmi les réfugiés mal alimentés, mal reposés, avec les personnes âgées qui meurent, les enfants qui pleurent et crient, les hommes sans travail, les femmes qui ont la responsabilité de toute la famille, les conflits se succèdent, les mots méchants, les désordres et les agressions, les vols de vêtements et de nourriture, les expulsions et les attaques et, qui l'eût cru, une sorte de libertinage s'est installé qui a transformé ces campements en bordels collectifs, une honte, un mauvais exemple pour les plus âgés des enfants qui, s'ils savent encore qui sont leur père et leur mère, ignorent quels enfants ils sont eux-mêmes en train de fabriquer, et où et avec qui. Bien évidemment, l'importance de cet aspect de la question est moindre que ce qu'il semble à première vue, étant donné le peu d'intérêt dont font montre les historiens d'aujourd'hui pour tout ce qui touche aux périodes qui, pour une raison ou pour une autre, présentent, comme c'est le cas ici, des points de ressemblance. En fin de compte, en période de crise, le libre exercice de la chair est sans doute ce qui convient le mieux aux intérêts profonds de l'humanité et de l'homme, tous deux opprimés, en général, par la morale. Mais comme l'hypothèse est controversée nous poursuivrons, une simple allusion suffit à satisfaire les scrupules de l'observateur impartial.

Au milieu de ce désordre et de cette confusion, il existe pourtant une oasis de paix, ces sept êtres qui vivent dans l'harmonie la plus parfaite, deux femmes, trois hommes, un chien et un cheval, encore que ce dernier taise bien des motifs de plainte qu'il pourrait avoir en ce qui concerne notamment la distribution des tâches, car il est seul à tirer une guimbarde chargée, enfin tout cela finira bien par s'arranger un jour. Les deux femmes et deux des hommes forment deux couples, et ils sont heureux, seul le troisième homme n'a point de partenaire, mais, étant donné son âge, ce manque ne lui coûte peut-être pas, on n'a du moins, en ce qui le concerne, pas encore noté l'un de ces signes manifestes de nervosité qui dénoncent une surabondance des glandes. Quant au chien, si, lorsqu'il part en quête de nourriture, il cherche et trouve d'autres satisfactions, nous l'ignorons, le chien, qui est pourtant dans ce domaine le plus exhibitionniste des animaux, compte certains individus particulièrement discrets, pourvu que personne n'ait l'idée de suivre celui-ci, il y a des curiosités malsaines qu'il est de notre devoir de réprimer. Ces considérations sur les relations et les comportements n'auraient peut-être pas été autant marquées par la sexualité si les couples qui se sont formés, nouveauté de leur passion ou intensité de cette dernière, ne s'étaient montrés si exubérants dans leurs démonstrations, ce qui, précisons-le avant qu'on ne songe à mal, ne signifie pas qu'ils passent leur temps à s'enlacer et à se bécoter, jusqu'à présent ils se sont retenus, mais ils ne peuvent dissimuler l'aura qui les environne ou qu'ils émettent, il y a de cela quelques jours, Pedro Orce, du haut d'une colline, a aperçu la splendeur de ce brasier. Ici, en bordure de la forêt où ils vivent désormais, suffisamment éloignés des villages pour s'imaginer qu'ils sont seuls, suffisamment proches pour que l'approvisionnement ne se transforme pas en casse-tête, ils pourraient croire au bonheur s'ils ne vivaient, et pour combien de jours encore, sous la menace du cataclysme. Mais ils en profitent, pourrait-on dire, comme l'a conseillé le poète, *Carpe diem*, le mérite de ces antiques citations latines c'est qu'elles contiennent tout un monde de doubles et de triples sens, sans compter les latents et les indéfinis, car, lorsqu'on traduit cette expression par, Profitez de la vie, par exemple, cela donne une petite chose fade et insipide qui ne mérite même pas l'effort qu'on fait pour la trouver. C'est pourquoi nous persistons à dire, *Carpe diem*, et nous nous sentons comme des dieux qui auraient décidé de ne plus être éternels pour pouvoir, au sens strict de l'expression, profiter du temps.

Quel temps reste-t-il, on l'ignore. Les radios et les télévisions fonctionnent vingt-quatre heures sur vingt-quatre, il n'y a déjà plus d'informations à heure fixe, les programmes sont interrompus à tout instant pour donner lecture du dernier bulletin et les nouvelles se succèdent, nous sommes à trois cent cinquante kilomètres de distance, à trois cent vingt-sept, nous venons d'apprendre que les îles de Santa Maria et de São Miguel ont été totalement évacuées, on procède en toute hâte à l'évacuation des derniers habitants, nous sommes à trois cent douze kilomètres, un petit groupe de scientifiques nord-américains est resté à la base de Lajes qu'il ne quittera, par voie aérienne, bien entendu, qu'au dernier moment afin d'assister, d'en haut, à la collision, nous disons simplement collision, sans adjectif, on n'a pas donné satisfaction au gouvernement portugais qui souhaitait qu'un scientifique portugais se joigne au groupe à titre d'observateur, il ne reste plus que trois cent quatre kilomètres, les responsables des programmes culturels et de variétés de la télévision et de la radio discutent pour savoir ce que, compte tenu de la gravité de la situation, ils doivent passer, de la musique classique, disent les uns, la musique classique est déprimante, rétorquent les autres, le mieux ce serait de la musique légère, des chansonnettes françaises des années trente, des fados portugais, des malagueñas espagnoles et autres sévillanas et beaucoup de rock et beaucoup de folk, les vainqueurs de l'Eurovision, mais ces musiques joyeuses vont choquer et offenser les gens qui vivent des heures véritablement cruciales, protestent les classiques, les marches funèbres seraient encore pire, allèguent les modernes, on ne sort pas de là, un pas en avant, un pas en arrière, on continuait d'avancer, il manque deux cent quatre-vingt-cinq kilomètres.

La radio de Joaquim Sassa a été utilisée avec parcimonie, il reste encore quelques piles neuves qu'il vaut mieux économiser, nul ne sait ce que l'avenir nous réserve, c'est une expression populaire, une de celles dont on se sert fréquemment, mais dans ce cas précis on pourrait presque parier sur ce que va être cet avenir, mort et destruction, millions de cadavres, une moitié de la péninsule submergée. Les minutes pendant lesquelles la radio ne fonctionne pas deviennent rapidement insupportables, le temps se fait palpable, visqueux, il serre la gorge, et, bien qu'on soit encore loin, on croit à tout instant sentir le choc, qui donc pourrait supporter semblable tension, Joaquim Sassa allume la radio, *E uma casa portuguesa com certeza é com certeza uma casa portuguesa*, chante la voix délicieuse de la vie, *Donde vas de manton de Manila donde vas con el rojo clavel*, le même bonheur, la vie même, mais dans une autre langue, tout le monde alors pousse un soupir de soulagement, ils se sont rapprochés de la mort de vingt kilomètres mais qu'importe, la mort n'a pas encore été annoncée, les Açores ne sont pas en vue, Chante, petite, chante.

Ils sont assis à l'ombre d'un arbre, ils viennent de finir de manger, et ils ressemblent à des nomades par leurs manières et leurs vêtements, tant de transformations en si peu de temps, voilà où mène le manque de confort, les vêtements sont sales et chiffonnés, les hommes ont une barbe de plusieurs jours, ne les réprimandons pas, et elles non plus qui n'utilisent désormais pour leurs lèvres que la couleur naturelle, pâle à cause des soucis, peut-être qu'au dernier moment, afin d'accueillir dignement la mort, elles se maquilleront de nouveau, mais cette vie qui s'achève n'en mérite pas tant. Maria Guavaira s'est appuyée contre l'épaule de Joaquim Sassa, elle lui a pris la main, deux larmes glissent entre ses cils, ce n'est pas la crainte de ce qui va arriver, c'est l'amour qui est monté jusqu'à ses yeux. Et José Anaiço attire Joana Carda dans ses bras, il lui baise le front puis les paupières qui se ferment, si cet instant pouvait me suivre là où je vais, je n'en demande pas davantage, juste un moment, celui-ci, pas précisément cet instant dont il est maintenant question, l'autre, celui qui le précède, celui qui a précédé le précédent, celui qu'on distingue à peine d'ici, je ne l'ai pas retenu tandis que je le vivais, maintenant il est trop tard. Pedro Orce s'est levé, il s'éloigne, ses cheveux blancs brillent au soleil, lui aussi porte son aura de lumière froide. Le chien l'a suivi, tête basse. Ils ne vont pas aller très loin. À présent ils restent ensemble le plus possible, aucun d'eux ne veut être seul à l'instant où surviendra la catastrophe. Le cheval, qui est, les savants l'affirment, l'unique animal qui ignore qu'il va mourir, se sent heureux en dépit des grandes fatigues de la longue marche. Il mastique son avoine, se secoue pour se défaire des taons, balaie avec les longs crins de sa queue sa croupe pie, et il ignore probablement qu'il aurait dû finir ses jours, poussif, dans la semi-obscurité d'une écurie en ruine, au milieu des toiles d'araignée et du crottin, il est bien vrai que le malheur des uns fait le bonheur des autres, même si c'est pour peu de temps.

La journée est passée, une autre lui a succédé et s'en est allée elle aussi, il manque cent cinquante kilomètres. On sent la peur croître comme une ombre noire, la panique est comme une inondation qui recherche les points faibles de la digue, ronge ses fondations et finit par la briser, et les gens qui s'étaient jusque-là tenus à peu près tranquilles dans les lieux où ils s'étaient installés, comprenant qu'ils sont maintenant trop près de la côte, à soixante-dix, quatre-vingts kilomètres, ont commencé à se déplacer, car ils s'imaginaient que les îles allaient se mettre à fendre la terre avant d'arriver jusqu'à eux, et que la mer allait tout envahir, le cône du Pico pareil à un fantôme, et qui sait si à cause du choc le volcan n'allait pas entrer en activité, Mais il n'y a pas le moindre volcan sur l'île de Pico, et on ne prêtait pas plus attention à cette explication-là qu'aux autres. Les routes furent, bien entendu, rapidement saturées, chaque carrefour ressemblait à un nœud impossible à défaire, il fut bientôt impossible d'avancer ou de reculer, ils étaient faits comme des rats, mais rares étaient ceux qui acceptaient de renoncer aux pauvres effets qu'ils transportaient pour tenter de sauver leur vie dans les champs paisibles. Pour soutenir cette vague en donnant le bon exemple, le gouvernement portugais abandonna la sécurité d'Elvas pour aller s'installer à Évora, et celui d'Espagne alla se loger, très confortablement, à León, d'où il se mit à diffuser des communiqués que le président de la République d'ici et le roi de la monarchie de là-bas signèrent, chacun de leur côté, car nous avons, c'est lamentable, oublié de dire que le président et le roi ont partagé toutes les affres de leurs gouvernements respectifs, et si nous n'avions point corrigé cette omission nous serions obligés de le faire maintenant car l'un et l'autre se sont offerts pour aller à la rencontre des masses déboussolées et, les bras ouverts, pour leur offrir leur vie en sacrifice, résultat d'un geste violent ou d'un accident, une fois de plus *Friends, Romans, countrymen, and so, and so*, non, majesté, non, monsieur le président, une foule en panique et qui par-dessus le marché est ignare ne comprendrait pas, il faut être civilisé et très cultivé pour voir un roi ou un président bras ouverts au milieu de la route et s'arrêter pour savoir ce qu'il veut. Mais il y en eut d'autres qui, dans un accès de colère, se retournèrent pour crier, Plutôt mourir que vivre comme ça, finissons-en, et qui se mirent à attendre en regardant les montagnes sereines à l'horizon, la rosée du matin, l'azur profond de la chaude après-midi, la nuit étoilée, la dernière peut-être, mais quand viendra l'heure je ne détournerai pas les yeux.

Alors, la chose eut lieu. À soixante-quinze kilomètres environ de l'extrémité orientale de l'île de Santa Maria, sans que rien ne l'eût laissé prévoir, sans qu'on eût éprouvé la plus légère secousse, la péninsule commença de naviguer vers le nord. Durant plusieurs minutes, tandis que dans tous les instituts géographiques d'Europe et d'Amérique du Nord les observateurs analysaient, incrédules, les données reçues par satellite et hésitaient à les rendre publiques, des millions d'individus terrorisés tant en Espagne qu'au Portugal avaient échappé à la mort et l'ignoraient. Au cours de ces quelques minutes, certains, qui souhaitaient mourir, se jetèrent dans de tragiques bagarres, tandis que d'autres, qui ne supportaient plus d'avoir peur, se suicidaient. Certains demandaient pardon pour leurs péchés et d'autres, jugeant qu'ils n'avaient plus le temps de se repentir, demandaient à Dieu et au diable de leur indiquer quels nouveaux péchés ils pouvaient encore commettre. Certaines femmes donnèrent le jour en désirant que leur enfant fût mort-né, et d'autres apprirent qu'elles étaient enceintes d'un enfant qu'elles n'auraient jamais pensé avoir. Et quand un cri universel résonna dans le monde, Ils sont sauvés, ils sont sauvés, certains refusèrent de le croire et continuèrent de pleurer leur fin toute proche, mais il n'y eut bientôt plus de doute, les gouvernements le juraient sur tous les tons, les savants venaient fournir des explications, on racontait que le salut était dû à un puissant courant maritime artificiellement produit, et savoir si c'étaient les Nord-Américains ou les Soviétiques qui étaient à l'origine de la chose donnait lieu à un vaste débat.

La joie, telle une traînée de poudre, emplit de rires et de danses toute la péninsule, et plus particulièrement la large bande où s'étaient regroupées les millions de personnes déplacées. La chose eut heureusement lieu en plein jour, à l'heure du déjeuner pour ceux qui avaient de quoi manger, sinon la confusion et le chaos auraient été épouvantables, commentaient les autorités responsables, mais ils se repentirent bientôt de cette opinion précipitée car, à peine eut-on la certitude de la véracité de la nouvelle, des milliers et des milliers de gens prirent le chemin du retour, et il fallut, de façon cruelle, faire circuler l'hypothèse que la péninsule pouvait reprendre son trajet initial, un peu plus au nord toutefois. Ils n'y crurent pas tous, surtout parce qu'une inquiétude nouvelle s'était subrepticement glissée dans l'esprit des gens, ils revoyaient leurs villes, leurs bourgs et leurs villages abandonnés, la ville, le bourg ou le village où ils avaient vécu, la rue où ils habitaient, et la maison, la maison pillée par des individus résolus, qui ne croient pas aux contes de bonne femme ou qui assument les risques hypothétiques, habitués qu'ils sont de par leur profession à faire chaque nuit un triple saut périlleux, et ces visions-là n'étaient pas le produit d'une imagination malade, car, dans ces parages déserts, tous les voleurs, les filous, les vauriens anciens et modernes rôdaient déjà, en prenant toutes sortes de précautions mais avec leurs visées malhonnêtes en tête, et le mot d'ordre de la corporation circulait entre eux, Le premier arrivé se sert, le suivant se cherchera une autre maison, pas d'embrouilles, il y en aura pour tout le monde. Qu'aucun d'entre eux ne se laisse tenter par la maison de Maria Guavaira, cela vaudrait mieux pour lui, car l'homme qui se trouve à l'intérieur a un fusil de chasse chargé et il n'ouvrira la porte qu'à la maîtresse des lieux pour lui dire, J'ai veillé sur vos biens, maintenant épousez-moi, à moins qu'épuisé par ses veilles, fatigué, il ne se soit endormi sur la montagne de laine bleue, ratant ainsi sa vie d'homme.

Faisant preuve de prudence, les Açoréens ne regagnèrent pas immédiatement leurs îles et leurs maisons, mettons-nous à leur place, le danger immédiat s'est éloigné, c'est vrai, mais il rôde toujours dans les parages, on dirait une nouvelle version du pot de terre et du pot de fer, sauf, et la différence est considérable, qu'avec l'argile d'ici on n'a pu faire que des petits vases, il n'y en avait pas assez pour fabriquer la marmite d'un continent, d'ailleurs, si ce dernier a bien existé, il a fini par sombrer, on l'appelait l'Atlantide, et il faut être vraiment bête pour n'avoir rien appris avec l'expérience, ou avec son souvenir, aussi faux l'un que l'autre. Mais le sentiment qui retient sous l'arbre les cinq individus qui s'y trouvent n'est pas la prudence, à présent que tous se sont mis en route vers les côtes du Portugal et de Galice, sorte de retour triomphal avec des branches, des fleurs, des orphéons, des feux d'artifice, des cloches qui sonnent sur leur passage, les familles regagnent leurs foyers, il leur manque peut-être des choses mais la vie est revenue avec eux, et c'est ça le plus important, la vie, la table sur laquelle on mange, le lit dans lequel on dort et où cette nuit, par pure jubilation, on va faire le plus joyeux amour du monde. Sous l'arbre, avec la guimbarde qui attend et le cheval qui a déjà repris des forces, les cinq personnes qui sont restées en arrière regardent le chien comme si c'était de lui que devait venir l'ordre ou le conseil, Toi qui es venu d'on ne sait où, toi qui m'es apparu un jour, arrivant de loin, si fatigué que tu t'es laissé faire, toi qui es passé alors que je montrais à ces hommes l'endroit où j'avais griffé le sol avec un bâton et qui nous as regardés, toi qui nous attendais à côté de la voiture que nous avions laissée sous le hangar, toi qui avais un fil de laine bleue dans la gueule, toi qui nous as guidés par tant de routes et par tant de chemins, toi qui es allé avec moi jusqu'à la mer et qui as trouvé le bateau de pierre, indique-nous, par un mouvement, un geste, un signe, puisque tu ne sais plus aboyer, dis-nous où nous devons aller, car aucun de nous ne souhaite retourner dans la maison de la vallée, ce serait pour nous tous le début de l'ultime retour, l'homme qui veut m'épouser me dirait, Madame, épousez-moi, le chef du bureau où je travaille me dirait, J'ai besoin de cette facture, mon mari me dirait, En fin de compte te voilà de retour, le père du plus mauvais élève me dirait, Professeur, donnez-lui quelques coups de règle, la femme du notaire qui se plaint de maux de tête me dirait, Donnez-moi des comprimés pour la migraine, dis-nous donc où nous devons aller, lève-toi et avance, ce sera notre destin.

Le chien, qui était étendu sous la guimbarde, leva la tête comme s'il avait entendu des voix et, se dressant brusquement, courut vers Pedro Orce qui lui prit la tête entre ses mains, Si tu veux, je t'emmène avec moi, dit-il, les mots seuls furent prononcés par l'homme. Maria Guavaira, propriétaire du cheval et de la guimbarde, n'a encore rien dit, mais Joana Carda a regardé José Anaiço qui a compris son regard, Décidez ce que vous voulez, moi je ne rentre pas, alors Maria Guavaira dit à haute et intelligible voix, Il y a un temps pour rester et un temps pour partir, le temps de rentrer n'est pas encore venu, et Joaquim Sassa demanda, Où aller, N'importe où, au hasard, Allons de l'autre côté de la péninsule, proposa Pedro Orce, je n'ai jamais vu les Pyrénées, Tu ne les verras pas davantage cette fois-ci, une moitié est restée en Europe, rappela José Anaiço, Peu importe, on connaît le géant à son doigt. Ils fêtèrent la décision mais Maria Guavaira dit, Le cheval nous a menés seul jusqu'ici, mais il ne pourra faire le reste du voyage tout seul, il est vieux et une guimbarde est faite pour être tirée par deux chevaux, avec un seul cheval, c'est une guimbarde manchote, Alors, interrogea Joaquim Sassa, Il faut en trouver un autre, Ça ne va pas être facile de trouver des chevaux par ici, de plus je crois qu'un cheval coûte cher, nous n'aurons sans doute pas assez d'argent.

La difficulté paraît insoluble, mais nous allons assister à une démonstration supplémentaire de la ductilité de l'esprit humain, il y a encore quelques jours, Maria Guavaira rejetait sans ambages l'idée de dormir dans une maison inoccupée, la leçon retentit encore aux oreilles de ceux qui s'en souviennent, et voici qu'à présent, nécessité fait loi, Maria

Guavaira se déclare prête à condamner une vie entière de propreté morale, pourvu que personne ne lui jette au visage son laisser-aller, On ne va pas l'acheter, on va le voler, ce sont ses propres mots, et c'est au tour de Joana Carda de tenter de corriger, de manière indirecte afin de ne pas heurter sa susceptibilité, Je n'ai jamais rien volé de ma vie. Un silence pesant tomba, il leur fallait s'habituer aux nouveaux codes moraux, ce fut Pedro Orce qui, contrairement à l'habitude qui veut que ce soient les vieillards endurcis qui respectent le mieux l'antique loi, ce fut donc lui qui fit le premier pas, Nous ne volons jamais rien dans notre vie, c'est toujours dans la vie des autres, voilà qui pourrait constituer la maxime d'un philosophe cynique et ce n'est pourtant que le simple constat d'un fait avéré, Pedro Orce, souriant, donnait le change, mais les mots étaient dits. Très bien, c'est décidé, nous allons voler un cheval, mais comment allons-nous nous y prendre, on tire au sort pour savoir qui va se lancer dans l'expédition, C'est à moi d'y aller, dit Maria Guavaira, vous, vous ne connaissez rien aux chevaux, vous seriez incapables d'en ramener un, Je t'accompagne, dit Joaquim Sassa, mais si le chien pouvait venir avec nous ce serait parfait, en cas de mauvaise rencontre il pourrait nous défendre.

Cette nuit-là ils sortirent tous trois du campement et se dirigèrent vers l'est où peut-être, la région étant restée relativement calme, ils avaient davantage de chances de trouver ce qu'ils cherchaient. Avant de partir, Joaquim Sassa dit, Nous ignorons combien de temps cela va nous prendre, attendez-nous ici, En y réfléchissant bien, ne serait-il pas préférable que vous rameniez une grande voiture dans laquelle nous pourrions tous tenir, les bagages et le chien y compris, dit José Anaiço, Une voiture de cette sorte n'existe pas, il faudrait un camion, de plus, je te rappelle qu'on n'en trouverait pas un seul en état de marche et capable de rouler, et puis il y a le cheval, on ne peut pas l'abandonner comme ça, Un pour tous et tous pour un, avaient crié autrefois les trois mousquetaires qui étaient quatre, et qui sont cinq à présent, sans compter le chien. Et le cheval.

Maria Guavaira et Joaquim Sassa prirent la route, l'animal flairant les vents et scrutant les ombres les précédait. L'expédition a quelque chose d'absurde, chercher un cheval, Une mule ferait également l'affaire, a déclaré Maria Guavaira, sans savoir s'il existait un animal de cette sorte à cinq lieues à la ronde, un bœuf serait sans doute plus facile à trouver mais on n'attelle pas un bœuf et un cheval ensemble à une guimbarde, ni un âne d'ailleurs, car dans ce cas précis, compte tenu du chargement, ce serait associer deux faiblesses dans le but d'en faire une seule force et cela n'arrive que dans les paraboles comme celle du berceau d'osier, déjà citée. Ils marchèrent, marchèrent, chaque fois qu'ils apercevaient dans une trouée des champs des habitations et des chaumières de laboureurs, ils quittaient la route, s'il y a des chevaux, ils sont là, car c'est d'un animal de trait que nous avons besoin, pas d'un cheval de manège ni d'un trotteur. À peine s'étaient-ils approchés que les chiens se mettaient à aboyer, mais ils se calmaient presque aussitôt, on ne saura jamais quels étaient les talents du chien, le gardien le plus bruyant et le plus frénétique devenait subitement muet, non que le fauve féroce venu de l'au-delà l'eût tué, en ce cas on aurait entendu des rumeurs de lutte, des gémissements de douleur, et si l'on ne peut dire que le silence est sépulcral c'est que, de fait, personne n'est mort.

L'aurore était déjà levée, Maria Guavaira et Joaquim Sassa pouvaient à peine remuer leurs pieds tant ils étaient fatigués, il avait dit, Nous devons trouver un endroit pour nous reposer, mais elle insistait, Cherchons, cherchons, et ils cherchèrent si bien qu'ils finirent par trouver, car ils trouvèrent, ils ne découvrirent pas, et cela se passa de la manière la plus simple du monde, le ciel s'éclaircissait déjà, la nuit noire à l'orient s'était transformée en un azur profond, quand en contrebas d'un chemin ils entendirent un hennissement étouffé, doux miracle, il est là, ils se rendirent sur place et trouvèrent un cheval pie, ce n'était pas Dieu Notre-Seigneur qui l'avait placé là pour enrichir son catalogue de miracles, mais le propriétaire légitime de l'animal à qui le maréchal-ferrant avait déclaré, Mettez-lui cet onguent sur sa blessure et laissez-le dormir à la belle étoile, faites ça trois nuits de suite en commençant un vendredi, et si le cheval n'est pas guéri je vous rends votre argent et je perds le nom que je porte. Si l'on ne trouve pas rapidement un couteau pour couper sa corde, un cheval entravé n'est pas un animal qu'on puisse transporter sur son dos, mais Maria Guavaira sait comment parler à ces bêtes, et malgré la nervosité de l'animal qui ne reconnaît pas celle qui le conduit, elle réussit à le guider vers l'ombre des arbres et là, courant le risque d'être foulée ou de recevoir un violent coup de sabot, elle réussit à défaire le nœud de la rude corde, généralement, dans ce genre de situation, on fait un nœud facile à dénouer, mais peut-être que par ici on ignore cette science. Heureusement, le cheval avait compris qu'on voulait le libérer, la liberté est toujours bonne à prendre, quand bien même on va vers l'inconnu.

Ils revinrent par des chemins détournés, se fiant plus que jamais au talent du chien pour les prévenir en cas d'approche suspecte et les sortir d'affaire lors de voisinages inopportuns. Quand le jour fut tout à fait levé, alors qu'ils se trouvaient déjà loin du lieu du vol, ils commencèrent à rencontrer des gens dans les champs et sur les routes, mais personne ne connaissait le cheval, et quand bien même ils l'auraient connu, ils n'auraient pu le reconnaître, par manque d'attention sans doute, tant était admirable et innocent le tableau, pour ainsi dire médiéval, formé par la demoiselle assise en amazone sur la haquenée, avec, la précédant et tenant l'animal par la bride qu'ils n'avaient, par bonheur, pas oublié d'emporter, un chevalier allant à pied. Le dogue complétait cette vision enchanteresse qui paraissait un rêve aux yeux de certains, tandis que d'autres y voyaient le signe d'un changement de vie, tous ignorent qu'il s'agit là de deux méchants voleurs de chevaux, et s'il est vrai que les apparences sont trompeuses, on ignore bien souvent qu'elles trompent deux fois, c'est là une excellente raison de faire confiance à nos premières impressions et de ne pas pousser l'enquête plus loin. Voilà pourquoi aujourd'hui bien des gens vont déclarer, Ce matin j'ai aperçu Amadis et Oriane, elle allait à cheval, lui à pied, un chien les accompagnait, Ce n'était sûrement pas Amadis et Oriane, on n'a jamais vu de chien avec eux, Je les ai vus, c'est suffisant, ce témoignage en vaut bien cent, Mais il n'est jamais question d'un chien dans la vie, les amours et les aventures de ces deux-là, Alors, il faut récrire leur vie, et autant de fois qu'il sera nécessaire pour y faire tout entrer, Tout, Enfin, le plus possible.

Ils arrivèrent au campement où on les accueillit avec des embrassades et des rires au début de l'après-midi. Le cheval pie jeta un regard en coin sur l'alezan qui soufflait, Il a une blessure, presque sèche, à la croupe, on lui a sûrement appliqué un onguent, et on l'a laissé dehors trois nuits durant, à dater d'un vendredi, c'est un remède infaillible.

Tandis que les populations regagnent leurs foyers et que la vie reprend lentement, comme on a coutume de le dire, son cours normal, les débats entre scientifiques sur les causes de la dérive *in extremis* de la péninsule quand rien ne semblait pouvoir éviter la catastrophe ont le vent en poupe. Les thèses sont nombreuses, pratiquement toutes contradictoires, ce qui a mathématiquement contribué à rendre irréductibles les savants polémistes.

Une première thèse soutient la fortuité absolue de la nouvelle direction, car, étant donné que cette dernière fait un angle rigoureusement droit avec la précédente, toute explication qui présupposerait, disons, un acte de volonté, serait inacceptable, d'autant plus qu'on ne saurait à qui l'attribuer, personne en effet ne se risquerait à prétendre qu'une énorme masse de terre et de pierre sur laquelle s'agitent des dizaines de millions d'individus puisse produire, par simple addition ou multiplication réciproque, une intelligence et un pouvoir capables de se conduire avec une précision qu'on a envie de qualifier de diabolique.

Une autre thèse prétend que l'avancée de la péninsule ou, pour être plus précis, sa progression, et on va immédiatement comprendre pourquoi on a utilisé ce mot, s'est faite à chaque fois à angle droit, ce qui permet, *ipso facto*, d'admettre la stupéfiante probabilité du retour de la péninsule à son point de départ, après une succession ou, plus exactement, une série de poussées progressives, moins que millimétriques à partir d'un certain moment, jusqu'à l'ajustement final, parfait.

La troisième thèse suppose l'existence sur la péninsule d'un champ magnétique ou autre phénomène similaire qui, à l'approche d'un corps étranger suffisamment volumineux, réagit en déclenchant un processus de répulsion d'une nature très particulière, étant donné que, comme on l'a vu, cette répulsion n'agit pas en sens inverse du mouvement initial ou ultime, mais au contraire, et pour employer une comparaison tirée de la pratique de l'automobile, en dérapant, mais la proposition ne précisait pas si c'était en direction du nord ou du sud.

Enfin, la quatrième thèse, la plus hétérodoxe, faisant appel aux puissances dites métapsychiques, affirmait que la péninsule avait échappé à la collision grâce à un vecteur formé par la concentration, sur un dixième de seconde, du désir de salut et de la terreur des populations affligées. Cette explication, très populaire, le devint plus encore quand celui qui la défendait, voulant la rendre plus accessible aux cerveaux peu formés de la populace, établit une comparaison avec ce qui se passait dans le domaine de la physique, montrant comment l'incidence des rayons solaires sur une lentille biconvexe, faisant converger ces rayons en un point ou foyer, produisait les résultats bien connus de chaleur, de brûlure, de feu, ainsi donc et par conséquent l'effet intensificateur de la lentille avait son parallèle évident dans la force de la pensée collective, soleil chaotique, qui, stimulée, concentrée, pouvait, en période de crise, s'élever jusqu'à une puissance paroxystique. L'incongruité de l'explication ne choqua personne, bien au contraire, on vit même des gens proposer de traiter dorénavant tous les phénomènes du psychisme, de l'esprit, de l'âme, de la volonté, de la création en termes physiques, quand bien même ce ne serait que par simple analogie ou induction imparfaite. La thèse est en cours d'étude et de développement et l'on vise une application de ses principes fondamentaux à la vie quotidienne, et notamment au fonctionnement des partis politiques et aux compétitions sportives, pour ne citer que ces deux exemples triviaux.

Quelques sceptiques soutiennent toutefois que la preuve réelle de toutes ces hypothèses, car il ne s'agit de rien d'autre, se vérifiera dans quelques semaines, si la péninsule maintient son cap actuel qui devrait la faire se couler entre le Groenland et l'Islande, terres inhospitalières pour des Portugais et des Espagnols généralement accoutumés aux douceurs et aux abandons d'un climat tempéré qui tend vers le chaud la majeure partie de l'année. Si une telle chose devait se produire, la seule conclusion logique à tirer de ce qu'on a vu jusqu'à présent, c'est que, tout compte fait, ce voyage ne valait pas la peine. Ce qui, d'un autre côté, serait ou sera une façon par trop simpliste d'envisager la question, étant donné que, chaque voyage contenant une pluralité d'autres voyages, aucun voyage ne se résume à lui-même, et s'il nous semble, à première vue, que l'un d'entre eux ait si peu de sens que nous nous croyions autorisés à décider qu'il ne valait pas la peine, le sens commun, que par paresse ou par préjugé on occulte trop souvent, exige que nous nous assurions que les voyages dont celui-ci fut le contenu ou le continent ne se sont pas révélés suffisamment profitables pour qu'en fin de compte on considère qu'ils valaient la peine et les peines. Toutes ces considérations réunies nous engagent à suspendre les arrêtés définitifs et autres présomptions. Les voyages se succèdent et s'accumulent comme les générations, entre le petit-fils que tu as été et le grand-père que tu seras, quel père auras-tu été, Eh bien, mauvais peut-être, mais nécessaire.

José Anaiço a évalué le parcours qui les attend, s'ils veulent éviter les vastes pentes des monts Cantabriques, il leur faudra prendre des chemins détournés, il leur communiqua les résultats, De Palas de Rei, où nous nous trouvons, jusqu'à Valladolid, ça fait quatre cents kilomètres, de là jusqu'à la frontière, je m'excuse mais sur cette carte il y a encore une frontière, encore quatre cents, en tout huit cents kilomètres, c'est un long voyage avec un cheval qui marche au pas, Un cheval, non, c'est terminé, et ça ne sera pas au pas mais au trot, rectifia Maria Guavaira. Joaquim Sassa dit alors, Avec deux chevaux pour tirer, il s'interrompit à cet endroit de la phrase avec l'expression de celui qui voit une lumière à l'intérieur de son propre crâne, et il éclata de rire, Comme c'est drôle, on a abandonné une Deux-Chevaux et voilà qu'on va voyager avec une autre, je propose qu'on nomme désormais la guimbarde Deux-Chevaux, *de facto* et *de jure*, comme on dit paraît-il en latin, que je n'ai d'ailleurs pas appris, c'est seulement par oudire, comme disait l'un de mes grands-pères qui ne connaissait pas non plus la langue de ses ancêtres. Deux chevaux mangent du foin à l'arrière de la guimbarde, la blessure de l'alezan est complètement guérie et, si le cheval pie n'a pas rajeuni, il a bien meilleur aspect et il a repris des forces, il dresse moins la tête que l'autre mais il ne fera pas mauvaise figure dans l'attelage. Après l'éclat de rire général, Joaquim Sassa renouvela sa question, Je disais donc, avec Deux-Chevaux, combien de kilomètres en moyenne ferons-nous à l'heure, et Maria Guavaira répondit, Environ trois lieues, Donc, quinze kilomètres en données modernes, C'est ça, Dix heures à quinze kilomètres, ça fait cent cinquante kilomètres, en moins de trois jours nous serons à Valladolid, trois jours encore et nous serons dans les Pyrénées, c'est rapide. Maria Guavaira prit un air consterné et répondit, C'est un bon programme, surtout si l'on veut crever les bêtes en peu de temps, Mais tu as dit, J'ai dit quinze kilomètres, mais ça c'est en terrain plat, et de toute manière, jamais les chevaux ne marcheront dix heures par jour, Avec du repos, Encore heureux que tu n'aies pas oublié le repos, à son ton ironique, on sentait bien que Maria Guavaira était sur le point de se fâcher.

Dans ce genre de situation, et même s'il n'est pas

question de chevaux, les hommes se font tout humbles, c'est une vérité que les femmes ignorent le plus souvent, elles ne remarquent que ce qui leur semble être le dépit masculin, la réaction de l'autorité bafouée, c'est ainsi que naissent les équivoques et les malentendus, alors que la cause probable de tout ça c'est la médiocrité de l'appareil auditif des êtres humains, et plus particulièrement des femmes qui se vantent pourtant d'avoir l'ouïe très fine, Je ne connais rien aux chevaux, grogna Joaquim Sassa, j'étais dans l'infanterie. Les autres assistent en souriant au duel verbal, l'affaire n'est pas bien grave, le fil bleu est le lien le plus fort du monde, comme on va bientôt le constater. Maria Guavaira a dit, Six heures par jour ce sera le maximum si l'on peut faire trois lieues à l'heure, sinon on se contentera de ce que pourront faire les chevaux, Nous partons demain, a demandé José Anaiço, Si tout le monde est d'accord, répondit Maria Guavaira et, avec sa voix de femme, elle s'adressa à Joaquim Sassa, Qu'en penses-tu, et lui, subitement désarmé, C'est d'accord, et il sourit.

Cette nuit-là ils évaluèrent leurs biens en numéraire, tant d'escudos, tant de pesetas, un peu d'argent étranger que Joaquim Sassa avait pu obtenir avant de quitter Porto, il y a quelques jours seulement et on dirait que ça a eu lieu il y a des siècles, réflexion qui n'a rien d'original, si tant est que certaines le soient, mais qui, comme la plupart des choses banales, est irrésistible. Les vivres qu'ils avaient emportés en quittant la maison de Maria Guavaira sont pratiquement épuisés, il va falloir se réapprovisionner et ça ne va pas être facile avec la pagaille qui règne dans le ravitaillement, et cette foule dévorante qui n'abandonne même pas un trognon de chou sur son passage, sans parler des poulaillers saccagés, fruit de l'indignation des nécessiteux auxquels on réclamait une fortune pour un poulet maigrichon. Quand la situation commença de se normaliser, les prix baissèrent un peu, sans atteindre toutefois leur prix initial, c'est toujours la même histoire, ils n'y reviennent jamais. Le problème maintenant, c'est qu'on manque de tout, même voler serait difficile s'ils persistaient dans cette voie perverse, le cas du cheval était très particulier, s'il n'avait pas souffert de sa blessure, il ornerait encore son écurie et aiderait son ancien maître dans ses travaux, alors qu'en ce qui concerne le destin de sa bête, ce dernier ne sait qu'une chose, que ce sont deux vauriens et un chien qui l'ont emmenée, comme en témoignent les traces. On dit et on répète qu'à toute chose malheur est bon, tant de gens l'affirment ou l'ont affirmé qu'il doit sans aucun doute s'agir d'une vérité universelle, à partir du moment où nous prenons la peine de distinguer soigneusement la part du bien et celle du mal et ceux auxquels l'une et l'autre sont destinées. Pedro Orce déclara alors, Il va falloir travailler pour gagner un peu d'argent, l'idée paraissait logique, mais, après avoir fait l'inventaire des professions, on aboutit à la conclusion à laquelle il fallait s'attendre, à savoir que, si Joana Carda avait bien un diplôme de lettres, elle n'avait jamais enseigné et était restée chez elle depuis son mariage, de plus, en Espagne, l'intérêt pour la littérature portugaise devait être limité, d'autant plus que les Espagnols avaient présentement d'autres motifs de préoccupations, Joaquim Sassa a quant à lui déjà déclaré qu'il appartenait à l'infanterie, ce qui dans sa bouche signifie qu'il fait partie du menu fretin des employés de bureau, activité précieuse, personne n'en doute, mais dans les époques de paix sociale quand on traite des affaires courantes, Pedro Orce, lui, a préparé des médicaments toute sa vie, au moment où nous avons fait sa connaissance, il fabriquait des capsules de quinine, dommage qu'il ait oublié d'emporter sa pharmacie avec lui, sinon il aurait pu donner des consultations publiques et gagner ainsi pas mal d'argent, car dans ces régions rurales qui dit apothicaire dit médecin, José Anaiço est maître d'école et disant cela on a tout dit, sans parler du fait qu'il se trouve à présent dans un pays qui possède une autre géographie et une autre histoire, comment expliquer aux petits Espagnols qu'Aljubarrota fut une victoire quand ils ont pris pour habitude d'oublier que ce fut une défaite, il ne reste plus que Maria Guavaira, c'est la seule qui puisse aller demander du travail dans les fermes et qui soit capable de le faire dans la mesure de ses forces et de ses connaissances, qui sont limitées.

Ils se regardent les uns les autres sans savoir quel tour donner à leur vie, et Joaquim Sassa, en hésitant, dit, Si nous devons nous arrêter constamment pour gagner un peu d'argent, nous n'atteindrons jamais les Pyrénées, l'argent ainsi obtenu ne dure guère, aussitôt gagné, aussitôt gaspillé, la solution consisterait à faire comme les Tziganes, je veux parler de ceux qui vont d'un endroit à un autre, ils vivent bien de quelque chose, était-ce une question, était-ce un doute, peut-être que pour les Tziganes la manne tombe directement du ciel. Parce qu'il venait des terres du Sud où l'espèce abonde, Pedro Orce répondit, Certains vendent des chevaux, d'autres des vêtements sur les marchés, d'autres font du porte-à-porte, les femmes lisent les lignes de la main, Nous ne voulons plus entendre parler de chevaux, celui-ci suffit à notre honte, de plus c'est un office auquel nous n'entendons rien, quant à lire les lignes de la main mieux vaut qu'on ne nous le demande pas, Sans compter qu'avant de vendre des chevaux il faut commencer par les acheter et l'argent que nous avons n'y suffirait pas puisque même ce cheval-ci nous avons dû le voler. Le silence se fit, comment, on l'ignore, puis, quand il eut cessé, Joaquim Sassa, qui se révélait être l'esprit le plus pratique, dit, Je ne vois qu'une issue à la situation, achetons des vêtements chez un grossiste, il y en aura certainement un dans la première ville où nous allons passer, puis nous les vendrons dans les villages, avec un bénéfice raisonnable, je me charge de la comptabilité. L'idée leur parut bonne, faute de mieux il fallait tenter l'expérience, étant donné qu'ils ne pouvaient être ni agriculteurs, ni apothicaires, ni professeurs, ni maquignons, ils seraient colporteurs, camelots, ils vendraient des vêtements d'homme, de femme et d'enfant, il n'y a rien de déshonorant à cela, et en gérant bien l'affaire ça devrait leur permettre de vivre.

Une fois leur plan d'existence tracé, ils allèrent se coucher, et il est temps maintenant de dire comment ils se sont organisés à l'intérieur de la guimbarde, qui se nomme dorénavant Deux-Chevaux, voilà, Pedro Orce est devant, en travers, sur une paillasse étroite qui lui suffit à peine, puis Joana Carda et José Anaiço dans le sens de la longueur, dans l'espace latéral laissé libre par les objets qu'ils ont emportés, pareil pour Maria Guavaira et Joaquim Sassa, qui sont plus en retrait. Des draps accrochés forment une sorte de séparation symbolique, le respect est grand, et si Joana Carda et José Anaiço, qui occupent le milieu de la guimbarde, veulent sortir au cours de la nuit, ils passent à côté de Pedro Orce qui ne se fâche pas, ici on partage le dérangement comme le reste. Et quand donc donnent-ils libre cours aux baisers, aux étreintes, aux enlacements, demanderont les esprits curieux, dotés par la nature d'un goût prononcé pour la malice. Disons que les amants ont trouvé deux façons de satisfaire leurs douces envies charnelles, soit ils se rendent dans les champs à la recherche d'un endroit calme et isolé, soit ils profitent de l'éloignement temporaire et prémédité de leurs compagnons, qui n'ont pas besoin de paroles, certains signes ne trompent pas, sauf si on refuse de les comprendre, et ici, l'argent manque peut-être, mais pas la complicité.

Ils ne partirent pas au point du jour comme l'aurait voulu la poétique, pourquoi se lever dès l'aube s'ils ont maintenant tout le temps pour eux, mais ce n'était ni la seule raison ni la plus forte, en fait ils s'étaient attardés à faire leur toilette, les hommes s'étaient rasés, les femmes s'étaient faites belles, les vêtements brossés, dans un coin aménagé dans un bosquet ils avaient transporté un seau avec de l'eau de la rivière et ils s'étaient lavés un par un, on ignore si les couples s'étaient mis nus car il n'y eut pas de témoin. Pedro Orce fut le dernier à prendre son bain, il emmena le chien avec lui et l'on aurait dit deux animaux fous, on a envie de dire qu'ils riaient autant l'un que l'autre, le chien bousculant Pedro Orce, Pedro Orce aspergeant le chien, Un homme de cet âge ne devrait pas s'exposer de la sorte à la risée publique, déclara un quidam qui passait par là, il devrait se respecter davantage, il est assez vieux pour cela. Il ne resta pas trace du campement, à peine un peu de terre foulée, le clapotis de l'eau sous les arbres, des cendres entre les pierres noircies, le premier vent va balayer tout cela, la première grosse pluie va aplanir la terre, diluer les cendres, les pierres seules témoigneront que des gens sont passés par ici, et si nécessaire elles serviront pour un autre foyer.

C'est un beau jour pour voyager. Quittant le versant de la petite hauteur où ils s'étaient abrités, ils descendent sur la route, Maria Guavaira conduit, elle ne veut confier les rênes à personne, il faut savoir parler aux chevaux, il y a des pierres, des ravins, si un essieu venait à se rompre, ce serait la fin, ne parlons pas de malheur. L'alezan et le cheval pie ne s'entendent pas encore très bien, Al semble douter de la sûreté des jarrets de Pig, et Pig, une fois attelé, a tendance à tirer vers l'extérieur, comme s'il voulait s'éloigner de son compagnon, ce qui oblige Al à compenser en faisant un effort supplémentaire. Maria Guavaira observe leur manège, quand ils arriveront sur la route elle rappellera Pig à l'ordre et, en équilibrant les bons traitements, les coups de fouet et les jeux de rênes, elle devrait arriver à corriger son vice. C'est Joaquim Sassa qui leur a inventé ces noms de Pig et de Al, car ces Deux Chevaux-là ne sont pas comme ceux de l'automobile qui, trop proches l'un de l'autre et voulant la même chose en même temps, ne pouvaient être différenciés, alors que ces deux-là sont différents en tout, couleur, âge, force, allure, tempérament, si bien qu'il est parfaitement justifié de les distinguer et de leur attribuer un nom, Mais Pig ça veut dire porc, en anglais, et Al c'est l'abréviation d'Alfred, par exemple, protesta José Anaiço, ce à quoi Joaquim Sassa répondit, Nous ne sommes pas chez les Anglais, Pig c'est *pigarço*, Al c'est alezan, et c'est moi le parrain. Joana Carda et Maria Guavaira échangent des sourires devant l'infantilisme de leurs hommes. De façon tout à fait inattendue, Pedro Orce lança, S'il s'agissait d'une jument et d'un cheval et qu'ils aient un enfant, on pourrait l'appeler Pigal, ceux qui connaissent la culture européenne ont dû le regarder interdits, comment diable Pedro Orce s'est-il souvenu de Pigalle, mais le malentendu venait de lui, il y a toujours eu des coïncidences, et certains jeux de mots particulièrement réussis ne sont que le fruit involontaire du hasard. Pedro Orce ignore tout de Pigalle.

Au cours de cette première journée ils ne parcoururent que soixante-dix kilomètres, d'abord parce qu'il n'était pas indiqué de forcer les chevaux après le long repos qu'ils avaient connu, l'un parce qu'il avait la fièvre, l'autre parce qu'il attendait des décisions qui tardaient à venir, ensuite parce qu'ils devaient passer par la ville de Lugo qui était un peu en dehors de leur route, au nord-est, pour s'y approvisionner en marchandises qui devaient leur permettre de vivre. Ils achetèrent le journal local pour connaître les dernières nouvelles, et ce qu'ils y virent de plus éloquent ce fut une photographie de la péninsule, qui avait déjà un jour de retard, et sur laquelle le déplacement vers le nord, didactiquement signalé par un tracé corrigé, était visible. Il n'y avait pas l'ombre d'un doute, l'angle était on ne peut plus droit. En ce qui concernait les fameuses thèses en question, précédemment résumées, on n'apprenait pas grand-chose, quant à la position du journal lui-même, on notait, fruit sans doute d'anciennes désillusions, un certain scepticisme, sain peut-être, mais qui pouvait tout aussi bien être attribué à l'étroitesse de vue bien connue des petits centres urbains de province.

Dans les magasins de prêt-à-porter, les femmes, car c'était à elles naturellement qu'incombait le choix de la collection, Joaquim Sassa à leurs côtés faisait les comptes, hésitèrent longuement quant aux critères à suivre, fallait-il acheter des vêtements pour l'hiver qui approchait ou travailler dans le moyen terme, pour le printemps prochain, Je crois qu'on ne dit pas dans le moyen terme mais à moyen terme, rectifia Joana Carda, ce à quoi Joaquim Sassa répondit sèchement, Au bureau c'est comme ça qu'on dit, dans le court, dans le moyen et dans le long terme. Leurs besoins personnels se révélèrent déterminants dans la décision finale, il était évident qu'ils étaient tous fort mal habillés avec des vêtements de demi-saison, et il fut impossible à Maria Guavaira et à Joana Carda de ne pas céder à quelques tentations personnelles. Mais tout bien pesé, ils tirèrent la conclusion que les marchandises acquises et les perspectives d'avenir qu'elles leur offraient étaient plutôt bonnes, à condition toutefois que la demande se situe au même niveau que l'offre. Joaquim Sassa faisait montre d'une certaine inquiétude, Nous avons dépensé plus de la moitié de l'argent dont nous disposions, si d'ici une semaine nous ne récupérons pas la moitié de cette moitié, nous allons avoir des problèmes, car, dans une situation comme la nôtre, sans fond de roulement et sans possibilité de recourir au crédit bancaire, la bonne gestion des stocks et la parfaite harmonie entre les débits et les crédits, sans étranglement ni en amont ni en aval, sont nécessaires. Joaquim Sassa, avec l'autorité de l'administrateur, acceptée de bon cœur par les autres, leur tint ce discours lors du premier arrêt qu'ils firent après avoir quitté Lugo.

Ils comprirent tous que leur négoce n'allait pas voguer sur une mer de roses quand une acheteuse douée pour le marchandage les obligea à baisser le prix de deux jupes jusqu'à la suppression de tout bénéfice. Le hasard voulut que ce soit Joana Carda la vendeuse, elle s'excusa auprès du groupe et leur promit d'être, à l'avenir, la plus féroce des négociantes en activité dans la péninsule, C'est que, si l'on n'y prend pas garde, on va y laisser notre chemise, nous n'aurons plus ni marchandise ni argent, leur rappela une fois de plus Joaquim Sassa, et il ne s'agit pas uniquement de notre subsistance, nous avons trois autres bouches à nourrir, le chien et les chevaux, Le chien se débrouille tout seul, rétorqua Pedro Orce, Oui, jusqu'à présent c'est ce qui s'est passé, mais s'il revient un jour bredouille de la chasse, la queue basse, et qu'on n'a rien à lui donner à manger, que va-t-on faire, Je lui donnerai la moitié de ma part, Ton attitude est très belle, mais notre souci ne doit pas être de partager la pauvreté mais d'augmenter la richesse, Dans ce cas précis, richesse et pauvreté sont des façons de parler, car en ce qui nous concerne nous sommes présentement plus pauvres que nous le sommes en réalité, la situation est étrange, nous vivons comme si nous avions décidé d'être pauvres, S'il s'agissait d'un choix, je ne pense pas qu'il aurait été volontaire, ce sont les circonstances, mais nous ne les acceptons pas toutes, juste celles qui servent nos fins personnelles, nous sommes comme des acteurs, ou alors nous ne sommes que des personnages, si je retournais chez mon mari, par exemple, qui serais-je, l'acteur hors de son personnage, ou un personnage jouant le rôle d'un acteur, et entre l'un et l'autre où est-ce que je me situerais, dit et demanda Joana Carda. Maria Guavaira l'avait écoutée, muette, et se lançait maintenant dans le début d'une nouvelle conversation, comme si elle n'avait pas bien compris ce que les autres avaient dit, Les gens naissent tous les jours, il ne tient qu'à eux de continuer à vivre le même jour que la veille ou de reprendre à l'origine le jour nouveau, aujourd'hui, Mais il y a l'expérience, tout ce qu'on apprend avec le temps, rappela Pedro Orce, Oui, vous avez raison, dit José Anaiço, mais nous menons généralement notre vie comme si nous n'avions aucune expérience antérieure ou nous n'utilisons qu'une partie de cette dernière, celle qui nous permet de persister dans nos erreurs en alléguant les explications et les leçons de l'expérience, et il me vient à présent une idée qui va vous sembler une absurdité, un contresens peut-être, voici, l'effet de l'expérience est peut-être beaucoup plus important pour l'ensemble de la société que pour chacun de ses membres, la société profite de l'expérience de tous, mais personne ne veut, ne sait ou ne peut profiter intégralement de sa propre expérience.

Ils débattent de ces intéressantes questions à l'ombre d'un arbre, à l'heure du déjeuner, frugal comme il convient à des voyageurs qui n'ont pas encore terminé leur route, et si d'aucuns jugent cet examen déplacé, compte tenu du lieu et des circonstances, nous leur rappellerons que, d'une manière générale, l'instruction et la culture des pèlerins leur permettent, sans commettre de scandaleuses impropriétés, de tenir une conversation dont la teneur, d'un point de vue strictement littéraire visant à une non moins stricte vraisemblance, présente de fait un certain nombre de défauts. Pourtant, chacun de nous, indépendamment de ses capacités, a, au moins une fois dans sa vie, fait ou dit des choses très au-dessus de sa nature et de sa condition, et si l'on pouvait arracher les gens à la grisaille quotidienne dans laquelle ils perdent tout contour, ou si ces derniers, se faisant violence, réussissaient à s'arracher eux-mêmes à leurs rets et à leurs prisons, combien de merveilles seraient-ils capables de réaliser, quels pans essentiels de la connaissance seraient-ils capables de communiquer, car chacun de nous en sait infiniment plus qu'il ne croit et chacun des autres infiniment plus que nous ne voulons bien l'admettre. Cinq individus sont regroupés ici pour des motifs extraordinaires, il serait par conséquent fort étonnant qu'ils ne réussissent pas à se dire des choses qui sortent du commun.

Il est rare de rencontrer une automobile dans ces parages. De temps à autre passe un grand camion chargé de ravitailler les populations, des provisions de bouche principalement, car, avec toutes ces histoires, il est normal que le commerce local ait été quelque peu désorganisé, certaines choses manquent, puis il y en a soudain trop, mais tout cela est excusable, n'oublions pas que l'humanité ne s'est jamais trouvée dans une semblable situation, pour naviguer elle a navigué, mais sur de petits bateaux. Bien des gens vont à pied, d'autres sur des ânes, si le terrain n'était pas aussi accidenté on verrait davantage de bicyclettes. D'une manière générale, les gens d'ici ont un bon naturel, ils sont pacifiques, mais le sentiment d'envie est peut-être le seul qui n'élit pas une classe sociale en particulier et qui se manifeste avec le plus de fréquence dans l'âme humaine, voilà pourquoi ce ne fut pas une fois ni deux que Deux-Chevaux, traversant le paysage à un moment où les temps étaient si difficiles, éveilla d'avides convoitises. N'importe quel groupe décidé et violent aurait pu avoir facilement raison des occupants, l'un des hommes est âgé, les autres ne sont ni des Samsons ni des Hercules, quant aux femmes, une fois leurs compagnons vaincus, elles auraient constitué une proie facile, il est vrai que Maria Guavaira est femme à tenir tête à un homme une fois armée d'un tison. Il aurait fort bien pu arriver que les voyageurs n'échappent point à une scélérate agression qui les aurait laissés en pleine déconfiture, les femmes désespérées et violées, les hommes blessés et humiliés, mais il y avait le chien qui, lorsqu'il voyait s'approcher quelqu'un, sortait de dessous la guimbarde et, à l'avant ou à l'arrière, à l'arrêt ou en marche, la gueule tombante comme celle d'un loup, fixait de ses yeux de feu froid les passants presque toujours innocents, mais aussi effrayés que des malfaiteurs. Si l'on tient compte de tout ce qu'il a fait jusqu'à présent, ce chien mériterait bien le titre d'ange gardien, en dépit des insinuations réitérées sur sa prétendue origine infernale. Mettant en avant l'autorité de la tradition chrétienne et non chrétienne, on peut toujours objecter que les anges ont été de tout temps représentés avec des ailes, mais dans les cas, et ils sont nombreux, où l'ange n'a pas besoin de voler, quel mal pourrait-il y avoir à ce qu'il apparaisse sous la figure familière d'un chien, lequel n'est pas obligé d'aboyer, ce qui ne conviendrait d'ailleurs pas à son entité spirituelle. Admettons donc, c'est le moins qu'on puisse faire, que les chiens qui n'aboient pas sont des anges en exercice.

Ils campèrent à la tombée de la nuit sur les bords du Minho, à proximité d'un petit village nommé Portomarin. Tandis que José Anaiço et Joaquim Sassa dételaient et soignaient les chevaux, préparaient le feu, épluchaient les pommes de terre et hachaient les légumes, les femmes, escortées par Pedro Orce et leur ange gardien, profitaient des dernières lueurs du jour pour aller frapper à quelques portes du village. À cause de la langue, Joana Carda n'ouvrait pas la bouche, c'étaient d'ailleurs probablement les difficultés de communication qui l'avaient abusée la première fois, mais elle a retenu la leçon pour l'avenir, seul espace où l'on puisse corriger ses erreurs. Les affaires n'ont pas été trop mauvaises, ils ont vendu à un bon prix. Quand ils revinrent au campement, ils auraient pu se croire dans leur foyer, le feu était bien calé entre les pierres, la lanterne accrochée à la guimbarde faisait un demi-cercle de lumière dans l'espace dégagé, et le fumet de la cuisson était comme la présence de Dieu Notre-Seigneur.

Tandis qu'ils discutaient après le dîner autour du feu, Joaquim Sassa, saisi d'une soudaine inspiration, demanda, D'où te vient ce nom de Guavaira, que signifie-t-il, et Maria Guavaira répondit, D'après ce que je sais, plus personne ne porte ce nom-là, ma mère l'a rêvé quand j'étais en elle, elle voulait que je me nomme Guavaira, tout simplement, mais mon père a voulu que je m'appelle également Maria, et c'est resté comme ça n'aurait pas dû, Maria Guavaira, Alors tu ignores ce que ça veut dire, Mon nom vient d'un rêve, Les rêves signifient toujours quelque chose, Mais pas le nom qui vient d'un rêve, maintenant dites-moi vos noms. L'un après l'autre, chacun dit le sien. Alors Maria Guavaira, qui remuait le feu avec un tison, dit, Les noms que nous portons sont des rêves, de qui est-ce que quand rêve si je rêve de ton nom.

Le temps a changé, formule d'une concision exemplaire qui, d'une manière anodine ou objectivement neutre, nous informe que s'il a changé, c'est en se gâtant. Il pleut, pluie tendre d'un automne en son commencement qui, en attendant que la terre soit détrempée, donne envie de se promener dans les champs en bottes et en imperméable, pour recevoir sur le visage la fine poussière d'eau et savourer la mélancolie des lointains brumeux, des premiers arbres défeuillés qui apparaissent soudain nus, transis de froid, comme s'ils sollicitaient des caresses, il y en a certains que, saisis d'une tendre pitié, on a envie de serrer sur son cœur, quand on s'approche de l'écorce humide on dirait un visage baigné de larmes.

Mais la banne de la guimbarde date des premiers temps des bannes, quand la technologie, solide pour tout ce qui est toile et trame, se souciait cependant peu de l'imperméabilité, c'était un siècle et un endroit faits pour des gens capables de laisser sécher leurs vêtements sur leur corps, avec, et ce n'était même pas toujours le cas, un verre d'eau-de-vie pour unique protection. Ajoutez à cela le passage des saisons, le dessèchement des fibres, l'usure des coutures et vous en tirerez la conclusion que la toile ôtée à la voiture ne pouvait être un remède à tous ces maux. Voilà pourquoi il pleut à l'intérieur de Deux-Chevaux, et qu'il continue de pleuvoir, démentant ainsi l'affirmation de Joaquim Sassa qui prétendait que les fils mouillés s'épaississent, ce qui entraîne une réduction de l'espace les séparant, effet qui ne peut être que positif, le tout est de savoir attendre. Théoriquement, rien n'est plus exact, mais l'évidence pratique est tout autre, et s'ils n'avaient pas pris soin de rouler et de protéger les matelas, ils n'auraient pas pu y dormir de sitôt.

Quand la pluie redouble d'intensité et que l'occasion se présente, les voyageurs se réfugient sous les viaducs, mais ils sont rares sur cette route qui n'est qu'un chemin provincial situé hors des grands axes routiers, lesquels, pour éviter les croisements et laisser libre cours à la vitesse, enjambent les voies secondaires. Au cours de l'une des journées suivantes, José Anaiço eut l'idée d'acheter un vernis ou une teinture imperméable, mais l'unique teinte disponible, un vermillon criard, ne pouvait même pas suffire à couvrir un quart de la bâche. Joana Carda avait eu une idée bien meilleure et bien plus raisonnable, coudre ensemble de grands pans de plastique jusqu'à ce qu'ils forment une couverture, et faire de même ensuite pour les chevaux, et comme elle devinait qu'il ne leur serait guère possible de trouver une autre teinture imperméable de la même couleur trente kilomètres plus loin, mieux valait que la guimbarde se promenât de par le vaste monde avec une bâche aux couleurs chatoyantes, vert et jaune, orange et bleu, violet, blanc sur blanc, marron, peut-être même noir, et, selon l'inspiration de l'artiste, avec des rayures, des cercles et des carrés. Pour le moment il pleut.

Après leur bref et peu concluant dialogue sur le sens des noms et la signification des rêves, le nouvel objet de leur discussion porte sur le nom qu'il conviendrait de donner au rêve qu'est ce chien. Les opinions sont partagées, d'ailleurs, comme nous devrions déjà le savoir, les opinions ne sont au fond qu'une simple affaire de goût, disons même que l'opinion est, à première vue, l'expression rationalisée du goût. Pedro Orce propose son choix, Fidèle ou Pilote, noms rustiques et traditionnels, tous deux fort pertinents et qui se justifient si l'on considère les caractéristiques morales de l'animal, guide infaillible d'une loyauté sans tache. Joana Carda hésite entre Guetteur et Combattant, noms à la consonance belliqueuse qui n'ont pas l'air de correspondre à la personnalité de celle qui les a suggérés, mais l'âme féminine a des profondeurs insondables, Marguerite au rouet va lutter sa vie durant pour réprimer les élans de la Lady Macbeth qu'elle nourrit en son sein, et jusqu'à sa dernière heure elle ne sera pas sûre d'avoir gagné. Quant à Maria Guavaira, encore qu'elle ne sache expliquer pourquoi, et ce n'est pas la première fois que cela lui arrive, elle propose, à demi honteuse de son idée, de l'appeler Ange Gardien, et disant cela elle se met à rougir, sentant tout le ridicule qu'il y aurait à appeler, en public surtout, un ange gardien et, au lieu d'un être lumineux, revêtu d'une tunique d'un blanc scintillant, qui s'annoncerait par un frou-frou d'ailes, de voir apparaître une terreur canine couverte de boue et du sang du dernier lapin, et qui ne respecte que ses maîtres, si tant est que ceux-ci le soient. Joaquim Sassa voulut refréner l'explosion de rires qui suivit la suggestion de Maria Guavaira en proposant de nommer le chien Constant, il se souvenait d'avoir lu ce nom dans un quelconque ouvrage, À présent je ne me souviens plus de rien, mais Constant, si j'ai bien compris ce que ce mot signifie, contient tous ceux que nous avons évoqués, Fidèle, Pilote, Guetteur, Combattant et même Ange Gardien, car si aucune de ces qualités n'est constante, la fidélité se perd, le pilote ne trouve plus son chemin, le guetteur abandonne sa position, le combattant se rend, et l'ange gardien se laisse suborner par la jeune fille qu'il devait protéger contre les tentations. Tous applaudirent, encore que Joaquim Sassa fût d'avis que la meilleure solution était encore de l'appeler tout simplement Chien, car, étant donné qu'il était le seul de son espèce ici, ils n'avaient aucune chance de confondre les appels et les réponses. Ils vont donc l'appeler Constant, mais tout ce travail de baptême était inutile, car l'animal répond à tous les noms qu'on veut bien lui donner à partir du moment où il comprend que le mot, quel qu'il soit, lui est destiné, même si un autre nom flotte parfois dans sa mémoire, Ardent, nom dont nul ne s'est souvenu. Celui qui a déclaré un jour, contre l'avis de Maria Guavaira, qu'un nom n'est qu'un rêve, avait raison.

Ils suivent sans le savoir l'ancienne route de Saint-Jacques, traversent des régions aux noms chargés d'espoir ou de mauvais souvenirs, tout dépend des épisodes qu'y vécurent les voyageurs de ces temps primitifs, Sarria, Samos ou Villafranca del Bierzo, la privilégiée, où tout pèlerin malade ou fatigué qui allait frapper à la porte de l'église de l'apôtre gagnait les mêmes indulgences que s'il s'était rendu à Saint-Jacques-de-Compostelle, ce qui le dispensait de s'y rendre. En ces temps-là, la foi avait déjà de ces accommodements, mais ce n'est rien en comparaison d'aujourd'hui où les accommodements sont plus gratifiants que la foi elle-même, celle-ci ou n'importe quelle autre. Mais ces voyageurs savent au moins que, s'ils veulent voir les Pyrénées, il leur faudra s'y rendre, les toucher du doigt, car le pied, moins sensible, ne suffit pas, quant aux yeux, ils se laissent abuser bien plus souvent qu'on ne croit. La pluie a commencé de tomber moins dru en gouttes clairsemées qui finissent par s'arrêter tout à fait. Le ciel ne s'est pas découvert, la nuit tombe plus vite. Ils campent sous les arbres pour se protéger d'autres éventuelles averses, en dépit du refrain ibérique cité par Pedro Orce, Celui qui s'abrite sous un arbre se mouille deux fois, version portugaise, modifiée. Il ne fut pas facile d'allumer le feu, mais l'habileté de Maria Guavaira finit par avoir raison de la résistance du bois mouillé, qui crépitait et bouillait aux extrémités comme s'il répandait sa sève. Ils mangèrent comme ils purent, suffisamment toutefois pour que leur estomac ne se mette pas à gémir au milieu de la nuit, car, comme l'enseigne un autre dicton, Qui se couche sans dîner remue les fesses toute la nuit, version authentique. Ils dînèrent à l'intérieur de la guimbarde, à la lueur de la lampe qui fumait, l'atmosphère était pesante, les vêtements humides, les matelas roulés et superposés, tous leurs autres biens entassés, un pareil spectacle est un coup de poignard pour une bonne maîtresse de maison. Mais, de même que les mauvaises choses ne durent pas toujours, la pluie finit par s'arrêter, et dès qu'un rayon de soleil va faire son apparition, tout de suite on procédera au grand nettoyage, on va dérouler les matelas pour qu'ils puissent sécher jusqu'au plus petit fétu de paille, on va étendre les vêtements sur les arbustes et sur les pierres, et quand on ira les récupérer, ils auront cette bonne odeur chaude que le soleil laisse partout où il passe, et pendant tout ce temps, les femmes, composant un joli tableau familial, ajustent et cousent les longues bandes de plastique qui vont résoudre tous leurs problèmes aquatiques, béni soit celui qui a inventé le progrès.

Ils sont restés à bavarder, indolents et désœuvrés comme ceux qui doivent tuer le temps en attendant l'heure de dormir, et c'est alors que Pedro Orce interrompt ce qu'il était lui-même en train de raconter pour dire, J'ai lu jadis, je ne sais plus où, que la galaxie à laquelle appartient notre système solaire se dirigeait vers une constellation dont j'ai également oublié le nom, et que cette constellation se dirigeait à son tour vers un certain point de l'espace, j'aimerais être plus précis mais ma mémoire n'a pas retenu tous les détails, enfin, ce que je voulais dire, c'est que, comme nous l'avons vu, nous ici, nous marchons sur la péninsule, la péninsule navigue sur la mer, la mer tourne avec la terre à laquelle elle appartient, et la terre tourne sur elle-même et, tandis qu'elle tourne sur elle-même, elle tourne aussi autour du soleil, et le soleil tourne sur lui-même, et tout ça réuni se dirige vers la fameuse constellation, alors je me demande si nous ne serions pas le point le plus extrême de cette chaîne de mouvements au sein des mouvements, j'aimerais savoir ce qui bouge au-dedans de nous et où ça va, non, je ne parle pas des microbes et des bactéries, ces êtres vivants qui vivent en nous, je parle d'autre chose, d'une chose qui bouge et qui nous fait peut-être nous mouvoir comme se meuvent et nous meuvent la constellation, la galaxie, le système solaire, le soleil, la terre, la mer, la péninsule, Deux-Chevaux, quel peut être le nom de ce qui anime tout cela d'une extrémité à l'autre de la chaîne, mais il se peut que la chaîne n'existe pas, et que l'univers ne soit qu'un anneau, à la fois si fin qu'il semble se résumer à nous et à ce qui est en nous ou ce dans quoi nous sommes, et si gros qu'il peut contenir la plus grande dimension de l'univers, c'est-à-dire l'univers lui-même, quel est le nom de ce qui va nous succéder, Le non-visible commence avec l'homme, voilà la réponse surprenante que José Anaiço donna sans réfléchir.

De grosses gouttes d'eau glissant de feuille en feuille tombent, espacées, sur la bâche, on entend au-dehors les mouvements de Pig et de Al sous les cirés qui ne les couvrent pas entièrement, voilà à quoi sert véritablement le silence, à entendre que ce qu'on dit n'a pas d'importance. Chacun des individus qui sont là se croit obligé de mêler son savoir à ce concile supérieur, mais tous redoutent d'ouvrir la bouche et d'en voir sortir non point les crapauds de la légende, mais une kyrielle de banalités ontologiques sur l'être, quand bien même il est permis de douter de la pertinence d'un tel mot dans un cadre aussi fruste que celui formé par la guimbarde, les gouttes de pluie et les chevaux, sans oublier le chien qui dort. Parce qu'elle est la moins instruite, Maria Guavaira a parlé la première, Au non-visible on peut donner le nom de Dieu, mais il y a, c'est curieux, un certain ton interrogatif dans sa phrase, Ou volonté, proposa Joaquim Sassa, Ou intelligence, ajouta Joana Carda, Ou histoire, et la conclusion venait de José Anaiço, Pedro Orce, lui, n'avait aucune suggestion à faire, il s'est borné à poser la question, celui qui croit que c'est plus facile se trompe, on ne compte pas le nombre de réponses en attente de questions.

La prudence nous enseigne que l'examen de thèmes aussi complexes doit être suspendu avant que chaque intervenant ne commence à dire des choses différentes de celles qu'il a précédemment avancées, non point que ce soit une erreur que de changer d'opinion, mais parce que les différences varient tellement qu'il peut arriver, et cela arrive généralement, que la discussion revienne à son point de départ sans que les participants s'en soient aperçus. Dans le cas qui nous occupe, la première phrase inspirée de José Anaiço, après qu'elle eut fait le tour des amis, aboutit à la conclusion banale de l'évidente et plus que patente invisibilité de Dieu, ou de la volonté, ou de l'intelligence et, peut-être, mais c'est moins banal et moins évident, de l'histoire. Tout en attirant contre lui Joana Carda qui se plaint du froid, José Anaiço lutte contre le sommeil, il veut réfléchir à son idée, savoir si l'histoire est réellement invisible, si les témoins visibles de l'histoire lui confèrent une visibilité suffisante, si la visibilité relative de l'histoire n'est pas une simple couverture, comme les vêtements portés par l'homme invisible, lequel reste, malgré eux, invisible. Il ne poursuivit pas bien longtemps ces voltiges cérébrales, et c'est tant mieux, car juste avant de sombrer dans le sommeil, sa pensée s'était exercée à démêler la différence qui existe entre l'invisible et le non-visible, différence évidente pour qui réfléchit un peu, mais qui n'offre guère d'intérêt particulier dans le cas qui nous occupe. À la lumière du jour, tous ces imbroglios ont beaucoup moins d'importance, Dieu, le plus illustre des exemples, a créé le monde uniquement parce que l'idée lui en est venue alors qu'il faisait nuit, car il sentit à cet instant précis qu'il ne pouvait plus supporter l'obscurité, s'il avait fait jour Dieu aurait tout laissé en l'état. Et comme le ciel de ce matin est pur et découvert, que le soleil s'est levé sans être gêné par les nuages et que cela semble se maintenir, les philosophies nocturnes se sont dissipées, toute l'attention est maintenant concentrée sur la bonne marche de Deux-Chevaux à travers la péninsule, peu importe qu'elle vogue ou non, même si le chemin de ma vie doit me conduire à une étoile cela ne me dispense pas de parcourir les routes du monde.

Le même après-midi, alors qu'ils vaquaient à leurs occupations, ils apprirent que la péninsule, après avoir atteint, en ligne droite, un certain point au nord de la plus septentrionale des îles des Açores, Corvo, cette description sommaire vise à faire comprendre que l'extrémité sud de la péninsule, c'est-à-dire la pointe de Tarifa, se trouvait située sur un autre méridien, plus à l'est, donc au nord de l'extrémité nord de Corvo, pour être plus précis, à Ponta dos Tarsais, nous disions donc que la péninsule, ayant décrit le parcours que nous venons de tenter d'expliquer, reprit ensuite immédiatement sa course en direction de l'occident, en suivant une direction parallèle à celle de sa première route, c'est-à-dire, vérifions que nous nous comprenons bien, qu'elle était remontée de plusieurs degrés. Cet épisode vit le triomphe des auteurs et des défenseurs de la thèse du déplacement en ligne droite brisée à angles droits, et si l'on n'a pas jusqu'à présent constaté de mouvement qui défende l'hypothèse d'un retour au point de départ, hypothèse énoncée d'ailleurs davantage comme une démonstration du sublime que comme la confirmation prévisible de la thèse générale, et qui n'exclut nullement les reculades, il fallut bien admettre que la péninsule, qui portait à présent un autre nom que nous ne donnerons pas ici, par prudence, pour éviter des explosions nationalistes et xénophobes, lesquelles, vu les circonstances actuelles, seraient tragiques, n'allait plus jamais s'arrêter de vagabonder éternellement sur toutes les mers du globe, à l'image du Hollandais Volant maintes fois cité.

Dans le village où les voyageurs s'étaient arrêtés, on n'était pas encore au courant de ces différends, on savait seulement que les États-Unis d'Amérique avaient annoncé, par la bouche même de leur président, que les pays qui arrivaient jusqu'à eux pourraient compter sur l'appui et sur la solidarité morale et matérielle de la nation nord-américaine, Si vous continuez de naviguer jusqu'à nous, vous serez reçus à bras ouverts. Mais cette déclaration d'une extraordinaire portée, tant du point de vue humanitaire que géostratégique, fut tempérée par l'agitation subite des agences de voyage du monde entier, assiégées par des clients qui voulaient aller à Corvo le plus vite possible, sans regarder ni aux moyens ni aux dépenses, et pourquoi, Parce que si elle ne vire pas de bord, la péninsule va passer devant l'île de Corvo, spectacle qui n'a rien de comparable avec l'évolution insignifiante du rocher de Gibraltar au moment où la péninsule s'est séparée de lui, l'abandonnant aux flots. Maintenant c'est une masse énorme qui va passer devant les yeux des privilégiés qui vont réussir à obtenir une petite place dans la moitié nord de l'île, mais, en dépit de l'immensité de la péninsule, l'événement ne va pas durer très longtemps, deux jours tout au plus, car, étant donné la configuration particulière de ce radeau, on ne pourra en apercevoir que l'extrémité sud, et encore, si le temps le permet. Le reste, compte tenu de la courbure de la terre, va passer loin des regards, imaginez ce que ça aurait donné si, au lieu de cette forme anguleuse qui est la sienne, la côte sud de la péninsule s'était trouvée coupée à angle droit, je ne sais si vous suivez le dessin, si la vitesse s'était maintenue à cinquante kilomètres par jour, le défilé aurait alors duré seize longues journées, des vacances. Quoi qu'il en soit, il y a de fortes chances qu'on assiste à un afflux d'argent comme on n'en a jamais vu dans l'île de Corvo, ce qui a déjà obligé les habitants à faire venir des serrures pour les portes, des bâcles et des alarmes, et des serruriers pour installer le tout.

Il bruine de temps à autre, dans le pire des cas c'est une averse rapide, mais la plupart du temps il fait beau, le ciel est bleu et les nuages sont hauts. La grande couverture de plastique a été installée, cousue et renforcée, et maintenant, dès que la pluie menace, on arrête la marche et en trois mouvements, déploiement, extension puis ajustement, la

bâche est protégée. À l'intérieur de la guimbarde, les matelas sont plus secs que jamais, le relent de moisissure et
d'humidité a disparu, cet intérieur propre et rangé est un
véritable foyer. Mais on voit bien à présent la quantité de
pluie qui est tombée dans ces parages. La terre est trempée,
il faut faire très attention, ne pas engager la guimbarde sans
avoir au préalable opéré un sondage dans la terre meuble du
bord de la route, ce serait alors un véritable travail d'Hercule que de la tirer de là, deux chevaux, trois hommes et
deux femmes ne valent pas un tracteur. Le paysage s'est
modifié, les montagnes et les collines sont derrière eux, les
ultimes ondulations s'évanouissent, et une plaine qui
semble sans fin vient d'apparaître à leurs yeux, avec au-
dessus d'elle un ciel si vaste qu'étonné on se prend à douter
qu'il soit d'un seul tenant, chaque lieu, sinon chaque individu, a sans doute son propre ciel, plus grand ou moins
grand, plus haut ou plus bas, que voilà une grande découverte, oui monsieur, le ciel comme une infinité de coupoles
ornées d'incrustations qui se succèdent, la contradiction
des termes n'est qu'apparente, il suffit de regarder. Quand
Deux-Chevaux atteint le tertre de la dernière colline, on se
dit que plus jamais, jusqu'à la fin des jours, la terre ne se
soulèvera et, comme il est banal de voir que des causes
différentes produisent des effets identiques, on a le souffle
coupé comme si l'on se trouvait soudain transportés au
sommet de l'Everest, que celui qui est allé là-bas nous dise
s'il ne lui est pas arrivé la même chose qu'à nous, sur ce
terrain plat.

Pedro fait bien ses comptes, mais ceux du patron sont
tout différents. Disons tout de suite que ce Pedro-là n'a rien
à voir avec Orce, d'ailleurs le narrateur lui-même ignore de
qui il s'agit, encore qu'il admette que derrière le Pedro du
dicton se cache l'apôtre de même nom, celui qui renia le
Christ trois fois, et ces comptes-là sont sans doute ceux de
Dieu, parce qu'il est trin, probablement, et pas très fort en
arithmétique. On a coutume de dire que Pedro a fait ses

comptes quand ces derniers sont faux, manière populaire et ironique de signifier que certains ne devraient pas décider de ce qu'il incombe à d'autres d'accomplir, c'est-à-dire que, si Joaquim Sassa s'est trompé en stipulant cent cinquante kilomètres de marche par jour, Maria Guavaira n'est pas tombée juste elle non plus quand elle a ramené ce chiffre à quatre-vingt-dix. L'épicier sait vendre, les chevaux savent tirer, et de même qu'on dit, ou qu'on disait, que la mauvaise monnaie élimine la bonne, l'allure du vieux cheval a tempéré celle du plus jeune, à moins qu'il ne faille y voir la commisération de ce dernier, sa bonté d'âme, son respect humain, faire étalage de sa force face à un faible est un signe de perversion morale. Tous ces mots ont été jugés nécessaires pour expliquer que la progression se fait plus lentement que prévu, mais la concision n'est pas une vertu définitive, on se perd parfois pour avoir trop parlé, c'est vrai, mais combien de fois avons-nous gagné en parlant plus qu'il n'était nécessaire. Les chevaux avancent à leur rythme, si on les met au trot ils obéissent au caprice ou à la volonté du cocher, mais peu à peu, de façon si subtile qu'on ne le remarque même pas, Pig et Al ralentissent l'allure, comment s'y prennent-ils pour le faire de si harmonieuse manière, c'est un mystère, car on n'a pas entendu que l'un d'eux ait dit à l'autre, Plus lentement, ni que l'autre lui ait répondu, Après cet arbre là-bas.

Par bonheur, les voyageurs ne sont pas pressés. Au début, alors qu'ils venaient de quitter les déjà lointaines terres galiciennes, ils croyaient avoir des dates à respecter, des itinéraires à suivre, ils éprouvaient même un certain sentiment d'urgence, comme si chacun d'eux devait aller sauver son père de l'échafaud et arriver avant que le bourreau n'ait laissé retomber le couperet. Il ne s'agit ici ni de père ni de mère, nous ignorons tout des uns et des autres, excepté la mère de Maria Guavaira qui est folle et qui ne se trouve déjà plus à La Corogne, à moins qu'elle n'y soit retournée une fois le danger passé. Rien ne nous a été révélé en ce qui concerne les autres mères et les autres pères, anciens et modernes, quand les enfants se taisent il ne faut pas poser de questions et ne procéder à aucune enquête, car en fin de compte chacun de nous commence et conclut le monde, pourvu que pareille déclaration ne porte pas une mortelle atteinte à l'esprit de famille, à l'importance de l'héritage et à la pureté du nom. En quelques jours, la route s'est transformée en un monde hors du monde, comme n'importe quel homme qui, tout en étant dans le monde, se découvre lui-même monde, et ce n'est guère difficile, il suffit de faire le vide autour de soi, comme ces voyageurs qui, tout en voyageant de conserve, voyagent seuls. Voilà pourquoi ils ne se pressent pas, voilà pourquoi ils ont cessé de calculer le chemin parcouru, s'ils s'arrêtent c'est pour travailler et se reposer, et il n'est pas rare qu'ils aient envie de faire étape sans autre raison que cet appétit qui veut que, si les raisons existent, on ne perde pas son temps à les chercher. Nous finissons tous par arriver là où nous voulons, tout n'est qu'une question de temps et de patience, le lièvre va plus vite que la tortue, il arrivera sans doute le premier, à condition qu'il ne rencontre en chemin ni fusil ni chasseur.

On a quitté la plaine déserte du León, on est entré et on parcourt la Tierra de Campos, là où est né et où a grandi le célèbre prédicateur frère Gerúndio de Campazas, dont les discours et les actes ont été minutieusement relatés par le non moins célèbre père Isla, en châtiment des orateurs prolixes, des citateurs impénitents, des faiseurs d'adages convulsifs et des écrivains logorrhéiques, dommage que la leçon, pourtant bien claire, nous ait si mal profité. Coupons donc à sa racine cet exorde délirant, et disons en toute simplicité que les voyageurs vont dormir cette nuit dans un village nommé Villalar, non loin de Toro, de Tordesillas et de Simancas, tous lieux qui touchent de près l'histoire portugaise, à cause d'une bataille, d'un traité ou de quelque archive. Comme José Anaiço est instituteur, ces noms trouvent en lui un facile écho, mais il ne peut guère développer le sujet, sa science historique est par trop générale et rudimentaire, à peine plus riche en détails que celle de ses auditeurs espagnols et portugais, lesquels ont forcément appris quelque chose qu'ils n'ont pas totalement oublié au sujet de Simancas, Toro et Tordesillas, tout dépend de la prodigalité de l'information et de l'intérêt national des manuels d'histoire des deux patries. Mais personne ici ne sait rien de Villalar, sauf Pedro Orce qui, bien qu'originaire des terres andalouses, a les lumières de celui qui a voyagé, à toutes les époques, à travers la péninsule, le fait qu'il ait déclaré ne pas connaître Lisbonne, lorsqu'il y a pénétré deux mois plus tôt, n'est pas en contradiction avec cette hypothèse, il se peut simplement qu'il ne l'ait pas reconnue, tout comme ne la reconnaîtraient plus aujourd'hui ses fondateurs phéniciens, ses habitants romains, ses maîtres wisigoths, les musulmans, eux, en auraient peut-être encore une vague idée, quant aux Portugais, c'est pour eux chaque fois plus confus.

Ils sont assis autour du feu, disposés par couples, Joaquim et Maria, José et Joana, Pedro et Constant, la nuit est un peu froide mais le ciel est clair et serein, on ne voit pas beaucoup d'étoiles car la lune, qui s'est levée tôt, inonde de sa clarté les champs rasés et, tout près de là, les toits de Villalar, dont l'alcade, homme au tempérament affable, ne s'est pas opposé à ce que les membres de la caravane hispano-portugaise s'installent à proximité du village, en dépit du fait que le métier qu'ils exercent, nomades et camelots à la fois, soit en concurrence directe avec le commerce local, spécialisé dans ce genre de marchandises. La lune n'est pas très haute, mais elle a déjà cet aspect que nous aimons lui voir, disque lumineux inspirateur de vers faciles et de sentiments simples, tamis de soie qui laisse filtrer une farine pure sur le paysage offert. Nous disons alors, Quel beau clair de lune, en essayant de ne pas tenir compte du frisson de peur qui nous saisit quand l'astre énorme, rouge et menaçant fait son apparition sur la courbe de la terre. Après tant et tant de millénaires, la lune naissante continue, aujourd'hui encore, de nous apparaître comme une menace, le signal de la fin, par bonheur notre angoisse dure peu, l'astre est monté, maintenant qu'il est blanc et minuscule, soulagés, nous pouvons enfin respirer. Et les animaux sont inquiets eux aussi, quand la lune s'est levée, tout à l'heure, le chien est resté là à la regarder, tendu, raidi, si ses cordes vocales ne lui avaient pas fait défaut, il se serait sans doute mis à hurler, mais tout son corps s'est hérissé comme si une main glacée avait parcouru son échine à rebrousse-poil. Au cours de semblables moments, le monde quitte son axe, on comprend que plus rien n'est sûr, et si l'on pouvait pleinement exprimer ce que l'on ressent, avec une significative absence de rhétorique, on pourrait dire, On l'a échappé belle.

Nous allons maintenant apprendre quelles sont ces histoires de Villalar que connaît Pedro Orce, le dîner touche à sa fin, le feu danse dans l'air immobile, les voyageurs le regardent pensivement, tendant les mains vers lui comme pour une imposition ou une reddition, il y a un vieux mystère dans notre relation au feu, car même avec le ciel au-dessus de notre tête, c'est comme si l'on se trouvait, lui et nous, à l'intérieur de la caverne, de la grotte ou de la matrice originelle. C'est au tour de José Anaiço de laver la vaisselle, mais il n'y a pas urgence, l'heure est paisible, presque douce, la lueur des flammes passe sur les visages hâlés par le grand air, ils ont la couleur que leur donne le soleil à son lever, le soleil est d'une autre nature, et il est vivant, il n'est pas mort comme la lune, voilà toute la différence.

Et Pedro Orce dit, Peut-être l'ignorez-vous, mais il y a très longtemps, en quinze cent vingt et un, il y eut dans les environs de Villalar une grande bataille, plus importante par ses conséquences que par le nombre de ses morts, si ceux qui l'ont perdue l'avaient gagnée, les vivants d'aujourd'hui auraient hérité d'un autre monde. José Anaiço connaît bien les grandes batailles qui ont marqué l'histoire et, si on lui demandait à brûle-pourpoint d'en citer quelques-unes, il donnerait sans hésiter une dizaine de noms, en commençant classiquement par Marathon et les Thermopyles et, sans souci de la chronologie, Austerlitz et Borodino, Marne et Monte Cassino, les Ardennes et El-Alamein, Poitiers et Alcácer Quibir et aussi Aljubarrota, qui pour le monde n'est rien et qui est tout pour nous, et tous ces noms sont sortis accouplés sans aucune raison particulière, Mais je n'ai jamais entendu parler d'une bataille de Villalar, conclut José Anaiço. Eh bien, expliqua Pedro Orce, cette bataille se déroula lorsque les communautés d'Espagne se soulevèrent contre l'empereur Charles Quint, un étranger, pas tant parce qu'il était étranger, en ces temps-là il était tout à fait banal pour les peuples de voir débarquer chez eux un roi qui parlait une autre langue, l'affaire ne concernait que les maisons royales qui jouaient leurs pays, et ceux des autres, ne disons pas aux dés ni aux cartes, mais selon les intérêts de la dynastie, avec leurs trocs d'alliances et leurs trucs de mariages, c'est pourquoi il est faux de dire que les communautés s'étaient soulevées contre le roi intrus, et n'allez pas non plus vous imaginer que ce fut la grande guerre des pauvres contre les riches, qui peut croire que tout cela, et bien d'autres choses encore, est aussi simple qu'on le dit, le fait est que les nobles espagnols n'appréciaient pas du tout, mais alors pas du tout, qu'on distribuât de nombreuses charges aux étrangers qui accompagnaient l'empereur, l'une des premières décisions des nouveaux seigneurs fut d'ailleurs d'augmenter les impôts, remède infaillible pour financer les dépenses et les aventures, ainsi la première ville rebelle fut Tolède et les autres suivirent son exemple, Toro, Madrid, Avila, Soria, Burgos, Salamanque et bien d'autres encore, mais les motivations des uns n'étaient pas les motivations des autres, elles coïncidaient parfois, oui messieurs, mais elles étaient aussi en contradiction, et s'il en allait ainsi avec les villes, c'était encore pire avec les habitants, certains chevaliers défendaient uniquement leurs intérêts et leurs ambitions, c'est la raison pour laquelle, suivant la direction d'où venait le vent et le profit, ils changeaient de camp, et comme, à chaque fois, le peuple se trouvait mêlé à tout ça, il défendait ses propres positions, bien sûr, mais aussi et surtout les raisons des autres, il en va ainsi depuis que le monde est monde, et encore, si le peuple ne faisait qu'un ce serait parfait, mais ce n'est pas le cas, et il est bien difficile de faire entrer cette idée dans la tête des gens, sans parler du fait qu'on le trompe bien souvent ce peuple, combien de fois ses députés, chargés de les représenter au Parlement, une fois arrivés là, subornation ou menace, votent le contraire de ce qu'ont voulu leurs mandants, ce qui est extraordinaire c'est qu'en dépit des divergences et des contradictions, les communautés aient été capables d'organiser des milices et de partir en guerre contre l'armée du roi, inutile de dire qu'il y eut des batailles gagnées et d'autres qui furent perdues, et c'est ici, à Villalar, qu'ils ont perdu la dernière, pourquoi, pour les mêmes raisons que d'habitude, erreurs, incompétence, trahisons, soldats lassés d'attendre leur solde et qui désertent, la bataille a eu lieu, les uns l'ont gagnée, les autres l'ont perdue, on n'a jamais réussi à savoir avec exactitude combien d'habitants de la commune sont morts ici, d'après les calculs modernes ça ne doit pas faire beaucoup, certains ont dit deux mille, d'autres assurent qu'ils ne furent pas plus de mille et même moins de deux cents, on ne sait pas, on ne le saura jamais, à moins qu'un jour quelqu'un ait l'idée de retourner la terre de ce cimetière pour compter les crânes enterrés, car compter les autres os ne pourrait qu'augmenter la confusion, trois des chefs des communautés ont été jugés dès le lendemain, condamnés à mort et décapités sur la place de Villalar, ils se nommaient Juan de Padilla, de Tolède, Juan Bravo, de Ségovie, et Francisco Maldonado, de Salamanque, voilà la bataille de Villalar, qui, si elle avait été gagnée par ceux qui l'ont perdue, aurait changé le destin de l'Espagne, avec un clair de lune comme celui qu'on a maintenant, comment imaginer ce qu'ont dû être la nuit et le jour de la bataille, il pleuvait, les champs étaient inondés, on se battait dans la boue, d'après les calculs modernes il n'est pas mort grand monde, d'accord, mais on a envie de dire que ces quelques morts des guerres d'autrefois ont plus pesé dans l'histoire que les centaines de milliers et les millions de morts du vingtième siècle, seul le clair de lune est resté le même, il éclaire aussi bien Villalar qu'Austerlitz ou Marathon, Ou Alcácer Quibir, dit José Anaiço, Quelle est cette bataille, demanda Maria Guavaira, Si on l'avait gagnée au lieu de la perdre, je n'imagine pas comment serait le Portugal d'aujourd'hui, répondit José Anaiço, J'ai lu dans un livre que votre roi don Manuel a participé à cette guerre, dit Pedro Orce, Dans les manuels dont je me sers, il n'est pas dit qu'à cette époque les Portugais étaient en guerre contre l'Espagne, Ce ne sont pas des Portugais de chair et d'os qui sont venus, mais cinquante mille croisés que votre roi avait prêtés à l'empereur, Ah bon, répliqua Joaquim Sassa, cinquante mille croisés pour l'armée royale, les communautés ne pouvaient que perdre, les croisés sont toujours vainqueurs.

Cette nuit-là, le chien Constant rêva qu'il déterrait des os sur le champ de bataille. Il avait déjà réuni cent vingt-quatre crânes quand la lune se coucha et la terre s'obscurcit. Alors le chien se rendormit. Deux jours plus tard, les gamins qui jouaient à la guerre dans les champs allèrent trouver l'alcade pour lui dire qu'ils avaient trouvé un monticule de têtes de morts dans un champ de blé, on ne comprit jamais comment ils avaient pu se retrouver groupés là. Mais les femmes de Villalar ne disent que du bien des Portugais et des Espagnols qui sont passés dans leur guimbarde et qui sont déjà repartis, Qu'il s'agisse du prix ou de la qualité, ces gens-là sont les plus honnêtes qu'on ait vus passer dans le coin.

Pour bien faire, posséder peu, disaient nos ancêtres, et ils avaient raison, ils ont en tout cas bien employé leur temps, jugeant les faits nouveaux à la lumière des faits anciens, notre erreur à nous, les contemporains, c'est de persister à considérer avec scepticisme les leçons de l'Antiquité. Le président des États-Unis d'Amérique a déclaré que la péninsule serait la bienvenue, et le Canada, il fallait s'y attendre, n'a pas apprécié. C'est que les Canadiens se sont aperçus que, si la péninsule ne changeait pas de cap, ce sont eux qui allaient jouer les amphi-tryons, il y aura là deux Terres-Neuves au lieu d'une, et les péninsulaires ne savent pas ce qui les attend, les pauvres, froid mortel, gel, l'unique avantage pour les Por-tugais, c'est qu'ils vont se retrouver plus près de cette morue qu'ils aiment tant, ils perdent en été mais gagnent en quantité.

Le porte-parole de la Maison-Blanche se hâta d'expli-quer que la déclaration du président avait été fondamenta-lement inspirée par des motifs humanitaires, et qu'il ne fallait pas voir là une quelconque volonté de domination politique, d'autant que les pays péninsulaires, bien que dérivant sur les eaux, n'avaient pas pour autant cessé d'être souverains et indépendants, ils finiront bien par s'arrêter un jour et alors ils seront de nouveau pareils aux autres, et il ajouta, De notre côté, nous vous garantissons solennellement que le traditionnel esprit de bon voisinage entre les États-Unis et le Canada ne sera en aucune façon affecté par la circonstance, et, pour témoigner de la bonne volonté nord-américaine de préserver l'amitié avec la grande nation canadienne, nous proposons la tenue d'une conférence bilatérale visant à l'examen des divers aspects de ce qui, dans le cadre de cette dramatique transformation de la physionomie politique et stratégique du monde, va constituer les premiers pas d'une nouvelle communauté internationale composée des États-Unis, du Canada et des deux pays ibériques, lesquels seront amenés à participer, à titre d'observateurs, à cette réunion, étant donné que leur rapprochement physique n'est pas encore suffisant pour nous permettre d'envisager une perspective d'intégration.

Le Canada se déclara publiquement satisfait de ces explications, mais fit savoir qu'il ne considérait pas opportune l'organisation immédiate de la conférence, qui, dans les termes où elle avait été proposée, risquait d'offenser la dignité patriotique du Portugal et de l'Espagne, mais suggérait en remplacement une conférence quadripartite afin d'étudier les mesures à prendre en cas de choc violent, à l'instant précis où la péninsule aborderait les côtes canadiennes. Les États-Unis acceptèrent aussitôt et, en privé, rendirent grâce au Seigneur d'avoir créé les Açores. C'est que si la péninsule n'avait pas dévié vers le nord, et si, dès sa séparation d'avec l'Europe, le mouvement avait toujours suivi une ligne droite, les fenêtres de Lisbonne ouvriraient bientôt à coup sûr sur Atlantic City, et d'une réflexion à l'autre, ils aboutirent à la conclusion que plus elle serait déviée vers le nord, mieux cela vaudrait pour eux, non mais vous imaginez New York, Boston, Providence, Philadelphie, Baltimore transformées en villes de l'intérieur, et la chute de niveau de vie que cela ne manquerait pas d'entraîner, il ne fait aucun doute que la première déclaration du président était un peu précipitée. Au cours de l'échange de notes diplomatiques confidentielles, suivi par des rencontres secrètes entre les autorités des deux gouvernements, le Canada et les États-Unis tombèrent d'accord sur le fait que la meilleure solution, s'il en existait une, était de stopper la péninsule en un point précis de sa route, suffisamment proche pour qu'elle échappe à l'influence européenne, mais suffisamment éloigné tout de même pour ne pas gêner les intérêts immédiats ou médiats des Canadiens et des Nord-Américains, il convenait d'ailleurs de commencer immédiatement une étude afin d'apporter des modifications nécessaires aux lois d'immigration, et surtout de renforcer les dispositifs protectionnistes, afin que les Espagnols et les Portugais n'aillent pas s'imaginer qu'ils peuvent entrer chez nous comme ils veulent, sous prétexte que nous allons être voisins de palier.

Les gouvernements du Portugal et d'Espagne protestèrent contre la répugnance dont faisaient preuve les puissances envers leur destin et leurs intérêts, et le gouvernement portugais, gouvernement de salut national, se montra le plus véhément. Grâce à une initiative du gouvernement espagnol, des contacts furent pris entre les deux pays de la péninsule, afin de définir une politique commune visant à tirer le meilleur parti possible de la nouvelle situation, cependant, à Madrid, on redoute que le gouvernement portugais ne se rende à ces négociations avec une idée derrière la tête, qui serait de prétendre, dans un futur proche, tirer des bénéfices particuliers de son étroite proximité avec les côtes canadiennes ou nord-américaines, c'est selon. Et l'on sait, ou l'on croit savoir, que dans certains milieux politiques portugais s'organise un mouvement en faveur d'une entente bilatérale, encore que de caractère non officiel, avec la Galice, ce qui, évidemment, ne plaît guère au pouvoir central espagnol peu disposé à tolérer des tentatives irrédentistes, aussi dissimulées soient-elles, certains vont même jusqu'à dire avec une ironie acerbe, et font courir le bruit, que rien de tout cela ne serait arrivé si le Portugal s'était trouvé de l'autre côté des Pyrénées ou, mieux encore, s'il y était resté accroché au moment de la rupture, la réduction à un seul pays aurait été une bonne manière d'en finir avec cette difficulté qu'il y a à être ibérique, mais c'est là que les Espagnols se trompent car la difficulté subsisterait, et nous n'en dirons pas davantage. On compte les jours qui restent avant d'arriver en vue des côtes du Nouveau Monde, on étudie des plans d'action pour que la puissance négociatrice atteigne son point culminant au moment le plus adéquat, ni trop tôt ni trop tard, c'est la règle d'or de l'art diplomatique.

Indifférente aux rumeurs de coulisses de l'intrigue politique, la péninsule navigue toujours vers l'occident, tant et si bien que les observateurs de tous genres, millionnaires ou scientifiques, qui s'étaient installés dans l'île de Corvo, au premier rang en quelque sorte, afin d'assister à son passage, sont déjà repartis. Ce fut un spectacle extraordinaire, disons simplement que l'extrémité de la péninsule est passée à un peu plus de cinq cents mètres au large de Corvo, provoquant une telle houle qu'on se serait cru dans un passage d'opéra wagnérien, mais la meilleure comparaison c'est encore celle-ci, on avait l'impression de se trouver en mer sur un petit canot et de voir passer à quelques mètres l'énorme masse d'un pétrolier sans chargement, ses œuvres vives hors de l'eau, enfin, on était pétrifié, saisi de vertige, pour un peu on serait tombé à genoux et, nous repentant mille fois de nos hérésies et de nos mauvaises actions, on se serait mis à crier, Dieu existe, tant l'impact de la nature brute est tout-puissant sur l'esprit des hommes, même civilisés.

Mais tandis que la péninsule joue ainsi son rôle dans les mouvements de l'univers, les voyageurs ont déjà dépassé Burgos, et leur commerce est si prospère qu'ils ont décidé de prendre l'autoroute avec Deux-Chevaux pour avancer plus vite. Un peu plus loin, une fois dépassé Gasteiz, ils reprendront les chemins vicinaux qui desservent les petits villages, la guimbarde retrouvera alors son élément naturel, une voiture à chevaux sur un chemin de campagne n'a rien à voir avec l'insolite, la choquante exhibition de lenteur à laquelle ils se sont livrés sur une route faite pour les grandes vitesses, avec un trot paresseux de quinze kilomètres à l'heure quand il n'y avait pas de côte et que les chevaux étaient bien lunés. Le monde ibérique a tellement changé que la police de la route, qui assiste à tout cela, n'arrête personne, ne distribue pas d'amendes, les policiers, assis sur leurs puissantes motos, font de petits signes d'adieu, les interrogeant, et encore s'ils se trouvent du bon côté, pour savoir ce que signifie la peinture rouge de la bâche. Il fait beau, il n'a pas plu depuis plusieurs jours, on pourrait se croire revenu en été, n'était ce vent froid d'automne et la proximité des hautes montagnes. Une fois, alors que les femmes se plaignaient de la rudesse de l'air, José Anaiço fit allusion, en passant, aux conséquences d'une fréquentation excessive des hautes latitudes, il alla même jusqu'à déclarer, Si on finit par s'arrêter à Terre-Neuve notre voyage sera terminé car pour vivre à l'air libre sous ce climat il faut être esquimau, mais, comme elles ne voyaient pas la carte, elles ne lui prêtèrent aucune attention.

Et peut-être parce qu'elles parlaient non point du froid qu'elles sentaient, mais du froid plus grand qu'une autre personne, qui, pouvait ressentir, non pas elles, bien entendu, qui trouvaient chaque nuit réconfort auprès de leurs hommes et à condition que les circonstances s'y prêtent, également dans la journée, combien de fois en effet un couple a-t-il tenu compagnie à Pedro Orce sur le siège avant tandis que les deux autres, allongés, se laissaient bercer par le pas de Deux-Chevaux, après qu'à demi dévêtus homme et femme eurent satisfait à l'exigence subite ou différée du désir. Quand on savait que cinq personnes réparties dans la proportion connue entre les deux sexes voyageaient dans cette guimbarde, on pouvait avec un peu d'expérience de la vie deviner ce qui se passait sous la bâche une fois constatée la disposition du groupe sur le

siège avant, si, par exemple, les trois hommes se trouvaient
là, il y avait fort à parier que les femmes étaient occupées à
des travaux domestiques, de couture principalement, ou si,
comme on l'a déjà dit, on voyait là deux hommes et une
femme, l'homme et la femme qui restaient, même s'ils
n'étaient pas dévêtus et ne faisaient que converser, avaient
néanmoins retrouvé un peu d'intimité. Ce n'étaient pas les
seules combinaisons possibles, bien entendu, mais on n'a
pas souvenir d'avoir vu une femme à l'avant avec un
homme qui n'était pas le sien, car la situation aurait été la
même sous la bâche, et il fallait éviter ça, à cause du qu'en-
dira-t-on. Ces configurations s'étaient établies spontané-
ment, il n'avait pas été nécessaire de réunir le conseil de
famille pour délibérer sur la manière de préserver la morale
à l'intérieur et en dehors de la guimbarde, ainsi, par un
inéluctable effet mathématique, il en résulta que Pedro
Orce voyageait presque toujours sur le siège avant, sauf
lorsque les trois hommes se reposaient en même temps,
alors c'était au tour des femmes de conduire, ou quand, ses
sens apaisés, un couple montait à l'avant tandis que l'autre,
sous la bâche, rendu à une intimité toute relative, ne com-
mettait aucun acte qui pût gêner, offenser ou troubler Pedro
Orce allongé sur son étroite paillasse mise en travers,
Pauvre Pedro Orce, disait Maria Guavaira à Joana Carda,
tandis que José Anaiço évoquait le froid de Terre-Neuve et
l'avantage d'être esquimau, et Joana Carda l'approuva,
Pauvre Pedro Orce.

Ils campaient presque toujours avant la tombée de la
nuit, ils aimaient choisir un bon site, près de l'eau, si possible en vue d'un village, et quand un endroit leur plaisait
particulièrement ils s'y installaient, même s'il leur restait
encore deux ou trois heures de soleil. La leçon des chevaux
avait été bien apprise et avec profit pour tout le monde, les
animaux, parce qu'ils folâtraient maintenant davantage, les
humains, parce qu'ils avaient perdu ce vice humain qu'est
la hâte, l'impatience. Mais depuis que Maria Guavaira a dit

l'autre jour, Pauvre Pedro Orce, une atmosphère différente entoure la guimbarde et ceux qui s'y trouvent. Et cela donne à réfléchir si l'on se souvient que seule Joana Carda a entendu ces mots et que, lorsqu'elle les a répétés à son tour, seule Maria Guavaira l'a entendue et, étant donné qu'il ne s'agissait pas là d'un dialogue sentimental et sachant qu'elles ont gardé ces mots-là pour elles, il faut donc conclure qu'un mot une fois prononcé dure plus long-temps que le bruit et les sons qui l'ont formé, il se balade, invisible et inaudible afin de préserver son propre secret, semence dissimulée sous la terre qui germe loin des yeux, jusqu'à ce que soudain, repoussant le terreau, une tige invo-lutée, une feuille fripée qui se déplie lentement apparaissent à la lumière. Ils dressaient le camp, détellaient les chevaux, détachaient les harnais, allumaient le feu, actes et gestes quotidiens qu'ils exécutaient tous avec une égale compé-tence, en fonction des tâches quotidiennement attribuées à chacun. Mais contrairement à l'habitude prise dès le début, ils ne parlaient guère et ils auraient certainement été très surpris si on leur avait annoncé, Il y a plus de dix minutes que vous n'avez pas dit un mot, ils auraient alors pris sou-dain conscience de la nature particulière de ce silence ou bien, à l'image de celui qui ne veut pas reconnaître un fait évident et cherche une justification inutile, ils auraient répondu, Ça arrive parfois, mais en vérité on ne peut pas toujours être en train de parler. Mais si, à cet instant précis, ils s'étaient regardés les uns les autres, ils auraient vu sur le visage de chacun d'eux, comme dans un miroir, leur propre embarras, la gêne de celui qui sait que les explications sont des mots vides. Il faut noter cependant que, dans les regards qu'échangent Maria Guavaira et Joana Carda, il y a des expressions qui sont pour elles explicites à un point tel qu'elles ne soutiennent pas longtemps le regard de l'autre et détournent les yeux.

Pedro Orce, une fois le travail terminé, avait pris l'habi-tude de s'éloigner du campement en compagnie du chien

Constant, il disait qu'il allait reconnaître les environs. Il s'absentait toujours longtemps, peut-être à cause de sa démarche lente, peut-être parce qu'il faisait de grands détours, peut-être parce qu'il restait longtemps assis sur une pierre à regarder tomber le jour, loin de la vue de ses compagnons. Au cours de l'une de ces journées passées, Joaquim Sassa avait dit, Il veut être seul, si ça se trouve il est triste, et José Anaiço avait remarqué, Si j'étais à sa place, j'en ferais probablement autant. Les femmes avaient fini de laver le linge qu'elles étendaient sur une corde placée entre l'arceau de la guimbarde et une branche d'arbre, elles avaient tout entendu et n'avaient rien répliqué, car ce n'était pas à elles que ce discours s'adressait. Ce ne fut que plusieurs jours plus tard, quand il fut question du froid de Terre-Neuve, que Maria Guavaira dit à Joana Carda, Pauvre Pedro Orce.

Ils sont seuls, étrange que quatre personnes réunies donnent l'impression d'être seules, ils attendent que la soupe finisse de passer, il y a encore beaucoup de lumière et, pour occuper le temps, José Anaiço et Joaquim Sassa vérifient l'état des harnais, tandis que les femmes refont les comptes de leurs ventes du jour, que Joaquim Sassa, le comptable, inscrira ensuite dans les livres. Pedro Orce s'est éloigné, il a disparu au milieu des arbres, il y a dix minutes, le chien Constant sur ses talons, comme d'habitude. À présent, on ne sent pas le froid, et le vent léger qui court est peut-être l'ultime souffle tiède de l'automne, c'est du moins ainsi qu'on le ressent par comparaison avec ces journées déjà rudes. Maria Guavaira dit, Il faut acheter des tabliers, il n'en reste plus beaucoup, et ayant parlé elle leva la tête et regarda les arbres, son corps assis eut un élan, premier mouvement qu'on réprime d'abord, puis auquel on cède, on n'entendait rien d'autre que l'âpre broutement des chevaux, alors Maria Guavaira se leva et s'éloigna en direction des arbres où Pedro Orce avait disparu. Elle ne regarda pas en arrière, même quand Joaquim

301

Sassa lui demanda, Où vas-tu, mais la question elle-même n'avait pas été véritablement formulée, elle s'était arrêtée à mi-chemin, car la réponse, qui l'avait précédée, n'admettait pas de réplique. Quelques instants plus tard, le chien surgit et alla s'étendre sous la guimbarde. Joaquim Sassa s'était éloigné de quelques mètres, il semblait étudier très attentivement des collines au loin. José Anaiço et Joana Carda ne se regardaient pas.

Maria Guavaira revint enfin à la tombée de la nuit. Elle vint seule. Elle s'approcha de Joaquim Sassa mais ce dernier lui tourna violemment le dos. Le chien sortit de dessous la guimbarde et disparut. Joana Carda alluma la lanterne. Maria Guavaira retira la soupe du feu, versa de l'huile dans une poêle qu'elle posa sur la chevrette, attendit que l'huile chauffe, entre-temps elle avait cassé des œufs qu'elle avait battus en leur ajoutant des rondelles de chouriço, un fumet, qui en d'autres circonstances leur aurait fait monter l'eau à la bouche, commença bientôt de se répandre. Mais Joaquim Sassa ne vint pas manger, elle l'avait appelé mais il n'avait pas répondu. Il resta de la nourriture. Joana Carda et José Anaiço n'avaient guère d'appétit, et lorsque Pedro Orce revint le campement était déjà plongé dans l'obscurité, les derniers tisons se consumaient. Joaquim Sassa s'était couché sous la guimbarde mais la nuit s'était considérablement rafraîchie, du côté des montagnes une masse d'air froid arrivait, sans vent. Alors Joaquim Sassa demanda à Joana Carda d'aller s'allonger auprès de Maria Guavaira, il ne prononça pas son nom mais dit, Va t'allonger près d'elle, je reste avec José, et comme l'occasion lui parut propice, il ajouta, sarcastique, Il n'y a pas de danger, nous sommes entre gens bien, rien à craindre de la promiscuité. À son retour, Pedro Orce grimpa sur le siège avant, on ne sait pourquoi le chien se débrouilla pour monter avec lui, c'était la première fois.

Toute la journée du lendemain, Pedro Orce la passa sur ce siège. À côté de lui, José Anaiço et Joana Carda, et, à l'intérieur de la guimbarde, Maria Guavaira, toute seule. Les chevaux allaient au pas. Lorsqu'ils se mettaient, de leur propre chef, à vouloir trotter, José Anaiço modérait leur impulsion inopinée. Joaquim Sassa allait à pied, loin derrière la guimbarde. Ce jour-là ils ne parcoururent que quelques kilomètres. On était encore au milieu de l'après-midi quand José Anaiço arrêta Deux-Chevaux dans un lieu qui semblait être le jumeau du précédent, c'était comme s'ils n'étaient jamais partis ou comme s'ils avaient décrit un cercle entier, même les arbres se ressemblaient. Joaquim Sassa ne fit son apparition que beaucoup plus tard, quand le soleil se couchait déjà à l'horizon. En le voyant s'approcher, Pedro Orce s'éloigna, les arbres le dissimulèrent tout aussitôt, le chien le suivit. Le feu brûlait haut, mais il était encore trop tôt pour préparer le dîner, d'ailleurs la soupe était prête et il restait des œufs et du chouriço. Joana Carda dit à Maria Guavaira, Nous n'avons pas acheté de tabliers, il n'en reste plus que deux. Joaquim Sassa dit à José Anaiço, Je pars demain, je reprends la part d'argent qui me revient, montre-moi où nous sommes sur la carte, il doit bien y avoir un chemin de fer dans le coin. Alors Joana Carda se leva et s'éloigna en direction des arbres où Pedro Orce avait disparu avec le chien. José Anaiço n'a pas demandé, Où vas-tu. Le chien surgit quelques instants plus tard et alla s'étendre sous la guimbarde. Le temps passa, Joana Carda revint, tirant Pedro Orce qui résistait, elle le tirait doucement comme s'il n'était pas nécessaire de beaucoup insister, ou comme s'il s'agissait d'une force différente. Ils arrivèrent devant le feu, Pedro Orce baissait la tête, la danse instable des flammes semblait agiter ses cheveux blancs tout dépeignés sur sa tête, Joana Carda, sa chemise sortant du pantalon, dit alors, et tandis qu'elle parlait elle s'aperçut qu'elle était débraillée, ce à quoi, de manière toute naturelle, sans la moindre hypocrisie, elle remédia sans cesser de parler, Le bâton avec lequel j'ai griffé le sol n'a plus de vertus, mais il peut encore servir pour tracer un autre trait ici, de cette manière, et puisque nous ne pouvons tous rester du même côté, il nous permettra de savoir qui se situe d'un côté et qui de l'autre, Moi, ça m'est égal, je pars demain, dit Joaquim Sassa, C'est moi qui m'en irai, dit Pedro Orce, De la même manière que nous nous sommes réunis nous pouvons nous séparer, dit Joana Carda, mais si pour justifier la séparation il est nécessaire de trouver un coupable, ne le cherchez pas chez Pedro Orce, les coupables, si on doit employer ce terme, c'est nous deux, Maria Guavaira et moi, et si vous jugez que ce que nous avons fait exige une explication, alors nous sommes dans l'erreur depuis le premier jour de notre rencontre, Je pars demain, dit Pedro Orce, Vous ne partirez pas, dit Maria Guavaira, si vous partez nous nous séparerons tous, car ils ne seront plus capables de nous accepter, et nous non plus, et ce n'est pas parce que nous ne nous aimons pas, mais simplement parce que nous ne nous sommes pas compris. José Anaiço regarda Joana Carda puis tendit soudain ses mains vers le feu comme si elles s'étaient refroidies, et il dit, Je reste. Maria Guavaira demanda, Et toi, tu veux partir ou tu restes. Joaquim Sassa ne répondit pas tout de suite, il caressait la tête du chien qui s'était approché, puis, du bout des doigts, il toucha son collier de laine bleue, fit de même avec le bracelet qu'il avait au bras, puis il dit, Je reste, mais à une condition. Il n'eut pas besoin d'en dire plus, Pedro Orce parlait, Je suis un vieil homme, presque un vieillard, j'ai atteint cet âge qu'on ne sait plus trop définir, mais je suis plus vieux que jeune, Pas tant que ça, à ce qu'il semble, sourit José Anaiço, mais c'était un sourire mélancolique. Certaines choses arrivent dans la vie, et leur caractère très particulier fait qu'elles ne peuvent se répéter, on aurait cru qu'il allait continuer, mais il comprit qu'il avait déjà tout dit, il hocha la tête et s'éloigna pour pouvoir pleurer. Fut-ce beaucoup, fut-ce peu, impossible de le savoir, pour pleurer, il lui fallait être seul. Cette nuit-là tout le monde dormit à l'intérieur de la guimbarde, mais les blessures saignaient encore, les deux femmes restèrent ensemble, les hommes trahis aussi, quant à Pedro Orce, fatigué, il dormit d'une seule traite, il aurait voulu se mortifier en veillant, mais la nature fut la plus forte.

Ils s'éveillèrent tôt, en même temps que les petits oiseaux, le jour à peine levé, Pedro Orce sortit le premier par l'avant de la guimbarde, puis, par l'arrière, Joaquim Sassa et José Anaiço, et enfin les femmes, et c'était comme si chacun arrivait d'un monde différent et qu'ils se rencontraient tous ici pour la première fois. Au début ils se regardaient à peine, à la dérobée, comme si la vision d'un visage dans son entier leur était insupportable, et beaucoup trop excessive pour les faibles forces qui leur restaient, maintenant qu'ils étaient sortis de la crise de ces derniers jours. Après le café matinal, on commença d'entendre quelques mots par-ci par-là, une recommandation, une demande, un ordre précautionneusement formulé, mais le premier problème délicat allait maintenant se poser, comment s'organiser à l'intérieur de la guimbarde, compte tenu des variantes compliquées apportées à l'organisation des groupes, comme nous avons déjà eu l'occasion de l'expliquer. Que Pedro Orce s'installe sur le siège avant, très bien, mais les hommes et les femmes dont le conflit était encore tout chaud ne peuvent être séparés, imaginez un peu la situation désagréable et équivoque si Joaquim Sassa et José Anaiço voyagent sur le siège avant, quelle conversation pourront-ils avoir avec Pedro Orce, mais si, dans le cas inverse, ce sont Maria Guavaira et Joana Carda qui montent devant, ce sera encore pire, que pourront-elles dire au cocher, quels souvenirs échanger, tandis que sous la bâche les deux maris seront en train de se ronger les ongles en se demandant, Que peuvent-ils se raconter. De telles situations prêtent à rire quand on les observe de l'extérieur, mais cette envie nous quitte aussitôt si l'on s'imagine soi-même plongé dans les transes épouvantables où se débattent ces gens-là. Par bonheur il y a une solution à tout, la mort seule n'a pas encore trouvé la sienne. Pedro Orce s'était déjà installé, rênes en main, attendant que les autres se décident, quand José Anaiço, comme s'il s'adressait aux esprits invisibles de l'air, dit, Allez devant avec la guimbarde, Joana et moi nous allons marcher un peu à pied, Nous aussi, dit Joaquim Sassa. Pedro Orce agita les rênes, les chevaux s'ébranlèrent, donnèrent une seconde secousse, plus convaincante, mais quand bien même ils l'auraient voulu, ils n'auraient pu aller plus vite, la route grimpe entre des collines qui, à gauche, s'élèvent de plus en plus, Nous sommes sur les contreforts des Pyrénées, songe Pedro Orce, mais la sérénité de ces hauteurs est telle qu'on a du mal à croire que la dramatique rupture a pu avoir lieu ici. Les deux couples suivent derrière, séparés, bien entendu, ce qu'homme et femme ont à se dire doit être dit sans témoin.

Pour le commerce, les montagnes ne valent rien et celles-ci moins que toute autre. Au peuplement clairsemé qui affecte en général ces orographies hérissées s'ajoute ici la terreur des populations qui ne se sont pas encore habituées à l'idée que les Pyrénées ont de ce côté perdu leur complément, et que de l'autre elles ont perdu leur appui. Ces villages sont quasi déserts, certains totalement abandonnés, l'impression causée par le bruit des roues de Deux-Chevaux sur les chemins pavés, lorsqu'elle passe entre des portes et des fenêtres qui ne s'ouvrent pas, est lugubre, J'aimerais mieux être dans la sierra Nevada, songe Pedro Orce et, à ces mots magiques et merveilleux, sa poitrine s'emplit de nostalgie, ou d'*anoranza*, pour employer le terme castillan. Si l'on pouvait tirer un quelconque avantage d'une pareille désolation, il consisterait pour les voyageurs, après tant de nuits d'inconfort et de promiscuité, il ne s'agit pas d'une allusion à la très récente et très particulière manifestation sur laquelle les esprits sont partagés et dont viennent justement de s'entretenir les principaux intéressés, à pouvoir enfin dormir dans ces maisons abandonnées par leurs propriétaires, qui, s'ils ont emporté leurs biens et leurs valeurs dans leur exode, ont laissé leurs lits, en général on ne les emporte pas. Nous sommes bien loin de ce jour où Maria Guavaira avait énergiquement rejeté la proposition de dormir dans une maison étrangère, pourvu que cette complaisance soudaine ne soit pas le signe d'un relâchement moral, mais plutôt le résultat des leçons de la dure expérience.

Pedro Orce va rester seul dans l'une de ces maisons, celle de son choix, en compagnie du chien, si l'envie le prend d'une balade nocturne, il peut sortir et rentrer comme il veut et, cette fois, les deux autres hommes ne vont pas dormir loin de leurs femmes, Joaquim Sassa et Maria Guavaira, José Anaiço et Joana Carda vont enfin coucher ensemble, ils se sont sans doute dit tout ce qu'ils avaient à se dire, peut-être vont-ils continuer de converser une bonne partie de la nuit, cependant, si la nature humaine reste ce qu'elle est, la fatigue et la lassitude aidant, par tendresse compréhensive, par amour spontané, il est naturel qu'homme et femme se rapprochent, échangent un timide premier baiser puis, béni soit celui qui nous a ainsi faits, le corps s'éveille et réclame l'autre corps, c'est une folie, oui, c'en est une, les cicatrices sont encore pantelantes mais l'aura grandit, si, à cette heure, Pedro Orce se promène sur les coteaux, il va voir resplendir deux maisons du village et en éprouvera sans doute de la jalousie, ses yeux vont peut-être, une fois encore, se remplir de larmes, pourtant il ne saura pas que les amants réconciliés pleurent à cet instant précis, chagrin heureux et passion libérée mélangés. Demain sera un autre jour, et savoir qui va voyager dans la guimbarde et qui sur le siège du cocher n'aura plus aucune importance, toutes les combinaisons sont de nouveau possibles, aucune n'est ambiguë.

Les chevaux sont fatigués, les côtes n'en finissent pas, José Anaiço et Joaquim Sassa allèrent trouver Pedro Orce, et, avec beaucoup de tact et de précautions, il ne s'agissait pas de mélanger ces raisons-là avec les autres, ils lui demandèrent si ce qu'il voyait des Pyrénées lui suffisait ou s'il désirait continuer vers les altitudes supérieures, et Pedro Orce leur répondit que ce n'étaient pas tant les hauteurs qui l'attiraient que l'extrémité des terres, encore qu'il n'ignorât point que de cette extrémité-là c'est toujours la même mer qu'on aperçoit, C'est pourquoi nous ne sommes pas allés vers Donastia, quel intérêt de voir une plage coupée en deux, d'être à la pointe du sable avec de l'eau des deux côtés, Mais je ne sais pas si les chevaux vont pouvoir aller assez haut pour que nous puissions voir la mer, dit José Anaiço, Nous n'aurons pas besoin de monter à deux mille ou trois mille mètres, en supposant qu'il y ait des routes de crête, mais j'aimerais vraiment qu'on continue de monter jusqu'à ce qu'on voie quelque chose. Ils déplièrent la carte, Joaquim Sassa dit, Nous devons être par ici, son doigt se promena entre Navascués et Burgui, puis se déplaça vers la frontière, Ça n'a pas l'air d'être très haut de ce côté, la route longe une rivière, l'Esca, puis elle la quitte pour continuer de monter, c'est là que ça se complique, de l'autre côté il y a un pic de plus de mille sept cents mètres, Il y a, non, il y avait, dit José Anaiço, Oui, bien sûr, il y avait, je vais demander une paire de ciseaux à Maria Guavaira pour couper la carte à la frontière, Essayons cette route, si elle devient trop difficile pour les chevaux, nous rebrousserons chemin, dit Pedro Orce.

Il leur fallut deux jours pour atteindre leur but. La nuit, ils entendaient hurler les loups dans les collines et ils avaient peur. Gens des plaines, ils comprenaient enfin le danger qu'ils couraient si les bêtes féroces s'approchaient du campement, elles commenceraient par tuer les chevaux puis ce serait leur tour alors qu'ils n'avaient pas la moindre arme pour se défendre. Pedro Orce dit, Je vous fais courir des risques, rebroussons chemin, mais Maria Guavaira répondit, Continuons, le chien nous défendra, Un chien ne peut faire face à une meute de loups, remarqua Joaquim Sassa, Celui-ci le peut et, aussi extraordinaire que cela paraisse à qui connaît mieux que le narrateur cette matière, Maria Guavaira avait raison, car une nuit les loups s'approchèrent encore plus près, les chevaux, terrorisés, s'étaient mis à hennir, cela faisait peine à entendre, et ils tiraient tant qu'ils pouvaient sur les cordes qui les retenaient, les hommes et les femmes cherchaient où s'abriter de l'assaut, seule Maria Guavaira disait encore, quoiqu'en tremblant, Ils ne viendront pas, et elle répétait, Ils ne viendront pas, le feu brûlait haut, ainsi l'entretenaient-ils dans cette nuit d'insomnie, et les loups ne s'approchèrent pas davantage, le chien semblait grandir dans le cercle de lumière, par l'effet des ombres mouvantes on aurait dit que sa tête, sa langue, ses dents se multipliaient, illusion d'optique, son corps grossissait, enflait démesurément, les loups hurlaient toujours mais de leur peur de loups.

La route était coupée, coupée réellement, au sens littéral du terme. À gauche et à droite, les montagnes et les plaines s'interrompaient brusquement, suivant une ligne très nette comme une coupure faite au couteau, ou une échancrure de ciel. Les voyageurs avaient laissé la guimbarde derrière eux, sous la garde du chien, et ils progressaient avec crainte et prudence. À cent mètres environ de la cassure, il y avait un poste de douane. Ils entrèrent. Deux machines à écrire se trouvaient encore là, l'une d'elles avait une feuille de papier glissée dans le rouleau, un formulaire des douanes sur lequel figuraient quelques mots. Un vent froid entrait par la fenêtre ouverte et agitait les papiers à terre. Il y avait des plumes d'oiseau. C'est la fin du monde, dit Joana Carda, Eh bien, allons voir comment il a fini, répondit Pedro Orce. Ils sortirent. Ils avançaient avec précaution, soucieux d'éviter les fentes dans le sol qui auraient signifié une instabilité du terrain, c'est José Anaiço qui avait évoqué cette probabilité, mais la route était lisse et continue, avec juste quelques irrégularités dues à l'usure. À dix mètres du bord, Joaquim Sassa dit, Il vaudrait mieux ne pas nous approcher debout, à cause du vertige, j'y vais à quatre pattes. Ils se baissèrent et progressèrent, en s'appuyant d'abord sur les mains puis sur les genoux, enfin en se traînant, ils sentaient leur cœur battre de peur et d'angoisse, leur corps se couvrait de sueur malgré le froid intense, ils doutaient, à part eux, d'être capables de se rendre jusqu'au bord de l'abîme, mais aucun d'eux n'aurait voulu donner l'impression d'être faible, alors, dans une sorte de rêve, ils se retrouvèrent en train de regarder la mer, de presque mille huit cents mètres d'altitude, l'escarpement tombait à pic, à la verticale, la mer étincelait, au large les vagues étaient minuscules, l'écume blanche, une frange d'écume, les vagues océaniques frappaient la montagne comme si elles avaient voulu la pousser. Pedro Orce, dans une jubilante douleur, exalté, cria, C'est la fin du monde, il répétait les mots de Joana Carda, ils les répétèrent tous, Mon Dieu, le bonheur existe, dit la voix inconnue, et ça n'est peut-être rien d'autre que ça, la mer, la lumière, le vertige.

Le monde est plein de coïncidences, et si une chose donnée ne coïncide pas avec une autre qui lui est pourtant proche, ce n'est pas une raison pour nier les coïncidences, cela veut simplement dire que la coïncidence en question ne se voit pas. À l'instant précis où les voyageurs se penchaient sur la mer, la péninsule s'arrêta. Aucun d'eux ne s'en aperçut, il n'y eut aucune secousse de freinage, aucun signe violent de perte d'équilibre, aucune sensation de rigidité. Ce n'est que deux jours plus tard, après être descendus des hauteurs magnifiques, qu'en arrivant au premier lieu habité ils apprirent la stupéfiante nouvelle. Mais Pedro Orce déclara, S'ils affirment qu'elle s'est arrêtée, c'est sûrement vrai, mais la terre continue de trembler, c'est la vérité, je le jure sur moi et sur le chien. La main de Pedro Orce reposait sur l'échine du chien Constant.

Les journaux du monde entier publièrent, certains sur toute la largeur de la première page, la photographie historique qui montrait la péninsule, qu'il conviendrait peut-être d'appeler île, au milieu de l'océan, tranquille, et qui maintenait au millimètre près sa position par rapport aux points cardinaux qui gouvernent et orientent l'univers, Porto toujours au nord de Lisbonne, Grenade au sud de Madrid depuis que Madrid existe, et le reste répondant à la même conformité. La puissance imaginative des journalistes n'avait trouvé que cet expédient ostentatoire des énormes titres, attendu que les secrets du glissement géologique ou, mieux encore, l'énigme tectonique restait aussi indéchiffrable qu'au premier jour. Par bonheur, la pression de ladite opinion publique avait diminué, la populace avait cessé de poser des questions, l'excitation née des suggestions directes et indirectes suscitées par les formidables parangons lui suffisait, Une Nouvelle Atlantide Est Née, Un Pion A Bougé Sur L'Échiquier Du Monde, Un Trait D'Union Entre L'Amérique Et L'Europe, Entre L'Europe Et L'Amérique Une Pomme De Discorde, Un Champ De Bataille Pour L'Avenir, mais le titre qui causa la plus forte impression vint d'un journal portugais, et il était rédigé ainsi, Un Nouveau Traité de Tordesillas est Nécessaire, c'est véritablement toute la simplicité du génie, l'auteur de cette idée avait examiné la carte et noté qu'à un mille près la

311

péninsule se trouvait reposer sur ce qui avait été la ligne qui, à l'époque glorieuse, avait divisé le monde en deux parties, un petit bout pour moi, un petit bout pour toi, et le tour est joué.

Dans un éditorial non signé, on proposait aux deux pays péninsulaires d'adopter une stratégie conjointe et complémentaire qui leur assurât une nouvelle position dans la balance de la politique mondiale, le Portugal tourné vers l'occident, vers les États-Unis, l'Espagne tournée vers l'orient, vers l'Europe. Un journal espagnol qui ne voulait pas être en reste d'originalité soutint une thèse d'ordre administratif qui faisait de Madrid le centre politique de toute cette machinerie, sous prétexte que la capitale espagnole se trouve pour ainsi dire au centre géométrique de la péninsule, ce qui d'ailleurs n'est pas vrai, il suffit de regarder, mais il y a des gens qui ne regardent pas aux moyens pour atteindre leur but. Le chœur de protestations ne se limita pas au Portugal, les régions autonomes de l'Espagne s'insurgèrent à leur tour contre cette proposition, considérée comme une manifestation supplémentaire du centralisme castillan. Du côté portugais, on assista, comme il fallait s'y attendre, à une reviviscence subite des études occultistes et ésotériques, que seule une altération radicale de la situation parvint à enrayer, le phénomène dura cependant suffisamment longtemps pour épuiser toutes les éditions de *L'Histoire du futur* du père António Veira et des *Prophéties* de Bandarra, sans parler, mais était-il besoin de le préciser, de Message de Fernando Pessoa.

Du point de vue de la politique pratique, le problème dont il était question dans les chancelleries européennes et américaines concernait les zones d'influence, c'est-à-dire savoir si, malgré la distance, la péninsule, ou l'île, devait conserver ou non ses liens naturels avec l'Europe, ou si, sans les couper tout à fait, elle ne devait pas plutôt suivre les desseins et le destin de la grande nation nord-américaine. Encore que, sans espoir d'influer de façon décisive sur la question, l'Union soviétique ne cessait de rappeler que rien ne pourrait être résolu sans sa participation aux discussions, et elle en profitait pour renforcer l'escadre qui, depuis le début, accompagnait l'errante odyssée, tout cela se déroulant, bien sûr, sous le regard des autres puissances, nord-américaine, britannique et française.

Ce fut dans le cadre de ces négociations que les États-Unis, au cours d'une audience réclamée de manière urgente par leur ambassadeur Charles Dickens au président de la République, firent savoir au Portugal que le maintien d'un gouvernement de salut national ne se justifiait plus, maintenant que les raisons, Très discutables, Monsieur le Président, si vous me permettez d'exprimer une opinion, qui avaient conduit à sa constitution n'existaient plus. On eut connaissance de cette hâte contraire aux règles d'une saine politique par des voies détournées, car les services concernés de la présidence n'avaient fait publier aucun communiqué, et l'ambassadeur n'avait, à sa sortie, fait aucune déclaration, se bornant à déclarer qu'il avait eu avec le président une conversation très franche et constructive. Mais cela suffit pour que les partis qui, en cas de remodelage ou d'élections générales, seraient dans l'obligation de sortir du gouvernement s'insurgent contre l'ingérence intolérable que constituait l'impérieuse intervention de l'ambassadeur. C'est aux Portugais, disait-on, qu'il revient de résoudre les problèmes internes des Portugais, et on ajoutait avec une impitoyable ironie, Le fait que monsieur l'ambassadeur ait écrit *David Copperfield* ne l'autorise pas à venir donner des ordres dans la patrie de Camões et des Lusíadas. On en était là quand la péninsule, sans prévenir, s'ébranla une nouvelle fois.

Pedro Orce avait eu raison, là-bas au pied des Pyrénées, quand il avait dit, Elle s'est arrêtée, oui, mais elle tremble encore, et, pour ne pas être seul à l'affirmer, il avait posé sa main sur le dos du chien Constant, l'animal tremblait lui aussi, les deux hommes et les deux femmes purent le constater, répétant l'expérience que, sous l'olivier *cordovil*, dans les terres arides entre Orce et Venta Micena, Joaquim Sassa et José Anaiço avaient faite. Mais à présent, à la stupéfaction générale et mondiale, le mouvement ne s'orientait ni vers l'occident ni vers l'orient, ni vers le sud ni vers le nord. La péninsule tournait sur elle-même dans un sens diabolique, c'est-à-dire contraire à celui des aiguilles d'une montre, ce qui, en s'amplifiant, commença à causer des vertiges aux populations portugaise et espagnole, encore que la vitesse de rotation fût tout sauf vertigineuse. Devant ce phénomène décidément insolite, qui remettait en cause et de façon absolue désormais toutes les lois physiques et plus précisément mécaniques auxquelles la terre a jusqu'à présent obéi, les négociations politiques s'interrompirent, les combines de cabinet et de couloir aussi, ainsi que les tactiques diplomatiques du coup de poignard ou de la goutte d'eau. Convenons d'ailleurs qu'il n'était guère facile de conserver sa sérénité, son sang-froid, quand on savait par exemple que la table du Conseil des ministres ainsi que la rue, la ville, le pays, la péninsule tout entière ressemblaient à un manège qui tournait lentement, comme dans un rêve. Certains individus plus sensibles juraient qu'ils sentaient le mouvement circulaire, tout en admettant qu'ils ne percevaient pas celui de la terre dans l'espace et, pour prouver leurs dires, ils étendaient les bras pour se retenir, finissaient par tomber et restaient ainsi, le dos au sol, regardant le ciel qui tournait lentement, les étoiles et la lune la nuit, le soleil aussi, avec des verres fumés, mais il y eut des médecins pour considérer qu'il s'agissait là de manifestations hystériques.

Bien entendu, des sceptiques plus radicaux ne manquèrent pas, est-ce que la péninsule pouvait tourner sur elle-même, non c'était totalement impossible, glisser oui, ça va encore, on l'accepte, les glissements de terrain on connaît, ce qui arrive à un talus lorsqu'il pleut beaucoup peut arriver à une péninsule quand bien même il ne pleut pas, mais la rotation en question signifierait que la péninsule est en train de virer sur son propre axe, et non seulement c'est objectivement impossible, subjectivement aussi d'ailleurs, mais cela risque, tôt ou tard, de faire exploser le noyau central, et c'est alors qu'on va partir à la dérive, sans amarres, livrés aux avanies du sort. Ces gens-là oubliaient que la rotation pouvait s'exercer simplement comme une plaque glissant sur une autre plaque, ce schiste lamelleux se compose, comme son nom l'indique, de lamelles superposées, si l'adhérence entre les deux plaques est faible, l'une des deux peut parfaitement glisser sur l'autre tout en maintenant, théoriquement, bien entendu, un certain degré d'adhésion qui empêche la séparation complète, Et c'est ce qui est en train de se passer, affirmaient les défenseurs de cette hypothèse. Et pour la confirmer ils envoyèrent une fois de plus au fond de l'océan les hommes-grenouilles qui s'enfoncèrent le plus qu'ils purent dans cette zone abyssale de l'océan, *Archimède* fit lui aussi le voyage, Cyana également ainsi qu'un ingénieur japonais au nom compliqué, et le résultat de tous ces efforts fut que le chercheur italien une fois sorti de l'eau ouvrit l'écoutille et devant les micros des télévisions du monde entier répéta la célèbre phrase, Elle ne peut pas bouger, et pourtant elle bouge. Il n'y avait pas le moindre axe central tordu comme une corde, il n'y avait pas la moindre plaque, mais la péninsule tournait majestueusement au milieu de l'Atlantique, et au fur et à mesure qu'elle tournait elle devenait de moins en moins reconnaissable, Est-ce réellement ici que nous avons vécu, se demandait-on, la côte portugaise tout inclinée vers le sud-ouest, ce qui avait été l'ancienne extrémité orientale des Pyrénées pointant vers l'Irlande. Le survol de la péninsule par les vols commerciaux transatlantiques devint obligatoire, encore que, il faut bien l'avouer, le profit ne fût pas bien grand, car l'indispensable référence fixe à laquelle on aurait pu comparer le mouvement faisait défaut. En vérité, rien ne pouvait remplacer l'image prise et transmise par satellite, la photographie prise à très haute altitude donnait seule une idée exacte de l'ampleur du phénomène.

Ce mouvement dura un mois. Vu de la péninsule, l'univers se transformait lentement. Le soleil naissait chaque jour en un point différent de l'horizon, quant à la lune et aux étoiles il fallait les chercher dans le ciel, leur propre mouvement de translation autour du centre de la Voie lactée ne suffisait plus, car il y avait maintenant cet autre mouvement qui transformait l'espace en un délire de lumières changeantes, comme si, d'un bout à l'autre, l'univers était en train de se réorganiser, ayant sans doute jugé que le précédent n'avait pas donné de bons résultats. Un jour vint où le soleil se coucha à l'endroit même où, en temps normal, il avait coutume de se lever, et inutile de dire que ce ne peut être vrai, que tout n'était qu'une simple apparence, que le soleil, ne pouvant faire autrement, accomplissait la trajectoire habituelle, les gens simples argumentaient alors, Pardon, mon cher monsieur, mais avant, le soleil entrait le matin par la fenêtre du devant, tandis que maintenant il entre par l'arrière de la maison, faites-moi le plaisir de m'expliquer cela de façon intelligible. Pour expliquer, le savant expliquait, il montrait des photographies, faisait des dessins, dépliait une carte du ciel, l'apprenant ne bronchait pas, et la leçon se terminait par la prière suivante, Monsieur le Docteur, s'il vous plaît, faites en sorte que le soleil se lève de nouveau sur le devant de l'immeuble. En désespoir de cause et de science, le professeur disait, Ne vous en faites pas, si la péninsule fait un tour complet, vous verrez le soleil tel qu'il était autrefois, mais l'élève, méfiant, répondait, Alors vous pensez que tout cela n'a qu'un but, que tout reste pareil. Et en vérité ce ne fut pas le cas.

On aurait déjà dû être en hiver, mais l'hiver, qui semblait être à la porte, avait reculé, il n'y a pas d'autre mot. Ce n'était pas l'hiver, l'automne non plus, le printemps encore moins et bien entendu ce n'était pas l'été. C'était une saison en suspens, sans date, comme si l'on se retrouvait au commencement du monde quand les saisons et leurs temps n'étaient pas encore établis. Deux-Chevaux progressait lentement, longeant le pied des monts, à présent les voyageurs séjournaient dans les endroits où ils faisaient halte, s'émerveillant surtout du spectacle du soleil qui avait cessé d'apparaître au-dessus des Pyrénées pour surgir de la mer, lançant ses premiers rayons sur les contreforts de la montagne jusqu'aux pics neigeux. C'est là, dans l'un de ces villages, que Maria Guavaira et Joana Carda s'aperçurent qu'elles étaient enceintes. Toutes les deux. L'affaire n'avait rien d'étonnant, on peut même dire que ces femmes avaient tout fait pour en arriver là, au long de ces mois et de ces semaines, s'abandonnant à leurs hommes avec une saine générosité, sans la moindre précaution ni d'un côté ni de l'autre. Quant à la simultanéité des faits, elle ne doit pas nous étonner non plus, il ne s'agit en fait que de l'une de ces coïncidences qui font que le monde est organisé, et il est bon que, de temps à autre, pour l'édification des sceptiques, certaines d'entre elles soient clairement illustrées. Mais, cela saute aux yeux, la situation est embarrassante, et l'embarras provient de la difficulté dans laquelle on se trouve de démêler deux paternités aussi douteuses l'une que l'autre. C'est que, n'eût été le faux pas de Joana Carda et de Maria Guavaira qui, mues par la pitié ou par un autre sentiment plus complexe, s'en étaient allées à travers bois et buissons à la recherche de l'homme seul, qu'elles ont pratiquement dû supplier afin que ce dernier, tremblant d'émotion et d'angoisse, pénètre en elles et répande sa pénultième sève, n'eût été ce lyrique et si peu érotique épisode, il n'y aurait pas le moindre doute sur le fait que le fils de Maria Guavaira est de Joaquim Sassa et que celui de Joana Carda a pour auteur efficace José Anaiço. Mais c'est là qu'apparaît Pedro Orce, encore qu'il serait plus exact de dire que les tentatrices ont surgi sur son chemin, et que la bienséance, honteuse, s'est voilé la face. J'ignore qui est le père, a dit Maria Guavaira, donnant ainsi l'exemple, Moi aussi, a dit Joana Carda, qui l'a suivie pour deux raisons, la première, pour ne pas être en reste d'héroïsme, la seconde, pour corriger l'erreur par l'erreur, en faisant de l'exception la règle.

Mais ce discours, ou tout autre plus subtil encore, n'élude pas la question principale qui est à présent d'informer José Anaiço et Joaquim Sassa, comment vont-ils réagir quand leurs femmes respectives vont leur annoncer, et avec quelle figure, Je suis enceinte. Si les circonstances étaient différentes, ils seraient, comme on le dit habituellement, fous de joie, et peut-être qu'une fois passé le premier choc, visage et regard exprimeraient la subite allégresse qui envahit leur âme, mais le visage se fermera aussitôt, le regard s'assombrira, une scène épouvantable s'annonce. Joana Carda proposa de ne rien dire, le temps passant et leur ventre s'arrondissant, la puissance du fait consommé finira bien par apaiser les susceptibilités, l'honneur offensé, le dépit ranimé, mais telle n'était pas l'opinion de Maria Guavaira, il lui parut regrettable que leur mouvement premier de courage et de générosité, à tous, ait pour conclusion cette molle lâcheté qu'est la dissimulation, laquelle est pire encore que la complaisance tacite, Tu as raison, admit Joana Carda, mieux vaut prendre le taureau par les cornes, elle ne se rendit pas compte de ce qu'elle disait, c'est le danger des phrases toutes faites, quand on ne prête pas suffisamment attention au contexte.

Le jour même, les deux femmes appelèrent leurs hommes à part et s'en furent promener avec eux dans les champs, là où les vastes espaces transforment en murmures les cris les plus colériques ou les plus déchirés, c'est pour cette triste raison que les voix des hommes ne montent jamais jusqu'aux cieux, et là, sans détours, ainsi qu'elles l'avaient décidé, elles leur dirent, Je suis enceinte et j'ignore si c'est de toi ou de Pedro Orce. Joaquim Sassa et José Anaiço réagirent exactement comme on pouvait s'y attendre, par une explosion de fureur, de violents gestes du bras, une douleur poignante, ils ne pouvaient s'apercevoir l'un l'autre, mais leurs gestes étaient semblables, semblables leurs propos, Ce qui s'est passé ne te suffit pas, voilà que maintenant tu es enceinte, et tu ignores de qui, Comment voudrais-tu que je le sache, mais le jour où l'enfant naîtra, aucun doute ne sera plus possible, Pourquoi cela, À cause des ressemblances, Ah oui, mais imagine qu'il ne ressemble qu'à toi, S'il me ressemble, et à moi uniquement, c'est parce que ce sera mon enfant, à moi et à personne d'autre, Tu te moques de moi par-dessus le marché, Je ne me moque pas, c'est une chose que je ne saurais faire, Et maintenant, comment allons-nous résoudre cette situation, Si tu as pu accepter que j'aie couché une fois avec Pedro Orce, accepte donc d'attendre neuf mois avant de prendre une décision, si l'enfant te ressemble, c'est que c'est ton enfant, s'il ressemble à Pedro Orce, c'est que c'est le sien, et tu auras le droit de le rejeter et moi avec, si c'est ce que tu souhaites, et quant au fait qu'il pourrait ne ressembler qu'à moi, n'y compte pas, il y a toujours un trait du visage qui appartient à une autre pelote, Et Pedro Orce, qu'allons-nous faire, allons-nous lui dire, Non, durant les deux premiers mois on ne remarquera rien, et peut-être pendant plus longtemps encore, vu la manière dont nous sommes vêtues, avec nos grandes chemises et nos manteaux larges, Je pense qu'il vaut mieux ne pas parler de tout cela, j'avoue que cela m'irriterait fort de voir Pedro Orce te regarder, vous regarder, avec un air d'étalon émérite, ces mots avaient été prononcés par José Anaiço qui domine mieux le langage, Joaquim Sassa, lui, eut une manière plus prosaïque de s'exprimer, Ça me déplairait beaucoup de voir monsieur Pedro Orce prendre l'air d'un coq dans son poulailler. C'est ainsi que, pacifiés, les hommes acceptèrent le fait outrageant, soutenus par l'espoir que peut-être il cesserait de l'être le jour où l'énigme aujourd'hui sans visage s'éluciderait par la voie naturelle.

Quant à Pedro Orce, qui n'a jamais su ce que c'était que d'avoir des enfants, il ne lui passe pas par la tête que ses propres semences puissent germer dans le corps des femmes, il est vrai que l'homme n'arrive jamais à connaître toutes les conséquences de ses actes, en voici un bon exemple, le souvenir heureux des moments qu'il a vécus s'efface et leur éventuel effet fécondant, encore infime, et pourtant, s'il arrive à terme et se confirme, plus important pour lui que tout le reste, est invisible à ses yeux, caché à sa connaissance, Dieu lui-même a fait les hommes et il ne les voit pas. Quoi qu'il en soit, Pedro Orce n'est pas tout à fait aveugle, il lui semble bien que l'harmonie des couples a été fortement ébranlée, il y a en eux une certaine distance, on ne peut parler de froideur, c'est plutôt une sorte de réserve sans hostilité, mais génératrice de grands silences, ce voyage avait si bien commencé et maintenant c'est comme s'ils avaient épuisé tous les mots ou que personne n'ose plus prononcer les seuls qui feraient sens, C'est fini, ce qui vivait est mort, si c'est bien de cela qu'il s'agit. Il se peut également que le feu des premières ardeurs se soit rallumé, peut-être qu'avec le temps, et en me faisant oublier, c'est pourquoi, chaque fois qu'ils s'arrêtent quelque part, Pedro Orce reprend ses grandes balades dans les environs, incroyable ce que cet homme peut marcher.

Un jour que Pedro Orce, en ce temps-là ils avaient déjà abandonné derrière eux les premières ondulations orographiques qui, de très loin, annoncent les Pyrénées, un jour donc qu'il s'était aventuré par des chemins écartés, pour un peu il aurait pu céder à la tentation de ne plus retourner au campement, ce genre d'idée qui vient à l'esprit quand on est épuisé, il trouva, assis sur le bord de la route à se reposer, un homme qui devait avoir à peu près son âge, sinon plus, tant il semblait usé, fatigué. Près de lui se tenait un âne portant un bât et des bastes, et qui coupait de ses dents jaunes l'herbe rousse, le temps, nous l'avons déjà dit, n'étant guère propice aux nouvelles floraisons ou les faisant surgir au petit bonheur la chance, l'amateur de métaphores dirait que la nature s'est égarée en route. L'homme dévore un quignon de pain dur, sans rien dessus, il est sûrement dans la plus grande misère, un vagabond sans table ni toit, mais il a l'air paisible, pas malhonnête du tout, d'ailleurs Pedro Orce n'a rien d'un timoré, il l'a largement démontré au cours de ces longues promenades à travers les étendues désertes, il est vrai que le chien ne le quitte guère, enfin, pour être plus précis, il l'a quitté deux fois, mais c'était pour le laisser en meilleure compagnie, et par pure discrétion.

Pedro Orce salua l'homme, Bonsoir, et l'autre répondit, Bonsoir, leurs oreilles à tous deux notèrent la prononciation familière, l'accent du Sud, andalou pour le dire en un mot. Mais l'homme au pain dur conçut du soupçon de voir en ces lieux éloignés de toute habitation un homme et un chien qui avaient l'air d'avoir été largués là par une soucoupe volante et, avec précaution, mais sans dissimuler son geste, il attira à lui un bâton ferré qui gisait sur le sol. Pedro Orce nota le geste et l'inquiétude de l'homme, l'attitude du chien, tête basse, immobile, et qui le regardait, devait le préoccuper, N'ayez crainte, l'animal est doux, c'est-à-dire qu'il n'est pas véritablement doux, mais il n'attaque pas, s'il pense qu'on ne lui veut pas de mal, Comment sait-il ce que pensent les gens, Voilà une bonne question, j'aimerais pouvoir y répondre, mais ni moi ni mes compagnons n'avons réussi à comprendre qui est ce chien ni d'où il vient, Je croyais que vous voyagiez seul ou que vous habitiez près d'ici, Je voyage avec des amis, nous avons une guimbarde, à cause des événements nous avons pris la route et ne l'avons toujours pas quittée, Vous êtes andalou, je reconnais votre accent, Je viens d'Orce, dans la province de Grenade, Je suis de Zufre, province de Huelva, Content de vous connaître, C'est moi qui suis content, Vous permettez que je m'asseye auprès de vous, Asseyez-vous où il vous plaira, je ne puis vous offrir plus que je ne possède, du pain sec, Je vous remercie, j'ai déjà mangé avec mes compagnons, Qui sont-ils, Ce sont deux amis et leurs femmes, eux deux et l'une des femmes sont portugais, l'autre femme est galicienne, Et comment vous êtes-vous connus, Ah ça c'est une histoire trop longue pour vous la conter maintenant.

L'autre n'insista pas, il comprit qu'il ne devait pas le faire, et il dit, Vous devez vous demander pourquoi, étant natif de la province de Huelva, je me retrouve ici, Par les temps qui courent, il devient difficile de rencontrer quelqu'un qui soit là où il a toujours été, Je suis né à Zufre et ma famille est là-bas, si elle y est restée, mais quand on a commencé de dire que l'Espagne se détachait de la France, j'ai décidé d'aller voir ça de mes propres yeux, Pas l'Espagne, la péninsule Ibérique, Si vous voulez, Et ce n'est pas de la France que la péninsule s'est détachée mais de l'Europe, on pourrait croire que c'est la même chose, mais il y a une différence, Je n'entends rien à ces subtilités, je voulais seulement voir, Et qu'avez-vous vu, Rien, j'ai atteint les Pyrénées et je n'ai vu que la mer, Nous n'avons rien vu d'autre nous non plus, Il n'y avait plus de France ni d'Europe, or, à mon avis, une chose qui n'existe plus c'est exactement pareil que si elle n'avait jamais existé, c'était peine perdue que de parcourir tant de lieues à la recherche de ce qui n'existait pas, Je crois que là vous commettez une erreur, Laquelle, Avant que la péninsule ne se sépare de l'Europe, l'Europe était là, il y avait une frontière, on allait d'un côté et de l'autre, les Espagnols traversaient, les Portugais traversaient, les étrangers venaient, il n'y a jamais eu de touristes chez vous, Si, parfois, mais il n'y a rien à voir là-bas, Ces touristes-là venaient d'Europe, Mais si, alors que je vivais à Zufre, je n'ai jamais vu l'Europe, et que, maintenant que j'ai quitté Zufre, je ne vois toujours pas d'Europe, où est la différence, Je ne suis jamais allé sur la lune non plus et pourtant elle existe, Mais je la vois, sa route est un peu déviée mais je la vois, Quel est votre nom, On m'appelle Roque Lozano, pour vous servir, Je m'appelle Pedro Orce, Vous portez le nom de la terre où vous êtes né, Je ne suis pas né à Orce mais à Venta Micena, qui est tout près, Je me souviens qu'au début de mon voyage j'ai rencontré deux Portugais qui se rendaient à Orce, Qui sait si ce ne sont pas les mêmes, J'aimerais bien le savoir, Accompagnez-moi, et vous n'aurez plus aucun doute, Puisque vous insistez, d'accord, je suis seul depuis trop longtemps, Levez-vous doucement afin que le chien ne croie pas que vous me voulez du mal, je vous donne votre bâton. Roque Lozano mit son balluchon sur l'épaule, tira l'âne, et ils s'éloignèrent tous, le chien au côté de Pedro Orce, est-ce que ça ne devrait pas être toujours comme ça, là où il y a un homme, un animal devrait toujours se tenir, un perroquet posé sur l'épaule, un cobra enroulé autour du poignet, un scarabée sur le revers de l'habit, un scorpion aux pattes garnies de boules, on pourrait ajouter un pou sur la tête, si cet anoploure ne faisait partie de l'espèce abhorrée des parasites, qu'on ne supporte même pas sous forme d'insecte, même s'ils n'y sont pour rien, les pauvres, c'était la volonté divine.

Suivant le rythme capricieux qu'ils avaient adopté, ils avaient pénétré profondément en Catalogne. Leur commerce prospérait, ç'avait été réellement une excellente idée que de s'être lancés dans cette branche des affaires. À présent on voit moins de gens sur les routes, ce qui signifie qu'en dépit du fait que la péninsule poursuit son mouvement de rotation, les individus ont, pour leur part, repris leurs habitudes et leurs comportements familiers, s'il convient toutefois d'attribuer ce terme aux anciennes habitudes et aux anciens comportements. On ne trouve plus de villages déserts, cependant il est impossible de jurer que chaque maison a retrouvé ses premiers occupants, certains des hommes sont là avec d'autres femmes, certaines femmes sont là avec d'autres hommes, les enfants sont mélangés, les grandes guerres et les grandes migrations produisent toujours de semblables effets. Ce fut ce matin-là que José Anaiço, subitement, déclara qu'il leur fallait décider de l'avenir du groupe, maintenant que tout danger de heurt ou de secousse semblait écarté. L'hypothèse à son avis la plus sûre, du moins la plus plausible, était que la péninsule allait continuer de tourner sur place, ce qui ne devait entraîner aucun inconvénient en ce qui concerne la vie quotidienne des individus, excepté le fait qu'ils n'allaient plus pouvoir se souvenir de l'endroit où se trouvaient les points cardinaux, ce qui n'a d'ailleurs guère d'importance, aucune loi ne dit qu'on ne peut vivre sans le nord. Mais maintenant qu'ils avaient vu les Pyrénées, et ç'avait été une grande joie, voir la mer de pareille hauteur, c'est comme si on était en avion, avait dit Maria Guavaira, et José Anaiço, en homme d'expérience, avait corrigé, On ne peut pas comparer, devant un hublot on n'éprouve aucun vertige, tandis que là, si nous ne nous étions pas accrochés de toutes nos forces, nous aurions pu nous jeter dans la mer de notre plein gré. Tôt ou tard, déclara José Anaiço, et ce fut la conclusion de son avertissement matinal, il faudra qu'on choisisse une destination, vous n'avez sûrement pas envie de passer le reste de votre vie sur la route. Joaquim Sassa fut de son avis, les femmes ne voulaient pas donner leur opinion, elles soupçonnaient un motif secret à l'origine de cette hâte subite, seul Pedro Orce, timidement, rappela que la terre continuait de trembler et si ce n'était pas là le signe que leur voyage n'était pas encore terminé, alors il voulait savoir pour quelle raison ils l'avaient entrepris. En d'autres circonstances, la sagacité, même dubitative, de l'argument aurait impressionné les esprits, mais il faut tenir compte du fait que les blessures de l'âme, si c'est bien d'elles qu'il s'agit, sont profondes, à présent, tout ce que dit Pedro Orce dissimule peut-être un intérêt caché, voilà ce qu'on peut lire dans les yeux de José Anaiço tandis qu'il dit, Tout de suite après le souper, chacun de nous dira ce qu'il pense sur le sujet, si l'on doit retourner à la maison ou continuer comme auparavant, et Joana Carda demanda simplement, Quelle maison.

Et voilà maintenant Pedro Orce qui arrive avec un autre homme, vu d'ici il a l'air vieux, encore heureux, car en matière de problèmes de cohabitation nous sommes servis. L'homme tire un âne bâté, ce qui se fait de mieux en matière d'ânes à l'ancienne mode, mais celui-ci a une couleur d'argent assez rare, s'il se nommait Platero il ferait honneur à son nom, tout comme Rossinante, qui était plutôt rosse, méritait bien le sien. Pedro Orce s'arrête sur la ligne invisible qui délimite le territoire du campement, il doit accomplir les formalités de présentation et d'introduction du visiteur, ce qui doit toujours être fait à l'extérieur du mur d'enceinte, ce sont des règles qu'on n'a nul besoin d'apprendre, l'homme historique au-dedans de nous les accomplit tout seul, un jour nous avons voulu pénétrer dans le château sans autorisation et nous avons eu droit à une correction. Pedro Orce, emphatique, a déclaré, J'ai rencontré ce compatriote et je l'ai amené pour qu'il mange une assiette de soupe avec nous, il y a une certaine exagération dans ce mot de compatriote, excusons-le, à cette heure, en Europe, un Portugais du Minho et un autre de l'Alentejo ont la nostalgie de la même patrie, et si auparavant cinq cents kilomètres les séparaient l'un de l'autre, maintenant six mille kilomètres les séparent d'elle.

Joaquim Sassa et José Anaiço ne reconnaissent pas l'homme, mais il n'en va pas de même pour l'âne, sauf erreur, il y a en lui quelque chose de reconnaissable et de familier, et ça n'a rien d'étonnant, un âne ne change pas en si peu de mois, tandis qu'un homme, s'il est sale et dépeigné, si sa barbe a poussé, s'il a maigri ou grossi, si de chevelu il est devenu chauve, sa femme elle-même devra le déshabiller pour voir si le signe particulier se trouve toujours au même endroit, parfois c'est trop tard, tout est consommé et le repentir ne suffira pas pour recueillir le fruit du pardon. José Anaiço, obéissant aux règles de l'hospitalité, a dit, Soyez le bienvenu, asseyez-vous à côté de nous, et si vous souhaitez débâter l'âne, ne vous gênez pas, il y a suffisamment de paille pour lui et les chevaux. Sans le bât et les bastes, l'âne paraissait plus jeune, on voyait maintenant qu'il était fait de deux qualités d'argent, l'une sombre, l'autre plus claire, toutes deux excellentes. L'homme s'en fut attacher l'animal, les chevaux regardèrent de travers le nouveau venu, doutant qu'il pût leur servir à quelque chose, il était bien trop faible de constitution et difficile à atteler. L'homme revint vers le feu et, avant d'attirer à lui la pierre qui allait lui servir de siège, il se présenta, Je me nomme Roque Lozano, et que les techniques élémentaires de la narration nous dispensent de répéter le reste. José Anaiço allait lui demander si l'âne avait un nom, s'il ne s'appelait pas Platero par exemple, mais les dernières paroles prononcées par Roque Lozano, toujours les mêmes, Je suis venu pour voir l'Europe, l'obligèrent à se taire, un souvenir subit avait levé le doigt dans sa mémoire, et il murmura, Je connais cet homme, il était temps, il serait tout de même offensant d'avoir besoin d'un âne pour reconnaître les gens. Des mouvements identiques agitaient l'esprit de Joaquim Sassa, qui dit, en hésitant, J'ai l'impression que nous nous sommes déjà vus, il y a quelque temps de cela, Moi aussi, répondit Roque Lozano, je me souviens de deux Portugais que j'ai rencontrés au début de mon voyage, mais ils étaient en voiture et n'avaient pas de femmes avec eux, Le monde fait tant de tours, monsieur Roque Lozano, on y perd et on y gagne tant de choses, qu'il peut bien arriver qu'on perde une Deux-Chevaux automobile et qu'on gagne une guimbarde avec deux chevaux, deux femmes et un homme supplémentaire, dit Maria Guavaira, Et on n'a pas encore tout vu, ajouta Joana Carda, ni Pedro Orce ni Roque Lozano ne comprirent à quoi elle faisait allusion, contrairement à José Anaiço et Joaquim Sassa, et cette allusion aux secrets de l'organisme humain, le féminin en particulier, ne leur plut guère.

La reconnaissance était faite, les doutes dissipés, Roque Lozano était ce voyageur rencontré au milieu des serras Morena et Aracena, et qui, en compagnie de son âne

Platero, faisait route vers l'Europe qu'il n'avait finalement pas vue, mais l'intention y était, et c'est ce qui nous sauve. Et où allez-vous à présent, interrogea Joana Carda, Maintenant, je rentre à la maison, ce n'est pas parce que la terre a fait tous ces tours qu'elle n'est plus à la même place, La terre, Non, la maison, la maison est toujours là où se trouve la terre. Maria Guavaira commença de remplir les assiettes de soupe à laquelle elle avait rajouté un peu d'eau afin qu'il y en ait pour tout le monde, ils mangèrent en silence, excepté le chien qui broyait méthodiquement un os, et les animaux de trait et de charge qui mâchaient et remâchaient la paille, de temps à autre on entendait craquer une fève sèche, ces animaux ne peuvent se plaindre d'être maltraités, compte tenu des difficultés de l'heure.

Et c'est l'une de ces difficultés toutes particulières que le conseil de famille, convoqué pour cette nuit, va devoir tenter de résoudre maintenant, la présence d'un étranger n'a rien de gênant, bien au contraire, puisque Roque Lozano a dit qu'il allait retourner chez lui, et nous, qu'allons-nous faire, continuer au hasard, comme les Gitans, acheter et vendre des vêtements, ou est-ce qu'on retourne au travail, à la maison, à une vie bien réglée, car même si la péninsule ne doit plus jamais s'arrêter, les gens finiront bien par s'habituer, de même que l'humanité s'est habituée à vivre sur une terre toujours en mouvement, nous ne sommes même pas capables d'imaginer combien cela a dû être difficile de vivre en équilibre sur une toupie bourdonnante, tournant autour d'un aquarium avec un poisson-soleil à l'intérieur, Pardonnez-moi de vous corriger, dit la voix inconnue, mais le poisson-soleil n'existe pas, le poisson-lune, oui, pas le poisson-soleil, Très bien, je n'insisterai pas, mais s'il n'existe pas, c'est dommage, Malheureusement, on ne peut tout avoir, résuma José Anaiço, le confort et la liberté sont incompatibles, cette vie vagabonde a ses enchantements, mais quatre murs solides avec un toit par-dessus sont une meilleure protection qu'une bâche livrée aux cahots et aux trous. Joaquim Sassa dit, Nous commencerons par reconduire Pedro Orce chez lui, puis, il laissa sa phrase en suspens ne sachant comment poursuivre, ce fut alors que Maria Guavaira intervint, elle dit clairement ce qui devait être dit, Très bien, nous laisserons Pedro Orce dans sa pharmacie, puis nous continuerons vers le Portugal, José Anaiço restera dans son école, dans une région dont j'ignore le nom, nous poursuivrons ensuite vers ce qui s'appelait le Nord, Joana Carda devra choisir si elle veut rester à Ereira, chez ses cousins, ou si elle préfère retourner dans les bras de son mari à Coimbra, ce problème résolu, nous mettrons le cap sur Porto et nous laisserons Joaquim Sassa devant la porte de son bureau, ses patrons sont sans doute déjà rentrés de Penafiel, et enfin je rentrerai toute seule chez moi où un homme m'attend pour m'épouser, il dira qu'il est resté pour surveiller mes biens pendant mon absence, Maintenant, madame, épousez-moi, et avec un tison je mettrai le feu à cette guimbarde comme pour brûler un rêve, puis j'arriverai peut-être à pousser à la mer le bateau de pierre et à me jeter dedans.

Un pareil discours prononcé d'une seule traite coupe la respiration à celui qui parle et ne laisse guère respirer celui qui écoute. Ils demeurèrent muets une minute, puis José Anaiço rappela, Nous voyageons déjà sur un radeau de pierre, Il est trop vaste pour que nous ayons l'impression d'être des navigateurs, répondit Maria Guavaira, et Joaquim Sassa commenta en souriant, Bien dit, et le fait que nous voyagions dans l'espace au-dessus du monde n'a pas non plus fait de nous des astronautes. Un autre silence se fit, puis ce fut au tour de Pedro Orce de déclarer, Une chose après l'autre, Roque Lozano peut se joindre à nous, on le ramène dans sa famille qui doit l'attendre à Zufre, puis nous déciderons de notre vie, Mais il n'y a plus de place dans la guimbarde pour y dormir, dit José Anaiço, Que ça ne soit pas un problème pour vous, si vous n'avez pas d'autres motifs de refuser ma compagnie, j'ai l'habitude de dormir à la belle étoile, il suffit qu'il ne pleuve pas, et maintenant, avec la guimbarde, je dormirai dessous et ce sera comme si j'avais un toit chaque nuit, je commençais à en avoir assez de la solitude, si vous voulez tout savoir, confessa-t-il.

Le lendemain ils reprirent la route. Pig et Al pestent contre la chance qu'ont les ânes, celui-ci trotte derrière la guimbarde, retenu à elle de manière très lâche et débarrassé de sa charge, nu, tel qu'il est venu au monde, avec son bel argent lumineux, son maître, sur le siège avant, s'entretient des choses de la vie avec Pedro Orce, les couples discutent sous la bâche, le chien va devant, en éclaireur. D'un instant à l'autre, presque par miracle, l'harmonie est revenue dans l'expédition. Hier, après l'ultime délibération, ils ont tracé un itinéraire, rien de rigoureux, juste histoire de ne pas avancer à l'aveuglette, d'abord descendre sur Tarragone, suivre la côte jusqu'à Valence, s'enfoncer à l'intérieur vers Alcacete jusqu'à Cordoue, Séville, et finalement, à moins de quatre-vingts kilomètres, atteindre Zufre, et c'est là que nous dirons, Voici Roque Lozano qui revient de sa grande aventure, pauvre il est parti, pauvre il revient, il n'a pas découvert l'Europe, l'Eldorado non plus, tous ceux qui l'ont cherché ne l'ont pas forcément trouvé, mais la faute n'incombe pas toujours à celui qui cherche, il est arrivé tant de fois que, là où par malice ou par ignorance on nous avait dit qu'il y avait quelque chose, on ne trouve rien, nous observerons, à l'écart, comment il est reçu, Cher grand-père, cher père, cher mari, quel dommage que tu sois revenu, j'ai cru que tu étais mort dans un endroit désert, dévoré par les loups, quant au reste on ne peut le dire à haute voix.

Alors, à Zufre, le conseil de famille se réunira une fois de plus, et maintenant, où allons-nous, et que dira-t-on quand on arrivera, où, pourquoi, pour qui, C'est dans tes réponses que tu mens, si tu connais au préalable la réponse, la voix inconnue s'est exprimée pour la seconde fois en peu de temps.

Quand, tournant et roulant sur elle-même, de l'orient vers l'occident, la péninsule eut accompli un demi-tour parfait, elle commença de tomber. À cet instant précis, et au sens strict du terme, si tant est que les métaphores porteuses du sens littéral puissent être rigoureuses, le Portugal et l'Espagne se retrouvèrent les quatre fers en l'air. Laissons aux Espagnols, qui ont toujours dédaigné notre aide, la charge et la responsabilité de décrire, du mieux qu'ils savent et le peuvent, les avatars de la configuration de l'espace physique dans lequel ils vivent, et disons, en ce qui nous concerne, avec la simplicité et la modestie qui a toujours caractérisé les peuples primitifs, que l'Algarve, qui depuis la nuit des temps figurait au sud de la carte, devint, en cette minute surnaturelle, la région la plus septentrionale du Portugal. Incroyable mais vrai, comme nous l'enseigne, aujourd'hui encore, un Père de l'Église, non qu'il soit vivant, les Pères de l'Église sont tous morts, mais parce qu'à toute heure on évoque sa leçon et on se sert d'elle, aussi bien pour servir les intérêts divins que les profits humains. Si le sort avait voulu que la péninsule s'immobilisât d'un coup dans cette position, les conséquences sociales et politiques, culturelles et économiques de la chose, sans oublier son aspect psychologique, auquel on ne prête pas toujours suffisamment attention, nous disions donc que les conséquences, dans leur multiplicité et leurs effets, auraient été drastiques, radicales, en un mot, cosmiques. Il suffit par exemple de rappeler que la célèbre ville de Porto se serait soudain vue dépossédée de son titre chéri de capitale du Nord, sans aucun recours logique ou topographique, et si cette référence pêche, aux yeux de certains cosmopolites, par provincialisme et étroitesse de vue, que ceux-ci s'imaginent un peu ce qu'il serait advenu si Milan s'était subitement retrouvée au Sud de l'Italie, en Calabre, et que les Calabrais se soient mis à prospérer dans le commerce et l'industrie du Nord, transformation qui n'a rien d'impossible si l'on tient compte de ce qui est arrivé à la péninsule Ibérique.

Mais, comme nous l'avons dit, cela dura à peine une minute. La péninsule tombe, mais la rotation n'a pas cessé pour autant. Toutefois, avant de poursuivre plus avant, il conviendrait d'expliciter le sens que, dans ce contexte, nous devons attribuer au verbe tomber, sûrement pas son acception immédiate, celle de la chute des corps pesants, car, pris au pied de la lettre, cela signifierait que la péninsule est en train de s'enfoncer. Or si, durant toutes ces journées de navigation qui ont connu tant de tribulations et où l'on a si souvent frôlé la catastrophe, pareille calamité, ou une autre équivalente, ne s'est pas produite, ce serait vraiment le summum de la malchance que de voir maintenant l'odyssée s'achever par une submersion généralisée. Encore qu'il nous en coûte énormément, nous nous sommes déjà résignés à ce qu'Ulysse n'arrive pas à temps sur la plage pour y rencontrer la douce Nausicaa, mais qu'on autorise au moins le navigateur fatigué à accoster dans l'île des Phéaciens, et si ça n'est pas dans celle-là, dans n'importe quelle autre, l'important, puisque aucun sein féminin ne peut l'accueillir, c'est qu'il puisse poser sa tête sur ses bras. Tranquillisons-nous. La péninsule, nous le jurons, ne s'enfonce pas dans la mer cruelle, où, si un tel cataclysme venait à se produire, elle disparaîtrait intégralement, ne laissant même pas subsister, tant les abysses ici sont profonds, le pic le plus élevé des Pyrénées. La péninsule tombe, ça oui, on ne peut le dire autrement, mais elle tombe vers le sud, car c'est ainsi que nous divisons le planisphère en haut et en bas, en supérieur et en inférieur, en blanc et en noir, pour parler de manière figurée, encore que le fait que les pays situés au-dessous de l'équateur n'utilisent pas des cartes renversées, lesquelles donneraient du monde, et ce ne serait que justice, l'image complémentaire qui lui fait défaut, devrait nous étonner. Mais les choses sont ce qu'elles sont, elles ont cette incomparable vertu, et même un petit écolier comprend la leçon du premier coup, sans autre explication, le dictionnaire des synonymes, si inconsidérément méprisé, nous le confirmerait, on descend vers le bas, on tombe, et c'est notre grande chance que ce radeau de pierre ne s'enfonce pas, cent millions de poumons glougloutant, les douces eaux du Tage et du Guadalquivir se mêlant à l'onde amère de l'océan infini.

Il ne manque pas d'individus, il n'en manqua jamais, pour affirmer que les poètes ne sont vraiment pas indispensables, et je demande ce qu'il adviendrait de nous si la poésie n'était pas là pour nous aider à comprendre combien les choses que nous qualifions de claires le sont en réalité bien peu. Jusqu'à présent, alors que tant de pages ont déjà été écrites, la matière narrative s'est bornée à la description d'un voyage océanique, peu banal il est vrai, et même en ce dramatique instant où la péninsule reprend sa route, maintenant vers le sud, tout en continuant de tourner autour de son axe imaginaire, il est évident que, si l'inspiration de ce poète, qui a comparé la révolution et la descente de la péninsule à l'enfant qui dans le ventre de sa mère accomplit la première descente de sa vie, ne venait pas à notre secours, nous serions incapables de dépasser et d'enrichir ce banal énoncé des faits. L'analogie est admirable, encore qu'il nous faille censurer ce consentement aux tentations de l'anthropomorphisme, qui voit tout et juge tout dans une relation forcée à l'homme, comme si, de fait, la nature n'avait d'autre souci que nous. Tout serait beaucoup plus facile à comprendre si nous confessions, simplement, notre peur infinie qui nous amène à peupler le monde d'images qui ressemblent à ce que nous sommes ou à ce que nous croyons être, à moins que cet effort obsessionnel ne soit, au contraire, une invention du courage, ou le simple entêtement de celui qui se refuse à ne pas être là où il y a du vide, à ne pas donner sens à ce qui n'en a pas. Il est probable que ce n'est pas nous qui pouvons combler ce vide, et ce que nous nommons sens n'est guère plus qu'un ensemble d'images fugaces qui ont pu nous paraître harmonieuses à un moment donné, quand l'intelligence, prise de panique, a tenté d'y introduire de la raison, de l'ordre, de la cohérence.

Dans la plupart des cas, la voix des poètes est une voix incomprise, règle qui comporte néanmoins des exceptions, comme on le voit dans cet épisode lyrique, quand l'heureuse métaphore fut glosée de toutes les manières possibles et répétée par toutes les bouches à l'exclusion de celles des autres poètes qui ne se joignirent pas à cet enthousiasme populaire, fait qui n'a rien d'étonnant si l'on admet que ces derniers ne sont pas exempts d'envie et de dépit, sentiments très humains. L'une des conséquences les plus intéressantes de cette inspirée comparaison fut la résurgence de l'esprit matriciel, de l'influx matriarcal, tous deux altérés par les transformations apportées à la vie familiale par la modernité et, revenant aux faits connus, nous avons de bonnes raisons de penser que Joana Carda et Maria Guavaira, d'une façon subtile et naturelle, et non point par décision ni par calcul, en furent les précurseurs. Décidément, les femmes triomphaient. Leurs organes génitaux, qu'on nous pardonne la crudité anatomique, étaient en fin de compte l'expression à la fois réduite et amplifiée de la mécanique expulsatoire de l'univers, toute cette machinerie qui procède par extraction, ce rien qui va devenir tout, ce passage ininterrompu du petit au grand, du fini à l'infini. Arrivés à cet endroit précis, les glossateurs et les herméneutes perdaient pied, pas étonnant, l'expérience nous a largement appris combien les mots se révèlent insuffisants au fur et à mesure que nous nous approchons de l'ineffable, nous voulons dire amour et la langue ne suffit pas, nous voulons dire je veux et nous disons je ne peux pas, nous voulons prononcer le mot final et nous comprenons que nous sommes revenus au commencement.

Mais, dans l'action réciproque des causes et des effets, une autre conséquence, à la fois facteur et fait, vint alléger la gravité des discussions et fit qu'en quelque sorte tout le monde se mit à se sourire et à se congratuler. En effet, d'une heure à l'autre, et l'on tiendra compte de l'exagération contenue dans ce genre de formule expéditive, toutes ou presque toutes les femmes fertiles se déclarèrent enceintes, bien qu'on n'eût constaté aucune modification importante dans les pratiques contraceptives des unes et des autres, il est bien sûr question des hommes avec lesquels elles cohabitaient de manière régulière ou accidentelle. Au point où on en était, cela ne surprit personne. Plusieurs mois ont passé depuis que la péninsule s'est détachée de l'Europe, on a fait des milliers de kilomètres au milieu d'une mer violemment ouverte, le Léviathan a failli heurter les îles des Açores épouvantées, cela ne s'est pas fait, comme on l'a vu, mais les hommes et les femmes obligés de fuir d'un côté et de l'autre, eux, l'ignoraient, mille autres choses sont arrivées, le soleil qu'on guette à gauche et qu'on voit paraître à droite, et la lune aussi, comme si l'inconstance qui est la sienne depuis qu'elle s'est séparée de la terre ne lui suffisait pas, et les vents qui soufflent de toutes parts, et les nuages qui accourent de tous les horizons et tournent au-dessus de nos têtes éblouies, oui, éblouies, car il y a au-dessus de nous une clarté vivante comme si l'homme, finalement, n'avait plus besoin de se préoccuper de ses nécessités animales et pouvait être replacé, entier et lucide, dans un monde nouvellement formé, propre et d'une beauté intacte. Puisque tout cela est arrivé, que le poète portugais de tout à l'heure a dit que la péninsule est un enfant qui s'est formé en voyageant et qui, comme s'il se trouvait à l'intérieur d'un utérus aquatique, est retourné à la mer pour y naître, comment pouvons-nous nous étonner que les utérus humains des femmes aient été fécondés, peut-être par la grande pierre qui descend vers le sud, est-ce que nous savons si ces enfants sont réellement ceux des hommes, leur père n'est-il pas plutôt ce gigantesque taille-mer qui repousse devant lui les ondes et les pénètre, eaux murmurantes, souffle et soupir des vents.

Les voyageurs furent informés par la radio, par les journaux aussi, de cet engrossement collectif, et la télévision ne voulut plus lâcher le sujet, à peine avait-on arrêté une femme dans la rue qu'on lui mettait le micro sous le nez, on l'assaillait de questions, comment cela s'est-il passé et quand, et quel nom allez-vous donner au bébé, la pauvre petite avec la caméra qui la dévorait toute crue rougissait, balbutiait, et si elle n'invoquait pas la Constitution c'est parce qu'elle savait qu'on ne la prendrait pas au sérieux. On notait le retour d'une certaine tension parmi les occupants de la guimbarde, si toutes les femmes de la péninsule étaient enceintes, celles-là n'ouvraient pas la bouche sur leur situation, on comprend leur silence, si elles s'étaient déclarées enceintes elles aussi, Pedro Orce aurait inévitablement souhaité s'inscrire sur les listes de paternité, et l'harmonie si douloureusement rétablie une première fois n'aurait sans doute pas survécu à un second choc. Voilà pourquoi, un soir qu'elles servaient le dîner aux hommes, Joana Carda et Maria Guavaira, sur un ton de souriant dépit, déclarèrent, Vous vous rendez compte, toutes les femmes d'Espagne et du Portugal sont enceintes et nous, rien. Acceptons cette minute d'hypocrisie, acceptons que José Anaiço et Joaquim Sassa feignent le dépit d'hommes qui voient remis en cause leur pouvoir fécondant, et le pire c'est qu'il est probable que le brocard fasse mouche, car s'il est vrai que les femmes sont enceintes, il est tout aussi vrai que nul ne sait de qui. Avec toutes ces questions, la comédie n'a pas allégé l'atmosphère, le temps passant, on se rendra finalement compte que Maria Guavaira et Joana Carda, alors même qu'elles affirmaient le contraire, étaient bel et bien enceintes, quelles explications vont-elles fournir, la vérité nous attend toujours, et un jour vient où nous ne pouvons plus lui échapper.

Les deux ministres des deux pays firent leur apparition à la télévision, visiblement embarrassés, pourtant parler de l'explosion démographique qui allait survenir dans la péninsule d'ici à neuf mois n'avait rien de gênant, douze ou quinze millions d'enfants qui allaient naître pratiquement en même temps et hurler ensemble vers la lumière, la péninsule transformée en maternité, les heureuses mères, les souriants pères, dans les cas bien entendu où les certitudes abondent. Partant de là, il est même possible d'obtenir des effets politiques, de jouer la carte démagogique, de faire appel à l'austérité au nom de l'avenir de nos enfants, de disserter sur la cohésion nationale, de comparer cette fertilité à la stérilité du reste du monde occidental, mais il est impossible d'empêcher chacun de se complaire dans l'idée que, pour qu'il y ait eu explosion démographique, il a nécessairement fallu une explosion génésique, nul ne peut croire en effet que la fécondation collective ait été d'ordre surnaturel. Et voici le Premier ministre qui parle des mesures sanitaires à prendre, du plan national d'assistance obstétrique, de l'encadrement et de la distribution, au moment opportun, de brigades de médecins et de sages-femmes, et on lit sur son visage la contradiction de ses sentiments, la gravité de l'expression officielle luttant contre son envie de rire, on le sent à tout instant sur le point de dire, Portugaises, Portugais, voilà une situation dont nous allons tirer grand profit, j'espère que votre plaisir l'a été lui aussi, car faire des enfants sans plaisir de la chair est la pire des condamnations. Les hommes et les femmes écoutent, échangent des regards et des sourires, tous savent qu'à cet instant précis ils se souviennent de cette nuit, de ce jour, de cette heure où, mus par une soudaine impulsion, ils se sont rapprochés et ont fait ce qui devait l'être, sous un ciel qui tournoyait lentement, sous le soleil fou, sous la lune folle, sous les étoiles tourbillonnantes. On aurait pu croire, à première vue, que tout cela n'avait été que rêve et illusion, mais quand les femmes eurent toutes le ventre proéminent, il fallut bien admettre qu'on n'avait pas dormi.

Le président d'Amérique du Nord s'adressa lui aussi au monde, pour déclarer que, nonobstant le changement de direction de la péninsule, vers un lieu inconnu, plus au sud, jamais les États-Unis n'abandonneraient leurs responsabilités envers la civilisation, la liberté et la paix, mais que les peuples de la péninsule, maintenant qu'ils venaient de pénétrer dans les zones d'influence conflictuelles, ne pouvaient, répétons-le, compter sur une assistance égale à celle qui les attendait quand il semblait que leur avenir était devenu indissociable de la nation américaine. Voilà ce que furent, à un trope près, les déclarations qu'il fit devant l'auditoire du monde. Cependant, en privé, dans le secret de son bureau ovale, et tout en agitant un glaçon dans son verre de bourbon, le président avait dit à ses conseillers, S'ils avaient été s'échouer dans l'Antarctique, nos soucis seraient terminés, où allons-nous si le monde se met à vagabonder d'un côté et d'autre, aucune stratégie n'est plus possible, et, par exemple, les bases que nous possédons encore sur la péninsule, à quoi nous servent-elles à présent, sauf à balancer un paquet de missiles sur les pingouins. L'un des conseillers fit alors remarquer que, tout bien considéré, la nouvelle direction n'était pas si mauvaise, Ils descendent entre l'Afrique et l'Amérique latine, Monsieur le Président, Oui, cette orientation peut être bénéfique, mais elle peut aussi aggraver l'indiscipline de cette région, et cette irritante hypothèse impatienta le président qui donna un coup sur la table, faisant sauter le souriant portrait de la Première Dame. Un vieux conseiller sursauta de frayeur, jeta un coup d'œil circulaire et dit, Attention, Monsieur le Président, qui sait quelles répercussions peut avoir un pareil coup.

Ce n'est déjà plus la peau écorchée du taureau, mais un gigantesque caillou qui a la forme d'un de ces artefacts de silex dont se servaient les hommes préhistoriques, taillé à coups de patience, jusqu'à devenir un instrument de travail, la partie supérieure pleine et compacte pour recevoir le creux de la main, la partie inférieure taillée en pointe pour déchirer, creuser, couper, marquer, dessiner et aussi, parce que nous n'avons toujours pas appris à fuir la tentation, pour blesser et tuer. Le mouvement de rotation de la péninsule s'est arrêté, elle descend maintenant à la verticale en direction du sud, entre l'Afrique et l'Amérique centrale, comme aurait dû le dire le conseiller du président, et sa forme, incroyable pour ceux qui ont encore dans les yeux son ancienne position sur la carte, semble jumelle des deux continents qu'elle longe, on voit le Portugal et la Galice au nord, occupant de l'occident à l'orient toute la largeur, puis la grande masse se rétrécit, à gauche elle fait encore saillie, Andalousie et Valence, à droite la côte cantabrique et, sur la même ligne, la muraille des Pyrénées. La pointe de la pierre, la proue coupante c'est le cap Creus, tiré des eaux méditerranéennes vers ces hautes mers, si loin du ciel natal, lui qui fut voisin de Cerbère, cette petite ville française dont il fut question au début de ce récit.

La péninsule descend, mais elle descend lentement. Les

savants prévoient, encore qu'avec prudence, que le mouvement va bientôt cesser, ils se fient pour cela à l'évidence universelle qui veut que, si le tout en tant que tel ne s'arrête jamais, les parties qui le composent, elles, s'arrêtent parfois, et la vie humaine, richissime, comme chacun sait, en possibilités comparatives, est la démonstration de cet axiome. À cette annonce scientifique, on vit naître le jeu du siècle, une idée qui avait surgi pratiquement au même instant dans le monde entier et qui consistait à établir un système de double pari sur le moment et le lieu où allait se vérifier l'arrêt du mouvement, afin de mieux comprendre nous proposerons l'hypothèse suivante, à dix-sept heures, trente-trois minutes, quarante-neuf secondes, heure locale du parieur, bien entendu, le jour, le mois et l'année, ainsi que les coordonnées se limitant à l'indication du méridien, en degrés, minutes et secondes, le cap Creus déjà cité servant de référence. Des trillions de dollars étaient en jeu, et si quelqu'un trouvait les deux résultats, c'est-à-dire l'instant précis et l'endroit exact, ce qui, selon le calcul des probabilités, était rien de moins qu'impensable, cette personne à la prescience quasi divine se verrait immédiatement à la tête de la plus grande fortune qu'on ait jamais pu amasser sur la surface d'une terre qui en a pourtant vu d'autres. On comprend qu'il n'y eut jamais jeu plus terrible que celui-ci, car, à chaque minute qui passe, à chaque mille parcouru, le nombre de parieurs susceptibles de gagner diminue, il faut toutefois signaler que bon nombre d'exclus parient une seconde fois, faisant ainsi croître la galette qui atteint déjà des chiffres astronomiques. Bien évidemment, ils ne réussissent pas tous à trouver l'argent d'un nouveau pari, et il est évident que nombre d'entre eux n'ont d'autre issue que le suicide pour échapper à la ruine. La péninsule descend vers le sud en laissant derrière elle une traînée de morts dont elle est innocente, tandis que dans le ventre de ses femmes croissent ces millions d'enfants qu'elle a innocemment engendrés.

Pedro Orce est inquiet, soucieux. Il parle peu, passe des heures hors du campement, rentre exténué, ne mange rien et, quand ses compagnons lui demandent s'il est malade, il répond, Non, non, je ne suis pas malade, sans autre explication. Ses rares discours, il les réserve à Roque Lozano, ce sont toujours les mêmes conversations sur la terre de l'un ou de l'autre, à croire qu'ils ne connaissent pas d'autre sujet. Le chien le suit partout, on sent que l'agitation de l'homme a gagné l'animal, auparavant si placide. José Anaiço a déjà dit à Joana Carda, S'il s'imagine qu'il va recommencer son histoire du pauvre homme seul et abandonné avec la femme charitable qui le réconforte en libérant ses glandes trop pleines, il se trompe énormément, et avec un sourire sans joie elle a répondu, C'est toi qui te trompes, le mal de Pedro Orce, s'il existe, est différent, Qu'a-t-il, Je l'ignore, mais je te garantis que ça n'a rien à voir avec un regain de convoitise de sa part, une femme sent cela, Alors il faut lui parler, l'obliger à se confier, il est peut-être vraiment malade, Peut-être, mais ce n'est pas sûr.

Ils cheminent le long de la sierra d'Alcaraz, aujourd'hui ils camperont aux alentours d'un village nommé, d'après ce que dit la carte, Bienservida, pour ce qui est du nom, en tout cas c'est déjà fait. Sur le siège avant, Pedro Orce dit à Roque Lozano, De l'endroit où nous sommes, il ne manque plus grand-chose avant d'entrer dans la province de Grenade, à condition qu'on se dirige de ce côté. Ma terre à moi est encore loin, On finira par y arriver, J'y arriverai, mais j'aimerais savoir si ça en vaut la peine, On ne sait ça qu'après, piquez un peu le cheval pie, il ne marche plus au pas. Roque Lozano secoua les rênes, effleura de la pointe du fouet la croupe du cheval, presque une caresse, et Pig, obéissant, modifia l'allure. À l'intérieur de la guimbarde, les couples discutent à voix basse, et Maria Guavaira dit, Il aimerait peut-être rentrer chez lui et n'ose pas nous le dire, il craint de nous offenser, C'est possible, concéda Joana Carda, nous devons lui dire franchement que nous comprenons, que nous ne le prenons pas mal, en fin de compte nous n'avons pas fait de serment ni signé de contrat pour le reste de notre vie, amis nous sommes, amis nous resterons, un jour nous reviendrons lui rendre visite, Espérons que ce n'est rien d'autre, murmura Joana Carda, Tu as une autre idée, Non, c'est juste un pressentiment, Quel pressentiment, demanda Maria Guavaira, Pedro Orce va mourir, Tout le monde va mourir, Oui, mais ce sera lui le premier.

Bienservida se trouve à l'écart de la grand-route. Ils s'y rendirent pour leurs affaires, achetèrent quelques provisions, renouvelèrent leur réserve d'eau, et, comme il était encore tôt, reprirent leur chemin. Toutefois ils ne s'éloignèrent pas beaucoup. Un peu plus loin il y avait une chapelle, dite de Turruchel, endroit fort agréable pour y passer la nuit et où ils firent halte. Pedro Orce descendit du siège avant, contrairement à leur habitude José Anaiço et Joaquim Sassa, qui avaient sauté de la guimbarde dès qu'elle s'était arrêtée, coururent l'aider, tout en serrant les mains qui se tendaient, Pedro Orce dit, Qu'est-ce que ça veut dire, mes amis, je ne suis pas encore invalide, il ne s'aperçut pas que le mot avait soudain rempli de larmes les yeux des deux autres, ces hommes qui ont toujours au fond du cœur la douleur du soupçon, mais qui reçoivent dans leurs bras le corps fatigué qui s'abandonne, malgré l'orgueilleuse déclaration, il vient toujours un moment où l'orgueil n'a plus que des mots, n'est plus que mots. Pedro Orce mit pied à terre, fit quelques pas puis s'arrêta, avec une expression de stupeur sur le visage, sur toute sa personne, comme si une lumière intense l'immobilisait, l'éblouissait, Que se passe-t-il, demanda Maria Guavaira, qui s'était approchée, Rien, ce n'est rien, Vous vous sentez mal, demanda Joana Carda, Non, c'est autre chose. Il se baissa, posa ses deux mains à plat sur le sol, puis appela le chien Constant, posa sa main sur sa tête, fit courir ses doigts le long de son échine, de son dos, de sa croupe, le chien ne bougeait pas, il pesait sur la terre comme s'il avait voulu y enterrer ses pattes. À présent, Pedro Orce s'était allongé de tout son long, sa tête blanche reposait sur une touffe d'herbes d'où jaillissaient des tiges fleuries, car il y a des fleurs en cette saison qui devrait être l'hiver, Joana Carda et Maria Guavaira se sont agenouillées à côté de lui, elles lui tiennent les mains, Qu'avez-vous, dites-nous si vous sentez une douleur, et il en sentait bien une, il sentait une très grande douleur, si c'est ainsi qu'on peut interpréter l'expression de son visage, il ouvrait grand les yeux, fixait le ciel, les nuages qui passaient, Maria Guavaira et Joana Carda n'avaient nul besoin de lever la tête pour les voir, ils voguaient lentement dans les yeux de Pedro Orce comme les lumières des rues de Porto avaient défilé dans les yeux du chien, il y a si longtemps, dans quelle vie, et maintenant nous sommes ensemble, réunis, avec Roque Lozano en plus, lequel a l'expérience de la vie et de la mort, le chien semble hypnotisé par le regard de Pedro Orce, il le fixe, tête basse, le poil dressé comme s'il devait affronter toutes les bandes de loups du monde, et c'est alors que Pedro Orce dit distinctement, mot pour mot, Je ne la sens plus, la terre, je ne la sens plus, ses yeux s'obscurcirent, un nuage gris, couleur de plomb, passa dans le ciel, lentement, très lentement, Maria Guavaira de ses doigts très légers abaissa les paupières de Pedro Orce et dit, Il est mort, alors le chien s'approcha et hurla, comme on dit de quelqu'un qu'il hurle.

Un homme meurt, et ensuite. Les quatre amis qu'il a pleurent, Roque Lozano, qu'il connaissait depuis si peu de temps, frotte furieusement ses poings fermés contre ses yeux, le chien a hurlé une seule fois, maintenant il est debout à côté du corps, bientôt il va s'allonger et poser son énorme tête sur la poitrine de Pedro Orce, mais il faut réfléchir, décider de ce qu'on va faire du cadavre, a dit José Anaiço, Menons-le jusqu'à Bienservida, et entrons en contact avec les autorités, nous ne pouvons faire davantage pour lui, et Joaquim Sassa rappela, Tu m'as dit un jour que la sépulture du poète Machado devrait être sous un olivier, faisons cela pour Pedro Orce, mais Joana Carda eut le dernier mot, Ni à Bienservida, ni sous un arbre, nous allons le ramener à Vente Micena, nous allons l'enterrer là où il est né.

Pedro Orce est sur sa paillasse, posée en travers. Les deux femmes, près de lui, tiennent ses mains froides, ces mêmes mains inquiètes qui ont si mal connu leurs corps, les hommes sont sur le siège du cocher, Roque Lozano conduit les chevaux, ils croyaient pouvoir enfin se reposer et les revoilà sur la route, au cœur de la nuit, pareille chose ne leur était encore jamais arrivée, l'alezan se souvient peut-être d'une autre nuit, il dormait alors et rêva qu'on l'avait attaché pour soigner avec de l'onguent, et au bon air de la nuit, une douloureuse blessure, une femme et un homme étaient alors venus le chercher, avec un chien, ils l'avaient débarrassé de ses entraves et il ne savait plus si le rêve commençait ou s'arrêtait là. Le chien chemine sous la guimbarde et sous Pedro Orce, comme s'il le transportait, tant le poids qu'il sent peser sur son garrot est lourd. Il y a une lanterne allumée, accrochée à l'arceau de fer qui sou-tient la bâche, à l'avant. Ils ont plus de cent cinquante kilo-mètres à parcourir.

Les chevaux sentent la mort derrière eux et n'ont pas besoin d'autre fouet. Le silence de la nuit est si dense qu'on entend à peine le roulement de la guimbarde sur le sol raboteux des vieilles routes, et le trot des chevaux est aussi assourdi que si leurs pattes étaient entourées de chif-fons. Il n'y aura pas de lune. Ils voyagent au milieu des ténèbres, c'est l'*apagon*, le *negrum*, la première de toutes les nuits avant qu'on ait dit, Il va faire soleil, la merveille n'était pas bien grande, car Dieu savait que l'astre diurne allait forcément se lever deux heures plus tard. Depuis que le voyage a commencé, Maria Guavaira et Joana Carda pleurent. À cet homme qui est mort, elles ont offert leurs corps miséricordieux, de leurs propres mains elles l'ont attiré vers elles, l'ont aidé, et peut-être que les enfants qui

343

grandissent dans leurs ventres que les sanglots font trembler sont de lui, Mon Dieu, mon Dieu, comme toutes les choses de ce monde sont liées entre elles, et dire que nous croyons que c'est nous qui coupons ou lions quand nous le voulons, par notre seule volonté, voilà la plus grande des erreurs, et tant de leçons nous ont appris le contraire, un trait sur le sol, une bande d'étourneaux, une pierre lancée à la mer, un fil de laine bleue, mais on donne à voir aux aveugles, on s'époumone pour des gens endurcis et sourds.

Le ciel était encore sombre quand ils arrivèrent à Vente Micena. De tout le voyage, près de trente lieues, ils n'avaient rencontré âme qui vive. Et Orce, endormi, était comme un fantôme, les maisons ressemblaient aux murs d'un labyrinthe, fenêtres et portes fermées, le château des Sept Tours, au-dessus des toits, semblait une apparition immatérielle. Les lanternes publiques tremblaient comme des étoiles prêtes à s'évanouir, les arbres de la place, réduits à leurs troncs et à quelques grosses branches, semblaient être le reste d'une forêt pétrifiée. Ils passèrent devant la pharmacie, cette fois ils n'avaient pas besoin de s'arrêter, les indications sur l'itinéraire étaient encore fraîches dans leurs mémoires, Continuez tout droit, en direction de Maria, continuez sur trois kilomètres après les dernières maisons, il y a un petit pont, près de lui un olivier, j'y serai bientôt. Il est arrivé. Après le dernier virage ils aperçurent le cimetière, les murs blancs, l'énorme croix. Le portail était fermé, il leur faudrait l'enfoncer. José Anaiço alla chercher un levier, introduisit l'extrémité entre les battants, mais Maria Guavaira lui prit le bras, Nous n'allons pas l'enterrer ici. Elle montra les collines blanches du côté de Cova dos Rosais, là où l'on avait trouvé le crâne de l'Européen le plus ancien, celui qui vivait il y a plus d'un million d'années, et elle dit, Il reposera là-bas, c'est peut-être l'endroit qu'il aurait choisi. Ils conduisirent la guimbarde le plus loin possible, les chevaux pouvaient à peine avancer, ils traînaient les pattes dans la poussière. À Vente

Micena, personne ne vint assister aux funérailles, toutes les maisons ont été abandonnées, presque toutes sont en ruine. On distingue à peine à l'horizon l'ombre des montagnes escarpées, celles que l'homme d'Orce aperçut avant de mourir, il fait encore nuit, Pedro Orce est mort, un nuage sombre est resté dans ses yeux, rien de plus.

Quand la guimbarde cessa d'avancer, les trois hommes retirèrent le corps. Maria Guavaira l'a saisi d'un côté, Joana Carda tient à la main son bâton d'orme. Ils grimpent la colline, rase dans sa partie supérieure, la terre desséchée s'effrite sous leurs pieds, dévale le versant, le corps de Pedro Orce oscille, il a failli leur échapper et entraîner les porteurs, mais ils réussissent à le hisser jusqu'au sommet de la colline, le déposent sur le sol, ils sont couverts de sueur, blancs de poussière. C'est Roque Lozano qui va creuser sa tombe, il a demandé qu'on lui laisse faire ce travail, la terre se détache facilement, la houe lui sert de levier, les mains de pelles. Le ciel, à l'orient, s'éclaircit, l'ombre imprécise des montagnes est devenue noire. Roque Lozano sort du trou, s'essuie les mains, s'agenouille et se glisse sous le corps, José Anaiço prend Pedro Orce par les bras, Joaquim Sassa le soulève par les pieds, et lentement ils le mettent en terre, la fosse n'est pas profonde, si un jour les anthropologues reviennent ici il ne leur sera pas difficile de le trouver, Maria Dolores dira, Voici un crâne, et le responsable de l'équipe de fouilles jettera un œil, Aucun intérêt, des comme ça on en a plein. Ils couvrirent le corps, ils aplanirent le sol pour qu'il se confonde avec la terre alentour, mais ils durent éloigner le chien qui voulait gratter la sépulture avec ses griffes. Puis Joana Carda enfonça le bâton d'orme à la hauteur de la tête de Pedro Orce, Ce n'est pas une croix, comme vous le voyez, ce n'est pas un signal funèbre, c'est juste un bâton qui a perdu ses vertus, mais il peut encore rendre d'humbles services, être le cadran solaire d'un désert calciné, peut-être un arbre qui va renaître, si un bâton sec enfoncé dans le sol est capable de prodiges, prendre racine, libérer les yeux de Pedro Orce du nuage sombre, demain il pleuvra sur ces champs.

La péninsule s'arrêta. Les voyageurs se reposèrent à cet endroit ce jour-là, la nuit et le lendemain matin. À l'instant de leur départ, il se mit à pleuvoir. Ils appelèrent le chien, qui durant toutes ces heures ne s'était pas éloigné de la tombe, mais il ne vint pas. C'est normal, dit José Anaiço, les chiens ne veulent pas quitter leur maître, parfois ils se laissent mourir. Mais il se trompait. Le chien Ardent regarda José Anaiço puis s'éloigna lentement, la tête basse. Ils ne le revirent plus. Le voyage continue. Roque Lozano restera à Zufre, il ira frapper à la porte de chez lui, Je suis revenu, c'est son histoire, quelqu'un finira bien par la raconter un jour. Les hommes et les femmes, ceux-là, vont suivre leur chemin, vers quel avenir, quel temps, quel destin. Le bâton d'orme est vert, il fleurira peut-être l'an prochain.

Le Dieu manchot
Albin Michel, 1987
et « Points », nº P174

L'Année de la mort de Ricardo Reis
Seuil, 1988
et « Points », nº P574

Quasi Objets
Salvy, 1990
et « Points », nº P802

Histoire du siège de Lisbonne
Seuil, 1992
et « Points », nº P619

L'Évangile selon Jésus-Christ
Seuil, 1993
et « Points », nº P723

L'Aveuglement
Seuil, 1997
et « Points », nº P722

Tous les noms
Seuil, 1999
et « Points », nº P826

Manuel de peinture et de calligraphie
Seuil, 2000
et « Points », nº P968

Le Conte de l'île inconnue
Seuil, 2001

La Caverne
Seuil, 2002
et « Points », nº P1117

Pérégrinations portugaises
Seuil, 2003

L'Autre comme moi
Seuil, 2005
et « Points », n° P1554

La Lucidité
Seuil, 2006
et « Points », n° P1807

Les Intermittences de la mort
Seuil, 2008
et « Points », n° P2089

Le Voyage de l'éléphant
Seuil, 2009

RÉALISATION : IGS-CP À L'ISLE-D'ESPAGNAC (16)
NORMANDIE ROTO IMPRESSION S.A.S À LONRAI
DÉPÔT LÉGAL : NOVEMBRE 2009. N° 100306 (093609)
IMPRIMÉ EN FRANCE